KB261163

껌주

제3부 상도商盜

# 꺼즈 10

김주영 장편소설

문학동네

# 차례

# 제3부 상도 商盗

# 멀고먼 십이령

밤과 낮을 가리지 않고 섶다리 아래로 끊임없이 들려오는 여울물 소리가 그윽하고 오묘했다. 그래서 호음교라 부르기도 하는 빛내골〔小光里 혹은 召造院〕계곡 위를 가로지르는 행상들의 발걸음이 분주하다. 갑신년(甲申年) 2월 하순, 시절은 봄빛이라지만 아직은 여우도 눈물을 짜낼 만큼 맵고 짠 추위는 산자락에 묻어 있다. 계곡이 내려다보이는 절벽의 벼랑을 정이나 자귀로 찍어 겨우 발 디딜 길을 낸 벼룻길〔遷道〕역시 꽁꽁 얼어붙었고, 산기슭에 쌓인 눈도 녹지 않아 계곡을 가르는 여울물 소리 듣기는 이른 시절이었다. 눈밭 속으로 바라보이는 소나무 둥치는 붓으로 찍어낸 듯 먹빛이었고, 방울나귀들이 벼룻길을 박차고 걸을 때마다, 눈의 무게로 휘어진 나뭇가지들에서 눈덩이들이 떨어져 벼랑 아래로 흩어졌다. 잎을 모두 떨궈 앙상한 활엽수 가지는 새벽바람에 오들오들 떨고 있다. 남쪽 산등성이에 남아 있는 잔설들을 바라보노라면, 흡사 은갈치떼가 산기슭을 따라 서 있는 소나무 가지들 사이를 요리조리 비켜가며 헤엄치고 있는 듯한

착각에 빠진다. 겨울철에는 산속에 떨어진 열매나 갈잎으로 주린 배를 채우는 산양떼가 협곡을 가로질러 계곡으로 내려와 눈 속을 뒤지느라 정신이 없는데, 까마귀떼들은 눈 덮인 나뭇가지 사이를 요리조리 옮겨다니며 산양떼를 보고 지악스럽게 짖고 있었다.

일행은 밤마다 호랑이가 내려와 판자문을 긁는다는 빛내골 마방집에서 노루잠으로 눈을 붙이는 시늉만 하고 축시 말에 일어나 채비를 가다듬기 시작했다. 나귀들을 선머리에 세우고 발행한 지 한식경 남짓, 이마에 와닿을 듯 가파른 자드락길을 피가 짚신을 적시도록 걸음을 재촉하였다. 열서넛을 헤아리는 상단 일행들은 그래서 숨소리만 거칠 뿐 농을 건네는 말소리는 들리지 않았다. 일행은 신표를 지닌 부상들이 향도하고 있었지만, 십이령 내왕 행보에 끽해야 열 냥의 삯전을 받는 차인꾼들도 섞여 있었다.

울진 해안에 흩어진 염전이나 흥부장에서 내륙의 현동 저잣거리를 거쳐 내성 장시까지는 줄잡아 160여 리 상거에 내왕 행보에는 눅게 잡아도 8, 9일이 걸린다. 북에서 남으로 뻗은 백두대간 한가운데를 가로지르는 십이령 내왕길에는 관원들의 숙소인 원집도 여럿이었다. 일행의 숙소참이었던 그곳 빛내골 숫막거리는 십이령 중에서도 가장 깊은 산속에 자리잡았다. 관원들이 묵는 원집이 있다지만, 1년 열두 달에 도임하는 현령 일행이 한두 번 지나다닐 뿐 울적하리만큼 적막한 편이었고, 울진 포구 염전에서 현동과 내성장을 오가는 소금 짐들과 고포 미역, 그리고 연안에서 거둔 염장품과 건어물 들이 열두 고개로 이름난 이 산협길을 분주하게 오갈 뿐이다. 십이령 고갯길 여기저기에는 샘수골, 시치재, 말래, 샛재, 저진터, 빛내골과 같은 숫막촌이 여럿이지만, 어느 숫막을 막론하고 해질녘에 찾아든 길손들에겐 끼니 값만 받을 뿐 봉놋방은 공짜로 내준다. 그래서 일행들 역시 숫막 울바자 곁에서 써늘하게 식은 새옹밥*으로 겨우 허기만 모면하고 봉노에 끼어들어 노루잠으로 때운 것이었다.

외양은 잔망스러워 보잘것없었으나 걸음은 잽싼 네 필의 방울나귀 등에는 꽁꽁 묶어 잡도리한 시겟바리와 무명짐이 높이 실려 있다. 나귀들이 고개를 주억거리며 걸음을 떼어놓을 때마다 자지러지는 듯한 워낭 소리가 가파른 벼랑길 아래로 따뜻한 봄날 나비떼처럼 흩어졌다. 꼭두새벽에 일어나 걸음을 재촉하고 있으나, 언제나 그랬듯이 길은 곧잘 줄어들지 않았다. 내장조차 얼려놓을 듯 사정없이 옥죄고 드는 된추위가 너무나 혹독했기 때문이었다. 그런데도 상단 일행은 나귀들과 더불어 쉴 참도 두지 않고 걷고 있었다.

문득 고개를 들자, 엎친 데 덮친 격으로 산등성이를 타고 몰아치는 삭풍 속으로 희끗희끗 눈발이 날리기 시작했다. 갈개치는 눈발이 귓불을 할퀴고 볼따구니를 때릴 때마다 깊고 깊은 오한이 오장육부를 타고 핏속까지 파고들어 뼈마디를 얼어붙게 한다. 고개를 쇄골 깊숙이 박고 시선을 내리깔고 발걸음을 옮겨놓지만, 옷깃 속으로 파고드는 서럽고 매서운 설한풍은 막을 길이 없다. 갈 길은 여명 속에 희뿌옇게 깔려 이수(里數)조차 짐작하기 어려운데, 감발 속에 감춘 발과 종아리는 언제부턴가 돌덩이처럼 얼어붙었다.

그런데 맨 뒤를 따르는 나귀 등에는 작은 부담롱 하나만 달랑 얹혀 있다. 자세히 보니 그 나귀는 걸음을 옮겨놓을 때마다 절뚝거리고 있는 절음난 나귀였다. 등에 짐을 실은 채로 앞장선 암놈 궁둥이에 올

---

* 새옹밥: 놋쇠로 만든 작은 솥 쇠옹에 밥을 지어 대개는 그대로 먹는 밥.

라타려 하다가 앞굽 하나를 돌덩이에 짓찧긴 모양인데, 아주 으스러지지 않은 게 다행이었다. 순식간에 일어난 일이었다. 동트기 전에 서둘러 발행할 만큼 여정이 다급한데 나귀 한 마리가 굽통을 다쳐 일행 모두의 심기가 불편하다. 사정이 그렇다 하더라도 숨죽이고 부지런히 걷는다면, 성황사와 비석거리가 있는 샛재까지 산길 30여 리는 아침 선반머리에 당도할 수 있을 것이었다. 샛재 들머리에 들어서면 깊은 산속인데도 여름에는 자지러질 정도로 차갑고, 겨울에는 김이 무럭무럭 오를 정도로 뜨거운 샘이 있어, 고갯길을 넘나드는 상단들이 부담을 풀고 요기를 하거나 유숙하고 떠나기도 하였다.

한 가닥으로 길게 늘어선 상단 일행이 치받이길 산코숭이를 돌아 막 내리받이길로 접어들었을 때였다. 쪽지게에 어머나 싶을 정도로 많은 무명짐을 싣고도 발걸음이 성큼성큼 거칠 것이 없던 한 동무가 발행한 이후 처음으로 앞에서 나귀를 몰고 있는 동무에게 손사래를 치며 말문을 열었다.

"여보게, 만기?"

분주하게 쏟아지는 나귀들의 워낭 소리 때문일까. 만기로 불렸던 황구*의 동무는 뒤도 돌아보지 않고 회초리만 휘두른다.

"여보게, 만기?"

허우대가 껑충한 다른 일행들에 비하면 아담한 체구를 가진 만기는 걸음은 멈추지 않고, 허리만 꾸벅하며 힐끗 뒤돌아보는데, 얼른 보아도 용모가 계집처럼 여리다.

"나귀들을 세우게."

---

• 황구: '부리가 노란 새끼'란 뜻으로, 미숙하거나 어린 사람을 얕잡아 칭하는 말.

일행의 뒤를 따르던 행수는 그렇게 말하고 먼저 걸음을 멈추었다. 그리고 쪽지게를 벗어 세운 뒤 성큼성큼 행렬의 앞으로 나섰다. 목소리는 매우 우렁찼으나 허우대는 일행의 여러 부상들 중에서 뛰어나게 우람하지는 않았다. 일행 모두가 지게를 벗고 벼랑길로 나서며 묵직하게 짓눌렀던 어깨를 추스르고 있었다. 상단의 숫자가 삿전을 주고 부리는 복꾼들을 합쳐 열이 넘든 혹은 대여섯에 불과하든 잠시 쉴 적에는 쪽지게를 벗지 않고 바위나 나뭇등걸에 의지하여 선 채로 숨을 돌린 뒤 다시 길을 재촉한다. 그것이 행상들의 몸에 밴 풍속이었다. 그런데 이번만은 모두 한결같이 지게를 벗고 물미장으로 버텨 고정시킨 뒤 숨을 돌리기로 한 모양이었다. 말은 없었으나 이심전심으로 이번의 쉴 참은 오래가리란 것을 알고 있었기 때문이다. 대여섯 사람을 건너 앞으로 나선 행수는 먼저 절음나서 절뚝거리고 있는 나귀의 앞 무릎에 감아둔 감발을 풀었다. 그리고 상처를 꼼꼼하게 살폈다. 빛내골 숫막거리를 나설 적에 사람도 먹지 않았던 5전짜리 막걸리를 두 사발이나 먹이고 얼추 응급조처를 하였다. 그러나 다시 걷기 시작하면서 상처는 더욱 부풀어올랐고 길을 재촉할수록 마냥 더디기만 하였다. 그곳 마방에 두고 올 수도 있었으나, 조급한 마음에 끌고 온 것이 되려 화근이었다. 그러나 떠나온 빛내골보다 다가올 샛재가 더 가까워진 지금에 이르러선 후회해보았자 소용없는 일이었다. 빛내골을 떠나 행상꾼들의 밥자리인 저진터재 계곡을 지나고 자치골과 또다른 밥자리인 느삼밭을 지나고 장차 구억터와 샛재골을 앞두고 있으니, 한식경 못다 가서 월천댁이 기다리는 샛재 비석거리에 당도할 것이었다.

일행 열넷 중에서 행수는 접소(임소)의 도감인 정한조(鄭漢祚)였고, 나머지는 그 수하 부상들과 복꾼들이었다. 행수인 정한조는 일행 중에서 나이도 많아 보였고, 허우대도 크지 않았으나, 딱 벌어진 상반신에 행동거지가 매우 민첩해 보였다. 목소리에 위엄이 실려 있어 얼른 보아도 녹록해 보이는 위인이 아닌 듯했다. 절음난 나귀를 살피던 그는 혀를 끌끌 차고는 풀었던 감발을 다시 단단하게 조여매면서 견마꾼이었던 만기에게 말했다.

“나귀에 실린 부담을 내리게.”

그때까지도 동이 트지 않은 꼭두새벽이었다. 산기슭에는 역시 겨우내 쌓인 눈이 녹지 않은 그대로였고, 옷깃을 파고드는 한기도 살을 에이긴 한겨울이나 다름없었다. 바람이 지날 때마다 소나무 가지에 앉아 있던 눈보라가 으스스 떨며 벼랑길 아래로 떨어졌다. 그러나 고래등같이 덩치 큰 무명짐이나 시겟짐을 지고 고갯길을 재촉한 터라, 일행들의 땀에 전 누비 등거리에선 더운 김이 솟아오르고, 목덜미에는 땀이 시꺼먼 땟국과 함께 줄줄 흘러내렸다. 마침 등거리를 벗어 땀을 훔치던 만기가 절음난 나귀에 실려 있던 부담을 내리기 위해 북두끈을 풀고 있었다. 부상한 나귀가 길바닥에 눕기 전에 조치를 해주기 위해서였다. 부담을 내리긴 하였으나 만기는 엉거주춤 선 채로 행수의 눈치만 살피고 있었다. 주위를 둘러보아도 일행 중에 더이상의 등짐을 감당해줄 수 있는 사람이 마땅하지 않았기 때문이다. 짐 벗은 나귀는 걷기에 훨씬 수월해지겠으나, 복꾼들은 접은 두 다리를 펴지 못할 정도로 고통을 감내해야 할 판국이었다. 견마를 잡고 있던 만기조차 허리를 펴지 못할 정도의 과부하였다. 행수 정한조가 일행을 돌아보며 말했다.

“한숨 돌리게들……”

분부가 떨어지기 바쁘게 일행들은 누구랄 것도 없이 일제히 허리춤에 찔러두었던 곰방대를 뽑아들었다. 코를 풀어 나뭇등걸에 쓱 닦고 나서 곰방대에 시초를 꾹꾹 눌러 다져넣고 부싯돌을 쳐서 마른 쑥에 불을 당겼다. 일행 중 누구에게선가 창자까지 토해낼 듯 지독하게 내쏟는 기침 소리가 들렸다. 그사이 행수는 나귀에 실렸던 부담을 무릎치기도 하지 않고 두 팔의 근력만으로 번쩍 들어올렸다. 그리고 이 눈치 저 눈치 살필 것도 없이 뒤에 있던 자신의 무명짐 위에 올려 싣고 단단히 잡도리하였다. 아니래도 한 길이나 되던 무명짐 위에 부담을 얹고 보니 멀리 보이는 산등성이에게 누가 더 높은가 겨루기라도 하자는 것처럼 보였다. 항상 그랬던 것처럼 나머지 동무들은 도감 정한조의 행동을 못 본 척하였다.

등짐을 정리한 다음 행수 역시 곰방대를 꺼내 한 대 달아 물었다. 그는 지금 막 동이 트려는 동쪽 하늘로 시선을 던지면서 견마 잡았던 만기에게 일렀다.

"여기서부터는 우리가 앞장설 테니 자네는 뒤따르게……"

"절음난 나귀 때문입니까?"

"그렇다네."

절뚝거리는 나귀를 염두에 둔 말이었다. 견마 잡는 대신 비교적 가벼운 등짐을 진 것이 거북했었던 만기가 공치사를 하였다.

"빛내골 마방에 있는 대장간에 맡기고 올걸 그랬습니다."

"그 마방의 대장장이 심보가 실로 고얀 놈이 아니던가. 여간한 말에는 대꾸조차 않는 그 뻣뻣한 행동거지에 비위가 뒤틀려서 무리를 한 것이야…… 시절이 수상해서 빈부귀천이 어느덧 물레방아가 된 세상이라지만, 그놈 역시 말구종* 주제에 구실아치들처럼 평소에 생트집은 왜 그렇게 많던가. 말도 못하고 눈망울만 굴리는 짐승을 다루는데도 걸핏하면 매질이고 욕지거리를 퍼붓는 게 아닌가. 그런 몹쓸 위인에게 식솔이나 다름없는 짐승을 맡겨두고 차마 돌아설 수가 없었네. 그게 이런 무리를 한 단초가 되었네.”

그렇게 말하자, 벼랑길에 쪼그리고 앉아 쇄골이 깊숙하게 파이도록 담배 연기를 들이켜고 있던 동무 하나가 벌떡 일어서면서 맞장구를 쳤다.

“그놈 풀무꾼은 어떻구요. 아직 황구의 나이인데도 버릇없이 가탈을 부리고 방자하게 행세하는 꼴을 볼 때마다 배알이 뒤틀립다다…… 보잘것없는 길미를 바라고 메기 잔등같이 미끄러운 십이령 길을 사흘이 멀다 하고 넘나드는 우리들에겐 숫막거리에서 마시는 5전짜리 막걸리 한 주발이 불편한 심기를 달래줄 뿐이지요.”

“풀무꾼을 험담하다가 난데없는 막걸리 타령인가. 벌써 속이 출출한 게군. 목이 콩가루 삼킨 듯 칼칼해도 길참을 먹으려면 샛재 주막에 당도해야 하네……”

“목젖이 타들어가는 것은 임자도 별반 다르지 않을 테지?”

“물귀신처럼 나를 왜 끌고 드나?”

“하긴 빚내골 발행할 적에 나귀만 해장술을 마시지 않았나.”

“나귀들이 막걸리를 좋아하는 대신 물 마시기는 좋아하지 않으니, 우리와 동행하기는 소나 말보다 낫지. 게다가 귀와 좆이 소나 말보다 홍두깨 저리 가라 할 정도로 크고, 무거운 짐을 져도 참고 견디는 힘이 사람을 앞지를 정도이니 우리네 행상들과 동행하기는 딱일세.”

---

• 말구종: 말 앞에서 고삐를 잡고 끌거나 말의 뒤에서 따르는 하인.

"행상들뿐만 아니고 행세한다는 선다님들도 나귀를 좋아하지 않
나. 좆이 커서 좋아할까."

"잘도 주워섬기는군. 저것들이 한결같이 고집 센 것은 잊어버렸
나. 동고동락하려면, 다음부턴 막걸리부터 나눠 마셔야 하네."

분위기가 거북해질 것을 걱정했던지 성품이 무던한 만기가 얼른
끼어들어 말머리를 돌렸다.

"하긴 성냥일* 하는 위인들이 오죽 못났으면, 짐승을 상종하여 거
드름을 피울까요. 부담을 내려주었으니 샛재까지는 그럭저럭 되겠지
요."

"자, 얼추 땀들 들였거든 또 발행일세. 이제 몇 행보 남지 않았네."

그토록 큰 등짐을 진 행수 정한조가 앞장을 섰다. 샛재까지는 내리
받이길보다 치받이길이 많은데다가 단출하지 못한 등짐 때문에 길
줄이기가 손쉽지 않았다. 그러나 마침 동녘이 훤하게 밝아오고, 콧등
을 스치는 바람은 차갑지만 한결 상쾌했다. 늘어지게 쉬었으니 발걸
음도 가벼워진 터라, 일행들은 가벼운 농까지 주고받으며 또다시 구
억터의 산협길로 접어들었다. 1년 365일 사계절을 언제나 똑같은 얼
굴들과 어울려 똑같은 길을 걷고 있었으나, 나누는 농담과 대화는 언
제나 새로웠다. 저잣거리에 당도하면 그곳에서 난생처음 경험하는
일들과 마주치기 일쑤였고, 그곳에서 만나는 닳고 닳은 거간들이며
말감고며 장주릅 들과 물화를 두고 입씨름하고 흥정하면서 듣고 본
이야기들이기 때문에 다시 모여서 나누는 대화는 언제나 따끈따끈한
것이기 마련이었다. 그러는 사이, 네 필의 나귀를 혼자서 몰고 있는

---

• 성냥일: 대장간 일.

만기는 자꾸만 일행에서 뒤처지고 있었다.

　절음난 나귀에게 회초리를 내리지 말라는 행수의 분부가 있었을 때, 십이령길에서 태어나 나이 먹어가는 눈치 빠른 나귀들이 먼저 알아채고, 그때부터 오뉴월 쇠불알 늘어지듯 세월아 네월아 하면서 게으름을 피우고 있었기 때문이었다. 얼마 가지 않아서 선머리에서 걷는 행수 일행과 당나귀를 뒤따르는 만기는 먼발치로 멀어지게 되었다. 선머리의 행중들이 산코숭이를 돌아설 때는 뒤따르는 나귀들의 요령 소리가 귀를 모아야 할 정도로 먼 뒤쪽으로 물러나 있었다. 선머리의 일행은 자주 쉬면서 만기를 기다릴 수도 있었다. 그러나 쪽지게를 내렸다가 다시 발행하는 사이에 겪어야 하는 구차스러움이 뼈에 사무치도록 고통스러워 쉬고 싶어도 쉬지 못하는 어려움이 뒤따랐다. 언제나 그랬다. 그래서 먼발치께로 뒤처진 만기를 배려하고 신경쓸 겨를이 없었다.

　그 소동이 벌어진 것은 일행이 구억터의 자드락길로 몰아치는 바람을 안고 숨차게 오르고 있을 무렵이었다. 문득 기척을 느끼고, 지게를 진 채로 멈추어 선 것은 일행의 선머리에 섰던 도감 정한조였다. 뒤돌아보자 하니, 나귀를 견마 잡고 뒤따라야 할 만기가 바람에 날리는 부들솜을 잡기라도 하듯 두 팔을 허공으로 내저으며 허겁지겁 달려오고 있었다. 나귀들도 보이지 않았고, 지게조차 벗어던진 난삽한 행색이었다. 잠자리에서나 일할 때나 옷매무새가 허술치 않은 사람으로 소문난 만기가 배자 자락을 대중없이 펄럭이며 숭어뜀을 하고 있는 것으로 보면, 필유곡절이었다.

　"멈추게들……"

　무슨 변고가 일어난 게 틀림없었다. 행수의 말에 모두 걸음을 멈추

고 지게를 내렸다. 그리고 황망히 달려오는 만기에게 시선을 곤두박
았다.

"만기가 제사상에 뛰어든 두꺼비처럼 갈팡질팡 왜 저러나?"

"그러게요."

"어허…… 만기가 넋은 어디 가고 바지저고리만 남아 학춤을 추고
있네."

천둥불에 검둥개 날뛰듯 곤두박질을 하며 달려오는 만기에게 일행
은 가슴이 뜨끔하도록 놀랐다. 그러나 행수는 뜻하지 않게 찾아온 불
상사에도 섣불리 동요하지 않았다. 나이로 보아선 하잘것없는 사십
대 중반을 살고 있었지만, 그의 짧은 생애의 밑바닥에는 그런 부질없
는 일 따위로는 가슴을 두근거리며 놀라지 말라는, 송진같이 진한 이
력이 간직되어 있었다. 그는 달려오는 만기를 향하여 달려나가며 같
이 소리를 지르려는 동무들을 제지하였다. 일행들에게 다가온 만기
는 숨이 턱에 닿아 있었다. 새파랗게 질린 몰골로 풀어진 누비배자
섶을 수습하며 가쁜 숨을 고르고 있는 그에게 행수가 물었다.

"적변을 당한 겐가?"

"아…… 아닙니다."

"아니라니? 아침나절에 난데없는 도깨비라도 만났다는 겐가?"

"아닙니다."

"그럼 뭔가 이 사람아, 딱 부러지게 말을 하게. 이런 꼭두새벽에 무
슨 귀신에 놀라 이 지경이 된 게야?"

"도깨비가 아닌 사람입니다."

"이런 첩첩산중 험고한 곳에서 사람과 마주쳤다면 필경 적변이 아
닌가?"

"산적은 아닙니다. 저도 모르겠습니다……"

"자라 보고 놀란 가슴 솥뚜껑 보고 놀란다더니, 자네가 그 꼴 되었네. 길손을 보고 놀라다니…… 자네가 연소하다지만 간담이 그것밖에 안 되나?"

"얼른 가보아야 합니다."

"나귀들은 어찌되었나?"

"잡도리해두었습니다."

그만한 일에 넋이 나간 만기를 탐탁잖게 여긴 행수가 나귀들에 빗대어 한마디 쥐어박았다.

"자네가 무던한 것은 좋으나 모질고 다부지지 못한 게 병통일세. 얼빠진 꼴은 말 못하는 짐승들보다 못하군."

날샌 부엉이 꼴로 머쓱해진 만기는 숨 돌리도록 그 자리에 주질러 앉히고 두 사람만을 데리고 걸어온 길을 되돌아 뛰기 시작했다. 길손들의 행리 탈취는 예사이고 때로는 부상들의 목숨까지 요절낸다는 산적은 아니라고 장담했으나, 그 말을 곧이곧대로 믿을 수는 없었다. 만기가 일행을 붙잡으려고 달려오는 사이 묶어둔 나귀까지 몰고 줄 행랑을 놓았을지도 모를 일, 되돌아가는 사람들의 발걸음이 허공에 뜬 것처럼 황망했다. 물미장을 단단히 꼬나든 손에는 순식간에 땀이 흠뻑 배었다. 얼마 가지 않아서 만기가 두고 온 벼랑길이 시선에 들어왔다. 그러나 잡도리해두었다는 네 필의 방울나귀는 만기가 버리고 온 장소에서 한 치도 벗어남이 없이 시겟짐을 등에 붙인 채로 한가롭게 서 있었다. 한 마리는 비게질을 한답시고 나뭇등걸에 엉덩이를 비비적거리고 있었다.

절음난 나귀 역시 무사했다. 다만 어마지두 놀란 만기가 경황중에 벗어던진 쪽지게만 벼랑길에 곤두박여 있을 뿐이었다. 그렇다 해서 무작정 달려가서 나귀들의 고삐를 낚아챌 수는 없는 노릇이었다. 매복한 산적들이 나귀들을 미끼로 유인하여 순식간에 일행을 덮칠 수도 있었기 때문이다. 일행은 나귀들을 코앞에 두고 사위의 정황을 살피기로 하였다. 계곡 아래로 몸을 납작 엎드려 매복하면서 숨을 죽였다. 까치 서너 마리가 소나무 가지 사이를 분주하게 오가면서 소리치는 것이 예사롭지 않았으나 그렇다고 경솔하게 뛰어들었다가 놀란 나귀들이 혼비백산하여 뒤죽박죽 뛰기라도 한다면, 시겟바리가 계곡 아래로 굴러 일이 커질 수도 있을 뿐만 아니라, 나귀들조차 부상을 입을 가망도 없지 않았다.

산적이 매복하고 있다는 증거를 찾아내지 못하든, 나귀들이 놀라지 않게 시간을 끌며 지켜보든, 모두가 신중하지 않으면 위기와 마주칠 수 있었다. 지루할 정도의 시간이 흘렀다. 그제야 행수가 잡목숲에서 천천히 상반신을 일으켰다. 일어서긴 했지만 한동안 미동도 않고 그 자리에 서 있었다. 산적이 지켜보고 있었다면 그 모습을 드러낼 차례였고, 나귀들이 놀라지 않았다면 저들의 주인이 나타났다는 것을 깨닫고 뛰지 않을 것이었다. 그러한 사태들을 예견할 수 있는 안목이 행수인 그에겐 있었다. 그는 드디어 천천히 다가가 나귀들의 고삐를 잡아채는 데 성공했다. 뒤따르던 수하 동무들 역시 다가와 길바닥에 곤두박인 지게를 수습하였다. 소란을 피우던 까치 소리도 가까스로 멎었다.

그렇다면 만기와 마주쳤다는 길손은 도대체 본색이 무엇인가. 달아난 노비를 추쇄하던 작자인가. 아니면 육로행상으로 자처하고 나선 적탈민인가. 아니면 관아의 재물에 포흠을 저지르고 도주하던 구실아치인가. 그렇지 않으면 만기가 낮도깨비를 보았다는 것인가. 그도 아니라면 푼전의 삯전을 받고 발품을 팔던 보행꾼인가. 오만 가지 생각이 머릿속을 휘젓고 있었으나 도무지 이렇다 할 짐작이 없었다. 귀신이 곡할 노릇이라는 게 바로 이런 경우를 두고 하는 말일 것이었다. 그러나 아니었다. 행수는 만기가 보았다는 사람의 형용이 이 근처에서 매복하고 있을지도 모른다는 것을 생각하고 있었다.

그는 고삐를 수하 동무에게 건네고 난 뒤 벼랑길 위쪽에 있는 바위 아래를 살피기 시작했다. 아직 녹지 않은 눈 위로 낙엽과 눈이 서로 엉켜 어수선하게 흩어진 흔적이 있었기 때문이다. 이윽고 차가운 눈 위에 코를 박고 쓰러진 채로 혼절한 한 사내를 발견하였다. 위인은 날벼락이라도 맞은 사람처럼 볼기짝을 드러낸 채 코를 박고 널부러져 있었다. 굴뚝에서 빼놓은 족제비 꼴인 사내를 발견하는 순간, 동무들을 부를까 하다가 그만두고 앞으로 엎어진 사람을 바로 눕힌 다음 진맥부터 해보았다. 한동안이 지나서야 손바닥으로 가느다란 맥박이 가물가물 짚여왔다. 그때까지 명줄이 붙어 있다는 것은 천행이었으나, 강시나 다름없는 사람의 행색은 차마 눈 뜨고 못 볼 지경이었다. 염하다가 내다버린 사람처럼 형용이 흉측하였다. 입성이란 것을 걸치고 있긴 하였으나, 콧등이 베어나갈 듯한 혹한에 배자는 어디 갔는지 보이지 않고 시뻘건 동저고리 바람인데 그 또한 갈기갈기 찢겨 있었다. 누더기가 겨우 거웃을 가리고 있을 뿐 사지가 그대로 드러나 있었다. 긁히고 찍히고 파이고 멍들어서 전신에 앵혈 같은 자국 투성이인 것으로 보아 그가 이 산속에서 겪은 경난이 만만치 않았다는 것을 증거하고 있었다. 주위를 살펴보았지만, 괴나리봇짐조차 보이지 않았다. 호랑이나 개호주를 만나 욕을 당한 것인지도 몰랐다.

행수는 불문곡직 사내를 들쳐업었다. 부러진 한쪽 다리가 하반신 아래로 축 늘어졌다. 아래쪽 자드락길에서 무명짐과 시겟짐을 수습하고 있던 동무들은 시신이나 다름없는 사내를 업고 가파른 기슭을 내려오는 행수의 거동을 먼발치에서 바라보고 있다가 고샅길 어귀에 똥 본 개 새끼들처럼 우르르 모여들었다.

"행수님, 명줄은 붙어 있습니까?"

"당장은 붙어 있네만 서둘러 따뜻한 봉노에 안동하지 않으면 당장 저승사자가 업어가겠구만. 추운 날씨에 기한인들 오죽했겠나. 우리가 조금만 늦게 당도했어도 그대로 강시 날 뻔했네."

"이런 변고가 있나…… 적변을 당한 것입니까. 짐승을 만난 것입니까. 떠돌이 왈패들에게 걸려들어 매타작을 당한 것입니까? 어떤 육실할 놈의 소행인가."

"어떤 무뢰배나 산적의 소행인지, 짐승을 만난 것인지 알 수 없네만, 냉큼 조처하지 않으면 이런 혹한에 살아남는다고 장담할 수 없네."

"실족을 했다면 자드락길이긴 하나 가근방 길목이 그다지 험하지 않고…… 매타작을 당했다면, 봇짐 털려던 무뢰배나 산적이었겠지요."

"그런 말할 경황없네."

난감한 일이었다. 명색 신표(信標)를 지닌 원상으로 자처하는 행상이라면 노상에서 마주친 행려병자나 실족한 동배간을 구완하지 않고 지나친 사례는 없었다. 사람에 따라 구급에 인색할 수도 있겠지만, 그런 사실이 나중에 들통나면, 임소나 접소에 끌려가서 혹독한 징치를 당하는 것이 예로부터 원상들이 지켜온 엄중한 기강이었다. 그러나 정한조 일행이 구완해야 할 이 길손은 본색조차 알 수 없었

다. 그것이 그들을 잠시 망설이게 했다. 행수 정한조는 결단을 내렸
다. 그는 일행 어느 누구의 눈치도 보지 않고 초주검이 된 포병객을
들쳐업었다. 그리고 견마 잡았던 만기와 동행으로 걸음을 재촉하였
다. 뒤에 남은 일행들은 그 자리에 있다가 나귀와 등짐 들을 다시 수
습하여 뒤따르도록 하였다. 샛재를 겨냥하고 걸음아 날 살려라, 종종
걸음하는 행수의 뒤를 따르던 만기가 물었다.

"이 사람이 우리와 같은 원상이라면, 신표를 지녔거나 추수전(秋
收錢)에 바친 자문(尺文)*을 지니고 있을 텐데요?"

"사추리 밑까지 샅샅이 뒤져보았지만 찾지 못했네……"

"갓 쓰고 박치기를 해도 제멋이라지만 이 작자가 원상도 아니라
면, 무슨 배포로 이 험한 산길에 대중없이 뛰어들었을까요. 횡액을
당할 것을 진작에 예견했을 만한데요."

"요사이는 접소에 적을 둔 원상이 아니라도 행세하는 잠상배나 부
랑꾼 들이 많아서 신표를 지녔다 해도 도무지 본색을 믿을 수 없는
세상이 되었네. 조정에서는 지난 임오년 난리를 겪고부터 서북인이
며 송도인이며 서얼이나 역관, 서리, 군졸 할 것 없이 벼슬길에 나설
수 있도록 조처하고, 장시에까지 양반의 직첩이 흘러나와 거래될 뿐
만 아니라, 절집을 중수한답시고 공명첩까지 내돌리고 있지 않은가.
굶어 죽지 못해 명줄만 겨우 지탱해오던 하찮은 궁반들도 보부상 노
릇 한답시고 장시에서 물화를 사고팔도록 조처하여 어느덧 반상의
구별이 없어진 수상한 시절이 되고 말았네. 빈부귀천이 돌고 도는 물
레방아가 되었다는 말은 바로 그걸 빗대어 하는 말일세. 요사이 들

---

* 자문: 영수증.

어선 장시에 창궐하는 무뢰배들은 물론이고 심지어 약초 캐어 연명한다는 산척(山尺)이며 난데없는 협잡꾼 들까지 지난 신분을 숨기고 장시 어귀에서 사사로이 다듬은 물미장을 내저으며 행세들 하고 있지 않은가. 허욕이 난무하고, 완악하고 거만한 작자들이 장시를 주름잡고 있어 은혜와 의리는 이제 우리와 거리가 멀게 되었다네. 그것은 자네도 익히 경험해서 알고 있는 일이 아닌가. 대원위대감이 청나라로 붙들려간 뒤 나라의 제도가 눈코 뜰 사이 없이 바뀌고 있어 우리 부상들도 덩달아 갈피를 못 잡고 있다네. 그건 그렇구, 서두르게.”

“사세가 글렀습니다.”

“그렇다 해서 우리 원상들이 지켜오던 정리를 헌신짝처럼 버릴 수는 없네. 만약 그렇게 되면 이보다 더 혹독한 환난을 겪게 될 것이야. 더욱이 우리 소금 상단에서 불미스러운 일이 있어선 안 되네.”

두 사람이 사타구니가 쓰리도록 열불나게 걸어 당도한 곳은 샛재 턱밑인 비석거리였다. 이름하여 선정비나 공덕비란 것들은 길손들의 내왕이 번다한 길목에 즐비하게 세워두기 마련이었고, 그래서 예부터 번화한 곳을 가리켜 비석거리로 불러온 것이었다. 그런 곳에 숫막이 들어서고 간혹 들병이들도 술 단지를 끌어안고 길손들을 기다리게 되었다. 그러나 지금은 춘궁기를 앞두고 있는 시절이어서 내왕도 뜸하고, 숫막 경영도 한산하기 이를 데 없었다. 비석거리에는 숫막 세 집이 나란하게 문을 열고 있었고, 허술하기 그지없지만 돌을 쌓아 바람막이를 한 마방도 갖추고 있었다. 마방이 딸린 숫막에는 어림잡아 사십대 초반으로 보이는 아낙네가 나이가 이팔인 구월이라는 여식과 사팔뜨기에 밤이나 낮이나 눈에 눈곱을 달고 사는 늙은 중노미 한 사람을 데리고 숫막질을 하고 있었는데, 택호가 난데없는 월천댁이었다. 그것은 육칠 년 전에 역병으로 열명길에 오른 남편이 이곳에서 한식경 거리에 있는 말래(두천) 물가에 움집을 짓고 살며 사람을 업어 내를 건네주는 월천꾼이자 길라잡이로 연명했기에 붙여진 택호였다. 월천댁은 여식 하나를 남기고 졸지에 명줄을 놓아버린 아비를 이곳 비석거리 언덕에 묻고 시묘살이를 하더니, 아예 이곳에 숫막을 열어 자리잡고 말았다. 죽은 남편의 무덤을 떠난다는 생각은 아예 없었으니, 한미한 집 자손이지만 심덕 한 가지는 열녀의 반열에 올려둘 만하였다. 궐녀는 샛재를 오가는 길손들 중에 반명하는 위인이든 상것들이든 층하를 두지 않고 상종하였다. 선비라고 호들갑스럽게 아양 떨며 납죽거리지 않았고, 상것이라고 체면을 깎고 홀대하는 일을 저지른 적이 없었다. 간혹 도포 입고 행세한다는 표객이 궐녀의 숫막에 식주인을 정하고 객고나 풀자 하고 지분거리기도 하였다.

"여보게, 술어미. 그냥 두면 곰팡이만 슬고 젓국 냄새만 등천을 한다네. 더러는 뒷물할 일도 생겨야 쓸모가 있는 게 바로 임자 불두덩 아래 붙어 있는 가죽방아가 아닌가. 어떤가? 내 말의 깊은 이치를 알아듣겠지? 임자가 살보시만 질탕하게 해준다면 먼 길 행보, 만리 행역이 싹 가시지 않겠는가. 해우채는 섭섭하지 않게 헤아려줌세."

"길거리에 나와 앉은 본데없는 계집이라고 깔보고, 실없는 언사가 낭자하시구려. 공규를 지키는 하찮은 계집을 상종하여 양반 행티 너무 마시오. 댁이 남행* 부스러기로 벼슬길 맛을 보았는지…… 작둣간에서 풀무질이나 하다가 삼만 냥이나 든다는 공명첩 얻어 양반의 직첩을 얻었는지 어느 개아들놈이 알겠소. 말본새하며 행티하는 거

---

* 남행: 과거를 거치지 않고 얻은 벼슬을 낮추어 일컫는 말.

조가 댁이 겉보기와는 달리 가문 있는 집 자손이 아닌 것은 분명하오. 육허기가 목젖까지 차올랐거든 나보고 지분거리지 말고 봉놋방 외짝문 닫아걸고 혼자 실컷 용두질이나 해서 육허기를 채우시지요. 그러나 해보았자 허망하긴 마찬가지일 것이오."

"술어미…… 내 잠깐 실언을 했기로서니 면박이 너무 가혹하지 않은가."

"집구석이 망하려면 제석 항아리에 말 좆이 들어간다는 말이 있지요. 쇤네가 간구하게 살다보니 댁과 같이 비위짱 사나운 꼴을 보아도 주리 참듯 참고 살아야 하는 신세가 가련하네요."

그런 꼴같잖은 위인에겐 가차없이 면박을 주지만, 평소에는 범절이 더없이 무던한 아낙네여서 병자를 샛재까지 한달음으로 업고 온 것이었다. 병자를 좁은 툇마루에 내려놓자 파랗게 질린 월천댁은 불당그래를 손에 든 채로 부엌의 널쪽문을 밀치고 엎어질 듯 내달았다. 봉당 쪽마루에 사지를 늘어뜨리고 누운 병자를 이리저리 살피던 월천댁이 혀를 끌끌 차며 말했다.

"장독을 입었는지 오장육부를 다쳤는지 알 수 없으나, 우선은 된장밖에 약이 없네요."

정주간으로 달려가더니 된장을 한 바가지나 떠왔다. 우선 병자를 바로 눕힌 다음 서둘러 된장을 발랐다. 정한조가 말했다.

"어성초나 소리쟁이 뿌리 말려둔 것은 없소? 어혈을 풀어주는 데 그만한 갈약*이 없소."

"쑥이나 명아주 말린 것은 있습니다."

---

* 갈약: 상비약.

"지네 말린 것을 가루로 만들어 물에 타 마시게 하면 그것도 효험이 좋소. 타박상에는 광대나물이 제격이오."

"지네나 광대나물 말린 것은 말래 접소에 당도하면 돌팔이를 불러 구처하시고 우선 된장이나 바릅시다. 된장도 만병통치라 하지 않습니까."

부러진 다리와 상처에는 쑥을 두드려 발라준 다음, 소나무 껍질을 벗겨 지지대로 싸매주고, 경황중에 끓인 미음을 떠먹였다. 그러나 병자는 미음조차 받아들이지 못했다. 병증이 뼈에 사무친 것이었다. 발을 싼 감발을 벗겨보니 이미 오래전부터 동상까지 앓았던 듯 두 발등이 죽장같이 부어올라 있었다. 구완 않고 오래 방치하면 화농되어 썩어들어갈 것이 뻔했다.

"어허 이런 야단이 없군."

"한 군데도 성한 구석이 없네요. 말린 쑥은 있으니, 싸매주어야 하겠소."

불각시에 들이닥친 병자를 맞이하여 월천댁과 딸아이 구월이가 정주간과 봉놋방을 부지런히 오가며 간병을 하고 있었으나, 병자는 좀처럼 기신을 차리지 못했다. 귀조차 먹었는지 목청을 가다듬고 소리 질러 물어도 도무지 기척이 없었다. 걱정이 태산 같기는 궐자를 업어 온 두 사람보다 식주인인 월천댁이 더 컸다. 평소 흉허물 없이 지내는 사이여서 병자 수발을 아낙네에게 맡긴 두 사람은 왔던 길을 황급히 되짚어갔다. 그들을 뒤쫓아오는 일행을 맞이하기 위해서였다. 그처럼 되짚어갔던 행수가 동패들을 이끌고 숫막으로 돌아온 것은 중화 때를 훨씬 넘긴 시각이었다. 분주를 떠느라 모두 파김치가 되어 있었고, 나귀들 또한 지쳐서 회초리를 내려도 고개만 내저을 뿐 고집을 부리며 도무지 발굽을 떼려들지 않았다.

"어허…… 이 무슨 낭패인가. 혼쭐을 내는데도 짐승들이 도무지 발굽을 떼려 하지 않아. 콧방귀도 안 뀌어."

"콧방귀도 안 뀌는 것은 나귀들뿐만 아니네. 우리가 업어온 행려병자도 전혀 차도가 없어. 아무래도 의원이 가까운 말래 도방까지는 업어가야 할 형편인걸."

"명줄이 붙어 있으면서 말문을 열지 못한다면 그 위인 태생부터 귀머거리가 아닌가."

"글쎄, 말문을 딱 닫아걸고 입도 뻥긋하지 않으니 속내를 알 수가 있어야지."

"어쨌든 환난을 만나 혼백이 떠버린 듯하니 지금 당장 병구완은 잠시 월천댁에 맡기고 우리 상단은 염전까지 당도해서 내성의 여각과 약조한 날짜는 지켜줘야 하겠네. 회정길에 다시 숫막에 들러 차도가 있는가 없는가 알아보는 게 좋겠네."

"본색을 알 수 없는 위인을 숫막에 맡겨두는 것도 내키지는 않습니다."

"그렇다고 굴신을 못하는 사람을 푸대접해서 숫막에서 내쫓으란 말인가. 필경 부질없는 죽음을 당할 것이네. 그런 짓은 명색 환난상구(患難相求)한다는 원상들이 저질러선 안 될 일이지 않은가. 우리 행중도 언제 어디서 그런 횡액을 당하지 않는다고 장담할 수 없지 않은가."

다음 파수에는 또다시 소금 섬과 미역 짐을 지고 십이령을 넘어야 했다. 그것이 내성에 있는 소금 도가 포주인과 약조된 일이었다. 울진의 흥부포구에는 토염전을 일군 80여 호의 염호(鹽戶)들이 널려

있었는데, 그곳은 삼척 부중의 벼슬아치들이나 질청의 아전들 소유
였다. 토염은 청정 해역에서 끌어올린 고포 해안의 곽전(藿田)에서
생산되는 돌곽 미역과 같이 울진 포구의 소문난 토산품으로 손꼽혔
다. 염전 한 꼭지는 150평이고 두 꼭지를 한 자리라고 불렀는데, 그
한 자리를 가꾸는 데는 염부 두 사람이 종사하였다. 흥부포구의 두
염막에서 소금을 굽는 염부들만 하더라도 90여 명을 헤아렸다. 토염
은 염전에서 마사토와 함께 응축시킨 뒤 우려내어 굽는 방식인데, 그
소금을 한 번 굽는 데는 얼추 달포가 걸렸다. 날씨가 좋으면 한 자리
에서 한 번에 소금 칠팔십 말을 거두는데, 값어치로 따져 그 소금 한
섬이 40냥이라면, 조 한 섬은 20냥에 거래되었던 시절도 있을 정도
였다. 소금을 가지고 현동이나 내성장까지만 나가도 쌀 반 섬과 바꿀
수 있었고, 콩이나 잡곡일 경우는 맞바꿀 수 있었다. 비가 잦아 토염
생산이 줄어든 흉년에는 쌀 한 섬이 소금 한 섬이었다. 가마솥을 걸
어 솔잎과 장작불을 지펴 소금을 굽는 자염(煮鹽)에 비해서 토염이
그토록 천세나는 것은 고등어에 염장을 지르거나 겨울철 김장을 담
글 때 넣으면 그 시원한 맛을 자염이 감히 따르지 못했기 때문이다.
바다 가까이 거주하는 민초들도 소금 먹기가 하늘에 별따기인데, 바
다에서 수백 리 떨어진 내륙의 산골 백성들은 소금 배가 나루 가까운
곳에 이르렀다는 소문만 들어도 다투어 곡식과 피륙을 가지고 달려
가 빼앗듯 흥정하려들었다. 그래서 울진 흥부포구의 염호들은 소금
만 팔아서 축재한 소문난 부호들이었다. 덩달아 소금장수를 배장수
라 부르기도 하였는데, 그것은 선박을 지칭하는 것이 아니라, 이문이
배가 남는다 해서 지어진 별호였다. 자염이라 하더라도 비가 잦아 소
금이 줄어든 흉년에는 쌀값에 버금갈 정도였고, 소금 기근으로 구황

염이 필요한 봄철과 비가 잦은 칠팔월에는 그나마 저잣거리에서 손쉽게 소금을 찾아볼 수 없었다.

소금을 구우려면 먼저 염전 바닥에 왕피천에서 가져온 뻘을 넣고 평평하게 다진다. 그 위에 산에서 채취한 마사토를 간 뒤 바닷물을 퍼붓고 말린 다음 써레질을 해서 뒤집는 작업을 칠팔 일 동안 반복한다. 그다음에는 마사토와 함께 응축된 소금을 긁어모아 다시 바닷물을 부어 표면 아래 뻘로 만들어 웅덩이에 흘러내리게 하여 마사토와 소금물을 분리한다.

염부 두 사람이 한 열흘 동안 작업을 하면 소금물 2백 초롱을 얻게 되는데, 이 소금물을 솥에 부어 주야로 쉬지 않고 달이면 소금 80말을 얻어낸다. 이런 토염이 햇볕에 의존하여 수분을 증발시켜 얻는 천일염이나 바닷물을 끓여서 얻어내는 화염에 비하여 맛이 달다. 이 토염이 워낙 고품질이기 때문에 이웃 고을뿐만 아니라, 십이령을 넘어 경상도 안동과 상주 강원도 내륙 영월과 태백에, 고초령을 넘어 영양, 진보, 청송, 심지어 고령 개포(開浦) 장시의 원상들까지 내성에 있는 어물 객주에 눈치 빠른 거간을 넣어 거래를 틀 만큼 천세난 물화였다. 고령뿐만 아니었다. 낙동강에서 손꼽히는 나루터 장시로는 고령 외에도 밀양의 삼량진(三梁津), 의령의 박진, 초계의 율지(栗旨), 현풍의 세암(洗巖), 성주의 명덕진, 대구의 사문진, 안동의 외관, 선산의 비산, 상주의 낙동과 같은 포구들이 있었다. 이런 포구에서 열리는 최고의 갯벌장에서도 울진 포구 염막에서 나온 토산염이 거래될 정도였다. 이들 갯벌장을 드나드는 부상들도 울진 포구의 염전이나 해물 저자까지 오면, 좀더 값이 눅은 물화를 매수할 수 있었다. 그러나 십이령을 넘자면, 섶 지고 불로 뛰어드는 경난을 겪기 마런이어서 쓸개 빠진 위인이 아니라면, 엄두조차 내지 못했다.

낙동강 하구에서도 소금이 생산되었다. 이들은 배에 소금을 싣고 낙동강을 거슬러올라가 각 포구에 도착하여 소금을 팔았다. 그러나 사공들이 직접 팔 수는 없었고, 수산 도방, 남지 도방 등 각 포구에 있는 도방의 객주가 물건을 중매해 그곳에서 쌀, 보리, 채소, 과일 같은 낙동강 유역에서 재배되는 곡물과 상품을 바꾼 뒤 다시 강을 내려 갔다. 그러나 그 품질이나 맛에 있어 울진 포구의 염호에서 생산되는 토염을 따르지 못했다.

토염이든 자염이든 소금의 수요가 이처럼 많았던 것은 소금으로 열두 가지 반찬을 만든다는 속담이 있을 정도로 우리 가계에 너무나 깊숙하게 소용되기 때문이었다. 소금은 부정을 씻어주고 병을 낫게 하며 재액까지 막아준다고 했다. 사람이 죽으면 배꼽에 소금을 수북 하게 놓고 마당에 차리는 상에도 소금 사발을 두었다. 배꼽의 소금은 바람이 뱃속으로 들어가지 못하게 막아주고 소금을 먹은 저승사자가 목이 말라 쉬어가게 되므로 죽은 자도 힘들이지 않고 저승까지 당도 할 수 있다고 믿기 때문이었다. 초상집에 갔던 사람은 집으로 돌아와 소금을 뿌려 악귀를 쫓았다. 나쁜 병으로 사람이 죽으면 집안에 소금 을 뿌렸다. 아이를 낳지 못하는 아낙네는 성주 단지 안에 있는 소금 을 먹으면 아이를 낳게 된다고 믿기도 하였다.

울진 포구 소금 장시에서 내륙으로 왕래하는 길목은 통틀어 세 곳 이었다. 남쪽으로는 온정에서 구슬령을 넘어 영양과 안동으로 이어 지는 길이 있었고, 중로에는 원남 갈면에서 고초령(高草嶺)을 넘어 서 영양으로 가는 길이 있었다. 북으로는 흥부장에서 십이령을 넘어 내성과 영주로 넘어가는 길이 있었다. 흥부장에서 내성으로 넘어가는 십이령길은 강원도 해안에서 경상도 북부 내륙 장시로 이어지는 유일한 통로였다. 이 고개는 험준하고 가파르기가 마치 낙타 열두 마리를 세워둔 것과 방불하여 정한조가 향도하는 원상과 그를 따르는 담꾼 들 외에는 언감생심 넘을 엄두조차 못 내는 험준한 산길이었다. 그들 고개 중에서 코치비재나 곧은재는 그 가파르기가 사람의 콧등이 땅에 닿을 정도였다.

몇 년 혹은 몇십 년을 두고 십이령을 넘나든 이력과 간담을 가진 부상들도 벼랑길에서 실족하여 열 길 계곡 아래로 나동그라져 졸지에 열명길에 들거나, 평생 고질을 얻어 신세를 망친 사례도 허다하였다. 길이 얼마나 험했으면 샛재의 성황사를 비롯해서 고개치마다 성황단을 두고 내왕길의 안녕을 빌기까지 했을까. 울진 포구의 염부들과 내성의 보행객주들이나 포주인들이 정한조 행수 일행을 "소금장수 행수 상단"으로 부르게 된 것은 오래전부터의 일이었다. 이들의 우두머리인 반수 권재만(權在萬)과 도감 정한조를 제외한 행중의 수하 원상들 20여 명과 복꾼 40여 명은 모두 삼십대 나이를 크게 넘지 않았다. 심지어 황구의 소년도 둘이나 있었다. 이십대이거나 십대이거나 모두 혈기 방장하고 강단 있는 장한들이어서 흥부 장시나 현동 저자와 내성 장시의 협잡꾼들이 섣불리 덧들이지 못했다.

원상들이 돈독한 결속력을 가지게 된 것에는 이유가 있었다. 해안에서 내륙으로 이르는 십이령은 오래전 흥부와 내성의 부상들이 개척한 것이고, 그 쇳덩어리나 다름없는 소금 섬을 지고 한 번도 쉬지 않고 한 고개를 넘을 수 있는 근력을 가진 부상들도 이들뿐이었다. 때문에 언제부턴가 울진 포구 염전에서 거둬들인 소금은 전매품처럼 이들이 도차지해서 내륙의 장시와 거래하게 되었다. 이들이 다른 소소한 병문친구[*]나 횡행하는 무뢰배 들과 다른 점은 보기 드물게 부상들이 지켜야 할 도리를 다한다는 것이었다. 그래서 소금 상단 행중은 십이령에서 실족한 길손을 만나면 지체없이 구완하고, 보부상이 아니라 하더라도 목숨을 걸고 행려병자를 구급하였다.

샛재를 떠나 숫막이 여럿인 말래의 도방거리[*]에서 한숨을 돌린 정한조 일행은 곧장 염호들이 즐비한 수산천 어름의 염막을 찾았다. 그곳에는 육십 줄에 접어든 소금 도가 포주인 송석호가 삽살개 한 마리를 기르며 언제나 자리를 지키고 있었다. 그는 소싯적부터 염전에 종사하여 반평생을 오직 토염 생산에만 종사한 사람이었다. 염막을 경영하며 적잖게 화식하여 거관(巨款)을 거두어 부호의 소리를 들었다. 그러나 오래전 상배를 당했는데도 재취를 하지 않고 홀아비로 늙어가고 있었다. 수산천이나 흥부 염전에 종사하는 어느 누구도 그가 돈 꿰미를 헤아리는 꼴을 엿본 사람이 없을 정도로 인색하였다. 적잖이 식산한 것은 틀림없겠는데, 언제 보아도 입성은 하방 천인처럼 꾀죄죄하였고, 한겨울에도 풍창파벽에 군불조차 지피지 않은 냉골에 부들만 깔고 기숙하였다. 방에는 거처하는 사람을 따뜻하게 보듬어 줄 물건이 보이지 않았다. 털 빠진 개가죽과 구멍 뚫린 부들자리, 휘장도 없고, 이불도 없고, 모포도 없고, 평풍도 없고, 등잔조차 보이지 않았다. 깨진 화로에 불씨도 없었다. 그가 사시사철을 막론하고 뼛속까지 스며드는 된추위가 맴도는 냉골에서 떠나지 않고 기거하는 것

---

• 병문친구: 정해진 일자리 없이 골목 어귀에 모여 있다 막벌이하는 사람.
• 도방거리: 임소나 접소처럼 보부상을 통제하던 기관이 아닌, 각도에 왕래하던 보부상들의 숙박 처소였다. 대개 장시나 포구 주변에 부상은 부상 도방, 보상은 보상 도방이 있었다.

은 숨겨둔 엽전 꿰미에 혹여 녹이 슬까 염려하기 때문이란 소문들이 염전 일대에 파다하였다. 그러나 다른 소문 한 가지가 더 있었다. 수하에 거느린 염부들이 모두 잠든 사이에 놋쇠 대야를 갖다놓고 숨겨두었던 엽전 꿰미를 꺼내 엽전 하나하나를 대야에 떨어뜨려서 그 쨍그랑쨍그랑하는 소리를 혼자서 즐긴다는 것이다.

그 외에도 울진 포구 여기저기에는 60여 호를 헤아리는 크고 작은 염전이 있고 소금 도가 포주인들이 그곳을 지키고 있었으나, 그는 그런 동사 간에도 내왕 없이 지냈기 때문에 해포이웃이라곤 없었다. 천성이 도무지 분잡스러운 것을 싫어해서 울타리 밖의 사정을 모르고 살면서 엉덩이에 두께살이 앉도록 출입이 없었다. 괴팍한 처신 때문에 같은 염호나 소금 도가 포주인들 사이에서 따돌림을 당했다고도 볼 수 있겠는데, 송석호는 그런 처지를 전혀 아랑곳하지 않았다. 내 것이 아니면 남의 밭에 개똥도 줍지 않는 꼬장꼬장한 성품에 내 것이라면 고뿔도 남에게 주지 않을 만큼 인색했다. 그러나 이상하게도 차인이나 염간(鹽干) 들에게 새경이나 용채를 후하게 쥐여주어 그들로부터 원성을 사는 일은 저지르지 않았다. 처신이 그처럼 데데하지 않은 것에도 알고 보면 까닭이 있었다. 염전이 황금알을 낳는 거위 대접을 받는다는 것을 알게 된 토호나 벼슬아치 들이 질청의 아전이나 관노 들을 사주하여 염전을 싼값으로 사들이려 끊임없이 협박과 농간을 자행했기 때문이었다. 그런 농간에 송석호는 염부들과 힘을 합쳐 염전을 지키려 했다. 그런 저항에 부딪히면 아전들은 문서에도 없는 염세를 강징하여 그를 괴롭혔다.

삼척, 울진을 비롯하여 통천, 고성, 간성, 양양, 강릉, 영해, 평해와 같은 고을은 옛부터 땅이 매우 척박하고 자갈이 많아 농사가 어려웠다. 그래서 이들 고을에서는 고기를 잡고, 미역 따거나 소금 굽는 일을 생업으로 삼았다. 그래서 땅은 비록 메말랐어도 부유한 자가 많다고 하지만, 서쪽으로 고개가 너무 높아서 이역과도 같아 한때 유람하기는 좋겠으나 오래 살 곳은 못 되었다.

소금 전매하는 일이 언제부터 생겼는지, 오랜 세월 그대로 고치지 못하네
우리나라 법이 크게 엄하여, 해마다 내는 세금 일 년 농사보다 많다네
나도 관동으로 나온 뒤에 해안을 다니며 몸소 독려했다네
백성들 누추한 거처는 오두막집, 쑥 엮어 만든 문에 자리조차 걸 수 없어
늙은이가 자식 손자 데리고, 한 치의 시간도 쉴 수가 없네
혹한에도 바닷물 길어오기에, 짐 무거워 어깻등이 휠 대로 휘고
열기와 연기 그을음, 끓이는 훈기에 눈썹마저 타버렸네
문 앞의 열 수레나 되는 나무도, 하룻저녁 땔감이 되지 못하네
하루종일 백 말의 물을 끓여도 소금 한 섬 채울 수 없네
만약 기한 내에 대지 못하면 혹독한 관리는 꾸짖고 성내어
운송하는 관리는 소금을 산처럼 쌓아놓고, 전매하여 비단으로 바꾸지
임금은 공신을 중하게 여겨 상을 주는 데 아끼지 않네
한 사람 몸에 입은 옷가지, 만백성 괴로움 깊이 쌓이네
슬프다 저 소금 굽는 사람들이여, 옷은 해어져 등조차 가릴 수 없고
이 괴로움 견디지 못하여 급히 도망하여 자취를 감추네……

고려시대 안축(安軸)이 소금 굽는 일을 보고 충격받아 이렇게 묘

사할 만치 염한들이 겪는 고초를, 그는 몸소 눈으로 보고 있었다.

평생 염막만을 지키고 앉은 터에 이제 막 육십 줄에 들어섰건만, 구루병 걸린 당나귀처럼 허우대가 찌그러진 행색은 애꾸눈이 보아도 열 살은 더 먹어 보였다. 남들이 그의 인색함을 허물하면 언제나 그는 부자로 살았던 어떤 역관의 얘기를 사례로 들었다.

그 역관은 일찍이 부자 소리를 들었으나 의복은 매우 검소하였다. 찢어진 모자에 칼은 나무로 만들어 썼다. 그러한 연고를 물었더니 역관은 이렇게 대답했다고 한다. 내가 가진 물건이 화려하고 아름다운 것이면, 힘있는 관리와 선비 들이 너도나도 모두 가지고 싶어 침을 삼키게 될 것이다. 그때 선뜻 건네주지 않으면 환심을 잃게 될 것이고 골고루 나누어주자면 숫자가 모자랄 것이다. 이어서 송석호는 내가 외관이 의젓하고 치장이 화려하게 되면, 그로 말미암아 필경 화를 부르게 될 것이므로 이렇게 살 수밖에 없다고 그럴듯하게 둘러댔다.

그는 마침 내성 장시에 들렀다가 회정해서 찾아온 행수를 맞이하며 앉은자리에서 굽도 떼지 않고 엉덩이를 들썩하는 시늉만 하였다. 정한조가 내성 장시 일대를 휘어잡고 있을 정도로 면목이 단단하고 배짱이 드센 위인이라는 것을 익히 알고 있기에 그나마 예의를 차린다는 것이 그 모양이었다. 그는 우선 시절부터 물었다.

"시절은 봄이라 하는데…… 십이령길은 아직도 한절이나 다름없을 테지?"

"아닙니다. 회정하는 샛재길에서 눈밭을 헤적여보았더니…… 눈밭 속에 노란 복수초가 빼쏙하게 웃으며 꽃잎을 틔우고 있었지요."

침울하던 안색이 갑자기 밝아진 송석호가 혼잣소리로 푸념하였다.

"평생을 젓국내만 등천하는 포구에만 틀어박혀 엉덩이에 두께살

이 앉다보니, 시절이 어떻게 돌아가는지 도무지 가름할 방도가 없다
네."

"만에 하나 누가 염전을 떠메고 줄행랑을 놓을까 심기가 불편한
게지요?"

반은 농인 것을 알아차린 포주인은 배시시 웃음 띠고 나서 말했다.
그 나이에 볼따구니에 가뭇가뭇 검버섯이 피어 있었다. 평소 섭생을
소홀히 한 탓이었다. 정한조가 해야 할 흥정은 않고 객담부터 늘어놓
았다.

"적잖이 식산하였는데…… 출타를 삼가시니 입성을 고쳐가지는
것은 내키지 않더라도 섭생이나 제대로 하시지요. 이제 그만하시면,
냉골을 지키고 앉아 기한에 떨고 누추한 입성으로 신산을 겪지 않아
도 될 성부른데요……"

"홀몸으로 살아가자니, 그게 어디 손쉬운가."

"그 연세에 걸맞은 수절 과수댁이라도 얻어살면, 얼굴에 검버섯
피는 것은 모면할 수 있지 않겠습니까. 홀아비로 사는 게 여간 골몰
한 게 아니지 않습니까."

"모기도 처서가 지나면 입이 삐뚤어진다 하였네. 임자 알다시피
이 나이에 섣불리 계집 얻어 살송곳 박아보겠다고 진땀 흘려가며 몸
부림치다가 일만 그르치고 불알에 똥칠만 할 게 아닌가. 어디 그뿐인
가. 성깔 사나운 계집에게 귀싸대기나 얻어맞는 환난을 겪게 될 게
야."

온당한 말이라 생각하면서도 못 들은 척하고 너스레를 떨었다.

"찾아보면 용모도 가무잡잡하고 삭신도 노골노골한 까막과부도
없지 않습니다. 아무리 콧등이 센 계집사람이라 할지라도 사내 행세

서툴다 해서 언감생심 하늘 같은 남편에게 손찌검을 하겠습니까."

"여색을 멀리한 지 오래되었다네. 뿐만 아니라, 숨이 턱에 와닿은 내 나이를 몰라서 그러나? 삶은 팥에서 싹이 날 것을 기다린다는 것은, 도깨비 방귀를 잡겠다고 설치는 것과 다름아닐세……"

"여색을 밝히라는 것이 아니지 않습니까. 남정네란 가솔을 갖추고 살아야 천수를 누릴 수 있다는 뜻이지요. 길고 긴 겨울밤에 질화로 가운데 놓고 마주앉아 조근조근 얘기할 상대라도 있어야 일찍 늙지 않습니다."

"그 말 듣고 보니 눈물이 나려 하네…… 그러나 임자 하는 말을 다시 씹어보면 내가 측은해서 하는 말인지 임자 스스로 심기를 달래려는 말인지 분간을 못하겠네. 내 걱정은 말고 임자 오지랖이나 챙기게."

"혹시 이 말은 들어본 적이 있는지요?"

"그게 뭔데?"

"털은 있고 이빨은 없으되 곶감 씨를 빼물고 있는 짐승이 있는데 그게 무슨 짐승인지 아십니까?"

또 무슨 흰소리인가 해서 귀를 기울였던 포주인은 안색이 돌변하며 이죽거렸다.

"예끼 이 사람, 버르장머리하구선. 묵어서 쉰내나는 그 소리 벌써 몇번째인가. 고얀 사람. 임자 오지랖부터 챙기라니깐 농지거리가 기탄이 없네그려."

머쓱해서 말구멍이 막힐 줄 알았는데, 정한조는 웃지도 않고 되받았다.

"어림없는 얘깁니다. 시생과 같이 한둔으로만 지새우며 연명하는 장물림에게 육허기에 시달리는 동자치인들 좋다 하겠습니까.”

“갈매기떼 있는 곳에 고기떼 있더라고, 사람 많이 모이는 저잣거리에 출입이 잦다보면 언젠가 육덕 푸짐한 아낙네가 눈에 띄지 않겠나. 마음먹기 달린 게지. 김날 때 후루룩 들여마시는 게 임자라지 않던가. 지금도 늦지 않았으니 가합한 혼처를 찾아 기솔을 거느리게.”

“잘못 덧들였다가 제가 도리어 뒤집어쓰게 되었습니다. 그러고 보면 포주인께서나 저나 동병상련입니다……”

“누가 아니라나…… 하긴 그뿐만 아닐세. 어제도 질청의 호장이 찾아와서 나를 윽박지르고 돌아갔다네. 그래서 내가 시방 좌불안석이야.”

“또 무슨 일입니까?”

“어느 놈의 사주를 받았는지…… 조만간 염전을 내놓으라고 으름장 놓고 갔네.”

“척매(斥賣)*를 하라는 것입니까?”

“그것들의 속내야 뻔하지 않은가. 방매(放賣)하고 나면, 구전이나 톡톡히 뜯겠다는 수작이겠지. 그들이 노리는 것은 염전뿐만 아닐세. 듣자 하니 고포에서 곽전을 가진 물주들도 질청 것들의 농간으로 고충을 겪고 있다네. 명색 예납전(例納錢)*이며 인정전(人情錢)도 수월찮게 찔러주건만 그것으로도 심에 차지 않는 모양이야.”

그로써 어장은 궁가(宮家)나 토호들의 소유가 눈에 띄게 늘어나기 시작하였다. 곽전도 진상(進上)과 공상(供上)의 주요 물품인 미역과

---

* 척매: 물건을 헐값으로 마구 팔아버림.
* 예납전: 관례적으로 바치는 돈.

김으로 사유화가 진작부터 진행되었다. 미역이 생산되는 터전인 지름 10여 무 정도의 바윗덩이가 2백 냥이나 4백 냥의 가격으로 거래되었는데, 거기에 질청의 구실살이들이 끼어들어 농간을 하였다. 특히 곽전인 바위는 매우 정확하게 위치 표기가 가능할뿐더러 어떤 경우도 변형이 되거나 유실되는 염려가 없는 만큼 가장 확실한 매매 대상이 되었다. 그래서 하늘만 쳐다보는 천둥지기 다랑논이나 비탈진 산기슭에 매달리듯 붙어 있는 따비밭 따위들과는 비교도 안 될 만큼 토지 이상의 가치를 가진 재산으로 인정되었다.

어촌 사회는 중앙의 관부로부터 멀리 떨어진 소외 지역이었다. 그러므로 나라에서 내리는 혜택의 기회를 원천적으로 가지기 어려웠다. 때문에 무능력한 백성들이 모여 살기에 가장 알맞은 지역이었다. 도망한 노비들이 해안가 염전이나 곽전으로 숨어들어 보잘것없는 삯전으로 가까스로 연명하였다. 그들 역시 거둬들이는 착취에 시달리고 있었다. 아전, 군교는 물론 심지어 관노(官奴), 관예(官隷)까지도 그들 위에 군림하여 가리틀거나 착복을 자행하였다. 수령의 가친(家親) 생신이나 혹은 그들의 빈객을 빙자하여 물품을 강징하고는 그것을 수령에게 상납하는 것이 아니라, 하속 예리들이 빼돌려 착복하는 것이었다. 그러나 이러한 부정에 어민들은 저항할 결집력이 없었다. 신분 자체가 떳떳하지 못한 사람들이 많았기 때문이었다. 그래서 부패 관리에 그대로 노출되어 탐학에 시달리고 있었다. 정한조의 입에서도 긴 한숨 소리가 들려왔다.

"언젠가는 그들의 탐학과 농간을 저지시킬 날이 오겠지요."

"힘에 부치지만, 견딜 수 있는 데까지 견뎌야지. 반수와 도감의 훈수만 믿고 있다네."

"농이겠지요."

겨끔내기로 농을 주고받는 두 사람의 속내로는 벌써 흥정이 무르익고 있었다. 포주인이 농을 부드럽게 주고받으면 흥정은 거의 담판이 난 셈이었다. 속셈으로 점치고 있었듯이 샛재 눈밭 사이에 노란 복수초가 얼굴을 내밀더란 봄소식에 포주인 송석호도 한결 마음에 위로를 받아 가벼워졌으니 이번 행보에도 값은 눅게 해서 소금 바리를 넘겨주기로 하였다. 울진 소금 상단들은 염전에서 소금 한 섬〔一石〕에 20냥이나 25냥 내외에 흥정하여 현동이나 내성장에서 시세에 따라 50냥이나 60냥을 받고 도가의 포주인에게 넘기거나 담배와 무명과 맞바꾸기도 하였다. 내왕 행보에 소요되는 부비도 엄대를 긋거나 소금으로 계산하였다. 이것은 짐의 무게도 덜어줄 뿐만 아니라, 도적을 만나도 꿰미돈을 지니지 않았기 때문에 피해를 줄일 수 있었다. 포주인 송석호도 등 두드리고 배 문질러주는 수완이 출중한 행수에게 어느새 희미한 정리를 느꼈다. 정한조가 농담 끝에 불쑥 한마디 던졌다.

"가난뱅이 구들장에 물난리가 겹친다더니, 이번 길에는 짐승 한 마리가 절음나서 내왕길에 경난깨나 겪었습니다. 발새 익은 길이라지만, 십이령 고갯길 십 리는 평지 길 이십 리 맞잡이가 아닙니까…… 사정이 그러했으니 이번 파수에는 박하게 그러지 말고 좀 눅게 잡아주시지요. 원님과 급창의 흥정에도 에누리가 있다 하지 않았습니까."

"피아말 엉덩이 둘러대듯 잘도 둘러대는구만. 하긴 절음난 짐승 때문에 겪지 않아도 될 한고를 겪었다니 숙객*인 임자에게 박절하게 굴 수야 없지."

---

• 숙객: 단골.

포주인의 비위짱이 뒤틀리지 않게 적당히 구슬러놓았더니 수전노 행세대로 값을 눅게 잡아주지는 않았으나, 소금 다섯 섬을 덧거리로 건네기로 약조해주었다. 복꾼들 삯전은 공으로 얻은 셈이었다. 하긴 그들이 아니라면 울진 포구 염막에서 생산된 토염은 팔아치울 곳도 마땅치 않았다. 간혹 떠돌이 장돌림들이 울진 포구 토산염 좋다는 소문만 듣고 섣불리 염호들을 찾아와 흥정해간 사례도 없지는 않았다. 그러나 그들은 십이령을 채 반도 넘기 전에 천도나 잔도(棧道)를 건너다 낭떠러지 아래로 떨어져 평생 동안 돌이킬 수 없는 포병객이 되거나 열명길에 들어서기도 하였다. 그렇기 때문에 정한조가 이끄는 소금장수 상단 아니면 고헐간에 소금 섬을 넘겨줄 부상들도 흔치 않았다. 내성에서 가져온 무명짐을 넘겨주기로 약조하고 흥정을 여축 없이 성사시킨 행수는 해거름에 염막을 나섰다. 염창의 지붕에서 벗겨진 이엉들이 불어오는 바닷바람에 쉴새없이 들썩거리고 있었다. 모래펄에 씻기는 파도 소리는 오늘따라 스산했다.

염전이 있는 수산천을 발행하여 접소가 있는 말래의 숫막까지는 등짐 없이 열불나게 걸어도 한식경이나 걸렸다. 포구에서 발행하여 구만리와 외고개를 지나거나 흥부에서 발행하면 쇠치재나 세고개재를 넘어야 하기 때문에 소금 섬을 지고 걷는다면 아침 선반에 발행해서 말래 도방거리에서 하룻밤을 유숙해야 할 상거였다. 그리고 십이령으로 접어들어 사흘이나 나흘이 되어야 허위단심 현동 저자나 내성 장시 어름에 당도할 수 있었다. 오랜만에 등에 짐바리가 없는 단출한 몸으로 걷고 있다는 것이 꿈만 같았다. 시절로 보아 칼바람이라고 부르는 동남풍이 불어야 할 때였다. 오금 밑을 지악스럽게 파고드는 한기는 뼈에 사무치도록 차가웠다. 그러나 등짐을 지지 않고 반나절을 걷게 되었다는 것이 여간 다행스러운 게 아니었다. 기분은 날아갈 것 같은데, 바람 때문에 길이 줄어들지 않았다.

소년 시절부터 사십 평생까지 등에 진 쪽지게를 벗을 날이 거의 없었다. 그는 자신이 태어난 고장을 모른다. 하늘에서 뚝 떨어진 것처럼 자신을 낳아준 아비와 어미의 얼굴조차 기억에 없다. 소년 시절은 구걸로 한둔하면서 숱한 고초를 겪은 것만 기억에 선명할 뿐이었다. 그리고 어느 날 문득 울진 포구의 염전에서 내성 장시를 오가는 소금 행상에서 작은 쪽지게를 지고 복꾼 노릇을 하고 있는 자신을 발견하였다. 나이 사십 초반에 이르렀다는 것도 내성 태생이라는 것도 작반하던 늙은 부상들이 귀띔해주었을 뿐이었다. 그때까지 그의 생애는 오직 길바닥에 머물러 있었다. 걷고 또 걸어도 문득 고개를 들면 그는 길바닥에 서 있는 자신을 발견하곤 하였다. 등뒤 쪽지게에 얹은 소금 짐은 바위를 지고 있는 것처럼 어깨와 허리를 짓눌렀다. 짓누르는 무게로 말미암아 허리는 자꾸만 아래로 구부러지고 찬 서리 머금은 된비알* 치받이 벼룻길을 스친 흙냄새가 콧등에서 폐부에까지 진동한다. 모가지를 잔뜩 빼올리니 5리 길도 걷지 않아 뒷덜미가 둔기로 얻어맞은 듯 뻐근하게 울려온다. 걸음을 한 발짝씩 옮겨놓을 때마다 오금은 자꾸만 오그라들고, 천도에서 튀어올라온 돌니를 밟을 때마다 등짐을 진 채로 기우뚱거려 수십 길 벼랑 아래로 굴러떨어질 것만 같아 가슴 조인다. 오줌이 마려워 하복부가 팽팽하게 당겨오는데, 일행은 전혀 쉴 참을 주지 않는다. 쪽지게를 벼랑길에 세워두고 속시원하게 배설하고 싶은 마음 굴뚝같으나 그렇게 되면 일행은 벌써 저

---

• 된비알: 몹시 험한 비탈.

만치 앞장서버려 도무지 뒤따라잡을 수 없게 된다. 물미장을 겨드랑이에 끼고 오지랖을 움켜쥐고 걷노라면 등골에는 어느새 진땀이 흐르고, 발뒤축에서 흘러나온 피가 짚신을 적신다. 치받이길은 그런대로 버틸 수 있다지만, 내리받이길은 더욱 고통스럽다. 허리를 곧추세우고 걷지 않으면 높이 쌓아올린 등짐이 머리 위에서 곧장 쏟아질 듯 위협하여 물미장으로 발부리 앞을 버텨주지 않으면 그대로 벼랑길로 곤두박질쳐 순식간에 어육이 되고 말았다. 5리만 내려가도 두 다리가 바들바들 떨리고 허리는 쥐어짜듯 저려온다. 십이령길 주변에는 이름을 알 수 없는 무덤들이 자주 눈에 띄는데, 그 모두가 내리받이 벼랑길을 내려가던 행상들이 실족하여 열명길에 오른 연고 없는 무덤들이었다. 소금장수들의 허우대가 한결같이 껑충한 것은 모두 그러한 고통과 질곡을 참아내기 위함일 것이었다.

그는 줄곧 옷깃을 여미며 걸음을 재촉하였다. 말래 도방거리에 당도해보았자, 호들갑스럽게 맞이해줄 동자치가 있다거나 갈롱을 떨며 육허기를 채워줄 호박갈보가 기다리고 있는 것도 아니었다. 다만 뜨끈뜨끈하게 군불을 지핀 구들장에 허리를 굽고 한잠 늘어지게 자고 싶을 뿐이었다. 그리고 말 한마디로 천냥 빚을 갚더라고, 소금 다섯 섬을 덧거리로 얻게 된 것도 걸음을 빨리하게 만들었다.

그가 향도하는 행중 식구들은 흉·풍년에 따라서 들쭉날쭉하였지만 대개 사오십여 명을 헤아렸다. 그 동사하는 식구들을 탈없이 영솔하기 위해선 어떤 경난에도 자신을 지체없이 던지는 희생이 필요했다. 소년 시절부터 행상들에게 익히 보아온 범절이었기 때문이다. 그리고 장시에서 억매흥정으로 뜯베질하는 떠돌이 행상을 부상의 이름으로 엄중하게 징치하고, 신표 없이 부상 행세를 하며 눈먼 돈을 노리는 무뢰배나 잠상꾼 들을 찾아내 장시에서 내쫓는 일도 모두 그가 앞장서서 해온 일이었다. 그랬기에 언문밖에 모르는 그가 내성 행상에서 도감의 직책에까지 오를 수 있었다.

날씨는 차가워 콧날이 시큰거릴 정도였으나 저녁거미가 내려올 무렵 그는 장대 끝에 내걸린 용수들이 바람에 시달리는 말래 접소에 당도하였다. 거느린 식솔도 없고 정처도 없는 부상들이 묵을 처소라면 조선 팔도 어디서나 숫막뿐이었다. 이토록 스산하게 해질 무렵에는 필경 객회가 쓸쓸하기로, 가랑이 벌리고 앉아 지분이나 다스리는 동자치라도 있다면 먼발치에서 힐끗 훔쳐보는 것만으로도 심란함을 달랠 수 있으련만, 도방 봉노에는 고린내 등천하는 사내들만 우글거리고 있었다. 마침 문틈으로 조용조용 읊조리는 배고령(裵高靈)의 신세타령이 가만가만 새어나왔다.

주인 주인 나오소 좌사 손님 들어가오
서해안에 사는 사람 서로서로 형제인데
고을 백민끼리 남남 보듯 할 수 있소
산토끼가 죽어가면 여우도 슬퍼하네
금수도 그러한데 한심하다 우리 세상
무거운 등짐 지고 이곳저곳 떠돌면서
아침에는 동녘 하늘 저녁에는 서녘 땅
어쩌다 병이 나면 구완할 이 전혀 없네
사람에게 짓밟히고 텃세한테 괄시 받고
언제나 숨겨두면 까마귀의 밥이 되고
슬프다 우리 인생 이럴 수가 어찌 있소

"기필코 궐자의 본색을 알아서 무엇하겠습니까. 정신 차리고 일어나면, 제 가던 길을 찾아가겠지요. 우리도 그만하면 적선을 할 만치 했지 않습니까."

"생선과 나그네는 사흘만 되면 냄새가 나는 법인데…… 이 위인은 우리들이 업어온 날짜만 되어도 사흘이나 되었는데 도무지 본색을 모르겠네요."

"활인했으면 되었지, 구태여 본색은 알아서 뭣하겠나."

모두 중구난방으로 한마디씩 거드는 말을 가만히 듣던 행수가 손사래치며 나직하게 말했다.

"구완했다는 생색내려 하지 말고 정신이 돌아올 때까지 잠자코 기다리는 게 도리일세."

부기가 얼추 가라앉아 어섯눈을 뜨고 묻는 말에 대꾸할 만하게 된 것은, 의원이 당도하여 꼬박 뜬눈으로 구완하며 밤을 새운 그 이튿날 해질 무렵이었다.

"이제 기신을 차릴 만하오?"

병자는 알아들었다는 듯 희미하게 웃었다.

"십이령 비알진 기슭에서 노형을 발견하였소. 함자는 무엇이고 생업은 무엇으로 연명하오?"

위인이 내키지 않는 듯 한동안 대답을 주저하는 기색이더니 끙 하고 반몸을 비틀어 가까스로 몸뚱이를 일으키고는 입을 열었다.

"남행하는…… 길이었습니다…… 날이 저물자 초행길이라 조바심나서 용수 걸린 집을 찾아 천방지축으로 헤매던 중에 험구를 만나 실족하고 말았습니다. 비알진 기슭에서 어찌나 곤두박질하였던지. 정신이 올지갈지해서 다른 것은 도무지 생각이 나지 않습니다. 초행길이라 하더라도 어째서 이곳으로 노정을 고쳐잡게 되었는지, 도무지 기억에 없습니다…… 신세를 졌습니다. 필경 길송장이 되어 개호주에 물어뜯기거나 까마귀밥이 될 목숨을 성의를 바쳐 활인하여주셨으니 그 은공 평생 잊지 않으리다……"

"생색을 내자고 활인한 것은 아니오만, 입성이며 온몸에 어혈 자국이 낭자하니, 노형의 처지가 범상치 않음이요. 몸에서 누린내까지 나는 걸 보면 실족을 당했을 뿐만 아니라, 싸다듬이로 된불조차 맞은 듯한데, 산속 길을 헤매던 중에 적변을 당했거나, 악소 패거리들을 만나 대판 시비가 붙었던 것은 아니오?"

"……"

"우리들은 울진 포구에서 검은돌 마을 거쳐 현동 저자나 내성으로 가는 십이령길을 수시로 넘나드는 소금 상단들이오. 댁의 본색을 알려고 아득바득 파고드는 것을 섭섭하게 생각하지 마시오. 이 십이령길에서 어떤 작폐가 일어나던, 그 내막을 속속들이 알고 있어야 할 처지가 아니겠소. 적변이 있었다면, 그 패당들을 소탕해야 할 것이고, 무뢰배들이 숨어 있다가 길손들을 등쳐먹고 행리를 탈취한다면, 그 작폐 또한 저지시켜야 할 것입니다."

"시생은 원상도 아니고 농투성이도 아닙니다…… 남도 쪽에 시생의 인척이 있어 찾아가는 길이었습니다. 그 도중에 이런 환난을 겪게 되었으나, 박이 터진 것처럼 도무지 기억이 희미할 뿐입니다."

위인의 말투는 조근조근했으나 겪은 사연이란 내막이 허황되고 동에 닿지 않아 본색을 숨기려 한다는 것은 틀림없었다. 그러나 굳이 기억에 없다고 모르쇠로 버틴다면, 더이상 파고들 빌미가 없었다. 박을 다쳐 기억상실이 되었다면, 사매질로 다스리지 못하는 이상 그대로 믿는 수밖에 다른 재간이 없었다.

십이령을 넘나드는 원상들 중에는 정한조가 행수 노릇하고 있는 소금 상단들만 있는 것은 아니었다. 곽전(藿田)에서 매수한 미역이나 건어물을 지고 십이령을 넘는 건어물 상단이 있었는데, 십오륙여 명을 헤아리는 그 상단의 행수는 울진 토박이로 조기출(趙基出)이란 사람이었다. 그 역시 사십대 중반의 나이로 정한조와 같은 접소의 공원이었다. 울진 봉화 보부상 관할 지역은 대개 삼척부 울진현의 흥부장과 매야장, 안동부 내성현의 내성장과 현동장, 장동장을 손꼽았다. 조기출을 행수로 하는 건어물 상대는 이들 장시에서 고포 미역과 김 그리고 건어물로 거래를 트고 있었다.

조기출은 원래 명색이 책상물림으로 궁반 출신이었다. 그는 임오년에 있었던 군란 이후에 반명을 하는 선비들도 상업에 종사할 수 있도록 허용한 후부터 과감히 투필하고 늦깎이로 원상의 신표를 받았다. 수하에 거느린 행중들 역시 가근방 출신들이 많았다. 선비 출신답게 길미를 노리는 수완이 출중하고 사세를 읽는 안목도 탁월하다는 소문이 있었다. 허우대는 책상물림답게 금방 씻은 배추같이 멀쑥하게 생겼으나, 괴이하게도 목소리는 왕방울로 퉁노구를 가시는 듯 요란스럽고 시끄러워 듣기에 거북했다. 원래는 언사가 순박하고 조근조근했으나 장시에서는 목소리 큰 놈이 대접받는다는 어떤 쓸개빠진 구실아치의 조언을 듣고 그를 좇은 까닭이었다. 글줄깨나 읽은 이력이 있어 원상들이 관아에서 쟁송이라도 생기면 앞장서길 인색하지 않았으나, 장시의 우락부락한 무뢰배들과 대치라도 할라치면 일찌감치 가위가 질려 대차게 헤집고 나가는 담대함이 모자랐다. 아직 큰 풍상을 겪지 못해 마음이 모질지 못하고 술도 배움술이라, 많이 먹어야 두 잔이었다.

그도 임방에선 공원의 직책을 얻어 행세하지만 곧잘 도감인 정한조를 찾아와 도움을 청했다. 성품도 무던해서 행중 식구들로부터 걸핏하면 양반 행티 너무 마시라는 핀잔을 들었지만, 마음에 새겨두지 않았다. 평생소원이 떡 벌어진 도문연(到門宴)*을 여는 것이었으나 좀먹은 탕건에 책상다리하고 뼈빠지게 글을 읽어도 오직 허황될 뿐 이렇다 할 소득이 없었던 궁반 시절과 견주어보면, 만리 행역 눈보라에 부대껴 육신은 더없이 고단하지만, 마음은 편해서 일찌감치 신표를 얻게 된 것이 천만다행이라는 생각이었다. 환표(換標)로 보내는 돈인 만간(挽簡)을 똑바로 읽어준다든지, 언문전기(諺文傳奇)*를 읽고 동배간들에게 들려주는 재미도 쏠쏠했다.

임오년 난리 이듬해인 계미년(1883년)부터 조정에서는 경상, 전라, 강원, 함경도 연안의 조업권을 일본에 허가해버렸다. 그런 연유로 연안 어업이 위축되고부터 덩달아 건어물의 수확도 줄어들었다. 생업을 걸었던 상대들도 하나둘 내륙의 상대로 이탈하고 말았다. 야거리배만으로는 종선까지 몰고 다니는 일본 선단의 위세당당한 조업을 당해낼 재간이 없었다.

해촌의 어부들은 끽해야 팔을 뻗으면 손이 육지에 닿을 것 같은 연안을 맴돌면서 생선 몇 뭇* 낚아 말리거나, 곽전에서 수심곽*과 오들곽*을 걷어내는 일에 생계를 의존했다. 고포리 해안선을 따라 10여

---

* 도문연: 과거에 급제한 사람이 자기 집에 돌아와 베푸는 잔치.
* 언문전기: 한글로 된 소설책.
* 뭇: 열 마리가 한 뭇.
* 수심곽: 잠녀들이 깊은 물에 들어가서 채취한 미역.

리에 형성된 바위밭의 돌곽 미역은 얕은 수심에서 햇볕을 보고 자라
검푸른색을 띠고 잡벌레가 없을뿐더러 국을 끓이면 그 향기가 온 방
안에 퍼졌다. 동짓달에 시작해서 이듬해 4월 사이에 채취한 미역은
크기도 일반 미역이 따르지 못해 고려시대부터 진상품으로 명성이
자자하였다. 1월부터 4월까지는 정어리나 청어, 오징어, 임연수어 같
은 어종들이 잡혀 그나마 내륙으로 가져가면 길미가 쏠쏠하였다.

꼭두새벽에 말래 도방에서 발행한 소금 행상들이 샛재에 당도한
것은 산기슭에 서 있는 마른 자작나무 가지들이 우수수 설레는 그날
해거름 무렵이었다. 말래부터 바릿재를 넘어 샛재까지 노정에는 벼
룻길과 잔도와 치받이길이 계속되었다. 때문에 발새 익은 길이라지
만 욕심껏 걸어도 노정 줄이기가 수월치 않았다. 당도하고 보니 미역
짐과 건어물 짐을 진 조기출 행중들이 먼저 당도해서 맞은편 숫막의
봉노를 지키고 있었다. 숫막이 세 군데나 있어 20여 명의 행중이 한
꺼번에 들이닥쳐도 봉노가 비좁은 경우는 없었다. 비좁다 하더라도
서로 빗장거리하듯 어슥버슥 누우면 그대로 곯아떨어졌다. 서로 막
역한 사이인 두 떨거지들이 왁자하게 떠들어대는 와중에, 정주간에
서 뒤트레방석을 깔고 앉아 군불을 지피던 월천댁이 정한조가 이끄
는 소금 상단 행중이 당도한 것을 얼른 알아채고 봉당 쪽마루에 널린
도깨그릇들을 서둘러 치우고 나서 앉으라는 눈짓을 보냈다.

"아니 월천댁…… 우선 행리부터 풀고 봅시다. 나귀들도 작도간
(斫刀間)에 들여 매야지요."

"나귀들 수발이야 수하 행중이나 복꾼 들이 잘 돌보지 않겠습니

---

• 오들곽: 얕은 물에서 낫대로 건진 미역.

까. 걱정 붙들어매시고 여기 앉아보시지요."

"시생이 본래부터 물색에는 뜻이 없는 사람이었는데, 소매를 당기는 게 아닙니다. 어디 켕기는 구석이 있소?"

봉당 쪽마루에 엉덩이를 걸치고 앉으며 행수 정한조는 너스레를 떨었다. 그러나 평소 거동에 흐트러짐이 없었던 월천댁이 조급하게 구는 것이 적잖이 의아했다.

"그날 병구완했던 사내는 지금 어디에 있습니까? 행중 사람이 되돌아와서 말래 숫막촌까지 업어간다기에 그냥 바라보기만 하였습니다만."

"지금 말래 접소에서 구완을 받고 있소. 다리가 부러져서 온전히 걷자면 달포는 꼼짝 못하고 구완을 받아야 할 것이오."

"그런데 그 사람의 행방을 눈이 시뻘게져서 수탐하는 사람이 있었습니다."

"누가?"

월천댁은 생각만 해도 모골이 송연한지 상반신을 한번 부르르 떨었다. 그러다 군불을 때다가 별안간 밖으로 뛰어나온 것을 깨닫고 다시 정주간으로 달려가서 잉걸불을 수습하고 나왔다. 소생인 구월이나 늙은 중노미는 이웃에 방아품을 팔러갔는지 보이지 않았다.

"그게 누구였소?"

곁에서 누가 엿듣는 사람도 없건만 월천댁은 행수에게 귀엣말을 하였다. 행수가 더욱 의아하여 되물었다.

"탁발하는 운수였단 말이오? 나물 먹고 푸른 똥 싸는 절간 중놈이 비석거리에는 무슨 소간사가 있어 나타났단 말이오?"

월천댁이 소스라쳐 행수 정한조의 무릎을 찰싹 때리며 말했다.

"에그…… 그 목소리 좀 낮추시오. 누가 듣겠습니다."

"행색이 어땠소? 주모더러 살보시하라고 눈알을 부라립디까?"

"에그머니나…… 그런 음탕한 소리 그만둬요…… 스님이란 사람이 목자가 온화하지 못했지요. 목탁은 두드리고 있었지만, 힐끗 보아도 두 눈이 얼음에 자빠진 쇠눈깔처럼 번들거려서 소름이 끼칩디다. 염불을 외우면서도 눈자위를 가만두지 않고 정주간이며 봉노를 서캐 잡듯 뒤집디다. 누굴 찾고 있느냐고 물었더니, 아니라고 소매를 내저으면서도 집 앞뒤를 살피는 것을 멈추지 않았지요. 쉰네가 도대체 누굴 찾느냐고 파고들었더니 그제사 요지간에 벼랑길에서 실족한 사내가 혹시 이 숫막에서 묵어간 적이 있느냐고 묻습디다. 나이가 이팔인 딸 소생을 둔 어미 심정이 어떠한지 짐작하시겠지요? 중이든 속이든 낯선 사람이 찾아오면 가슴부터 두근거린답니다."

"그래서……?"

"그 말에 가슴이 뜨끔했습니다만, 섣불리 입을 나불댔다간 큰 동티라도 입을 것 같아 우리집에서는 잔술이나 팔지 객주는 치지 않는다 하고 모르쇠로 딱 잡아떼고 말았지요. 정말 모르느냐고 되반들거리는 낯짝을 모잽이로 쳐들고 하냥다짐을 하는데, 데면데면하게 굴었다간 당장 이웃을 불러 무릎맞춤이라도 할 것 같아 쉰네 등골이 오싹합디다. 그 유들유들한 스님이 내 속내를 속속들이 꿰고 있을 것 같아서 다리가 후들후들 떨립디다. 외정도 없는 집에 계집사람 혼자서 과년한 여식을 두고 숫막을 경영한답시고 천방지축 요량없이 날뛰다가 언제 된불을 맞게 될지 조마조마 하답니다. 언제 어떤 곡경을 치를지 누가 알겠습니까. 그래서 이웃에 방아 품앗이 간다고 핑계대고 다른 데로 가보라고 방색하고 말았습니다만, 다시 찾아와서 지분거리면 그땐 또 뭐라고 둘러댈지 생각이 올지갈지하답니다."

"봄 얼음 건너듯 언행에 조심만 한다면 별 탈 있을라구…… 그 땡추는 어디로 갔을까?"

"방색하고 나서 힐끗힐끗 훔쳐보았더니 저진터재 쪽으로 휑허케 되돌아갑디다."

"저진터재라면 내성 쪽이 아니오?"

"그야 알 수 없지요."

"바랑은 지고 있었소?"

"이제 보니 그렇네요. 탁발한다는 스님이 짊어진 바랑도 보이지 않습디다."

"속담에…… 배를 타는 손님 중에 짐을 가지고 있지 않은 자는 십중팔구 무뢰배라 했습니다. 궐자가 중의 가사를 입고 있었으나 본색은 부랑배였을 거요."

정한조는 속으로는 어떤 생각을 하고 있는지 알 수 없었으나, 겉으로는 태연하게 말했다.

"그 땡추가 주모가 수절 과부라는 것을 진작 눈치채고 언젠가 소리개 뱁새 덮치듯 날탕으로 삼키려고 주막거리 어름을 정탐하려 들렀는지도 모르지 않겠소."

월천댁이 입귀를 치켜들고 흔들비쭉하더니, 정한조의 농을 되받아쳤다.

"쥐똥 같은 소리 그만하시지요. 개짐 벗어던진 게 까마득한 옛날이네요. 군동내 나는 육고기 탐하는 스님이 있단 소리는 못 들어봤습니다."

"혹간 있을지도 모르지 않소…… 괴나리봇짐조차 가진 게 없었다면 그게 사칭하는 무뢰배나 난봉꾼 아니겠소.”

정한조는 농으로 얼버무리고 봉노로 들고 말았다. 행중이 한결같이 땀에 전 짚신과 행전을 풀어 횃대와 시렁에 걸어 말리고 있었다. 몽근 짐들을 지고 벼랑 중턱을 까낸 고개치 길만 걸었으니 두께살이 앉은 어깨는 좀 쑤실까만, 먼길 행보 만리 행역도 대수롭지 않은 듯 술방구리 하나와 두루거리 밥상을 가운데 두고 둘러앉아 곤댓질들 해가며 시답잖은 농들을 건네고 있었다. 원상들이건 복꾼들이건 미장가가 대부분이었으므로 여럿이 모여 앉아도 상투 튼 위인들은 한두 사람 정도이고 대부분이 머리를 땋아내린 엄지머리들이거나 외자 상투였다. 정한조만 하더라도 상투를 틀고 있었으나 나이든 거간들을 상종해야 할 처지여서 외자로 튼 상투였다.

행중이 방안에서 시구문 차례로 술사발을 돌리고 있거나 목침 차지하기 투전 노름들 하고 있는 사이 만기는 양식 전대를 풀어 울바자 밑에 새옹을 걸어놓고 쭈그리고 앉아 밥을 짓고 있었다. 숫막에서 내놓는 요깃거리란 끽해야 장떡이나 도토리묵이어서 그것으로는 간에 기별도 안 됐기 때문에 뱃구레가 큰 축들은 새옹으로 지은 밥을 안다미로 퍼서 배를 채워야 든든했다. 봉노에 있는 동무들 가운데, 행수 정한조가 소금 섬을 물로 끌라면 군소리 한마디 없이 끌고 갈 만치 매사에 행수를 따르는 곽개천(郭介天)이 방 귀퉁이에 끼어앉아 부들자리 위에 산가지를 늘어놓고 무슨 셈을 하다 말고 행수를 힐끗 쳐다보며 풀쑥 질렀다.

“성님 왜 그러십니까.”

“혼자 사는 까막과부 하소연이나 들었네.”

“얼른 보아도 하소연이 아니던데요?”

"눈치하구선…… 우리 행중 등뒤를 개호주 한 마리가 줄곧 미행하고 있으니 호식을 당하기 전에 방비하란 말이더군."

"개호주도 영물이라 적선한 사람에겐 얼씬도 않는다는 얘기를 들었습니다."

"그러게 말일세. 여기서 내성장까지 갔다가 회정하자면 백사십 리 내왕길을 일순*이 넘도록 눈보라에 시달림을 받아야 할 텐데, 엎친 데 덮친 격으로 고개치 길마다 개호주와 숨바꼭질을 해야 한다면, 그 또한 곡경이 아니겠나."

"만기가 밥을 짓고 있으니 요기는 나중에 하시고 우선 목이나 축이시지요."

곽개천의 태생은 빛내골 산골이라 하였으나 소년 시절부터 말래 숫막거리에 진출하여 퇴개꾼*이며 중노미 노릇이건 닥치는 대로 연명하며 잔뼈가 굵었다. 일찍이 조실부모해서 서발막대 휘둘러보았자 거칠 것이 없는 사고무친이었기 때문이었다. 중노미 노릇으로 남의 대궁으로 주린 배를 채우며 소년 시절을 보내는 중에, 백두대간을 발서슴하며 풍상을 겪는 늙은 포수의 곁꾼이 되었다. 그 포수가 어느 해 한겨울 노루목을 지키고 앉았다가 난데없이 나타난 멧돼지에게 뱃구레가 찢겨 죽고 난 뒤, 그 화승총을 차지하고 명색 소년 포수로 연명하다가 말래 접소에서 정한조를 만나 상단의 차인꾼으로 입문하여 원상이 된 사람이었다. 역시 미장가였으나 장시에 가면 눈치가 멀쩡한 거간들과의 흥정에 밀리지 않으려고 외자 상투로 행세하였다.

---

• 일순: 열흘.
• 퇴개꾼: 구운 숯을 운반하는 짐꾼.

늙은 포수를 따라 백두대간의 비알지고 험악한 기슭을 풀방구리에 생쥐 드나들듯 했으므로 십이령 내왕길쯤은 눈감고도 넘을 만큼 이력이 나 있었다. 십이령길 말고도 그만 알고 있는 지름길이 여럿이어서 부상들 가운데서는 그가 축지를 한다는 소문까지 있을 정도였다.

행중에는 객지를 말똥같이 굴러다녀도 떠나온 고향을 꿈에도 잊지 않으려고 배고령, 최상주(崔尙州), 장안동(張安東), 박원산(朴元山), 권영동(權永同)같이 자신의 태생지를 이름으로 부르는 행중도 없지 않았으나, 곽개천만은 소년 시절에 만났던 포수가 지어준 이름으로 행세하였다. 행수와 곽개천이 겨끔내기로 주고받는 말을 행중은 그다지 귀여겨듣지 않고 술추렴에만 이마를 곤두박고 있었다. 귀틀집 풀막 지붕을 핥고 지나는 해질녘의 바람 소리가 울적할수록 뱃속은 더욱 허전하여 숨바꿈으로 술 사발을 돌리고 있었다. 만기가 지어준 새옹밥으로 얼추 끼니를 때운 정한조는 이웃 숫막에 식주인을 정한 조기출을 찾아갔다. 그는 아직 선비 시절 때를 벗지 못해서 자리를 잡고 좌정하였다 하면 행탁에 넣고 다니는 필사본을 꺼내 읽곤하였다. 정한조가 쪽문 바라지를 열고 봉노로 들어서자, 그는 끝동이 너덜너덜하게 해진 저고리를 얼른 수습하면서 정한조에게 아랫목을 내주고 한쪽으로 썩 비켜앉았다. 손위 손아래의 경계를 구분하는 처신이 몸에 밴 사람이었다.

"저녁 요기는 하였소?"

"조밥에 소금국으로 얼추 허기증은 모면했습니다. 마땅한 찬반이 없어 쩔쩔매는 늙은 주모를 보다 못한 행중 식구들이 산에 올라가 눈속을 헤치고 이제 막 움이 돋는 수리취나 참취 같은 나물을 뜯어 삶아 소금물에 찍어먹은 게 고작이었습니다."

"이번 행로에는 안동, 상주 거쳐서 상무사 임소가 있는 고령까지 갔다가 회정한다는 얘기를 들었습니다. 그러자면 얼추 달포는 걸리겠습니다. 행중이 모두 동행입니까?"

건어물 행상들은 보통 흥부장에서 발행하여 말래를 거쳐 샛재를 지나고 곧은재 아래에 있는 검은돌 마을이나 현동 저자, 그리고 내성장에서 물화를 처분하고 회정하는 데 보통 8, 9일이 걸렸다. 그들 행중에는 울진 포구 근처에 가솔을 거느린 행상들이 많기 때문이었다.

"대여섯은 현동 저자나 내성에서 회정할 것입니다."

"고령까지 다녀오자면 이래저래 달포가 지나야 할 텐데, 그때쯤이면 십이령에도 봄빛이 완연하겠지요. 그때가 되면 두릅이나 고비나물 삽주나물이 비석거리에 지천이겠지요. 이번 행보에는 우리 행중과 내성까지 동행하는 게 어떻겠습니까?"

"왜? 무슨 일이 있습니까?"

"별일은 없습니다만, 나귀들도 있고 해동머리라서 비알진 길을 건너기가 어려울 것 같아서 하는 말입니다."

"우린 먼동 트기 전에 발행하려 하였습니다."

"동행으로 고개를 넘읍시다."

그런 제안을 받기는 오랜만이었으나 그럴 만한 내막이 없지 않겠기로 그리하자고 승낙을 하였다. 그렇다면 당장 내일 샛재에서 발행하는 상단의 수효가 20여 명을 헤아릴 것이었다.

"초행일 텐데, 내륙의 저잣거리를 섭렵하다보면, 무뢰배나 협잡꾼들과 여러 번 마주칠 것입니다. 그들은 여간한 행내기들이 아닙니다. 삭은 바자에 노란 개 주둥이라고 말참견 잘하는 놈에 농간만을 일삼는 놈들을 만나 맹랑한 지경을 당할 수도 있습니다. 피가 뜨겁고 세

력이 다부지다 한들 그 패거리들을 따돌리기 쉽지 않을 것이니, 눈을
똑바로 뜨고 다녀야 합니다."

"명심하겠습니다."

"장시의 폐단이 나날이 흉흉해지고 있습니다. 멀리까지 가서 기러
기가 되어° 돌아오지 않도록 일행을 닦달하시고……"

"여부가 있겠습니까."

오일장의 효시는 성종 초에 전라도 무안과 나주에서부터였다. 오
랜 재해를 견디지 못했던 적탈민들이 집에 있던 곡식과 채소를 비석
거리에 가지고 나와 필요한 물건과 바꾸어 연명하기 시작하면서 장
시를 이루게 되었고, 여러 세궁민들이 그에 합세하면서 규모가 커지
기 시작했다. 그러다 점차 폐농하고 장거리로 나선 도부꾼들의 수효
도 늘어나게 되었다.

조정에서는 저자가 번성하는 것을 두고만 볼 수 없었다. 저자가 번
성하면 농투성이들이 문전옥답을 버리고 모두 장시로 몰릴 것이고,
더불어 시겟금°이 하늘 높은 줄 모르고 널뛰듯 해 무뢰배와 사기꾼
들이 횡행하여 풍속이 더럽혀질 것이었다. 농사라는 것은, 몸은 땀으
로 절고, 손발은 흙과 똥으로 범벅이 되기 마련이었다. 비바람에 잠을
이루지 못하고 벌레 잡기에 잠깐의 말미를 내어 쉴 수도 없어 고단하
기 그지없다. 밭뙈기 크기에 따라 부역을 감당해야 하므로 그 괴로움
역시 견디기 어려웠다. 그러나 장사치들은 농간을 부려 보잘것없는
것을 눈 깜짝할 사이에 존귀한 것으로 바꾸고는 그 이익을 챙겨 혼자

---

• 기러기가 되다: 손해를 본다는 뜻.
• 시겟금: 시장에서 파는 곡식의 시세.

서 방긋 웃고, 모리를 취하고도 시치미를 딱 잡아뗀다. 이를테면, 백동(白銅)을 가리켜 은(銀)이라 속이고, 염소 뿔을 내밀고 대모(玳瑁)라 하고 개가죽을 담비 가죽으로 꾸며 억매흥정으로 몰아붙인다.

어느 눈썰미 있는 자가 그 속임수를 적발하면 도리어 부아통을 터뜨리며 멱살을 뒤틀어잡고 협잡꾼이 나타났다고 고함을 지른다. 그러면, 근처에서 장꾼 행세하며 배회하던 패거리들이 우르르 몰려들어 애매한 사람을 개 잡듯 두드린다. 그런가 하면, 장시에는 들치기, 날치기, 소매치기는 물론이고 온갖 구메 도적이 난무한다. 어리석은 농투성이가 집에서 치던 닭 한 마리를 들고 나와 흥정을 할라치면 언제 어디서 나타났는지 떠꺼머리총각이란 놈이 불쑥 나타나 닭을 가로챈다. 농투성이가 뒤따라가면 쫓기는 놈은 고샅길 속으로 몸을 숨기고 쏜살같이 달아난다. 요행으로 뒤따라잡아 뒷덜미를 낚아챌 만하면 언제 어디서 나타났는지 또다른 사내가 농투성이 앞을 엎어지듯 가로막으며 방구리 사려 채독 사려 하고 외치며 훼방을 놓아 종국에는 뒤쫓던 놈을 놓치게 만든다. 그들은 농투성이들처럼 배당된 부역도 없어 한껏 즐거움을 누리는 것이다. 그리하여 농사짓는 사람은 그 수효가 나날이 줄어들어, 한 사람이 경작하여 열 사람이 배를 채우니 나라의 창고는 늙은이 뱃가죽처럼 쭈그러들고 말았다. 농자천하지대본(農者天下之大本)이란 말은 그래서 한낱 허언에 불과하게 되었다.

지방 군수들이 이를 좌시하지 않고 조정에 장계를 올려 저잣거리의 작폐를 저지시켜야 한다고 주장하였으나, 조정에서 이를 엄중히 단속할 방도를 찾지 못하고 수수방관하는 사이에 저자의 규모는 점점 커져 활기를 띠었고, 종사하는 행상인들의 수효 역시 불어나 세력

화되었다. 조정에서는 할 수 없이 한 달에 두 번의 장문이 열리도록 허용하였다. 그러다 그다음에는 열흘의 터울로, 나중에는 닷새마다 저자가 열리도록 묵인하게 되었다.

이튿날이었다. 신새벽에 일어나 발행을 서두르던 일행은 예상치 못했던 악천후와 마주쳤다. 진눈깨비가 내리기 시작한 것이었다. 지난밤 잠들 때까지 날씨가 여전히 차갑긴 했어도 구름 낀 하늘은 아니었다. 비라도 내릴 양이면, 행중 식구들 중 대여섯쯤이 어깨나 허리가 결린다거나 굴뚝 연기가 낮게 깔리는 조짐을 보였다. 하지만 전혀 그런 징조가 없었는데, 느닷없이 앞을 분간하지 못할 정도로 진눈깨비가 푹푹 내려붓기 시작한 것이었다.

"어허, 좋기만 하던 날씨가 행장 꾸리자마자 웬 심통이여."

"비알진 벼랑길에 나동그라져 다리나 작신 부러뜨리지 않으려면 감발치고 들메끈들 단단히 조여매시요들……"

소금과 미역은 궂은 날씨와는 상극이었다. 습기 먹은 짐들이 감당하기 어려울 정도로 무거워지기 때문이었다. 게다가 지금은 해동머리라 질척질척해진 길턱 때문에 발길을 재촉하기 힘들다. 그렇다고 멈출 수는 없는 노릇. 누가 일러준 대로 들메끈을 단단히 고쳐매고 샛재 숫막거리를 나섰다. 고개를 들면 안개 발 같은 진눈깨비가 얼굴에 척척 감기어 모두 목을 쇄골 속으로 감추었다. 그러나 발행한 지 반 식경이 지나고부터 휘감기던 눈발이 성기기 시작하여 두런두런 수작들 나눌 만하였다. 뒤따라 걷던 배고령이 입에서 구린내가 났던지 자별하게 지내는 선머리의 길세만(吉世滿)에게 바싹 따라붙으면서 불쑥 한마디 던졌다.

"임자 보게."

선머리에 선 길세만은 허리가 끊어질 듯 우려와서 줄곧 끙끙 앓는 소리를 하며 발부리만 내려다보고 걷다가 신둥머리지게 되받았다.

"왜 또 그러나?"

"말래 숫막거리에 그 암팡진 년 말일세."

"말래 접소 숫막거리에 암팡지다는 평판을 듣는 갈보들이 어디 한둘인가?"

"아니…… 그 연지골(燕脂洞)* 출신 새침데기 영월댁 말일세."

시답잖은 농인 줄 알았더니 숫막거리 갈보 얘기가 나오자, 구미가 당겼던 길세만은 비로소 턱만 비틀어 뒤따라오는 배고령을 힐끗 일별했다. 길세만이 구미에 당겨하는 것을 눈치챈 배고령이 앞으로 나아가며 가래침을 긁어 계곡 아래 멀리로 내뱉고 나서,

"접소가 있는 말래 숫막거리에는 오가는 원상이나 부구 염막 소금꾼 들의 염낭쌈지를 바라고 문을 연 숫막이 열 손가락을 헤아리고 들병이며 떠돌이 논다니 들도 섞여 있지만, 그중에서도 영월댁이 살신도 포르족족한 게 색깨나 쓰게 생겼지. 그 여자 거웃에 손이라도 한번 넣어보려고 군침을 흘리는 축들이 한둘 아니라더군. 그런데 꼴에 밤똥 싸더라고 그 계집사람이 초면이고 구면이고 가릴 것 없이 사내를 할끔할끔 간색해서 골라가며 살보시를 하는데, 제 눈에 차지 않으면 아예 코대답도 않고 안면을 싹 바꾸고 만다는구만…… 사내놈을 맷돌치기로 배 위에 올려놓고 한바탕 어진혼이 나가도록 요분질로 조리를 쳐서 칵 뱉어놓으면, 어지간한 사내는 사흘 동안 자리보전으로 운신을 못하고 누워 있어야 겨우 기동할 수 있다는 소문이 도방

______________________

• 연지골: 삼패 기생들이 모여 사는 마을.

대처에 짜하게 퍼져 있다네."

"말 같잖은 소리, 밑절미 없는 소리 그만하게."

"나도 귀동냥으로 들은 소리지만, 그 계집사람하고 한번 붙으면, 뻣뻣한 사내들도 뼛골이 녹아나서 잠시 동안 저승 구경까지 할 수 있다더군."

"양기가 입으로 오르자면 아직 한참 기다려야 할 나이인데…… 음탕한 소리 그만하게."

"헌 갓 쓰고 똥 누기 예사지…… 일 년 열두 달 한둔으로 지내는 우리네가 그런 일도 없다면 명치끝까지 차오른 육허기는 어디다 풀고, 가슴에 쌓인 울화는 어디다 쏟아내겠나."

"심통이 놀부군."

"왜? 들병이하고 놀아났다는 소문나면, 체면 깎일까봐 그러나?"

"어허, 봉패로세. 자다가 얻은 병이라더니 불각시에 왜 나를 물고 늘어지나."

"임자도 그중 하나가 아닌가?"

"예끼 고얀 사람, 넘겨짚지 말게. 내가 매달고 다니는 고기 방망이는 구색으로만 달고 다니는 게야, 임자도 알다시피 물색에는 뜻이 없다네."

"잡아떼지 말고 내 말 귀여겨듣게. 그 여자 창병이라는 소문 있다네."

굳이 보지 않아도 새파랗게 질린 길세만의 안색이 선명하게 떠올랐다.

"점입가경이군. 창병이라는 말, 그게 정말인가?"

"아니 땐 굴뚝에서 연기 나는 것 보았나? 내가 괜한 말 지절거리는 게 아닐세. 내가 임자 앞에서 걷고 있어서 보이지는 않지만, 보지 않아도 시방 임자 안색이 새파랗게 질려 있을 것이야."

"글쎄……"

"임자, 왜 대꾸가 없나?"

"글쎄…… 내가 언제 그 염불 빠진 년과 상종한 일이 있었는지, 생각이 올지갈지해서 그러네."

"얌전한 고양이 부뚜막에 먼저 오른다더니, 임자 알고 보니 말래 숫막거리에 있다는 논다니들 중에 가죽방아 찧어보지 않은 계집이 없구만. 우리가 봉놋방에 둘러앉아 투전 노름에 술추렴이나 하고 시시덕거리는 사이, 술 안 마시는 임자는 계집사람들 거처하는 퇴창 밑에 숨어 기회를 엿보아 계집들과 배꼽 맞출 궁리만 트고 있었군. 술추렴할 때마다, 임자는 딴청을 피운 까닭이 거기 있었군."

"그건 그렇구…… 그 논다니 창병 얻었단 얘기 밑절미 있는 말인가?"

"밑절미가 있든 없든 말이 그렇다는 얘기지. 가랑비에 옷 젖더라고 계집질에 눈이 뒤집혀 허둥지둥 하다보면, 머지않은 장래에 창병 얻어 뼈까지 녹아나서 신세 망치는 날이 오지 않겠나. 창병도 창병 나름일세. 양매창(楊梅瘡)*을 얻으면 그게 바로 악창이어서 약도 없어 목숨 하나 일같잖게 거덜낸다네. 하나뿐인 초라한 육신, 낮에는 부담짐 지우고 밤에는 색탐에 부대끼다보면, 몸가축인들 온전할 리 없지. 초개 같은 목숨 진작 잡도리하지 못하면 지레 죽을 수도 있네. 우리네 행상인들 망하고 나면, 탱자처럼 쭈그러들어 대그락대그락하

---

* 양매창: 매독.

는 불알 두 쪽만 남을 뿐일세."

길세만은 잡힌 말꼬리를 떼어버릴 궁리가 없었다. 머뭇머뭇하다가 대꾸할 말미를 놓치고 말았다. 속내가 뒤숭숭한 터에 배고령이 한마디 덧붙인다.

"언젠가 행수님 말씀이 생각나네…… 매화는 엄동설한을 뚫고 피어나기 때문에 그 진한 향기를 자랑할 수 있는 법이라고…… 나 같은 무지렁이가 처음엔 무슨 흰소린가 해서 어리둥절했다네. 그런데 임자를 지켜보자니 그 말씀의 속깊은 뜻을 얼추 깨닫게 되었다네…… 얄팍한 길미나 챙기는 임자가 논다니 밑구멍에 찔러주어야 할 해우채는 오죽했겠나…… 주책없다 생각 말고 내 말 새겨듣게. 우리 사이 흉허물 없이 지내니까 이런 말 하는 것일세."

설피를 꺼내 신어야 할 만큼 한대중으로 내리던 눈은 언제부턴가 씻은 듯이 그쳤다. 산중 날씨란 그래서 짐작할 수 없었다. 말래에서 발행했더라면 너삼밭이 이른 중화 자리가 되었겠지만, 샛재에서 발행했으므로 중화 자리는 빛내골이 되기 십상이었다. 그러나 새벽에 진눈깨비를 만나 지체되었으므로 너삼밭재 밥자리에서 중화를 짓기로 하였다. 그곳에는 안면이 낯설지 않은 어물 저자 복꾼들 대여섯이 새옹을 걸어놓고 이제 막 한술 뜨고 있었다. 밥자리라고 하지만, 사방이 산으로 둘러싸여 적막강산이긴 매한가지였다. 중화 먹는 말미에도 땀에 젖은 배자와 짚신 감발을 풀어 계곡 자갈 바닥이며 밭둑 위에 널어 말리고 있었다. 그들은 정한조와 조기출 일행 20여 명이 밥자리를 찾아 계곡으로 들이닥치자, 근래에 보기 드물었던 상단의 규모에 기가 질린 나머지 뱀 만난 여치처럼 잽싸게 두렁 위로 몸을 피했다. 그러자 일행들이 나서서 진정을 시켰다.

"동고동락하는 터에 그 무슨 해괴한 짓들이오. 얼른 먹던 중화들 드시오."

너삼밭재에서 들밥을 먹고 허기를 채웠다면, 빛내골과 넓재까지 계속 내달아 광희골 회룡천까지 무슨 일이 있어도 당도해야 했다. 넓재에서 광희골까지는 내리막이어서 길 줄이기가 수월하기 때문이었다. 그러나 코치비재와 성황당이 있는 밭재 지나서 숙소참인 맷재까지는 내리막보다는 꼬불꼬불한 치받이길뿐이었다. 맷재는 십이령 중에서 마지막 고개로 꼽는 곳이기도 했다. 맷재에서 막지고개만 넘어가면, 현동 저자와 내성 저자의 차인꾼들과 만나 건어물 상대들이 등짐을 줄일 수 있었다. 행중이 맷재에 당도했을 때는 호랑이를 만나는 불상사가 있더라도 더이상은 발짝을 떼어놓을 수 없을 정도로 지쳐 있었다. 근래에 보기 드물 정도로 먼길 행보를 줄일 수 있었던 것은 20여 명을 헤아리는 대상대가 함께 걸었기 때문이었다. 더욱이나 늦깎이로 상단에 뛰어든 조기출과 같은 사람들은 고단하다못해 몰골이 파리하고 눈자위가 허옇게 되어 숨을 가다듬기에도 힘겨워 보였다. 정한조가 측은하여 한마디 불쑥 질렀다.

"생선 몇 못 팔아 하찮은 길미 챙기겠다고 이 고초를 겪는구려. 나물 먹고 물 마시더라도 차라리 옛날로 되돌아가고 싶지 않소?"

"도감께서는 정곡을 찌르시군요. 때로는 그런 마음이 들 때도 없지 않지요. 그러나 행중 식구들에 견모<sup>•</sup>가 된다 하여도 두 번 다시 죽은 놈 발바닥같이 찬 냉골에 들어앉아 좀먹은 탕건은 쓰고 싶지 않소. 도감 입으로도 괭이 든 비렁뱅이는 없어도 책 든 비렁뱅이는 있

---

• 견모: 업신여김을 당함. 놀림감.

다 하지 않았습니까. 비 오는 날 똥장군을 등짐 대신 지고 길바닥에서 엎어지고 자빠지는 한이 있더라도, 감나무 밑에서 홍시 떨어지기를 기다리는 어리석은 짓은 반복하지 않을 것입니다."

정한조가 곰방대를 빼물며 등뒤에 멀리 두고 온 묏부리를 바라보다 말고 혼잣소리처럼 한마디 툭 던졌다.

"저 멀리 넓재 묏부리가 까마득하게 보이네요. 칠팔 년 전이었던가봅니다. 그날 우리 일곱 일행이 해거름에 저 넓재를 넘고 있었는데, 그때 대중없이 뛰어든 산적 두 놈과 딱 마주쳤네요. 그러나 우리가 누굽니까. 네놈들 잘 만났다 하고 다짜고짜 달려들어 싸다듬이로 난장박살해서 묵사발이 된 놈들을 아갈잡이한 다음, 울진 관아까지 질질 끌고 가서 하옥을 시켰습니다. 그런데 나중에 생각해보니 이상했어요. 우리는 맨몸이었고 저들은 칼을 들기도 했는데, 우리가 덮치는데도 전혀 대척할 방도를 못 찾았어요. 상투를 잡고 태질을 시키는데도 고스란히 당하고 있었지요."

"그랬소? 그런데 고개 넘을 때는 왜 입도 뻥긋하지 않았소?"

"공원께서 얼살을 먹고 굽도 떼지 못하고 설설 길까봐 가만있었지요."

"예끼, 시생이 무지렁이인 것은 틀림없으나, 그만한 일에 오줌까지 지리겠습니까. 이제는 천둥 번개 치는 밤길에 개호주가 뒤를 따라와도 아무렇지도 않을 만큼 간담이 커졌습니다."

정한조가 그 소리 못 들은 척 딴청만 피웠다.

"나중에사 깨달았습니다만, 명색 산적으로 나섰다는 위인들이 산적이 뭔지 모르고 있었어요. 폐농하고 행리 탈취를 업으로 삼기 시작하면, 엽전이 꿰미째 굴러오는 줄 알았던 것이지요. 길바닥으로 나서

기만 하면 화수분이 저절로 굴러올 줄 알았겠지요. 그래서 후회가 되었습니다. 관아에 넘기지 말고 잘 달래서 돌려보낼 일이었는데. 경기의 안성이나 송파나 누원점 같은 대처에서 화적질하는 도둑들의 두령은 모두 군관들이란 말이 파다하게 퍼져 있습니다. 군관들은 길거리와 큰 저자에 도적들을 들여보내 빼앗고 훔치게 사주를 합니다. 도적들이 제 세력만 가지고는 대로에서 갈취와 약탈을 저지를 간담이 없기 때문입니다. 뿐만 아니라, 세도 있는 집이나 부잣집의 기명이나 의복을 훔쳐낸다 하더라도 그것을 처분할 일이 막연하지 않겠소. 그것을 팔 수 있는 방도를 알고 있는 것은 군관들뿐입니다. 그래서 도둑질한 물건의 금어치가 열 냥이라면 넉 냥은 훔쳐낸 자가 먹고, 나머지 여섯 냥은 군관의 몫이 아니겠소. 또 도둑이 처음 소굴에 가담하게 되면 신참례를 하게 되어 있어 세 번이나 장물을 바치고 나서야 자기의 몫을 받게 된다고 합니다. 한 번이라도 눈을 속이려 들었다간, 당장 관가로 잡혀간답니다. 친척이나 이웃이 그 사건에 연루되어 들어간 경우에는 군관의 안면에 구애를 받아 차마 바르게 토설하지 못하고 눈을 내리깔고 중언부언 횡설수설로 눙치게 되겠지요. 이것이 후하다고 하는 풍속이 되어버렸으니 우리 같은 무지렁이들도 그에 따라야 가상한 일로 여기게 되었소."

"그렇다 하더라도 화적질 방조하면 되려 큰코다칩니다. 그때, 구슬려서 돌려보냈다면, 적당 행세해도 이만저만하구나 해서 정신을 못 차리고 뒤돌아서서 다시 적당 행세했겠지요. 그러나 시생이 생각해보면, 애초에 도적이 생겨난 것은 그 화적질이 좋아서가 아니라, 회오리바람처럼 닥치는 기한과 뼛속까지 아리고 쓰린 신산을 견뎌내다못해 단 하루라도 연명하려는 자들이 있었기 때문 아니겠습니까.

그렇다면 미욱하고 온순한 무지렁이들을 도적으로 만든 자가 과연 누구겠습니까. 공명첩이니 원납전이니 하면서 공공연히 벼슬을 팔아 권세가의 문전이 장시처럼 소란하게 되었지 않습니까. 음직으로 권세를 잡은 그들 자제며 아전 들이 약탈을 일삼으니 적탈민들은 어디를 간들 도적이 되지 않겠습니까."

고개를 숙이고 앉았던 정한조의 입에서 한마디가 조용히 흘러나왔다.


시냇가에 허물어진 집은 사기 접시 같은데, 북풍에 이엉 날아가 서까래만 앙상하네.

묵은 재는 눈에 섞여 아궁이는 싸늘한데, 뚫린 벽 틈으로 별빛 새어드누나.

집안의 살림살이 너무나 빈약하여 모두 내어팔아야 일고여덟 푼도 못 되네.

세 가닥 조 이삭은 삽살개 꼬리 같고, 매운 고추 한 두름은 닭의 창자를 닮았네.

깨어진 항아리는 베로 발라 새는 구멍을 막았고,

찬장과 시렁은 새끼줄로 묶어 떨어지지 않게 하였네.

구리 수저는 오래전에 호장에게 빼앗겼고, 쇠 냄비는 이웃 토호에게 빼앗겼네.

다 해진 푸른 무명 이불 한 채뿐이니, 부부유별이란 말 이 집에선 말뿐이네.

젖먹이 적삼은 어깨와 팔꿈치가 드러나고, 태어난 이래로 바지도 버선도 알지 못하네.

다섯 살 난 맏이는 이미 기병으로 첨정되고, 세 살 난 작은 아이는 벌써 군관에 입적되었네. 두 아들 군포가 일 년에 5백 푼이니, 하루빨리 죽기를 바라는데, 옷가지가 무슨 소용인가. 늑대와 호랑이가 밤마다 찾아와 울 밖에서 으르렁대네.

남편은 나무하러 산으로 가고, 아낙은 방앗간에 품팔이 가니, 대낮에 사립문 닫힌 모양 참담하기 그지없네.

아침 점심 두 끼는 굶고 밤에 돌아와 군불 지피며, 여름에는 다 해진 무명옷에 겨울에는 베옷을 입네.

들녘의 냉이는 이미 싹이 묻혔으니, 땅이 풀려 새싹 나기를 기다릴 수밖에 없고,

술지게미라도 얻어먹으려니 남의 집 술 익기를 기다릴 뿐이네.

지난봄 향미 닷 말을 꾸어먹었는데, 그 일로 금년에는 살아남지 못하리.

나졸이 사립문에 들이닥치면 겁이 덜컥 나지만, 동헌에 끌려가 곤장 맞을 일을 걱정하지는 않네……

"시생은 이런 옛날 언문 시구를 중얼거리곤 합니다. 세상이 도둑과 무뢰배와 들치기, 날치기 들로 어지럽게 된 것은 모두 벼슬아치와 글줄깨나 읽었다는 선비 들의 과욕 때문이지요."

"원래 벼슬아치들이란, 가난 속에 살면서도 의리를 지키고 도리를 어기지 않으며 나라의 어려운 일에 바른말하고 살아가면 되었는데, 언제부턴가 그 도리가 흐트러지고 말았소."

"우리들이 어찌 그런 사정을 모르겠소. 그런데 도둑들의 행동을 가만히 들여다보면 우리들이 배울 점이 있소. 도둑들은 빈둥빈둥 게

으름을 피우는 사람들과는 달리 밤 깊은 것을 아랑곳하지 않고 뜬눈으로 일한다는 것이오. 자신들이 겨냥하던 일을 하룻밤에 결단 내지 못하면, 다음날 밤에 다시 죽기살기로 담판을 짓는다 하오. 뿐만 아닙니다. 도둑들은 같이 일하는 동배간의 행동거지를 자기 자신의 일처럼 엄중하게 생각하지요. 그리고 아주 적은 소득에도 목숨을 걸 뿐만 아니라, 아주 값진 물건에도 크게 집착하지 않고 반푼어치도 안 되는 물건과 미련없이 바꿀 줄 아는 너름새가 있습니다. 도둑은 자신에게 닥친 시련과 위기 따위를 아무렇지도 않게 이겨낼 줄 안다는 것이오. 그들은 자신이 하는 일에 최선을 다하고 그 일이 무슨 짓인지 너무나 잘 알고 있다는 것이지요."

귀기울여듣던 조기출이 말했다.

"우리 상단의 동무들과 도둑들이 마음가짐이나 처세함에 있어 근본이 다르지 않아 놀랐습니다."

"하긴……"

내성의 어물 도가에 소금 짐을 내린 뒤 곽개천으로 하여금 흥정하게 조처하고 정한조는 그곳 임소의 권재만을 찾아갔다. 그는 안동 태생으로 내성 임소의 반수였다. 안동부중 임소와 접소를 합쳐 반수는 그 한 사람뿐이었다. 예순을 넘긴 나이지만 젊은이처럼 정정하고, 시세를 점치는 셈속이 빨랐다. 그만하면 학문도 섬부(贍富)할 뿐만 아니라, 식견도 투철하여 앞일을 요량하는 도리가 범상치 않았다. 성품도 결벽하여 언제 보아도 입성이 깨끗하였다. 그는 특히 도감인 정한조를 매우 아꼈는데, 그것은 정한조가 의리를 위해서라면 새옹을 팔아서라도 갚는 성격이란 것을 알고 있었고 도감임에도 어려움이 닥치면 수하 사람들에게 미루지 않고 언제나 앞장선다는 것을 알고 있기 때문이었다. 정한조는 채수염이 방바닥에 쓸리도록 고개를 숙이며 한훤수작 나눈 뒤에 이번 행보에 겪었던 일을 차근차근 아뢰었다.

"지난번 울진 포구로 가는 회정길에는 십이령에서 행려병자를 구급하였습니다. 그런데 어찌된 영문인지 궐자가 본색을 밝히려들지 않습니다."

"장시를 드나드는 원상이나 길손이 아니었나?"

"본색을 전혀 알 수 없었습니다. 미루어 알아차릴 만한 증빙을 몸에 지니지도 않았지요. 신표나 척문을 지니지도 않았습니다. 그렇다 해서 놀고먹는 협잡꾼도 아닌 것 같구요."

"혜상공국이 설치된 이래 조정에서 신표 대신 상표(商標)를 발행하여 지니도록 조처한 일이 있다고 들었네."

"그런 것도 보이지 않는 천둥벌거숭이 같은 사람이었습니다. 하나 짐작가는 것이 있다면 궐자가 적굴에서 뛰쳐나온 산적일지도 모른다는 것입니다. 저희들끼리 서로 의견이 맞지 않아 각축을 벌이다 소굴에서 쫓겨난 처지는 아닌지 의심스럽습니다. 구억터 기슭에서 눈밭 위에 엎어진 위인을 숨 거두기 직전에 발견하고, 업어다가 말래 도방에 구완하라 일렀습니다. 그런데 이번 내성 행보에 샛재 숫막에 들렀다가 수상쩍은 얘기를 들었습니다. 숫막의 주모 말로는, 운수납자(雲水衲子)* 복색의 탁발승이 숫막거리에 잠행하며 궐자의 행방을 수소문하고 다니더랍니다. 명색 탁발을 한다는 스님의 안면이 세속의 횡행하는 시정잡배처럼 험악하고 부랑스러워 섣불리 대척할 수 없었다 합니다. 그래서 모르쇠로 손사래를 쳤더니 불쑥 화증을 내며, 알고

---

• 운수납자: 돌아다니는 승려를 무상한 구름과 물에 비유하여 일컫는 말.

있는 것을 무슨 연유로 모른다고 하느냐며 눈을 부라리고 톡톡히 무안을 주더랍니다."

"그렇다면, 도감은 눈 속에서 발견하여 구급했다는 사람과 탁발승을 한통속으로 보는군."

"시생 생각에 한 놈은 소굴에서 각축을 벌이다 세력에 밀려 쫓겨난 놈일 테고, 한 놈은 혹여 있을지 모를 후환을 없애자 하고 탁발승으로 가장해 뒤를 쫓는 와주나 세작(細作)이 아닌가 합니다. 오이는 씨가 있어도 도둑은 씨가 없다는 말은 요즈음의 시절을 두고 하는 말이 분명합니다. 어느 놈이 도둑이고 어느 놈이 농투성이인지 정신 차리고 염탐하지 않으면 도무지 알아챌 재간이 없습니다. 가짜로 만든 첩지나 험표(驗標)*를 가지고 원상을 사칭하며 작폐를 저지르는 일은 이미 도를 넘어서지 않았습니까. 심지어 약초꾼이나 길가에서 빈둥거리는 병문친구들조차 부상 행세를 하며 도둑질을 일삼고 있습니다. 옛날에는 도둑질한 놈은 잡아다가 이마에 자자*를 했다지 않습니까. 그런데 요사이 소굴 놈들은 탁발을 가장하고 다니는 것은 예사이고, 의관을 정제하고 다니면서 양반 행세하고 다니는 놈들도 있습니다. 시생들이 미처 눈치채지 못해서 그렇지 적굴 사람들이 육장 여기저기 나와서 살다시피 하는지도 모르지요."

반수는 억장이 무너지는지, 침통한 낮빛으로 천장을 쳐다보며 말이 없었다. 이 경난을 뚫고 나간다는 것이 여간 어려운 일이 아니란 것을 익히 알고 있기 때문이었다. 눈앞이 캄캄할 뿐이었다. 믿을 사

---

• 험표: 조선시대 보부상들에게 지급되던 일종의 신분증.
• 자자: 살을 따고 홈을 내어 먹물로 죄명을 넣던 벌.

람은 십이령을 넘나드는 울진 포구 소금 상단들뿐이란 생각도 들었다. 당장은 수효로 보나 강단으로 보나 그들만큼 세력을 뽐내는 상단은 안동부중이나 삼척부중에선 찾기 어려웠다.

"도감이 두 사람과 마주친 장소가 얼추 몇 마장 떨어지지 않은 곳이었으니…… 그들이 적당인 게 틀림없다면 소굴 역시 십이령에서 멀지 않은 곳에 있다는 증거가 아닌가."

"아직은 소굴을 찾아낼 때까지 시치미를 잡아떼고 은밀히 지켜보아야 하겠습니다만, 약차하면 우리 상대가 적환을 입기 전에 먼저 소굴을 색출하여 쑥밭을 만들어놓아야 하겠습니다."

"그렇게 하자면 그 운수납자 행세하는 놈의 뒤를 쫓거나 말래 도방에 업어다놓은 위인을 간병 핑계하고 붙잡아두는 게 상책이겠군."

"탁발을 가장한 놈을 놓쳐버려서 제가 먼저 몰골을 드러내기 전에는 뒤밟기가 손쉽지 않을 것이고, 도방에 데려다놓은 병자는 다리가 부러져 굴신을 못하니, 나가라고 내쫓아도 못 나가겠지요."

"궐자를 잡아두되 쉬쉬하지 말고 삼이웃이 떠들썩하도록 소문내는 것이 탁발승을 유인하는 데 효험이 있을 테지. 이참에 십이령에는 산적들이 언감생심 얼씬도 못하도록 잡도리해야겠네. 소굴이고 화적이고 두 번 다시 화근이 되지 않도록 아주 작신 분질러 도륙을 내야 하네. 그것이 우리 원상들의 명분이 아닌가. 구실살이 하는 서리, 마름이며, 사기꾼 들이며 외주와 화적 들까지도 모두 원상을 가장하고 분탕질이어서 장시의 기강이 순식간에 무너지고 말았네. 백주창탈도 이쯤 되면 건잡을 수 없게 되었네. 죽은 고양이가 산 고양이 보고 아웅 하더라고, 신표를 가졌다는 원상들은 걸핏하면 무뢰배들에게 걸려들어 상투가 잡히고 회술레를 당해 인사불성이 되도록 창피를 당하지 않던가. 장시의 풍속이 이토록 더렵혀지면 조만간 푸줏간 칼자며 노복 들까지 나서서 우리 원상들을 해코지하려들 것일세. 그러한즉슨, 차제에 원상의 면목을 세우지 못하면 봉변은 그렇다 치고 보부상들이 살아갈 명분조차 찾기 어렵게 된다는 것이네. 이토록 피폐하게 되면 장세(場稅)는 누가 걷고 임방 경영은 누가 하겠나.”

“지방관아의 수령들이 감당하기는 어렵겠지요?”

도감 정한조가 불쑥 퉁기는 말에 반수가 오히려 볼멘소리를 하였다.

“토색질에만 눈이 뒤집힌 아전과 늙어서 눈자위에 진물이 나는, 벙거지 쓴 형장 들 몇 가지고는 물가에서 살아가는 너구리 한 마리인들 온전히 잡겠나. 감히 적당들을 소탕하겠다고? 어림 반푼어치도 없는 얘기일세. 그놈들 고개치 이름 하나도 변변히 아는 게 없네. 원진을 친답시고 숫막집 봉노 질화로 도차지하고 둘러앉아 하품이나 하다가 박차고 일어난다는 것이, 똥싼 놈은 놓치고 방귀 뀐 놈만 잡아서 곤장을 내려 피칠갑을 시킬 테지. 그 떨거지들에게 설령 그럴 결기가 있다 할지라도 기골이 든든한 우리들 손으로 적굴 놈들을 소탕해야 체면이 설 게 아닌가. 아전이나 군교 들을 믿지 말게. 예전 사람들은 구실아치들도 소박해서 성품들이 진국이었네. 요사이는 벼슬아치든 작청의 구실살이든 군교 들이건 모두 기지(機智)를 숭상하게 되었네. 기지는 필시 기교(機巧)를 낳기 마련이고, 기교는 간사(奸詐)를 낳기 마련일세. 간사가 횡행하면 속임수를 낳게 되지. 속임수가 횡행하면 세도가 날로 어지러워지기 마련일세.”

“섣불리 이르기는 뭣하겠으나, 적당을 소탕하는 데 원상들이 앞장서야 한다는 것은 비켜날 데 없는 사실이겠습니다. 그러나 모진 놈

곁에 섰다가 날벼락 맞더라고 수하에 거느린 죄 없는 차인꾼이나 보행꾼 들이 애꿎은 까마귀밥이 될까 걱정입니다. 개중에는 처자를 둔 위인들도 없지 않기 때문이지요."

"구더기 무서워서 장 못 담그겠네. 그들 역시 원상들과 팔자를 같이하는 사람들이 아닌가. 원상들이 없었다면, 다리품 팔아 생업을 유지할 수 있겠나. 그건 그렇고 임자는 왜 아직 미장가인가? 아직도 맞춤한 아낙을 찾지 못했나?"

"반수님의 말씀을 따르다보니 아직 물색에는 생각이 미치지 못했습니다."

"내 탓이라니? 그 무슨 해괴한 말인가?"

"사오 년 전에 정색하고 하신 말씀 잊으셨습니까? 하루의 화근은 식전에 취한 술이요, 일 년의 화근은 발에 끼는 갖신이요, 평생 화근은 성품 고약한 안해라 하지 않았습니까. 계집은 믿을 수가 없으니 집을 떠나갈 때도 행선지를 말하지 말라 하였지 않습니까. 믿을 수 없는 족속을 안해로 맞이할 바에는 엄지머리로 사는 것이 속 편한 일이겠지요."

"어허…… 내가 그런 말을 했었나? 나도 쓸개 빠진 위인이란 소릴 들어도 싸네."

"그 말씀뿐만 아닙니다. 장사를 나갈 때는 나중의 증거를 위하여 행선지를 알리고 관문이나 나루터에서 시간을 허비하지 마라. 수금한 돈은 전대에 넣어 사타구니에다 숨길 일이다. 남에게 위협을 당할 수 있기 때문이다. 배로 여행할 때는 일찍 숙박을 정하고 밤에는 절대로 길을 나서지 마라. 잘 때도 속옷을 벗으면 안 된다. 예측하지 못한 사태에 대비해야 하기 때문이다. 길동무들 몰래 갈보집에 출입하지 말 것이며, 남자에게 영색을 지으며 아양하는 소년을 조심하라. 원매자(願買者)에게 친절하고 웃는 얼굴로 대하며, 험악하고 오만한 태도를 보이지 마라. 연장자를 존중하고 나이 어린 사람에게 가혹하게 대하지 마라. 또한 약자를 속이거나 강자에게 굽신거리지도 마라. 강자도 약자도 똑같은 태도로 대하라. 큰 거래는 여러 사람과 함께 상담하고 독단이나 속단으로 하지 마라. 사물에 구애받거나 융통성이 없는 자는 실패한다. 도박꾼이나 한량은 가까이하지 마라. 또한 길가의 논다니들과 수작을 걸고 있는 사람과 마주치더라도 상관하지 마라. 군자가 되어야 한다는 말씀을 시생은 항상 가슴에 새겨두고 있습니다."

"사상십요라고…… 거기에 있는 말일세."

반수 권재만을 하직하고 물러나 어물 도가를 찾았더니 공원 곽개천과 바른말 잘하는 배고령, 여색 밝히는 길세만, 결기 있고 면목이 단단한 최상주(崔尚州)가 내성의 어물 도가 포주인 윤기호(尹基鎬)를 둘러싸고 앉아 있었다. 그들이 10여 년 전부터 숙객으로 거래하는 윤기호는 지난날에는 소금 도가의 여립꾼이었는데, 언제부턴가 아예 도가를 꿰차고 물주 노릇하며 내성장 일경의 길미를 농단(壟斷)했다. 벌써 흥정이 결단이 되었는지 마침 성애를 먹고 있었다. 녹지(錄紙)와 건기(件記) 그리고 환표(換標)를 주고받은 뒤에는 필경 성애를 먹었다.

"도감 어서 오시오."

윤기호가 염치를 차려 벌떡 일어나 화롯가 자리를 도감에게 내주고 비켜 앉았다. 수하 행중이 바라보는 가운데 예의를 소홀히 할 수 없기 때문이었다. 울진 포구 소산이라는 것이 언제나 그랬듯이 소금,

미역 아니면 건어물에 염장품이었다. 그러나 이들 물화가 십이령이나 고초령을 넘지 못하면 경상도 북부 일경의 대다수 고을에서는 짜든 싱겁든 명색 소금 맛을 보기 어렵고, 소금이 좋았기에 울진 포구 건어물도 마찬가지로 천세났다. 안동 상주의 주변 지역에서는 낙동강을 타고 오르는 뱃길을 따라 소금 섬들이 올라온다지만, 가뭄이나 홍수가 지면 여축없이 뱃길이 막히기 때문에 수급이 들쭉날쭉하여 종잡을 수가 없었고 소금 값도 올랐다 내렸다 널뛰기를 반복하였다. 울진 포구 소금 상단이 대접받게 된 까닭은 날씨가 맑으나 궂으나 여름이나 겨울이나 그들로 말미암아 수급이 원활하게 이루어지기 때문이었다. 따라서 울진산 토염은 고가에 매매되었다. 울진 포구 토염이라면, 언제 어디서나 원매자들이 기다리고 있었다. 윤기호는 소금 유통을 농단하면서 구문을 받기도 하였는데, 거개가 소금 한 섬에 닷 푼(分)이나 1전(錢)의 구문을 받았으나 그는 대담하게도 한 섬에 2전의 구문을 받았다. 울진산 토염이란 명분 때문이었다. 소금 유통에 대한 주인권(主人權)˙이 있었는데, 그 권리가 매매나 상속 혹은 양도되기도 하여 4백 냥 이상 나가기도 하였다. 윤기호가 노리는 것은 어물 도가의 농단만이 아니었다. 울진 질청의 아전들을 부추겨 염전을 사들이려 한다는 소문도 없지 않았다. 그러나 그는 울진 소금 상단이 자신의 농단을 언제부턴가 눈여겨보고 있다는 것은 눈치채지 못했다. 그는 상단 몰래 잠은도매(潛隱盜賣)를 예사롭게 저질렀다. 그것은 물어볼 것도 없이 장시의 법도를 어지럽히는 행위였다.

"반수님께서도 안녕하신지요?"

---

˙주인권: 요샛말로 일종의 권리금.

"예, 별탈 없이 지내고 있었지요."

"이번 파수에는 어떤 물화를 가져갈 요량입니까?"

"궂은 날씨에 소금 섬을 지고 오느라 행중 모두 뼛골이 어긋날 정도였소. 그래서 우리 행중은 보행객주에 등짐을 내리면 너나없이 정강이를 내놓고 쑥찜질하느라 분주하오. 젊을 땐 얼추 쑥으로 다스린다지만, 나잇살이나 들면 병증이 골수에 사무쳐 기동이 임의롭지 못할 것이오. 그래서 이번 파수에는 피륙을 흥정하든 담배나 곡물을 흥정하든 동무들에게 맡겨두려 하오. 행중 식구들과 오랫동안 작반하면서 살펴보았소만, 그만하면 나름대로 안목을 가졌고 눈썰미도 출중해서 모두 제 그릇을 가진 터에, 도감이라 해서 감 놓아라 대추 놓아라, 사사건건 간섭이 낭자하면 여기저기서 불퉁가지들 내겠지요."

정한조의 말에 둘러앉았던 동무들 중에 어떤 사람은 빙긋 웃고, 어떤 사람은 떨떠름해서 마뜩잖아하였다.

"임방 하직하고 도가로 오는 중에 술청거리 앞을 지나치게 되었는데, 어디서 논다니들이 떼로 몰려왔는지 예전과 달리 퍽이나 분주하더군……"

정한조가 술청거리를 지나오면서 받은 뒤틀린 심사를 얼굴에 그대로 꿰고 윤기호를 쏘아보는데, 그는 아랑곳하지 않고 소반에 놓아둔 막걸리 한잔을 정한조에게 냉큼 권하며 말했다.

"잘 아시다시피 현동 저자나 내성장에는 경상우도 상인들은 말할 것도 없고 멀리 송도(松都)나 원산(元山)의 행상이나 심지어 호상(胡商) 들까지 출입을 합니다. 그중에서도 울진 포구 염전에서 온 소금 장수 행수 상단의 주머니가 가장 두둑하다는 것을 뜨내기 논다니들이라 할지라도 모를 리 없지요. 떼배들이 숨차게 오르내리는 충청도

목계 갯벌 저자나 고령의 개포 뱃나들에는 삼폐 기생이며 들병이 들수십 명이 떼를 지어서 몰려와 주변에 원진을 치고 있답니다. 한수를 오르내리는 떼꾼들의 엽전 꿰미를 겨냥하는 것이지요. 그들에게 미치지는 못하겠지만, 안동부중을 통틀어 울진 포구에서 온 내성 장시 소금 상단만큼 주머니 사정이 두둑한 행중도 찾아보기 힘들 것입니다. 물전과 내성의 내왕 행보에서 챙기는 길미가 쏠쏠하다는 것을 그들이라고 모르겠습니까. 그래서 논다니들은 계집에 주린 상단이 들이닥치면 불난 집 개처럼 날뛰게 되지요."

"귀로 듣기는 좋을지 몰라도 실은 좋지 않은 소문이오. 소금 팔아 길미를 보기는 하지만, 모두 전대에 넣고 다니진 않소."

"모두가 집도 절도 없는 홀아비 신세들인데, 그럴 리가 있겠습니까."

"그럴 리가 없다니 포주인이 우리 행중 모두 사타구니라도 뒤져 보았더란 말이오?"

"아이구…… 아닙니다. 시생이 자발없이 내뱉은 말일 뿐이지요."

"말이란 어 다르고 아 다르다 하지 않았소."

"우리는 아시다시피 환표만 갖고 다니지 전대를 차고 다니지도 않을뿐더러 계집에 주린 사람들도 아니오."

그 순간, 둘러앉았던 행중의 시선들이 어찌된 셈인지 일제히 길세만에게 쏠렸다. 눈치를 알아챈 그의 얼굴이 벌겋게 달아올랐다. 열없어서 입도 뻥긋 못하고 있던 그가 한참만에 모꺾어 앉으며 볼멘소리를 하였다.

"이런 낭패가 있나…… 왜 나를 쳐다들 봐. 내 턱에 개똥이라도 묻었나?"

행중의 최상주가 입아귀를 비쭉하고 나서 면박을 주었다.

"성깔하구선…… 쳐다보는 데 체면 깎이나?"

"모두 나만 쳐다보는 까닭이 나변에 있나?"

"이 방 안에 있는 행중 식구들 중에 살송곳 박는 솜씨가 출중하다는 뜻인데, 성깔부터 벌컥하면 어떡하나. 임자는 성질 올곧지 못한 수탉처럼 걸핏하면 핏대를 곤두세우고 대드나?"

"어허, 이런 봉패가 있나. 동무끼리 두둔하지는 못할망정 여러 총중이 보는 면전에서 창피를 주면 지렁이도 꿈틀하는 법이야."

"연잎에 물방울 붙는 것을 본 적이 없듯이 자기 행실이 옳으면 감히 욕을 들을까."

정한조가 나서 오금을 박아주었으니 망정이지 다른 행중이 싸잡아 부아를 돋우었다면, 방구석에 있던 목침이 날아가는 소동이 벌어질 뻔했다. 그런데 윤기호의 말이 언중유골이라고 생각했던 최상주가 지나간 얘기를 다시 되돌려 곱씹고 나섰다.

"아니…… 우리가 한강 떼배 사공들보다 주머니가 가볍다는 말씀은 듣기 거북하네요. 물길과 산길을 내왕하며 연명하는 게 다를 뿐 가가예문이라고 염낭쌈지 무겁고 가벼운 것은 견주어보아야 아는 것 아닙니까. 한강 떼배 사공 놈들 울진의 백두대간 금송패(禁松牌)를 어기고 몰래 벌목해 모리를 챙긴다는 소문이 자자하다는 것 알고 있습니까?"

정한조에게 한주먹 쥐어박혔던 윤기호가 서둘러 손사래를 치며 사과하였다.

"아이고…… 그렇구말구요. 제 주둥이가 가벼워 창졸간에 실수를 저질렀습니다. 혜량하십시오."

금세 안색을 바꾸어 영색을 짓는 윤기호를 바라보며 껄껄 웃는 중에 정한조가 말했다.

"술청거리 색주가에 주등이 켜지기 전에 물상객주들 찾아가서 겨냥한 물화부터 흥정하게. 전대들 단단히 조여매고…… 들치기, 날치기, 소매치기는 고려 적부터 있어왔고 지금도 마찬가지일세. 아니면 임소의 반수하며 나한테 혼쭐이 날 줄 알게들."

볼일이 있다며 행수가 먼저 자리를 뜨자, 행중 몇이 뒤따라 일어서고 몇 사람이 남았다. 어딘가 미련이 남아 냉큼 일어서지 못하는 것을 눈치챈 윤기호가 금방 안색을 바꾸고 남은 사람들에게 소곤소곤 목소리를 낮추었다.

"울진 포구로 회정하자면, 썰렁한 접소에서 사나흘은 족히 기다려야 할 것 아니겠소. 행수가 회정길을 서두른다고 맥들도 덩달아 학춤을 출 수야 없지 않겠소…… 유기전이니 시계전이니, 포목전이니 원매할 물건들이 도가에 쌓여 있지만, 흥정이란 시일을 두고 밀고 당겨야 길미가 많은 법이란 것을 시생만 알고 있는 것이 아니지 않소. 괜히 서두르다보면 억매흥정에 무단히 악명 쓰기 십상입니다. 아시다시피 우리 인생 산다는 것이 칼 물고 뜀뛰기가 아닙니까. 어디 그뿐입니까. 때에 전 입성으로 행로가 번다한 병문거리로 나가서 해동갑으로 발서슴해본들 반갑게 맞이하는 일점 혈육인들 있습니까. 모두가 허망할 뿐입니다. 길미에만 눈독들이지 말고 쌓여 있는 행역들도 풀어주어야 맛이지요."

"어디 좋은 데가 있습니까?"

"시생이 누굽니까. 이 내성장 병문거리에서 여립꾼으로 잔뼈가 굵은 처지가 아닙니까."

“포주인 말씀이 그럴싸합니다. 거느린 가솔도 없는 처지에 아득바득 이문을 노려서 어디다 쌓아두겠습니까.”

“두말하면 잔소리지요.”

그들은 성애 먹던 소반을 밀치고 약고 꾀바른 윤기호와 함께 어물 도가를 나섰다. 벌써 해는 지고 멀리 바라보이는 산허리에 희미한 저녁 이내가 비단 폭을 두른 듯 치렁치렁하게 걸려 있었다. 윤기호가 먼발치로 선머리에 서고 네 사람은 그 뒤를 따랐다. 도감 정한조가 으름장을 놓았던 터라, 누가 염탐이라도 하고 있는 것처럼 뒤통수가 쭈뼛거렸으나, 색주가에서 벌어질 짜릿짜릿한 광경들이 뇌리에 떠올라 윤기호를 뒤따라가는 발걸음을 되돌릴 수 없었다. 계집의 사타구니에 콧등을 박아본 지가 까마득한 옛날로만 생각되었다. 따지고 보면 한 달포 전에 길가에서 인심 좋은 들병이를 만나 육허기를 채운 사정도 없지는 않았다. 그런데 이런 경우를 당하면 어찌된 셈인지 그것이 까마득한 먼 옛날에 겪었던 일로만 생각되는 것이었다. 해가 진 후에도 길거리는 심심찮게 오가는 길손들로 분주했다. 좌반전, 어리전, 드팀전, 애막, 황화전들을 벌였던 난전 좌판 어름에는 노인네들과 철부지들이 뒤섞여 횃불을 켜들고 땅에 떨어진 낙곡이나 엽전을 줍자고 야단이었다.

머지않아 돌담으로 둘러친 술청거리가 나타났다. 명색 색주가라 하지만, 돌담 일색이었다. 돌담은 바람만 막아주는 것이 아니라, 봄이 되면 각종 약초 따위가 돌 틈에서 움텄다. 4월이 되면 그 돌 틈에서 제비꽃*이 움을 튼다. 제비꽃이 있는 곳에는 반드시 개미집이 있

---

* 제비꽃: 제비꽃을 일상적으로 ‘오랑캐꽃’이라고도 불렀다.

는데, 제비꽃을 개미들이 번식시켜주기 때문이다. 제비꽃 뿌리를 찧어 화농된 상처에 바르고 명주로 싸매주면 증상이 멎는다. 저녁거미가 내려온 터라, 술청거리는 벌써 나름대로 분장을 시작하고 있었다. 색주가 돌담에 기대 세운 장대 위의 용수는 어둠 속으로 사라지고, 술청마다 등불을 밝혀서 창자가 출출하거나 타향길에 고단한 길손들의 가슴속을 싱숭생숭하게 만들었다. 여름날이면, 마당에 내다놓은 살평상에 논다니나 들병이 들이 가랑이를 벌리고 앉아 호객도 삼가지 않았지만, 추운 겨울에는 얼어 죽을까 밖으로는 나오지 못하고 빈 봉노에 불만 희미하게 밝혀두었다.

"주모오……"

윤기호는 단골인 색주가로 들어서면서 호기 있게 주모를 불렀다. 그러나 평소에는 엉덩이를 알기죽알기죽 흔들어대며 내닫는 주모가 냉큼 얼굴을 내밀지 않았다. 보아하니 진작부터 봉노를 차지하고 술추렴하는 낯선 패거리들이 있었다. 정주간에는 늙은 중노미 혼자서 국솥에 군불을 지피고 있었다. 윤기호는 중노미는 거들떠보지도 않고 언성을 높였다.

"주모오……?"

그제야 정주간으로 난 바라지 문을 살짝 열고 주모가 빼쭘 얼굴을 내밀었다. 주모는 윤기호를 알아보자 냉큼 영색을 짓고 정주간으로 나섰으나 행동거지가 평소처럼 날렵하지 않고 굼떴다. 게다가 봉노에서 술추렴하던 패거리들에게 거웃을 내주고 시시덕거리던 중이었는지 고쟁이 속곳 차림에 맨발이었다. 들병이 둘을 두었는데, 그 논다니들 역시 어디로 갔는지 보이지 않았다. 술청에는 너댓 되는 장정 패거리들이 두루거리 술상에 난삽하게 둘러앉아 술추렴들 하고 있었는데, 밖에 서 있는 일행들을 힐끗힐끗 눈짓해가며 주거니 받거니 곤 댓짓을 하면서 떠들었다. 단골집을 찾아왔는데도 예상치 못했던 홀 대를 당하자, 적잖이 배알이 뒤틀렸던 윤기호는 주모에게 심사 뒤틀린 눈길을 보내며 볼멘소리로 물었다.

"어디서 굴러온 패거리들인가?"

공술을 주는 대로 받아마셔 취기가 도도한 주모가 게트림 길게 빼고 난 다음 시큰둥하게 대꾸를 건넸다.

"그야 모르지요. 어디 굴러온 개뼈다귀들인지……"

단골인데도 주모의 언행이 느닷없이 상되고 퉁명스러운 까닭을 알 수 없었다. 윤기호는 소금 도가 포주인으로서 내성 장시에서는 행세깨나 한다는 위인이었고, 그가 수결한 어음이라면 멀리 있는 고령이나 원산의 물상객주들 사이에서도 거리낌없이 통용될 정도로 신용을 가진 사람이었다. 그런 윤기호에게 주모가 갑자기 안면을 바꾸고 문전박대를 한다는 것은 어딘가 잘못된 것이었다. 소금 상단 일행은 그 연유를 알아챌 수 없었다. 사단은 거기서 그치지 않았다. 어디서 굴러온 패거리인지 모르겠다는 주모의 말이 채 땅에 떨어지기도 전에 정주간 바라지 문이 부서져라 버럭 열리면서 한 사내가 여봐란듯이 문밖으로 썩 나섰다. 입성은 뜯다 만 꿩같이 스산했으나 눈은 얼음에 빠진 쇠눈깔처럼 번들거리는 궐자가 다부지게 한마디 쏘아붙였다.

"염병에 까마귀 소리라더니…… 어느 개자식이 찾아와 남의 속을 불쑥 질러?"

험악한 목자를 보자하니 대중없이 덧들였다간 장정 다리 하나쯤은 일같잖게 작신 분질러놓을 것 같았다. 얼떨결에 윤기호를 뒤따라온 게 잘못되었다는 생각이 일행의 가슴을 파고들었다. 배고령이 옆에

선 길세만의 잔허리를 꾹 찌르며 속삭였다.

"냉큼 비켜나세."

윤기호를 따라온 소금 상단 일행 중에는 결기 있는 곽개천이 끼어 있었다. 그는 열린 바라지 문 사이로 봉노 안의 풍경을 문득 엿보았다. 얼른 보아서 행랑것이나 장돌림 들로 보이긴 했다. 그러나 같은 원상들이라면 이쪽에서 다소 범절에 어긋난 행동거지를 보였더라도 다짜고짜 욕지거리로 대거리하지 않았을 것이었다. 뿐만 아니라, 맨 상투 바람인 그들 중에 댓개비로 만든 패랭이〔平凉子〕를 쓰고 있거나 이마에 패랭이를 쓴 자국을 가진 자도 없었다. 분명 원상들은 아니었다. 굴러온 뜨내기임은 분명했는데, 그 본색을 얼른 가늠하기 어려웠다. 곽개천은 그들의 속내를 떠보기로 하고 한마디 던졌다.

"큰소리로 주모를 찾은 우리들도 결례가 있었지만, 대뜸 험한 말로 대거리할 것은 아니지 않소."

곽개천의 점잖은 언사에 찌그러진 바라지 문을 열었던 궐자가 한순간 머뭇거리는가 하였더니, 내친김이란 듯 걸쩍하게 내뱉었다.

"이놈 봐라, 대살지게 생겼다 해서 제법 고시랑거리는군. 난장박살을 내주기 전에 썩 비켜나라, 이놈."

"함자가 뉘신데 언사가 그토록 고약하시오?"

"혓바닥을 뽑아버릴 놈들. 보면 몰라서 묻고 있느냐. 눈깔은 뒀다가 동냥을 보냈나, 꽁무니에 박고 지내나. 보아하니 비킬 데 없는 행상꾼들이 분명한데, 언죽번죽 제법 할퀴고 드는군. 정말 회술레를 돌려야 정신을 차리겠나?"

"어디서 온 사람들인지는 모르겠으나 초저녁부터 주찬을 질탕하게 차리고 앉아 술판들 벌이고 있구려."

점잖게 타이르는 말에 오히려 쓸개가 뒤집힌 궐자가 메주덩이만한 주먹을 뭉쳐 내려칠 시늉을 하며,

"어따, 이놈 봐라…… 네놈들은 안 처먹어도 배부른 생불이더냐?"

"내게 무슨 대단한 도량이나 있는 줄 아시오? 여차하면 발길질도 마다하지 않는 성미니 대중없는 헛소리 집어치우시오. 댁이나 나나 죽고 나면 모두가 여섯 자 아니겠소. 자칫 완력을 뽐내다보면 평생 신세 망치는 일이 생길지 누가 알겠소."

"어허…… 기침에 재채기가 겹친다더니…… 말본새 한번 피아말 씹구멍같이 잘도 실룩거리네. 결기를 자랑만 하지 말고 어디 한번 걸어붙이고 대들어봐."

어육지변을 만들겠다고 땅땅 벼르는 중에 곽개천은 냉큼 둘러댈 말구멍을 찾지 못하자, 얼굴이 원숭이 볼기짝이 되어 안절부절이었다. 그는 봉노에 둘러앉은 패거리들의 얼굴에서 문득 살기를 느꼈다. 분명 일손을 놓고 장삿길로 나선 도부꾼들이나, 장시를 배회하며 일손을 찾는 차인꾼들은 아니었다. 장시를 배회하는 무뢰배들이라 하더라도 감히 원상들을 상대하여 그런 막말을 할 수는 없었다. 완력한 가지로 막 살아가는 부류거나 추쇄당하고 있는 살범이 아니라면, 지난날 포수 생활 할 적에 어디선가 한두 번 마주친 듯한 얼굴도 있었다. 더이상 대거리를 주고받다간 난리 북새통을 겪을 것이었다. 그때, 윤기호가 곽개천의 괴춤을 잡아끌며 말했다.

"걸레는 닦을수록 더러워지는 법, 더이상 비위짱 사나운 꼴 보기 전에 그만 돌아섭시다. 내성 술청거리에 색주가가 한두 군데입니까. 내가 업어다 난장 맞힌 꼴이 되었소."

곽개천 일행이 그들을 상대하여 완력을 겨루기로 한다면 결코 불리할 것은 아니었다. 그러나 임방을 코앞에 둔 내성에서 분란을 일으킨다면 까닭이야 어디에 있든, 풍속을 어지럽힌 죄로 징치를 당하게 될 것이었다. 속내를 좀더 알고 보면 그 왈짜들 역시 형세가 불리한 곽개천의 사정을 익히 꿰고 있었기에 시비를 걸어온 것인지도 몰랐다. 한때, 보부상의 우두머리에게 장시의 풍속 단속권을 부여한 적이 있었으나, 스스로 작폐를 저지르는 경우 구성원의 우두머리와 접장을 처벌했었다. 그러나 장시의 질서가 워낙 어지럽게 되자, 단속권 자체가 유야무야 되고 말았다. 무뢰배와 도부꾼 들이 물밀듯이 장시로 몰려들어 풍속을 어지럽혀놓았기 때문이었다. 괴춤을 뒤져보았자, 냄새나고 성가신 불알 두 쪽밖에 가진 것이 없는 왈짜들을 상대로 세력 다툼을 벌인다면 우세 당하는 쪽은 곽개천 일행일 수밖에 없었다. 머쓱해서 술청에서 물러서고 마는데, 잔뜩 기대했던 김청도가 일행의 뒤를 따르며 혼잣소리를 하였다.

"검은 구름에 학 지나가듯 잠시 희다 말았군……"

일행의 떨떠름한 기색을 모를 리 없는 윤기호가 냉큼 발명하였다.

"행중에 이런 수치가 없습니다. 누구를 원망하고 누구를 허물하겠습니까. 공연히 본데없는 것들 상종했다가 살풍경한 꼴을 당했습니다. 모두 엄포에 불과하지만, 제 불찰이 큽니다."

배고령이 맞장구쳤다.

"모두가 부질없는 짓입니다. 당초부터 떡전을 찾거나 봉노에 둘러앉아 막걸리 추렴이나 할 생각을 가졌더라면 그 발칙한 놈들에게 우세는 당하지 않았을 테지요."

"우리 행중에 색주가 출입은 분수에 넘치는 일이어서 그런 수치를

당한 게야. 그만 접소로 들자구. 휘진 몸둥이들 이끌고 색주가 전전
해보았자, 골병만 깊이 들 뿐이지."
　곽개천이 딱 부러지게 일갈하자, 모두 입도 뻥긋하지 못하고 술청
거리를 벗어났다.

# 화적(火賊)


어둑하게 가라앉았던 하늘에서 음산한 기운이 도는가 하였더니 마침내 솜털처럼 촘촘한 가랑비가 내리기 시작했다. 눈만 내리던 시절에 비가 내리는 것을 보면 봄이 가까워진 것이 분명했다. 머지않아 부지깽이만 꽂아도 싹이 난다는 3월이 닥칠 것이다. 봄 사돈 꿈에 볼까 무섭다는 말이 있는 춘궁기가 시작되면 소금 값은 더욱 치솟아 부르는 게 값이다. 그런 생각들을 하며 일행은 처소에서 가까운 식주인을 찾아 오랜만에 밥을 배불리 먹고 접소로 돌아와 일찌감치 잠자리를 보았다. 따끈한 아랫목에 모두 목침 하나씩을 차지하고 어슷비슷 누웠는데, 문득 배고령의 신세타령이 들려왔다.


뒤통수에 패랭이 없고 꽁무니에 짚신 차고
한평생을 걸어도 앉아서 쉬어본 적 없네.
허기진 뱃구레 움켜쥐고 고개치 넘나들다
물미장 턱에 걸고 먼산바라기가 낙일세.

검은 머리 흰머리 될 때까지 행역에 시달려
일점 혈육도 없이 이 풍진세상 홀로 떠도네.
서발막대 휘둘러도 거칠 것 없는 사고무친
병구완에 은사죽음인들 구완받을 길 없네.
봉놋방 부들자리에서 생면부지 사람들과
말뚝잠으로 밤 지새우다가 깨어나면 꼭두새벽
오늘도 하염없이 십이령길 고개치 넘나드네.
일모도궁에 일숙 청해도 돌아오는 문전박대
꿩의 병아리같이 뛰어들 품속 어디에 없으니
사위스런 이내 속내 누굴 잡고 하소연할까.
객리행상에 지쳐도 형단영척(形單影隻) 의지할 데 없는 팔자
부지거처 불구인생(不久人生) 누구를 허물하리오.
바람처럼 구름처럼 떠돌며 고해 바다 겪다가
허공에 날리는 먼지같이 저세상으로 가네.
고해 바다 헤매다가 저승으로 돌아가네……


심사가 뒤숭숭했던 곽개천이 나직하게 타일렀다.
"배고령, 남의 어수선한 복장 지르지 말고 그만 자세. 설친 잠이나
벌충하게."
일행이 부들자리에 코를 박고 막 잠잘 채비를 하는 중에 초저녁에
헤어졌던 정한조가 문을 벌컥 열고 봉노 안으로 들어섰다. 누워 있던
일행이 모두 일어나 등잔에 불을 댕기고 초저녁에 숫막에서 겪었던
살풍경을 낱낱이 일러바쳤다.
"색주가에서 허튼소리 몇 마디 건넸다가 무뢰배들에게 되우 당했

습니다. 자칫 덧들였다가 싸다듬이로 등에 누린내가 나도록 맞을 뻔했습니다."

"그게 무슨 소리야?"

정색을 하고 자초지종을 듣던 정한조가 말했다.

"그것이 사실이라면 석연치 못한 구석이 있네. 증거는 없으나 동무들이 포주인 농간에 놀아난 것 같군."

열적은 얼굴로 정한조의 기색을 살피던 박원산(朴元山)이 말했다.

"포주인 농간에 놀아나다니요? 그 역시 우리와 똑같이 몰골 숭한 꼴을 당했는데요?"

"임자들을 끌어들인 포주인의 저의가 어디 있었는지 지금 당장 내막을 헤아릴 수는 없으나 궐자의 농간이 있었던 것만은 틀림없네. 장차 두고 볼 일이지만, 내성은 포주인 윤기호가 주름잡고 놀던 병문이 아닌가…… 그런데 동무들은 왜 포주인을 따라 색주가 출입을 하였나? 미련하기 짝이 없는 위인들이라는 평판 듣기 딱 알맞게 되었네…… 절약이란 바늘로 흙을 떠 담는 일처럼 어렵고, 낭비는 모래밭에 물을 뿌리는 일과 같아 한번 버릇 들면 끝을 모른다 하였네. 모두 자중하게. 그렇지 않아도 들려오는 소식이 심상치가 않네."

정한조가 몇 마디 쥐어박자, 좌중은 물속처럼 조용해졌다. 그때 곽개천이 물었다.

"무슨 말씀인지요? 또 무슨 사단이 있었습니까?"

"말래 접소에서 병구완을 받던 그 위인이 끝내 본색을 밝히지 않고 버티더니, 불현듯 자취를 감추고 말았다네. 의리는 새옹을 팔아서라도 갚아야 한다고 배워왔는데, 궐자가 그 의리를 헌신짝 버리듯 배신했다네."

"부러진 다리가 쾌복되지 않았을 텐데요?"

"그런 휘진 몸으로 자취를 감추었다는 것도 불길한 징조일뿐더러, 오랜 숙객으로 서로 흉허물 없이 지내는 우리 상단 일행을 색주가에 데리고 가서 창피를 안긴 윤기호의 속내하며, 운수납자 행세하는 무뢰배가 자취를 감춘 병자를 뒤쫓는다는 소식도 서로 얼개가 되어 있는 것 같으면서 전혀 다른 내막인 것 같기도 해서 머릿속이 뒤숭숭하고 도무지 종잡을 수 없네. 도방으로 오는 도중에 숫막 쪽 마루에 혼자 우두커니 앉아 오랫동안 생각을 해보았으나 전혀 짚이는 게 없었네."

"그 포병객은 만기가 남아서 차인들과 같이 병구완하지 않았습니까."

"만기가 아직 황구를 벗어나지 못해서 좀 해망쩍은 구석이 있지 않은가. 내가 여러 번 알아듣도록 일러두었지만, 몰래 자취를 감추려고 기회를 엿보는 놈에겐 당할 재간이 없었겠지."

"도감 어른께선 만기를 너무 두둔하는 것 같습니다."

"만기도 원상인데 우리가 역성들어주지 않는다면 그 사고무친한 아이를 누가 위해주겠는가. 아니래도 은(銀)을 주고 사는 것이 초년 고생이라고 내가 떠먹이듯이 달래주었으니, 공연한 트집 잡아서 번거롭게 만들지 말게나……"

"윤가를 어떻게 할까요? 못된 소행머리를 가졌다면 이참에 우리와 거래를 끊어버리는 게 옳지 않겠습니까. 윤가의 처신을 대수롭지 않게 보아서는 안 되겠습니다. 두부 먹다가 이빨 빠지는 일도 허다하지 않습니까."

성깔 있는 곽개천의 말에 사뭇 어두운 안색이던 정한조가 가만히 손사래를 쳤다.

"그렇게들 간단하게 생각할 일이 아닐세. 윤기호로 말하면 명색 내성 장시를 휘어잡고 있다는 포주인이 아닌가. 우리가 궐자와 오랫동안 거래를 트고 자별하게 지내던 인연을 단칼에 무 자르듯 할 수 없는 노릇일세. 그랬다간 또 어떤 환난이 닥칠지 모를 일이 아닌가. 수상한 일일수록 순서에 따르는 법. 차근차근 알아보도록 하세. 포주인이 설마 우리를 무단히 야료하려 들었겠나."

"야료가 아니라, 우릴 날탕으로 삼키려 했는지도 모를 일이지요. 도감 어른 말씀처럼 두고만 보다가 나중에 큰 손실을 보고 나서야 땅을 치며 후회하지 않겠습니까?"

"손실할 게 뭐가 있나. 우리가 억매흥정으로 소금 짐을 넘긴 것도 아니고 시게전이든 드팀전이든 행상들을 상종하여 풍속을 어지럽히고 색주가에서 색사나 벌이며 희희낙락한 적도 없지 않은가. 윤가의 사위스러운 속내를 세세하게 읽을 수는 없지만, 우릴 욕보일 심지를 품고 있더라도 우리가 원상의 정도를 지킨다면 함부로 덧들이지는 못할 것이야. 우리들 처신하기 나름일세."

사단은 그것에서 끝나지 않았다. 한시름 놓았다 싶었던 일행은 다시 등잔을 끄고 누웠다. 추녀를 스치고 지나는 칼바람 소리는 3월 초입에 이르렀는데도 여전히 스산했다. 너무나 을씨년스러워 귀를 막고 싶을 정도였다. 멀리 있는 색주가에서 들려오던 가녀린 소음도 드디어 가라앉아 사위가 고즈넉하여 바람벽을 기어오르는 벌레 소리도 들릴 지경이었다. 삿자리를 깐 방바닥은 헐벗은 각설이 불알처럼 차가웠으나 눈두덩은 벌써 천근같이 무거웠다. 바로 그때였다. 사처 울바자 너머로 부산하게 내닫는 발소리가 들렸다. 그리고 그 발소리는 사처의 울바자 앞에서 멈추어 섰다. 몇 사람은 벌써 코를 골고 있었으나, 생각이 많았던 정한조는 뜻밖의 발소리에 진작부터 귀기울이고 있었다. 아니나 다를까. 문밖까지 걸어온 발소리가 멈추고 그를 찾는 목소리가 들려왔다.

"도감 어른. 시생 조기출이올시다."

벌떡 일어난 정한조가 찌그러진 외짝 바라지를 손으로 쳐서 벌컥 열었다. 어두운 밤빛 속이어서 확연하게 짚여오지 않았으나, 분명 상주와 고령의 저자를 겨냥하고 발행하였던 조기출이었다. 그뿐만 아니었다. 떨고 서 있는 조기출의 등뒤에 어슷비슷 서 있는 일고여덟 명의 일행들 행색 역시 덕장에 매달려 눈보라에 시달리는 동태 꼴이었다. 눈을 의심하지 않을 수 없었다. 무명 저고리에 껴입었던 배자하며 단단히 조여매었던 통행전이며 패랭이는 어디로 갔는지 오리무중이었고, 동저고리와 옹구바지 차림으로 사시나무 떨듯 하였다. 사추리에 달린 불알인들 온전했을까. 비 맞은 수탉 꼴이 된 몰골들을 한동안 넋을 빼고 우두커니 바라보던 정한조가 소스라치며 밖에 서 있는 일행을 봉노 안으로 불러들였다. 찬바람이 봉노 안으로 몰아치는 바람에 잠들었던 일행이 눈이 휘둥그레져 일어나 등잔에 불을 댕기느라 난리 법석을 떨었다.

"이게 어떤 육실할 놈들의 소행이오?"

헤어진 지 불과 이틀 만에 다시 만난 조기출 일행의 행색은 꿰다 만 산적같이 꾀죄죄하게 육탈이 된 것은 물론이었고, 모두 쥐 뜯어먹은 송곳 자루같이 남루했다. 꿩 구워먹은 자리에는 재라도 남아 있지만, 그들은 육탈은 물론이고 손에 쥔 것이라곤 흙먼지뿐이었다.

"이런 변이 있나. 어쩌다가 이토록 몰골 숭한 꼴을 당하였소? 이틀

전만 하여도 허우대들 멀쩡하지 않았소.”

“적변을 당했습니다.”

먼저 잠들었던 일행이 나중 온 일행들을 미지근한 온기가 남아 있는 아랫목으로 잡아끌어 앉히고 물을 떠다 먹이며 야단을 떨었으나 봉노 안의 부산스러움은 좀처럼 가라앉을 기미가 아니었다. 나중 돌아온 일행의 수효를 눈대중으로 점고하던 정한조가 조기출을 똑바로 바라보며 무거운 입을 열었다.

“일행 중에 두 사람은 어디로 갔습니까?”

“……”

“이런 낭패가 있나. 두 사람 목숨이 창졸지간에 모두 거덜났더란 말이오?”

“한 사람은 그 자리에서 적당의 칼을 맞고 숨을 거뒀습니다. 시신조차 산적들이 거두어갔습니다. 한 사람은 혼비백산하여 산비알로 튀었는데 어디로 줄행랑을 놓았는지 도무지 행방이 묘연했습니다. 잠시 찾아 헤매긴 하였으나, 찾지 못했습니다.”

여기저기에서 구들장이 꺼져라 하고 한숨 소리가 터져나왔다.

“도대체 어느 어름에서 적변을 당했다는 것입니까?”

“내성 경내를 금방 벗어나 상주길로 접어들어 반나절도 못 간 백주 대로였습니다. 해가 나절가웃이나 기울었을까요. 그때라면, 백주 대낮이나 다름없지요.”

“백주 대낮인데도 아무런 대책 없이 몽땅 털렸더란 말이오?”

“복물은 물론이고 장두전이며 전내기 짚신까지. 육승포 외골 전대에 감추었던 백오십 냥을 몽땅 털리고 사람 목숨까지 거덜내고 말았습니다. 전대를 빼앗기지 않으려 했다간 적당들이 배를 가르고 창자라도 꺼내갈 기세였습니다. 그뿐이 아닙니다. 저희들에게는 아무 소용이 없을 신표하며 물미장까지 빼앗아 자취를 감추었습니다."

"백오십 냥이면, 한양 변두리에 가서도 기와집 두 채 값입니다. 그런데 그들에게는 소용없을 성부른 물미장까지?"

"예."

조기출 일행은 샛재 숫막에서 정한조 일행과 같은 날 발행했지만, 복물짐이 비교적 단출했던 탓으로 내성에는 하루 먼저 당도하였다. 그러나 한시라도 빨리 길을 줄일 욕심으로 내성에서 사처를 잡지 않고 내처 상주길로 접어들기로 하였다. 해가 질 때쯤이면 맞춤한 숫막을 찾아들어 하룻밤을 유숙할 작정이었다. 내리고 있는 진눈깨비가 언제 그칠지 몰랐기 때문이었다. 진눈깨비가 내리면 습기 먹은 건어물이나 미역 짐이 더욱 무거워지기 때문에 촌각을 다투어 길을 줄이는 것이 상책이었다. 열불나게 길을 줄이는 중에 중화참이 지나고 나자, 극성스럽던 진눈깨비가 씻은 듯이 긋고 난 다음 촘촘한 봄 햇살이 자드락 가득히 넘쳐나고 있었다. 일행의 발걸음도 햇살과 함께 한결 가벼워지고 농담까지 나누며 산코숭이를 돌아가고 있었다. 일행이 산코숭이를 돌아가려는 그참에 눈앞에 난데없는 일행과 만나게 되었다.

쓰개치마로 얼굴을 가린 스무 살 안팎의 남색짜리 새색시와 코에서 흙냄새가 풍기는 늙은이였다. 보아하니 꼬락서니는 뭣하나 명색 신행길이 분명했다. 대낮이라 하나 허리가 매화나무 등걸처럼 휜 늙은 노인네 한 사람과 나이 불과해서 이팔로 입에서 젖비린내조차 가시지 못한 어린 각시가 작반하여 행로가 한적한 산중길을 더듬다간 어떤 봉변을 당할지 몰랐다. 그래서 조기출 일행이 자청하여 작반을 청하게 되었다. 늙은이도 퍽이나 다행스러웠던지 일행을 향하여 행수가 어느 분이신지 과람하다며 몇 번이나 허리를 조아려 인사를 차렸다. 너무나 한적한 터에 내려쪼이는 햇살 아래로 일행을 할끔할끔 눈짓하며 장금장금 걸음을 떼어놓는 각시에게 모두 시선을 빼앗기게 되었고, 쓰개치마 사이로 보이는 용모를 훔쳐보자 하니, 산중 아낙네 치고는 이목구비가 뚜렷하여 밉상이 아니었다. 일행은 예법에 어긋나는 행동을 두려워할 겨를도 없이 마치 도깨비에 홀린 것처럼 신행길을 바싹 따라붙어 농을 걸기도 하였다.

"허릿매가 잘록하여 색탐깨나 하게 생겼는걸……"

각시는 일행들이 언죽번죽 걸어오는 농염한 희롱에도 이렇다 할 대꾸가 없었다. 그러나 싫다는 기색은 보이지 않아서 산골 계집치고는 때를 벗었다는 생각이 들기도 하였다.

"어허, 저 엉덩이 보게나. 교태와 고혹함이 가히 현종을 모신 양귀비일세."

"예끼, 이 사람. 하찮은 산골 각시를 감히 얻다 빗대나."

"양기가 명치끝까지 오른 형편에, 각시가 추물일지라도 서시로 보일 수밖에……"

늙은이가 뒤따라야 할 신행길에 난데없는 행상꾼들이 언죽번죽 걸쭉하게 내뱉으며 뒤따르는 형국이 되고 말았다.

그러던 중에 행렬은 막 한 굽이 솔숲길을 돌아, 메마른 갈대와 억새가 흔천으로 깔린 여울가 늪지대가 저 아래로 바라보이는 개활지로 나섰다. 그곳에 이르자 각시가 두리번거리는 꼴이 아마도 소피를 볼 수 있는 후미진 장소를 찾는 것 같았다. 바라보는 총중이 조마조마하던 중에 이윽고 맞춤한 장소를 찾아내어 뒤집어썼던 쓰개치마

를 벗어 길섶에 내려놓고, 솔숲 속으로 얄기죽얄기죽 걸음을 옮겨놓
았다. 그런데 참으로 희한한 일이 솔밭에서 벌어지고 말았다. 소나무
등걸 아래로 들어간 각시가 여러 총중이 빤히 바라보고 있는 가운데,
내외를 두는 법도 없이 지체하지 않고 치마를 썩 걷어올렸다. 그러고
는 오목주발 같은 젖통을 수습하는 일변 조금도 주저함이 없이 고쟁
이까지 벗어 장딴지 아래로 내렸다. 뿐만 아니었다. 응당 길에 있는
일행들과는 마주보고 숨어 앉아야 할 것인데도 어찌된 셈인지 엉덩
이를 일행들이 바라보는 쪽으로 과단성 있게 돌리고 앉아 소피를 보
는 것이었다. 박속같이 희디흰 엉덩이가 훤하게 바라보이도록 비위
짱 좋게 고쟁이를 까내리자, 지척에서 바라보는 사람들의 입에서 자
신들도 모르게 침 삼키는 소리가 들렸다. 산골에서 살고 있는 본데없
는 계집사람이라 해서 반죽이 없으란 법은 없겠으나, 해죽해죽 웃음
을 흘리는 계집의 교태가 닳고 닳은 기방의 수청 기생의 미술(媚術)
을 뺨칠 만하였다. 그러나 애초에 신행길 간다는 사람들이 곁꾼이나
길봇짐 하나 없이 단출한 것을 수상하게 여겼어야 했는데, 호젓한 길
목에서 마주친 미색에 빠져 미처 눈치채지 못한 것이었다.

 궐녀가 등 돌리고 앉아 보란듯이 엉덩이를 내보이며 소피를 보
고 있다는 것을 목격한 일행 중 한 사람이 드디어 참지 못하고 지게
를 벗어던지고 솔밭 속을 살금살금 기어들어갔다. 솔밭 속으로 기어
들어갔던 일행이 얼굴이 벌게져서 길가로 나와 손짓으로 다른 일행
을 불렀다. 무슨 뜻인지 알아챈 일행들이 서둘러 지게를 벗어던지고
궐자를 뒤따라 솔숲에 포복으로 기어들었다. 그 수효가 여섯이었으
니, 일행 중 반이나 되었다. 얼마나 흘렀을까. 바라보고 있기가 진력
날 즈음에 이윽고 신부가 고쟁이와 치마를 수습하였다. 나이가 불과

해서 이팔이라 하나 육덕을 보아하니 사내의 맛을 늘상 보아온 것처럼 흐벅지고 풍만하였다. 이런 산속에서 그만한 눈요기는 평생 처음이었다. 모두 양기가 명치끝까지 차올라 눈자위가 벌게져서 솔밭에서 기어나오는데, 아니나 다를까 그런 난리가 없었다. 전혀 예상할 수 없었던 적변이 바로 눈앞에서 벌어지고 있었다. 벗어둔 지게에 묶여 있던 복물짐들이 온데간데없고, 뒤에 남아 있던 조기출을 비롯한 대여섯의 일행들도 벌써 화적들에게 뒷결박이 되어 땅바닥에 꿇어앉아 있었다.

꿇어앉힌 원상들에게서 물미장을 빼앗고 있는 산적들의 수효만 얼른 헤아려도 여섯이었다. 허우대는 한결같이 물고를 뽑은 듯 훤칠하고 손에는 칼 아니면 화승총까지 들고 있었다. 굳이 미색을 동원하여 양동을 쓰지 않아도 조기출 일행쯤은 단박에 난장박살시킬 수 있는 결기와 병기를 갖춘 셈이었다. 개중에 면상이 곱상하게 생긴 놈이 방금 솔숲에서 기어나온 차인꾼을 손짓으로 불러세웠다. 자신의 강단만 믿고 대중없이 덧들이던 일행 한 사람이 벌써 궐자 앞에서 피를 낭자하게 흘린 채로 쓰러져 있었다. 움직임이 전혀 없고 신음조차 들리지 않는 것으로 보아 절명한 것이 틀림없었다. 목덜미에 선명하게 남아 있는 색흔(索痕)으로 보아 칼을 쓰지 않고 손으로 명줄을 끊었으니, 이들의 잔인함에 등골이 싸늘하게 식어왔다. 몸은 저절로 사시나무 떨듯 하였다. 하늘이 파란색이 아니라, 노란색이란 것을 그때서야 깨달았다.

사태가 그러했으므로 손짓을 따라 다가가는 차인꾼의 안색은 새파랗게 질려 그대로 사색이었다. 아니나 다를까 옹구바지 사이로 싼 오줌이 줄줄 흘러내리고 있었다. 계집을 뒤따라 농탕을 쳤던 일행이 미인계를 쓰고 있었다는 사실을 꿈엔들 깨달았을까. 잠깐 한눈을 파는 사이에 벌어진 적변을 일행은 손 한번 쓸 겨를도 없이 얼혼이 빠진 채로 우두망찰하였다. 적당들이 일행들에게 미인계를 쓴 것은 부상 일행들의 세력을 둘로 흩어지게 만들어 복물을 털기에 손쉽도록 양동을 쓴 것인데, 그 또한 눈치채지 못한 불찰이 컸다. 그러나 이제 와서 깨달았다 한들 무슨 소용인가.

손짓으로 차인꾼을 불러 세운 행수란 놈은 곱상스럽게 생긴 외양과는 달리 완력이 장사였다. 오줌을 지리며 부들부들 떨고 다가서는 차인꾼의 상투를 한 손으로 비틀어잡고 태질을 시켜 얼살*을 빼는가 하였더니, 거기서 그치지 않고 또다시 허릿바를 끌어올려 덜미잡이로 엎치자, 차인꾼은 제 힘에 겨워 꼬꾸라져서 콧등에 흙이 묻어났다. 순식간에 사람의 혼백을 빼놓는 것이었다. 그렇게 넋을 빼놓은 다음에 그가 물었다.

"어디로 가는 길이냐?"

"모르겠습니다."

"이놈, 어디로 가는 줄 모르다니…… 넋은 어디다 두고 다니길래 제가 어디로 가고 있는지 모른 채 이런 산중에서 소피보는 계집이나 간색하며 허둥지둥한단 말이냐?"

"보시다시피 쇤네는 담꾼일 뿐입지요. 원상들이 향도하는 대로 몇 날 며칠이고 입 닥치고 따라갈 뿐 신지*가 어딘지 알지 못합니다."

"그래? 담꾼이라 해서 눈에 보이는 것도 없고, 신지가 어딘지 궁금

---

* 얼살: 충격을 받아서 어리둥절한 상태.
* 신지: 목적지.

하지도 않더냐?"

"쇤네는 그저 원상들이 가는 대로 따라다니는 것을 천직으로 알 뿐입지요."

"혼백은 집 시렁에 얹어두고 고깃덩이만 왔다갔다한다는 얘기렷다?"

"그럴 리가 있겠습니까."

와들와들 떨고 있는 차인꾼의 뒤통수를 다시 한번 치고 나서,

"이놈 봐라. 한 입으로 두말하고 있네. 방금 넋은 빼고 다닌다고 네 놈 주둥이로 씨부리지 않았더냐?"

"……"

한마디 언사에 실려 있는 위엄을 듣자 하니, 산골 무지렁이 출신은 아니란 것을 단박 알아차릴 만하였다. 살년을 견디다못해 산적으로 나선 일자무식 세궁민은 아니었다. 글줄이나 읽은 위인이란 생각이 얼른 뇌리를 스쳐갔다.

"쇤네는 삯전이나 받는 담꾼일 뿐입니다요."

"이놈, 가재는 게 편이란 말을 듣지 못했느냐? 네놈이 담꾼이든 원상의 행세를 하는 놈이든 상관없이 같은 일행인 것만은 틀림없는데, 비겁하게 발뺌을 하여 그 초라한 목숨이나 구걸하자는 것이냐? 이놈 보아하니 아직도 제정신을 못 차리고 한 입으로 두말하고 있네."

"아, 아닙니다……"

"아니긴 뭐가 아니냐. 이 배은망덕한 놈."

"창졸간에 불쑥 나온 말이니 해량하십시오."

"이놈 포달 떠는 꼴이 가관이군."

당장 목이라도 벨 기세였다. 그러나 그는 차인꾼에게 명령하여 널

브러진 시신을 들쳐업도록 하였다. 조기출을 비롯한 일행은 다만 사태를 지켜보기만 할 뿐 대꾸 한번 변변스럽게 하지 못하고 눈앞에서 벌어진 참혹한 살육을 바라만 볼 뿐이었다.

시각은 어느새 자정을 넘기고 있었다. 몸은 물먹은 솜같이 무거웠으나, 잠은 벌써 저만치 달아나버렸다. 이틀 전에 겪었던 봉변을 소상하게 이야기한 조기출의 입에서 문득 한마디가 흘러나왔다.

"구차하게 살아남기만 해서 뭣하겠소. 전대 털린 것은 그렇다 치고 수하에 따르던 차인꾼 한 사람 속절없이 저승으로 보내버린 주제에 어디다 비위짱 좋게 낯짝을 쳐들고 다니겠습니까. 적당들이 그런 술책으로 우리 일행의 눈을 어둡게 만들 줄이야 꿈엔들 생각했겠습니까. 적당들 턱밑에 낯짝을 디밀고 죽여달라고 지다위 못한 것이 여한이 되었습니다. 명줄을 놓아버린 사람이나 끌려간 사람이나 원망이 구천에 사무치겠지요. 어찌되었거나 시생과 같이 미욱하고 무지한 밥쇠가 살아서 무엇하겠습니까……"

"운세 사나웠던 탓이오. 너무 자책 마시오. 하늘이 무너져도 살아날 구멍은 있다 하지 않았소."

"행수 명색이었던 시생이, 행중이 화적떼에게 된불을 맞고 멸구를 당하게 되었다면 사태를 불문하고 떨치고 나서서 사태를 수습했어야 했는데, 난생처음 봉적한 일이라 할지라도 흡사 구경꾼처럼 수수방관하고 있었던 치욕은 무엇으로도 씻을 수 없게 되었습니다."

도감 정한조나 둘러앉은 원상들 역시 말이 없었다. 말없이 앉아 있기 진력날 즈음에 침묵하던 곽개천이 입을 열었다.

"내가 그 자리에 있었더라도 적당들의 짜놓은 미술에 여지없이 끌려들었을 것입니다. 적당들은 고개치나 산코숭이 같은 내왕이 호젓한 곳에서 느닷없이 모습을 드러내고 북새통을 놓으며 복물과 전대를 취탈해왔는데, 이 화적들은 백주창탈을 예사롭게 저질렀을 뿐만 아니라, 살인까지 예사로 저지르고 말았소. 그 악행의 속내를 짐작하기 어렵게 되었소. 게다가 미인계를 쓴다는 사례는 지금까지 한 번도 없지 않았습니까. 그것은 적당들도 이젠 완력만 가지고 봇짐을 털려는 것이 아니란 뜻이겠지요. 그렇다면 내 불찰로 자책만 하고 있을 것이 아니라, 우리도 그들과 맞설 수 있는 계략을 꾸며야 할 때가 온 것입니다."

"한 가지 수상한 것은 있습니다. 저들이 장례를 치러주지도 않을 것인데, 어째서 시신을 거두어갔는지 그리고 원상과 차인꾼을 분별하기가 어렵지 않았을 텐데 어찌 원상들은 욕보이지 않고 차인꾼들만 죽이고 또 협박하여 소굴로 데려갔을까요. 그 내막을 짐작할 길이 없다는 것입니다. 시신을 가차없이 버리고 갔어야 할 터인데요……"

"원상을 욕보이면, 필경 임소 전체가 들고일어나 보복이 돌아올 수도 있을 것이고, 차인꾼을 둔소로 데려가면 고분고분해서 저들과 짝패되기 십상이라는 생각을 가졌겠지. 아니면 세작이나 척후로 써먹을 속내가 있었던지…… 그리고 가근방 내왕길 지리에 밝은 사람이 필요했을 테지…… 시신을 거두어간 것은 부상들이 통문을 돌려 도회를 열고, 장례를 시작으로 하여 임소의 부상들이 결속을 다지고 둔소를 소탕하려는 계기로 삼을까 걱정해서일 것이오. 그들 소굴에 책사도 있다는 증거 아니겠습니까."

"그 말이 그럴듯하군."

"아서…… 그게 아닐 수도 있네. 일면식도 없는 도둑의 속내를 앉아 있던 우리가 어찌 알겠나. 함부로 예단하는 게 아닐세."

"그 말도 일리가 있군."

"어허…… 그놈들 귀신 잡아먹고 도깨비 똥 눌 놈들이로군."

"그런데 행수님은 왜 말씀이 없습니까."

"……"

좌중의 시선이 지금까지 말 한마디 없었던 도감 정한조에게 쏠려 있었다. 그러나 그는 끝내 꿀 먹은 벙어리였다. 어떤 속내를 가지고 있는지 짐작하기 어려웠다. 한마디하라고 짓조르고 드는 것을 생트집으로만 알아서 정한조는 입도 뻥긋하지 않았다. 좌중은 물을 끼얹은 것처럼 가라앉았다. 침묵의 시간이 흘러갔고 고단했던 일행들은 새벽잠으로 곯아떨어졌다. 이튿날 깨어보니 정한조의 모습이 보이지 않았다. 그는 한숨도 자지 않고 곽개천을 밖으로 조용히 불러내어 먼저 말래 접소로 가겠다고 통기하고 한밤중에 겁도 없이 단신으로 말래로 떠난 것이었다. 야밤에 혼자서 십이령을 넘는다는 것은 여간한 간담이 아니었다. 화적은 고사하고 짐승의 밥이 되기 꼭 알맞았다. 곽개천이 동행하겠다고 하였으나 끝끝내 내치며 듣지 않았다. 도대체 이렇게 서두르는 까닭이 어디 있느냐고 아득바득 따지고 들었으나 천근 같은 입을 열지 않았다.

개호주 울음소리가 끊이지 않고 들리는 음산한 밤중에 내성을 발행한 그는 열불나게 길을 줄이기 시작했다. 끼니를 꼬박 굶은 채 밤낮을 가리지 않고 산짐승과 동행도 해가면서 이틀 만에 샛재 비석거리에 당도하였다. 불각시에 모습을 드러낸 그는 화들짝 놀라 눈을 하얗게 뜨는 월천댁에게 물어보았으나 자취를 감추었다는 포병객이 찾아왔었다는 귀띔은 없었다. 당장은 실망스러웠으나, 열 일을 제쳐두고 그 위인의 행방을 쫓아야 했다. 근자에 일어난 수상쩍은 사태와 적변의 시단이 모두 궐자의 행적과 상당한 관계를 가졌다는 생각을 머릿속에서 지울 수 없었기 때문이다. 그러저러한 사정을 알아챌 리 없는 월천댁은 딴청을 피웠다. 봉당 쪽마루에 걸터앉아 초연히 먼산바라기를 하는 정한조에게 바싹 다가앉으며 월천댁이 말문을 열었다.

"우리 구월이 말이요……"

"아닌 밤중에 홍두깨라더니…… 기운도 탈진해서 눈앞에 보이는 것이 모두 희미한 사람에게 또 무슨 넋두리를 하려고?"

월천댁은 정주간 안쪽에 있는 골방을 턱짓으로 가리키며 제법 침통한 표정으로,

"글쎄…… 도감 어른도 아시다시피 저년이 이팔방년이 내일모레 아닙니까."

"그건 나도 알고 있소."

"간혹 봉노 앞을 지나다니는 도감 어른 수하 중에 한 사람을 보니까, 허우대도 튼실하고 붙임성도 있어 보입디다. 성깔도 녹록지 않아 보이던데…… 새앙머리한 처자 나이 이팔이라면 명치끝까지 차오른 게지요. 그래서 이 에미에게는 저 꼴같잖은 소생이 노상 끌탕이랍니다. 숫막이라는 것이 길가에 나와앉은 하찮은 거처가 아닙니까. 삽짝도 없어 문만 벌컥 열면 바로 안방이지요. 어느 떠돌이 비렁뱅이가 한밤중에 칼 물고 들이닥쳐 저년 앙가슴 내질러 자빠뜨리고, 자던 입에 콩가루 털어넣듯 막무가내로 육허기나 채우고 튀어버릴까 해서 자다가도 문득 깨어나면 가슴이 두근거려 두 번 다시 잠을 청할 수가 없습니다. 그로써 절개가 이지러지고 나면, 갈 곳은 대처의 색주가뿐이지요. 그런 오욕을 당하면 색주가에서 살꽃이나 파는 처량한 신세밖에 될 게 없습니다."

"또 궁상떨고 있네. 어미로서 피붙이를 두고 모질게 폄하하면 안 되지…… 구월이가 못 들었으니 망정이지 알았다면 어미를 얼마나 원망하겠소."

"잔술 팔아 연명하는 숫막 여편네가 내지른 천출이긴 합니다만, 도감 어른도 아시다시피 제 소생이 됨됨이가 워낙 맵짜고 성깔도 다 부지지 않습니까. 용모도 그만하면 천출치고는 밉상은 아니지요. 그런데 명색 내 속으로 내지른 여식을 술청 심부름이나 시키고 본데없는 사내들과 겨끔내기로 희롱이나 받고채다보면 나중에는 염전에 있는 부잣집 후취로 내주기 십상이 아니겠습니까. 묵사발이라고 우습게 알고 함부로 내돌리다보면 깨지지 않으란 법이 없지 않습니까."

"염전 부자들 후취가 어때서? 그런 인연 찾아내기도 갈밭에 꽂힌 화살 찾기처럼 어려운 일이잖소."

"부자 아니라, 울진 질청의 구실아치들이라 하더라도 후취 자리라는 것이 저년에겐 거적문에 백통 돌쩌귀 달기가 아닙니까. 분수에 넘치는 인연은 나중 가서 필경 소박당하기 마련입니다. 천출은 천출끼리 인연을 맺어야 뒤탈이 없는 법입니다. 후취 자리라는 것이 십중팔구 사내구실 못하는 늙고 병든 병추기 만나기 십상일 것이고, 풍 들린 시어머니 병수발에 날밤이나 새우고 해코지를 못해서 눈깔이 시뻘건 전처소생들 등쌀에 하루하루를 살얼음 밟듯 살아야 하는데, 그 고초와 수치를 어찌 감당하겠습니까. 그것들이 처음에는 구박하다가 나중에는 소박하여 필경 친정으로 내쫓고 말겠지요. 도감도 아시다시피 재치와 총명이 남다른 아이인데…… 앓느니 죽고 말더라고 우리 구월이 그런 후취 자리에다 내던지기는 죽기보다 싫소. 언감생심 칼 물고 뜀뛰기지 가당키나 한 일입니까."

"비석거리에 뻔질나게 드나드는 방물장수 여편네들도 있지 않소. 그네들이 방방곡곡 휘젓고 다니면서 보고 듣는 견문이 많고 반죽도 좋아서 혼사를 맺어주는 일이 많다고 하지들 않소. 말래에 가면 매파도 없지 않고……"

"약고 꾀바른 봇짐장수 여편네들은 중신한답시고 구전에만 눈이 어두워 걸핏하면 손바닥부터 내민답디다. 그렇다고 이 첩첩산골에 매파가 찾아올 리도 없지요."

"어리석은 사람…… 오뉴월 황소 불알 떨어지면 구워먹으려고 다리미에 불 담고 다닌다더니 주모가 그 짝 났구려."

"아닙니다. 비록 산협 숫막에서 술막질하고 있는 견문 없는 계집이지만, 나름대로 안목은 있답니다."

"조금 전에 듣자 하니…… 신랑감을 눈여겨보아둔 것 같던데?"

"예."

"그게 누구요?"

"귀를 좀 빌립시다요."

주모에게 귀를 빌려준 정한조가 처음에는 눈이 휘둥그레졌다가 나중에는 떨떠름해서 면상이 일그러졌다.

"슬하에 일 점뿐인 여식을 떠나보내면, 주모 혼자서 그 소슬한 세월을 어찌 보내려 하오. 지금 당장은 애물단지라지만, 불과 며칠 지나지 않아서 홀연히 떠나보낸 것을 후회하며 밤낮으로 눈물짓게 될 것이오."

"걱정은 내 몫입니다. 도감께서는 혼사가 성사만 되도록 알선해주십시오."

"중신아비가 되어달란 얘기겠는데…… 물론 운을 떼어보겠네만 대답이 어떻게 나올지 장담할 수는 없으니 그리 알고 있으시오."

"말귀가 어둡긴 하네요. 그러니깐 데릴사위 삼겠다고 하지 않았습니까."

"겉보리 서 말만 있어도 처가살이하지 말라는 말은 못 들어보았소? 당사자가 처가살이를 바라겠소? 누워서 침 뱉기지만, 행상꾼은 좋은 신랑감이 아닙니다…… 건장한 남편이 집을 보전하려고 상인이 되었다네. 세월이 유수와 같이 흘러 머리는 어느새 백발로 뒤덮이어 자손이 장성하였지만, 서로 알아보지 못하네. 집으로 돌아온 그를 보고 노인이 된 안해는 어디서 오신 뉘시냐고 물었다는 옛말이 있다는 것 아시오?"

"남의 복장 풀쑥풀쑥 지르지 말고 저년 연분이나 맺어주오."

"주모가 눈썰미 한 가지는 제법이오. 내가 운은 떼어보겠다고 하지 않았소."

혹 떼러 갔다가 혹 붙이게 되었으나 월천댁과는 오랫동안 식주인으로 터온 탓에, 박절하게 뿌리칠 수는 없어 정한조는 얼추 얼버무리고 샛재 주막을 나섰다. 그날 해가 반나절이 기운 뒤에 말래 접소에 당도하였다. 듣던 대로 송만기는 꿩을 잡아 털을 뜯다가 놓친 사람처럼 얼굴이 쭉정이같이 누렇게 떠서 텅 빈 처소를 지키고 있었다. 정한조와 마주치자, 무안하고 수치스러워 고개조차 들지 못했다. 울화가 치밀었으나 언 수탉같이 초췌한 몰골을 보니 허물만 할 수도 없었다. 돌이켜보면, 자취를 감춘 궐자로 말미암아 만기는 두 번이나 낭패를 저지른 셈이지만, 그것은 그와 만기 사이에 끼어든 악연의 결과일 수도 있었다. 두 번 다시 그런 허방을 짚지 않도록 하냥다짐을 한다 해도 사람의 운세가 잘못 꼬이기 시작하면 그런 실책을 막아낼 재간이 없는 법이었다. 등을 문질러주고 손을 잡아끌어 주질러앉히고 타이르는 말로 물었다.

"추쇄는 해보았나?"

투전에서 망통 끗발을 뽑은 사람처럼 핑계할 구멍을 찾지 못하고 한동안 우물쭈물하다가 발명한답시고 사내답지 못하게 어깨를 떨어가며 나직하게 말했다.

"그동안 병구완하느라 탈진도 하고…… 봉노 윗목에 팔베개하고 누워 깜박 졸고 있는 사이에 자취를 감춰버려서 창졸간에 헤아리지 못했습니다. 새벽녘에 목덜미가 선뜻하여 소스라쳐 깨어난 뒤 사방을 뒤졌으나 흔적도 찾지 못했습니다. 도방에 있던 차인꾼이며 마바리꾼 들을 동원하여 추쇄해보았으나 차인꾼들에게 고생만 시준 꼴이 되었습니다."

"궐자에게서 한시도 눈을 떼지 말라고 신신당부하고 하냥다짐까지 두었거늘…… 사람이 고깃값을 할 줄 알아야지."

"저의 허물이 큽니다…… 죽을죄를 지었습니다. 조리돌림을 하신대도 감내하겠습니다."

"지난겨울 동안 비렁뱅이처럼 한뎃잠 자면서 한속에 부대끼고 비보라에 부대끼며 갖은 풍상 겪었으니 골수가 녹아나도록 고단했겠지…… 두부 먹다가 이 빠지는 법도 없지 않은 법, 상심할 것 없네. 부러진 다리가 쾌복되지 않았으니 멀리 가진 못했을 것이야. 게다가 동달이 차림이 아닌가. 등잔 밑이 어둡더라고 숫막거리 어름에 몸을 숨기면서 야음에 멀리 도타할 기회를 엿보고 있을 수도 있네."

"아니래도 숫막거리 가근방을 서케 잡듯이 뒤져보았습니다만……"

"우리가 미처 생각하지 못한 사힐처가 있기 마련이야. 위인이 병자라는 것을 명심하게. 절대로 멀리 튀지는 못했을 것이야. 튀다가 발각되면 그땐 돌이킬 수 없다는 것을 궐자인들 모르고 있을까. 사람 동원할 것 없이 몇 사람만 불러 찾아보기로 하세. 사람을 동원하고 홰를 켜고 법석을 떨면 가뭇없이 숨어버릴 것이야. 잠행으로 발짝 소리를 죽여가며 말래 도방 주변 숫막촌을 뒤져보는 게 좋겠군."

하지만 정한조의 예상은 빗나가는 듯했다. 십수 명을 동원하여 말래 도방 주변을 샅샅이 뒤졌으나 궐자의 행방은 오리무중이었다. 부러진 다리로 시오리도 온전히 걷지 못했으리라는 정한조의 예상은 새벽이 되어서야 깔끔하게 빗나가고 말았다. 그렇다고 단념할 수 있는 일도 아니었다. 위인이 곁부축 없이는 5리 길 행보도 못다 갈 병추기인데도 무릅쓰고 줄행랑을 놓았다는 것 자체가 정한조가 처음 생각했던 것처럼 적당들과 내통을 가진 위인임을 증거해주었기 때문이다. 그러나 아무리 은밀한 가운데서 위인을 추쇄한다 할지라도 소문이 퍼지지 않을 수 없고, 또 발 없는 소문이 천리를 가는 기력을 가졌다는 것은 예나 지금이나 다를 바가 없는 것이었다. 위인의 행방을 수소문한 지 하루가 지나고 이틀째 되던 저녁나절, 목발을 짚고 겨우 행보를 떼어놓는 자가 고포의 미역 도가 근처에서 배회한다는 기별이 들어왔다. 고포 미역을 거래하는 부상들의 귀띔이었다. 궐자가 사라져서 톡톡히 수치를 당한 송만기가 정한조를 작반하여 말래에서 행보가 빠듯하게 한 고포로 달려갔다. 위인은 그곳 미역 도가 근처 어막에 몸을 숨기고 있었다. 정한조와 만기가 들이닥쳤으나 별반 놀라는 기색이 아니었다. 일단 줄행랑을 놓기는 하였으나 근력에 부쳐 더이상은 행보를 떼어놓을 형편이 못 되자 자포자기한 셈이었다. 두 사람이 위인을 곁부축하여 말래 도방에 당도한 때는 자정을 코앞에 둔 시각이었다. 주위를 모두 물리친 후 위인을 바람벽에 기대앉도록 배려하고 마주앉은 정한조가 묻기도 전에 위인이 먼저 자복을 하였다. 어조가 매우 침착하고 음성도 나직하여 꾸며대는 거짓이 아닌 것은 확실해 보였다.

"배은망덕이라는 것을 시생인들 모르겠습니까. 더이상 폐단이 되어서는 안 되겠기에 병간하는 사람이 깊이 잠든 사이에 자취를 감추었습니다. 잘 알고 있습니다. 동무께서 시생을 소굴에서 나온 적당이 아닌가 의심하고 있다는 것도 왜 모르겠습니까. 하긴 시생이 화적의 소굴에서 한 반년가량 그들과 같이 비위를 맞춰주며 기거한 것은 틀림없습니다. 절간에 간 색시는 중놈이 시키는 대로 하더라고, 초로 같은 목숨이나마 부지하자면 그들 입맛을 거스를 수 없지 않겠습니까. 둔처에 그토록 오래 머물렀던 것은 시생의 내자와 피붙이가 함께 적당들에게 끌려가는 불상사가 있었기 때문입니다. 소굴에 인질로 잡히고부터 내자는 형용이 수척하기가 도마 위에 말라붙은 생선 부스러기처럼 쪼그라들었고, 내자 가슴에 안겨 있는 소생은 정신이 가물가물하여 우렁차던 울음소리조차 매미 우는 소리 같았습지요. 그런 고초를 겪는 내자와 피붙이를 화적의 소굴에 남겨두고 혼자 도망한다는 것은 인두겁을 덮어쓰고는 차마 못할 짓이었습니다. 그래서 오매불망 식솔과 함께 도망할 기회를 엿보느라, 그들과 한통속인 것처럼 안면을 바꾸고 처신하며 산채 일을 거들다 반년이나 되는 세월을 헛되이 보내고 말았습니다. 산채에서도 본색이 무엇이냐고 시생을 수차례 잡아 엎치고 난장박살을 낼 듯이 위협하였습니다. 그때마다 시종일관 소작하던 전답을 잃은 유민으로 가장하고 본색은 모르쇠로 잡아뗐었지요. 전답을 빼앗겨 일가친척은 물론이고 알음도 없는 삼남 고을로 내려와 정처를 찾아 기웃거리던 중에 댁내들과 마주친 것이라고 둘러댔지요…… 그러나 아닙니다. 시생도 광주 땅 송파 저자를 하직하고 떠나기 전까지는 쇠살쭈 행세하며 풍파깨나 겪었습니다……"

위인이 괴춤을 한참이나 이리저리 뒤지더니 기름종이로 싼 봉지 하나를 꺼내들었다. 그러고는 때와 땀에 전 작은 쪽지 하나를 꺼내 정한조에게 건네주었다. 닳고 낡아서 희미하게 지워진 문자가 확연하지는 않았으나, 차근차근 뜯어보니 그것은 임오년에 난리가 일어난 뒤, 조정에서 양반들도 상업에 종사할 수 있도록 허가하면서 당시 보부청에서 발행했던 부상의 첩지였다. 놀랍고 두려워 만감이 교차하는 정한조를 바라보던 위인이 말했다.

"시생의 성명은 천봉삼이라고 합니다."

정한조가 말했다.

"내가 알기로는 임오년 이후에는 조정에서 부상들이 거주지를 벗어나지 못하도록 금지했는데……?"

"그렇습니다. 장시에 무뢰배들이 들끓어 풍속이 어지러워지자 보부상들의 거주지 이탈을 금지시켜 행상인들의 기강을 바로잡고 어지러운 장시의 동요를 막으려 하였지요. 그런데 시생이 어쩌다 군란의 소동에 휩쓸렸고, 대원위대감께서 청국으로 끌려가는 수모를 당하는 와중에 관령을 어겨서 군교들에게 쫓기는 신세가 되었습니다. 그길로 송파를 떠나 살길을 찾겠다고 남행길을 선택한 것입니다. 숨어살기로 작정한 것이지요."

"그러한 사정이 있었다면 어째 진작 토설하지 않았소. 두길보기한 것이오?"

"남에게 폐를 끼치지 않고 시생이 다시 소굴로 숨어들어 내자와 피붙이를 구출하려는 생각에 본색을 숨긴 채 자취를 감추려 하였지요. 시생이 산채에 붙잡혀 있다가 도타한 사람이란 소문이 퍼지고 이것을 눈치챈 관아에서 산채를 박살내겠다고 군졸을 풀면 적당 소탕은커녕 소동만 커지고 산 토끼 죽은 토끼 둘 다 놓치는 것도 모자라 구출해야 할 시생 식솔의 목숨 부지는 뒷전으로 밀려나게 된다는 생각을 떨칠 수 없어 구린 입을 떼지 않고 있었습니다. 지방관아에서 구실살이한다는 아전들이나 수자리 산다는 군교라는 작자들이 이름만 그럴듯했지 늙고 병든데다 예나 지금이나 뇌물에만 눈이 어두워 어디 제구실하는 꼴을 본 적이 없습니다."

"노형의 애꿎은 심사는 십분 그렇다 하더라도 지금까지 저지른 처신은 대의에 어긋나는 처사였소. 그럼 시생들이 노형을 구출할 그 시기에 식솔을 이끌고 도망했더란 말이오?"

"처음에는 그랬지요. 야음을 틈타 식솔을 데리고 소굴을 빠져나오는데, 오싹한 한기를 느낀 젖먹이가 울음을 터뜨리는 바람에 산기슭을 열 발자국도 돌아나가지 못해 발각되고 말았습니다. 식솔은 다시 산채로 끌려가고 시생 혼자 포박당하여 소굴이 어딘지 짐작하지 못하도록 눈을 막고 밤과 낮을 도와 산길을 걸었습니다. 시생의 짐작으로는 어떤 때는 발아래로 여울물 소리가 낭자한 섶다리를 건너는가 하면, 사공이 부리는 거룻배를 타고 내를 건넌 적도 있었습니다. 한발 잘못 내디디면 절벽 아래로 떨어져 절명할 수 있는 잔도를 걸었던 기억도 있습니다. 경난은 그뿐이 아니었습니다. 밤낮을 걷게 하더니 어느 눈밭에 이르러 안대를 풀어주고 다짜고짜 매타작을 내리기 시작했지요. 난장을 내려 어육으로 만들고도 미진했던지, 시생을 아예 까마귀밥이 되도록 길송장으로 만들 작정이란 것을 나중에야 눈치챘지요. 초주검이 되어 정신이 가물가물해질 무렵 죽은 시늉을 하지 않으면 그나마 시신조차 거두기 어렵겠다는 생각이 들었습니다. 그러나 그런 자각이 너무 늦었던 모양입니다. 발길질이 언제부터 멈추었는지, 그들이 언제 시신을 버리고 도타하고 말았는지 도무지 기억에 없습니다. 요행히 죽지 않고 숨이 끊어질 찰나에 구명된 것은 모두 도감님의 은덕입니다. 시생이 그것 하나만은 가슴속에 아로새겨 언젠가는 보은을 하리라는 생각을 하였습니다. 그러나 어찌된 인연인지 시생을 두 번씩이나 활인하시니 말문이 막힐 뿐입니다. 시생이 끝까지 본색을 밝히지 못했던 것에는 두길보기하려는 것이 아니라, 일지매가 무고한 사람에게 피해가 돌아가지 않도록 깔축없이 매화꽃을 남겼다는 이야기처럼 시생으로 말미암아 다른 사람들이 고초를 겪는 일을 원하지 않았기 때문이라는 것을 해량하십시오."

"듣고 보니, 의심을 풀려다 근심을 사게 되었구려. 이제 노형의 본색을 알게 되었으니, 와중에도 천만다행이오. 첩지가 아니었다면 노형을 멍석말이해서 도방에서 내쫓을 법하였소. 그러나 산채에 남은 가솔이 지금까지 목숨을 부지하고 있는지 알 길이 없지 않소."

"물론입니다. 그렇다고 산채 찾기를 단념할 수는 없는 노릇입니다. 죽었든 살았든 시생의 눈으로 보기 전에 어찌 단념할 수 있겠습니까."

"허 참, 의심을 풀려다 근심을 사게 되었소."

"모두가 시생의 불찰입니다."

"우리가 노형을 환난에서 구하고 난 뒤 며칠 지나지 않아서 우리 상단이 숙객으로 드나드는 샛재 숫막촌을 찾아와 동무의 행방을 수

소문했던 운수납자가 있었는데, 그자가 스님으로 변복하고 행세하는 자였소. 혹시 짚이는 구석이 없소?"

위인이 잠시 생각에 잠기었다. 부러진 다리로 무리한 탓인지 간혹 얼굴을 찡그리고 입술을 깨물어 고통을 참기도 하였다.

"운수납자라니요? 그건 금시초문입니다. 소굴에서 땡추 한 놈인들 목격한 적이 없습니다. 운수납자를 가장했던 척후가 아니겠습니까. 시생을 눈밭에 유기하고 떠난 다음 어딘가 미심쩍어 시신을 찾아보러 되돌아왔던 게지요."

"그들이 노형을 산비탈에 유기한 뒤 이틀 만에 다시 그 장소에 되돌아온 것입니다. 그렇다면 소굴이 그곳에서 눅게 잡아도 사오십 리 상거에 있다는 증거지요. 노형의 눈을 가리고 하루 밤낮을 끌고 돌아다닌 것은 가까이 있는 소굴의 정체가 탄로날 위험이 있기 때문 아니겠소. 적당들이 소굴의 정체를 숨기려 나름대로 계략을 쓴 것입니다. 끌고 다니면서 어느 장소에서 요절낼까 주저가 많았겠지요. 내왕이 번다한 길목에 노형의 시신을 버린 것은 십이령을 넘나드는 소금 상단에 대한 경고이고 위협이었소. 그러고 보면 일전에 목숨을 잃은 복꾼의 시신을 굳이 끌고 간 연유도 알 법합니다. 십중팔구 그 시신을 십이령 가운데 있는 고개치까지 끌고 와서 유기할 것이 틀림없소."

정한조의 짐작은 제대로 들어맞았다. 내성에 두고 온 상단들이 울진 포구로 회정하는 길인 너삼밭재에서 버려진 복꾼의 시신을 거두었다. 십이령이라고 함은 쇠치재, 바릿재, 샛재, 너삼밭재, 너불한재, 작은한나무재, 넓재, 코치비재, 곧은재, 막고개재, 살피재, 모래재를 일컫는 것인데, 복꾼의 시신이 발견된 너삼밭재는 울진 포구 경내인 샛재와 저진터재 사이에 있었다. 그 고개가 넓재에 비하면 높은 편은 아니었지만, 울진 포구 소금 상단이나 어물 상단 들이 밥자리로 자주 이용하는 계곡이 자리잡고 있어 그들 사이에서는 밥자리로 불리는 곳이기도 하였다. 내왕 길손들이 손쉽게 발견할 수 있는 곳에 보란듯이 시신을 유기한 것은 소금 상단을 위협하려는 악행임을 삼척동자라도 알 만하였다. 뿐만 아니라, 그런 참혹한 일을 대담하게 연달아 저지르는 까닭은 천봉삼을 구명한 사람들이 십이령을 넘나드는 소금 상단이었다는 것을 염탐한 결과이기도 했다.

화적들에게 대중없이 덧들이다가 칼 맞은 복꾼은 평소에는 "그 사람 똥 안 싸면 부처"라는 별호를 들을 정도로 무골호인이었다. 언문도 모르는 판무식이었지만, 누가 시키지 않으면 이틀 사흘이 지나도 구린 입을 떼지 않을 정도로 과묵한 사람이기도 했다. 그러나 불의와 마주쳤을 때는 잠시도 참지 못하는 병통이 있어 애꿎은 목숨을 속절없이 날려버린 것이었다. 십이령 내왕 행보에 10냥에도 미치지 못하는 품삯을 받고 울진 포구 소금 상단과 생사고락을 같이한 내력은 오래전부터였으나 태생은 안동부중 내성 쪽 사람이었다. 내성과 울진 포구의 경계에 있는 선달산과 옥석산 중로에 있는 박달령 아래 생달이라는 궁벽한 마을이었다. 알고 보니 아직 엄지머리 미장가여서 슬하에 거두는 식솔은 없었으나, 학같이 늙은 일흔 노모를 지성껏 봉양하는 효자였다.

정한조가 앞장서서 장례비를 갹출하여 보란듯이 장례를 치르고, 생달 마을이 내려다보이는 박달령의 노루막이에 양지볕을 골라 묻어주었다. 부의전은 반수 30냥, 접장 15냥, 공원들은 5냥, 일반 부상들은 3냥씩 거두었으니, 아무런 불평이 없었다. 무덤에서는, 박달령을 오가는 길손들의 모습이 손에 잡힐 듯 바라다보였다. 행중에서 장례를 엄중하게 치르는 것에 불평도 없지 않았으나, 정한조의 생각은 달랐다. 명줄을 버린 복꾼은 원상들과 달리 하잘것없는 삯전으로 연명하는 신세였지만, 소년 때부터 소금장수 상단과 비가 오나 눈이 내리나 고락을 같이한 세월이 10년이 넘었으므로 흉허물 없는 동배간이나 진배없었다. 뿐만 아니라, 소굴에 있는 놈들도 장례를 모양 있게 치르는지 섬거적에 둘둘 말아 시구문에다 버리는지 눈여겨보고 있을 것이었다. 복꾼이 남기고 떠난 노모는 치매가 있어 아들이 저승길로 들었는지 출타중인지 깨닫지 못했다. 가세조차 구차하여 삼순구식이 어려운 형편이라, 늙은이가 열명길에 오를 때까지 상단에서 생계를 돌보기로 하였다. 적당들이 여러 총중이 손쉽게 볼 수 있는 장소에 시신을 버려 위협으로 삼았다면, 장례를 떡 벌어지게 치른 것도 저들에게 위협일 수 있었다. 장례를 치른 뒤 정한조는 못다 한 얘기가 있어 천봉삼과 마주앉았다.

"내성 임소의 반수님을 뵈러 갈 것입니다. 우리의 피가 뜨겁고 세력이 다부진들 부아통을 터뜨리고 대중없이 대처했다간 필경 작폐를 당하리다. 반수님을 뵙고 통문을 돌리는 것도 침착하게 잠행으로 조처하지 않으면 반드시 실패가 따를 것입니다. 통문을 돌리는 일은 적당들이 눈치채지 못하도록 조심해야 하겠지요. 형세가 고약하게 되었소만 노형이 보건대, 도대체 저들의 수효가 얼마나 되었소?"

"얼추 칠팔십여 명이 소굴을 수시로 드나들었습니다만 수효를 딱히 가름하기는 어려웠습니다. 눈대중일 뿐이지요. 패거리 중에는 농투성이들이 대부분이었습니다만, 무뢰배, 타짜꾼이며 소매치기, 들치기, 날치기로 연명하던 놈들도 끼어 있고, 심지어 도부꾼 행세하던 놈들도 있어 모이면 적당이고 헤치면 양민이었지요. 함경도, 충청도,

경상도 할 것 없이 여러 고을에서 흘러든 유민들이 대부분입디다."

"와주 노릇 하는 수괴는 만나보았소?"

"먼빛으로 몇 번 본 적이 있습니다."

"어떤 놈이었소, 용모단자(容貌單子)를 그릴 수 있겠소?"

"평소 상복 차림에 방갓을 쓴 채로 몸을 숙이고 다니다보니, 그의 얼굴을 아는 이가 별로 없습니다. 시생은 몇 번 면대한 일이 있어서 기억은 합니다만, 적실하진 않습니다."

"안다는 얘기요, 모른다는 얘기요? 면대를 했다면 얼추 외양은 꿰고 있을 것 아니오."

"마흔 중반으로 보였는데 험상궂게 생기지도 않았고, 허우대도 그다지 훤칠하지 않았지요. 글줄깨나 읽었는지 식견이 제법입디다. 떨거지들이 나아가고 물러나는 계략을 모두 그놈이 통섭하는 눈치였습니다."

"방갓 쓰고 다니는 놈들이 어디 한둘이어야 말이지."

"선비 차림으로 쏘다닐 때도 있었지요."

"제딴엔 자주 변복하여 신출귀몰 흉내내겠다는 셈속이군. 수하에 거느린 적당들은 병장기는 갖추었소?"

"패랭이에 배자 입은 놈, 맨상투에 두건 쓴 놈, 병장기로 죽창 든 놈, 괭이, 쇠스랑, 도끼 든 놈이 있는가 하면 화승 가진 놈들도 이삼십은 되었지요, 환도 가진 놈도 숱하게 있습디다."

"화승 가진 놈은 딱히 몇이나 됩디까?"

"칠팔십 중에 삼십여 명은 되었습니다."

"조금 전에는 이삼십이라 하지 않았소."

"얼추 삼십은 헤아렸지요."

"사술(射術)은?"

"곁눈질로 봤습니다만, 과녁을 잘도 맞힙디다."

"화약은 어디서 구처하시오?"

"시생과 같은 밥쇠가 그 내막을 어찌 알겠습니까."

정한조는 곽개천과 일행이 되어 다시 내성의 임방을 찾아갔다. 저간에 벌어졌던 사태를 낱낱이 아뢰고 통문을 돌려 부상들이 발기할 것을 조리 있게 아뢰었다. 반수 권재만 역시 더이상 적당들의 폐해를 바라만 볼 수는 없다는 것을 깨달았다. 장시를 가다듬어나가려면 차제에 적당의 소굴을 찾아내 소탕해야 했다. 그러나 아무리 대의명분이 뚜렷하다 해도 절차를 따라야 했다. 이튿날로 길을 나서 울진 관아를 찾았다. 그때 울진 현령은 문천군수로 재임하다가 울진으로 승진 전보를 받아 도임한 사람이었다. 현령의 명색이든 군수의 명색이든 부임하여 과만이 되었건 아니건, 지방관아의 수령들은 누에똥 갈듯이 교체를 일삼아 사흘 도리로 수령이 바뀌었다. 오늘 신연 행차가 있는가 하면 두 달포가 채 못 가서 또다른 신연 행차가 당도하곤 하였다. 어떤 고을에서는 신연 행차가 오리정에서 우연히 마주쳐서 서로 내로라하여 먹살잡이하는 난리 북새통이 벌어져 지나가는 세궁민들의 웃음거리가 되곤 하였다. 그런 웃지 못할 폐단이 횡행했던 것은 도임하는 수령들마다 음직이 예사로울 뿐만 아니라, 공명첩을 사고파는 일이 집 앞에 있는 텃밭에서 거둔 채소를 사고파는 일처럼 수월했기 때문이다.

해안과 멀리 떨어진 곳에 있는 울진 관아는 홍살문을 들어서면, 먼저 통인청(通引廳)이 보이고, 뒤로 사령청(使令廳)이 보였다. 오른손편에 구실아치들이 진을 치고 있는 작청(作廳)이 있고, 왼손 편으로 외관(外館), 그리고 그 맞은편에 관문루(關門樓)가 있었다. 관문루를 지나면 사령방(使令房)과 급창방(及唱房)이 나란하고, 왼편으로 뚝 떨어져서 내아(內衙)가 있고, 내아 바로 앞에 관노청(官奴廳)이 그리고 정면으로는 동헌(東軒)이 버티고 있었다. 현령은 동헌 방에서 임소의 반수인 권재만을 면대하였다. 도임한 지 두 달포도 지나지 않았으므로 두 사람도 초면이었다. 반수는 한훤수작 나눈 뒤에 현령이 먼저 좌정하기를 선 채로 기다렸다. 서로 예를 차리고 수작이 무르익을수록 젊은 수령의 인품이 그만하면 때를 벗었다는 느낌이 들었다. 게트림도 않고 복색도 수수하며 수작도 차분하고 공손했으니 그만하면 됨됨이가 그릇되지 않아 보였다. 두 사람은 주위를 내치고 조촐한 다담을 가운데 놓고 마주앉았다.

"승냥이 울음소리를 낙으로 삼아 십이령 가풀막진 된비알에 발붙이고 살아가는 것은 울진 내성 소금 상단뿐인 줄 알았던 것이 큰 불찰이었습니다. 흉도들이 그곳에 소굴을 만들고 내왕 길손들의 봇짐과 등짐을 늑탈하고 심지어 인명까지 살상할 줄은 미처 예상치 못했습니다. 이들을 진작 도륙내지 못하면 내왕이 끊이지 않았던 십이령 길은 며칠 못 가서 적당들에게 유린당해 개호주나 쏘다니는 적막강산이 될 것이고, 울진과 내성의 백성들이 가계가 피폐하여 장차 어떤 환난을 치르게 될지 예상하기 어렵지 않습니다. 대저 경제라는 것이 상단들과 길손들의 내왕에 구애가 없고 소통이 피 흐르듯 원만해야 좋은 장래를 바랄 수 있지 않겠습니까. 그간 사소한 적경(賊警)*들이 없지는 않았습니다만, 그때마다 우리 행상인들이 임의로 징벌하여

---

• 적경: 도적이 일어날 기미가 미리 드러남.

멀리 내쫓곤 하였습니다. 그런데도 질청의 서리들은 적간(摘奸)˙조차 기휘(忌諱)하여 나 몰라라 해왔습니다. 민간에서는 질청의 구실살이들이 작간(作奸)하여 무명잡세와 토색질에 눈이 어두울 뿐만 아니라, 화적질이나 도둑의 접주며 장물아비 들의 범증을 방조하여 더러운 돈을 챙긴다는 원성이 자자합니다. 민간에서는 박달나무가 얼어터지는 강추위에도 뇌물이라면 고쟁이만 입고 백 리 길 가는 것도 두려워하지 않는 부류들이 바로 질청 것들이라고 입을 비쭉거립니다."

현령은 소굴의 적당들을 섬멸하자면, 작청의 구실살이며 사령 들을 동원해야 하겠다는 반수의 간청을 침통한 표정으로 귀기울여 들었다.

"명색 수령입네 하고 동헌에 들어앉은 사람의 염치가 부끄럽게 되었습니다. 간혹 적경이 있다는 얘기를 작청의 구실살이들로부터 듣긴 하였습니다만 그런가보다 했지, 그들의 악행과 폐해가 한 고을이 도륙이 날 지경까지 간 줄은 몰랐습니다."

"십이령은 행상인들의 행로만 번다한 곳이 아닙니다. 내륙에서 동해에 흩어진 여러 포구를 드나드는 행차와 길손 들이 비좁도록 내왕하는 유일한 행로입니다. 소금은 물론이거니와 해산물과 염장품이 아무리 풍부하다 해도 십이령이나 고초령을 넘지 못하면 그들 물산도 한낱 허섭스레기에 불과합니다. 포구 어름에는 육십여 호나 되는 염호들이 자리잡고 있습니다만 그들이 손수 거둔 소금 짐을 내륙까지 나르지는 못합니다. 적경이 있더라도 그들이 몸소 겪는 우환이 아

---

• 적간: 죄상이 있는지 없는지를 밝히기 위해 캐어 살피는 일.

니니까, 행상인들의 고초를 강 건너 불 보듯 합니다. 그러나 한수가 모두 녹두죽이라도 국자 없이는 쓸모없다는 말이 있듯이 울진 포구의 물산이 아무리 풍부하다 한들 내왕 길목에 화적떼가 지키고 앉아 봇짐을 털고 살육을 저지른다면 머지않아 울진 포구와 십이령은 승냥이 울음소리만 낭자한 적막강산이 될 터이지요. 십이령길을 적당들의 폐해로부터 지켜내고 가꾸는 일은 부평전봉(浮萍轉蓬)하는 행상인들뿐만 아니라 관아에서도 발 벗고 나서야 하지 않겠습니까.”

현령이 고개를 숙이고 앉아 진력나도록 침묵만 지키다가, 우물쭈물 발명을 하였다.

“질청을 지키는 이서배들을 자칫 잘못 다루었다간 십중팔구 얼굴을 쳐들고 다니지 못할 정도로 수령의 체모를 구겨놓기 일쑤입니다. 간교함과 거짓이 횡행하는 근원인 그들의 권세를 대수롭지 않게 여긴 수령이 도임하자마자 교활한 향리들의 폐해를 줄이려고 심지를 다잡아먹고, 정사를 엄중히 닦달하고 평소에도 사리에 그름이 없는 데도 저들의 구미에 맞지 않고 성가시다 해서 삽시간에 수탈을 일삼는 탐학한 수령으로 낙인찍어버립니다. 더욱이나 안동을 비롯하여 상주, 예천, 의성의 이서배들이 매우 투박하고 교활합니다. 세습이기 때문에 콧등에 흙이 쓸리도록 허리가 굽어도 이서배의 복장을 벗지 않습니다. 그들은 고을의 소상한 사정을 거울 속 들여다보듯이 환하게 꿰고 있다는 자부심을 가지고 있지요. 잡기와 투전에 능수능란할 뿐 아니라, 온갖 계략과 농간, 술책 따위로 수령과 백성들 사이를 간교한 몸짓으로 넘나들며 개처럼 꼬리를 칩니다. 착취에 이골이 나서 돛단배 일곱 척을 날탕으로 삼킨다 해도 돛대도 보이지 않을 정도입니다. 염막이나 어물 도가를 찾아가 수령을 빙자해 억지로 돈을 맡기고 이듬해 가을에 거액의 이자를 붙여 받아 챙깁니다. 살림이 결딴나서 기황(饑荒)이 뼛속까지 스민 세궁민들을 보살펴 긍휼할 생각은 전혀 없습니다. 수령을 큰소매 속에 넣고 주무르는 솜씨는 가히 혀를 내두를 정도입니다. 수령이 그들의 토색질을 저지시키겠다고 작정하고 모조리 잡아들여 저지른 범증을 낱낱이 증거한 다음 치도곤을 내려도 그 모든 고통과 수모를 아무렇지도 않게 참아냅니다. 참으로 바퀴벌레 같은 존재들이지요. 파직이 되더라도 전혀 겁먹은 기색을 보이지 않고 끈질기게 관변을 배회하며 한시도 눈을 떼지 않고 수령의 동정을 살핍니다. 호장이란 놈은 농염한 미술을 가르친 관기를 동헌 골방에 집어넣고 수령이 미색에 빠져들게 주선하고는, 저희들끼리 담벼락 밑에 숨어서 눈짓을 주고받으며 킥킥거립니다. 조롱거리가 된 수령이 여색에서 헤어나지 못하고 비틀거리고 있는 동안 저들은 고을을 휘젓고 다니면서 마귀처럼 백성들의 고혈을 빨아냅니다. 어리숙한 수령이 도임하자마자 거짓 분부를 만들어 선정비나 공덕비를 세운답시고 고을의 세궁민들에게 초장료다 무명잡세다 하며 징구하여 저들의 복장을 채우고 나머지를 수령에게 바쳐 눈을 어둡게 합니다. 은혜와 의리와는 거리가 먼 늙은 서리들이 물들기 쉬운 병이 탐욕밖에 더 있겠습니까. 낙정하석(落穽下石)이란 옛말처럼 남의 밥에 바늘 넣기를 예사로 저지르지요. 걸핏하면 어깃장을 놓고 나아가서는 죄안을 날조하여 수령으로 하여금 견책을 받게 하거나 수령으로 빠뜨려 골탕을 먹입니다. 보복이 미진하면 야차처럼 뒤따라다니면서 개인과 가문을 결딴내려듭니다. 수령의 면전에서 주둥이로는 사또, 사또 하면서 감히 턱을 쳐들고 변설이 도저한 것은 대저 그러한 연유 때문입니다. 그러고도 작청에 나와서는 청빈을 가장하고 수령이 보랍시고, 키 얕은 솔소반에 밥사발 하나와 장찌개 한 그릇으로 중화를 때우곤 합니다. 수령이란 사람들은 산 설고 물 선 고을에 어느 날 느닷없이 단신으로 뚝 떨어졌으니 고을의 풍속과 물정에 어두워 숙맥일 수밖에 없지요. 바람 따라 돛 달더라고, 그래서 작청의 이서배들이 하자는 대로 이리저리 끌려다닐 수밖에 없습니다. 그 패역(悖逆)의 무리야말로 수령을 잡아먹는 저승판서라 할 수 있습니다. 수령 역시 언제 과만이 닥쳐 신연 행차가 들이닥칠지 모를 판에 정사에 정신을 기울일 겨를이 없지요. 대중없는 여항간 풍설이나 주워들으며 거짓으로 고개만 끄덕이다가 거둬들인 초장료나 챙겨들고 다음 도임지로 발행하는 것이지요. 조정에서는 목사, 유수, 군수, 현령, 현감을 막론하고 지방관아 수령들을 내키는 대로 갈아치우기 때문에 이서배들이 수령 행세한 지는 오래전부터입니다.”

“질청 아전들의 행패를 항용 상종하는 원상들보다 더 소상하게 알고 계시군요. 아니래도 포구에 있는 육십여 호의 염호들도 구실살이들의 등쌀에 원성이 자자하답니다. 시생도 들은 풍월입니다만, 좀 알려진 가문에서는 향임 맡기를 꺼린다고 합니다. 구실살이들이란 신통치 못한 부류들이 맡게 되는데, 위세가 별로 없으니 아전들이 그들과 합세하여 일을 꾸민다고 합니다. 이서들을 장악할 수 있는 가장 좋은 수단은 그들의 약점을 잡는 일뿐입니다. 그렇지 못하면 수령이라 할지라도 단박에 발목이 잡혀 저들의 농간에 휘말리게 됩니다. 얼마 전 이웃 고을에서 일어난 일입니다만, 한때는 부호장(副戶長)과 예방(禮房)이었던 자가 이듬해에는 땔감을 담당하는 시탄빗〔柴炭色〕과 고기잡이에 대하여 수세하는 어세빗〔漁稅色〕을 맡았으나 이것을 돈을 받고 부이방(副吏房)에게 양도하였습니다. 한 해는 소금 굽는 일에 수세하는 염세빗〔鹽稅色〕이었다가 그 자리를 관청빗〔官廳色〕에 팔고 부호장을 맡기도 했답니다. 이런 폐단은 비단 이웃 고을에서만 볼 수 있는 일은 아닙니다. 물화도 아닌 직임을 사고파는 수완과 사술이 저잣거리에서 말뚱처럼 뒹굴며 거래하는 우리 행상들의 재간과 기민함을 뺨칠 만합니다. 이서들의 횡포와 농간이 여기에 이르렀으니, 어느 누가 그들을 믿고 따르겠습니까."

"지방관아의 사령들도 다를 바 없습니다. 이들도 원래는 근본 없는 떠돌이로 성정이 포학합니다. 하나같이 늙고 병들어 허리 펴고 서 있기조차 힘든 작자들입니다. 정해진 녹봉이 없으니 천상 횡령과 뇌물로 가계를 수습하고 순라를 핑계하여 마을의 고샅길을 돌면서 갈취할 물건이 없나 살피고 다닙니다. 아무 일 없이 잘 지내는 염호들을 찾아가 염한들과 시시덕거리면서 갈취할 구멍만 찾습니다. 도둑이나 범인을 알아내는 재간이 믿을 수 없을 만큼 출중한 것은 사실입니다. 그러나 뇌물만 바치면 똥 싼 놈은 은밀히 방면하고 겨 먹은 놈만 잡아들여 두 번 다시 굴신을 못하도록 치도곤을 내려 하옥시킵니다. 수령이 저들의 포학함을 은연중 눈감아주고 있기 때문에 애꿎은 민호(民戶)들만 등골이 빠집니다. 수령의 분부가 있거나 없거나 저들끼리 눈짓으로 주관하여 잡아들여 주리를 안기거나 곤장을 내립니다. 기포(譏捕)는 뒷전이니, 병기고에 있는 병장기들이 녹이 슬고 부러지고 찌그러져도 거들떠보는 법이 없습니다. 썩을 대로 썩은 위인들이 무슨 수로 제구실을 하겠습니까. 제구실은 고사하고 적당과 내통하지 않는 것만 천만다행으로 알아야지요."

"작청 사람들을 두둔하실 줄 알았는데, 안전께서 먼저 그들의 허물을 낱낱이 발고하시니 시생이 더불어 할 언사를 찾지 못하겠습니다."

"나 역시 삼만 냥을 건네주고 얻은 벼슬로 수령 행세하며 이 고을 저 고을을 가솔도 없이 방울나귀나 타고 떠돌고 다닙니다만, 오늘에 이르러 나물 먹고 물 마시는 일로 하루가 흡족했던 궁반 시절이 그리울 따름이지요. 두어 칸 집에 솜옷 한 벌, 그리고 여름 베잠방이 한 벌 있고, 시렁 위에 서적 몇 권 얹어두고 거멀못 박힌 소반 하나에 지팡이 하나, 조밥에 소금국이면 족한걸, 어쩌다 꼴같잖은 벼슬길에 뛰어들어 동가식서가숙으로 궁상을 떠는지 스스로 염치없고 가증스러울 때가 많습니다."

"듣자 하니 안전의 생활도 한둔으로 세월을 보내는 부상들의 처지와 다를 바가 없다는 생각이 듭니다. 심려가 적지 않겠습니다."

"환담을 나누다보니 할 말 못할 말 지껄이게 되었습니다만, 수령 생활도 무엄하기 짝이 없는 육방 관속들 눈치 살피느라 고달프기만 합니다…… 어찌되었던 십이령길을 온전하게 지켜 울진의 염호와 고을 민초들을 구휼하고 장시의 번성을 꾀해야겠다는 임방의 작정에 수령으로서 경의를 보냅니다. 울진 소산이 소금 아니면 건어물과 염장품으로, 백성들이 연명하는 것인데, 차제에 수령이 주선해야 할 일이 무엇인지 곰곰이 가다듬어 적당을 소탕하는 데 일조가 되도록 하겠습니다. 우선 반수를 믿고 병기고의 병장기들을 풀도록 주선해야지요."

"임소의 처사를 그토록 믿어주신다니 황감할 따름입니다. 말씀하신 대로 여항에서는 질청의 아전들과 벙거지 패랭이며 더그레 걸친 위인들치고 올곧은 심사를 가진 위인을 찾기 힘들다는 소문이 자자하지요. 파시철에 어염을 눅은 값으로 사서 쟁여두었다가 산간지방으로 가서 됫박 곡식과 바꿔 연명하는 도부꾼들조차 행상이라 해서 폐해를 입습니다만, 힘없는 백성들이라, 하소연할 곳이 없습니다."

현령을 하직한 반수 권재만은 삼문 밖 여염집에 숨어 하회를 기다리던 정한조와 곽개천을 데리고 말래 접소로 발행하였다. 접소에서는 의견이 분분하였다. 당장 통문을 띄워 울진과 현동, 내성의 부상들의 힘을 합쳐 흉도들을 적몰시키자는 성급한 주장도 있었고, 먼저 염탐꾼을 놓아 정확한 적소(賊巢)를 찾아낸 연후에 기습으로 등시 색출하자는 주장도 있었다. 그러나 통문을 돌린다면 십이령 숫막촌은 물론이고 도방 대처에 소문이 짜하게 퍼져 흉도들이 뿔뿔이 흩어지거나 선제공격을 당할 우려가 없지 않았다. 위급할 때일수록 돌아가자는 정한조의 설득이 주효하여 우선 간자를 놓아 소굴부터 찾아내자는 데 의견들이 모였다. 정한조는 원상들 중에서 다섯을 차출하여 내성 쪽으로 발행시켰다. 내성의 포주인 윤기호의 동정을 살피기로 한 것이었다. 궐자가 경영하는 소금 도가 주변을 살핀다면 필경 꼬리가 잡힐 일이 생길 것이라는 생각에서였다. 그리고 나머지는 십이령 고개치와 계곡에 있는 암자의 동태를 살피도록 하였다.

그때 천봉삼은 접소의 반수와 초인사를 올리고 휘하에 머물도록 간청하였다. 죽은 사람이라도 일어나면 행중에 가담시켜야 할 판국에 아직 거동이 임의롭지 못하다고는 하나 송파의 쇠살쭈 노릇하던 장정을 얻었다면 그만한 다행이 없었다. 행중이 둘러앉은 자리에서 반수는 정한조에게 넌지시 물었다.

"소굴의 와주란 놈이 수하 도적들을 어떻게 잡도리했을까?"

"나름대로 계책이 있었을 것이고, 그 수하들도 분부에 따라 조련을 숙지하고 그대로 시행에 옮겼을 테지요."

척후로 지목된 넷과 반수 도감이 지켜보는 가운데 곽개천은 포수

시절에 익혔던 비계(秘計)를 일러주었다.

 "적소를 찾아내거나 동정을 살피는 데, 사흘이 걸릴지 혹여 달포가 걸릴지 알 수 없소. 그러나 그동안 절대로 긴장을 늦추어서는 안 되오. 지금부터는 동배간에 수작을 나누더라도 음성을 낮추는 버릇을 들여야 합니다. 엄폐물이 없으면 앉지도 말고 서지도 마십시오. 젖었거나 말랐거나 짚신을 버리고 미투리로 바꿔 신고 벗는 일에 신중해야 합니다. 잠행할 때 기침이 나오면 근처에 인적이 있거나 없거나 입을 땅에 대고 숨을 죽여야 하오. 바람을 등지고 걸을 때는 조심해야 합니다. 수시로 변복하고 똥오줌을 함부로 누지 말고, 쓰러진 나무는 일으켜 세우고 앞으로 나아가야 지나간 흔적을 남기지 않는 것이오. 관목 숲을 지날 때는 나무가 흔들리지 않게 조심하고, 서로 마주칠 때는 익숙하게 알고 있는 사이라 할지라도 수하를 엄히 해야 하오. 떠날 때부터 언적(言的)을 정해두어야 하오. 파수를 엄중하게 하고, 산속에서 끼니때를 맞이하여 도리없이 밥을 지어야 할 때는 연기가 나지 않는 싸리나무를 꺾어 밥을 지어야 합니다. 술을 마셔도 안 되오. 한잔 먹으면 우선은 오금이 가뿐해지겠지만, 마시는 일이 습관이 되면, 중언부언하다가 자기가 무슨 일로 잠행하는지 은연중 주모에게 실토정하게 되오. 아예 굽고 지지는 장소에 얼씬도 않는 것이 상책이지요. 등걸잠을 잘 때도 있을 것이고, 쪽잠으로 때울 때도 있을 것이고, 헛코를 골며 자는 척할 때도 있겠지요. 그러나 일각이라도 자신이 무엇 때문에 미행길로 나섰는지 잊지 않고 곁에 있는 길손의 말을 꼼꼼하게 엿들어야 하오. 그런 자들이 동무들의 다음 행선지를 은연중 가르쳐줄 때가 있소. 술은 오늘밤만 마시는 게 좋겠소."

 정한조는 책상다리하고 앉았다가 곽개천의 말이 한마디도 버릴 말이 없다고 맞장구를 쳤다.

"내가 거들어줄 말이 없을 만큼 잘하시었네. 그런데 임자들에겐 가진 병장기가 없다는 것을 명심하게. 병장기를 몸에 지니게 되면 무뢰배나 적당으로 여겨 거리귀신 되기 십상일 것이야. 그리고 만기는 도방에 남아서 천봉삼이란 사람 한시도 방심하지 말고 구완하는 데 정성을 다해야 하네. 다시 한번 그 사람을 놓치면 그땐 징치를 당하지 않는다고 장담 못하네. 하찮은 거동도 눈여겨보아야 해."

"명심하겠습니다, 도감 어른."

내성의 포주인 윤기호의 동태를 염탐할 사람은 길세만으로 지목되었고, 십이령 산기슭에 자리잡은 절간들의 출입을 염탐하는 일은 곽개천을 비롯하여 박원산과 권영동의 차지가 되었다. 길세만이 여색을 밝히는 병통이 있었으나 약고 꾀바른 구석이 없지 않아서 염탐꾼으로는 적격이었다.

이튿날 네 사람의 척후들은 시간차를 두고 말래 도방을 떠났고, 신기료장수로 변복한 길세만은 맨 나중에 내성 길에 올랐다. 괴나리봇짐 하나 메고 말래에서 샛재까지 걸으면 바릿재와 찬물내기를 지나 산길로 시오리 남짓했다. 양식 전대 하나만 뱃구레에 차고 아침선반에 발행하였으니, 딱 중화참에 맞추어 샛재 숫막거리에 당도하였다. 싸리나무 울타리 뒤로 몸을 숨기고 숫막의 동정을 살펴보았다. 늙은 중노미는 보이지 않았고 주모 월천댁이 봉당에 혼자 앉아 결이 나간 동자박을 들고 바늘로 꿰매고 있었다. 정주간에는 찌그러진 널쪽문이 곧장 떨어질 듯 거북하게 걸려 있었고, 담벼락에는 망태와 광주리 몇 개가 걸려 있었다. 마당 귀퉁이에는 누렇게 삭아가는 평상이 놓여 있었다. 그 뒤쪽으로는 당나귀 서너 필을 매어둘 만한 작둣간이 있었다. 그 작둣간 뒤로 썩 비켜선 으슥한 구석에 거적문을 단 뒷간이 바라보였다. 식주인을 정하고 유숙하는 길손이 없다는 것을 확인한 길세만은 가만히 숫막으로 들어섰다.

패랭이 벗고 물미장 치우고 웅구바지 행색인 길세만을 월천댁은 금세 알아보지 못하고 어디서 어디로 가는 뉘시냐고 물으며 다가왔다. 대꾸는 않고 히죽히죽 웃고 있는 그를 찬찬히 들여다보고 난 뒤에 누군지 알아차린 월천댁은 놀라고 기가 차서 그의 허벅지를 꼬집으며 야단을 떨었다. 미행중이라는 것을 귓속말로 알려주고 중화를 걸게 먹은 다음 햇살이 따가운 툇마루 귀퉁이에 걸터앉아 낮잠을 달게 자는 척 헛코를 골기도 하였다. 월천댁이 안심하고 이웃에 방아품을 팔러 간다며 잠시 집을 비운 사이 길세만은 골방 문을 가만히 열고 구월이를 불렀다. 등을 바람벽에 붙이고 앉아 버선볼을 받던 구월이가 화들짝 놀라 외짝 바라지를 열었다. 난데없이 입귀가 돌아가도록 웃고 있는 길세만을 발견하고 수인사는커녕 삼이웃이 떠나가라 부아통을 터뜨리며 마실 간 어미를 불렀다.

"어허 내가 환한 대낮에 무슨 해코지라도 할 줄 아는가. 구면인 사람 보고 왜 그렇게 악증인가. 우리가 한두 해 알고 지내는 사이인가?"

구월이는 문고리를 잡은 채로 길세만을 잡아먹을 듯이 노려보며 암팡지게 쏘아붙였다.

"여러 해 알고 지냈다 해서 처자가 혼자 있는 방 앞에 와서 사람을 놀라게 합니까."

"내가 구월이에게 찍자를 부리자고 불렀던가. 날 너무 홀대하지 말게."

"홀대고 뭐고 수작 마시고 잽싸게 봉노로 돌아가시지요. 삼이웃이 눈치채면 체면 깎이는 봉변당하십니다."

톡톡히 무안을 당한 길세만의 얼굴이 원숭이 밑구멍처럼 벌게졌
다.

"이제 겨우 이팔 처자가 말대답 한가지는 모질게 씹어뱉는구만."

"오는 말이 고와야 가는 말이 곱지요."

"나도 아직 핫아비도 아닐뿐더러 끗발이 죽지도 않았네. 마음 한
가지만 다잡아먹으면 처녀장가도 부끄럽지 않은 사람일세."

그 말을 구월이가 말씨 곱지 않게 되받아치며 돌쩌귀가 부서져라
문을 처닫으면서 고시랑거렸다.

"난봉꾼 주제에 마음 다잡아보았자 사흘이겠지요."

"어허…… 봉패로세. 평소 숙객으로 지내는 사이라, 일차 상면해
서 인사 수작이나 나누자 했는데, 빼죽거려서 무안만 당했네. 소행머
리하구선……"

"남녀가 유별한 것은 적막강산에 살고 있는 아녀자라 해서 다르지
않은데, 땅거미가 지려는 시각에 편발 처자가 거처하는 뒷방 문앞에
와서 상면은 무슨 잠꼬대 같은 소립니까. 소금 짐 지고 다니는 행상
이라 해서 범절조차 없을까요. 지분거리지 말고 썩 비키세요."

"어허…… 촌닭이 관청 닭 눈 빼먹는다더니……"

"초상 술에 권주가라더니, 댁의 반죽도 남 못지않네요."

숫막 뒷골방에 거처하면서도 봉노에서 주고받는 농지거리를 귀동
냥한 탓이리란 생각은 들었다. 평소에는 말수도 적고 다소곳하기 그
지없었던 처자의 입에서 터져나오는 성깔이 소태 같았다. 듣고 보니
말은 옳았으나 왠지 제풀에 울화가 치밀었다. 당장 뛰어들어 귀쌈을
눈물이 쑥 나오게 때려주고 싶기도 했으나, 방아품 팔러 갔던 월천댁

이 돌아오면 소동이 커질 것 같아 시치미떼고 냉큼 돌아서고 말았다. 길세만은 누가 듣고 있지도 않은데 혼자 중얼거렸다.

"지미…… 콧등이 그렇게 셀 줄은 미처 몰랐네…… 운수 사나운 놈은 밀가루 장사하면 바람이 불고 소금 장사하면 비가 내린다더니 천생 내가 그 꼴이군."

지난날부터 눈독들이던 차, 마침 단출한 행보에 수작이나 건네서 산 설고 물 선 타관에서 그나마 위안으로 삼자 하였는데, 매몰차게 쏘아붙이는 구월이 때문에 그는 적잖게 체모를 구기고 상심하여 그날 저녁 밤잠조차 설치고 말았다.

그로부터 이틀 뒤 길세만은 겨냥하였던 내성에 당도하였다. 그곳에 당도하고 나서야 도감 정한조가 자신에게 왜 포주인 윤기호의 동정을 기찰하라는 분부를 내렸는지 깨달았다. 그날 저녁 윤기호를 따라 색주가를 찾았다가 돌이킬 수 없는 수모를 겪었던 그때, 그 무뢰배들의 얼굴을 기억하는 사람 중에 길세만도 끼어 있기 때문이었다. 그는 안면이 없는 낯선 숫막에 식주인을 정하고 윤기호가 경영하는 소금 도가의 동정을 살피기 시작했다.

그러는 중에 말래 접소에서 머물던 정한조는 천만뜻밖의 소식을 듣게 되었다. 사태가 정신없이 돌아가느라 한동안 잊어버리고 지냈던 조기출의 소식이었다.

"어허…… 새우는 대대로 곱사등이라더니…… 누가 선비 출신 아니랄까봐 겁이 났던지 조기출 집사가 보꾹에 목을 매고 말았습니다."

"누가 어쨌다고?"

"조 집사가 보꾹에 목을 매고 대롱대롱 매달려 있는 걸 발견하고 끌어내렸답니다."

"그래서 죽었나 살았나……? 보꾹에 씨앗자루 매달렸단 얘긴 들었어도 송장 매달렸단 얘긴 난생처음일세."

"누가 아니랍디까. 천만다행으로 겨우 목숨을 건졌답니다만, 평생 사람 행세는 못하게 되었다고 난리를 피웁디다. 적실하지 않습니다만 폐인이 되었다는 얘기지요. 못생긴 며느리 제삿날 병난다더니 설상가상 접소가 이런 경난을 겪는 와중에 살풍경한 꼴을 보일 게 뭐람. 애매한 목숨 한 사람을 공중 날린 포원이 있다 해도 심사를 억누르고 달래고 참아야 할 것 아닙니까…… 억수장마에도 빨래 말미는 있더라고 말미를 두고 성깔을 부려야지…… 한발만 물러서면 살아갈 길이 필경 있기 마련인데……"

"도대체 어디서 그런 무엄한 짓을 저질렀나?"

"집에서 멀리 떨어진 넓재 아래 숯막에다 사처잡고 한 이틀 늘어지게 자고 일어나는가 했더니, 일같잖게 자문하고 말았답니다. 주막의 중노미란 놈이 아니었다면 전체송장 될 뻔했지요."

"조기출이 저지른 짓이 경솔하다고 너무 타박하지 말게. 천성이 착했기에 저지른 일이 아니겠나. 선비들이란 원래 대가 약하고 섬약하지 않은가. 상단들이 가는 길에는 짐승들이 출몰하는 영애처가 여럿일 뿐만 아니라, 화적들이 수시로 출몰하는 가운데 겨냥하는 저잣거리까지 향도해서 무사히 당도시킨다는 것은 여간 어려운 일이 아닐세…… 게다가 집사의 책무까지 맡게 되어 체모를 지키기 어렵게 되었으니 생각다 못해서 저지른 일일 테지."

"선비 출신이라 얼음 위에 바가지 밀듯 경사(經史)를 중얼거리고, 사람의 도리를 담론하기 버릇해서 체모가 깎이는 일이 없도록 언제나 상석에 모시고, 혹간 버르장머리 없이 구는 동패라도 있으면 혼찌검을 내주곤 했는데…… 쪽박 쓰고 벼락 피하기라더니, 스스로 자문을 하는 걸 보면 선비는커녕 우리 같은 상것들보다 졸렬한 사람이었소."

"차후로 어리석은 행중이 본받을까 두렵긴 하지만, 고깃값도 못하게 되었다는 탄식 끝에 저지른 짓이니 해량들 하시게. 약고 꾀바른 사람이었다면, 소임을 다른 일행에 전가하거나 빠져나갈 구멍을 찾았을 테지."

아니래도 뒤숭숭하던 접소가 발칵 뒤집히고 말았다. 송장이나 다름없는 조기출을 이틀씩이나 걸려 말래 접소까지 업어온 사람은 적굴을 찾아내겠다고 척후를 떠났던 곽개천이었다. 또다시 급주를 놓아 의원을 부르는 난리 북새통을 벌였으나. 목을 몹시 상했던 나머지 혀를 굴려도 말구멍이 터지지 않았다. 의원의 말로는 목의 부기가 가라앉아 쾌복이 된다 해도 예전의 멀쩡한 외양을 그대로 갖추기는 어렵게 되었다는 것이었다.

척후로 나갔던 곽개천은 중도에서 벌어진 사단으로 말래 접소로 돌아올 수밖에 없었다. 정한조는 돌아온 그를 데리고 북적거리는 접소를 나와 근처의 호젓한 숫막으로 찾아들었다. 내왕이 번다한 술청을 피해 구석진 골방을 골라 그와 마주앉았다. 엿듣는 사람이라도 있을까 해서 쪽마루로 통하는 지게문을 열고 마당가며 울타리 밖까지 살핀 다음 자못 긴장한 표정으로 귀엣말로 속삭였다.

"임자, 내 말을 귀여겨듣게. 방귀 소리라 하더라도 귀 너머로 흘려선 안 되네."

"성님 말씀, 제가 듣고 귀양 보낸 적이 있었습니까."

"내가 가슴속에 넣어만 두고 발설하지 않았던 몇 가지 얘기가 있네."

“말씀만 하시지요.”

“첫째는 그 유명한 송파장 쇠살쭈였다는 천봉삼이란 위인 말일세.”

부리를 헐려는데, 곽개천은 냉큼 정한조의 말을 가로챘다.

“그놈이 본색을 숨기고 송파장 천봉삼이라고 거짓 둘러대고 있는 줄은 저도 짐작하고 있습니다.”

“임자가 눈치채리란 것도 짐작했네. 내가 길세만이나 박원산, 권영동 같은 동무들을 지목하여 십이령 길목에 있는 고샅길이나 토굴 하나도 놓치지 말고 적당들의 동정을 샅샅이 염탐하라고 삼이웃이 떠들썩하도록 북새통을 피운 것은 천봉삼으로 사칭하는 그놈도 눈치채라고 조처한 것일세.”

“성님은 어떻게 눈치챘습니까?”

“눈치채게 된 것에는 두 가지 까닭이 있었네. 첫째, 그 위인이 궁색한 변설을 늘어놓긴 하였으나, 낙상으로 병색이 뼛속까지 스며들어 굴신을 못하는 주제인데도 우리가 잠깐 한눈이라도 팔면 장달음 놓을 궁리만 하고 있었다는 것이네. 위인이 주렸던 배도 차고 휘지고 마른 뼈에 살이 붙자, 틈만 나면 자취를 감추고 가로새려 하지 않았나. 둔적하여 은신한 위인을 찾아낸답시고 우리 행중이 몇 차례나 고초를 겪었지. 둘째, 위인이 적굴에는 조련으로 단련된 칠팔십여 명이나 되는 화적들이 기거하고 있고, 화승총 든 놈들만도 얼추 삼십여 명을 헤아린다고 떠벌렸는데 모두 거짓이지 않았던가. 왜 그랬을까. 우리 상단의 세력이 강건하다 할지라도 감히 적굴에 덧들일 엄두를 못 내게 하려는 술책에서 나온 거짓 발명이 아닌가. 내가 짐작하기로는 적소에는 많아야 사십여 명이 기거할 테고, 화승총 가진 놈들도 끽해야 열을 넘지 않을 것이야. 그놈은 홍부장의 해물 저자와 접소의 행상들, 해안의 염호들 동정을 소상하게 염탐하려고 찾아온 염탐꾼이 틀림없네. 심지어 홍부장에서 울릉도로 가는 소금 배들의 해로까지 염탐하려 했을 것이야. 그놈이 우리들에게 보여준 송파 임소의 척문은 진짜 천봉삼을 잡아엎치고 빼앗은 것일 터. 그 척문을 손에 넣은 뒤 우리의 행적을 찾아 무작정 십이령을 넘다가 낭떠러지 위에서 실족하여 눈밭에 굴러떨어진 것이야. 적소에 있는 산적들의 수효가 궐자의 말대로 팔십여 명이라면 제아무리 완력 드센 놈이라 할지라도 감히 단신으로 다시 적굴로 숨어들어 제 식솔을 구명할 엄두가 나겠는가. 올곧은 정신 가진 놈이라면 어떤 수단을 써서라도 우리 상단의 도움을 얻어 식솔을 구명하려 했겠지.”

살담배가 타들어가는 곰방대를 들고 귀를 기울이던 곽개천이 말했다.

“성님…… 저는 지난날 포수질했던 경험으로 어렴풋이 눈치채긴 했으나, 긴가민가하였습니다. 성님처럼 조리 있게 따져보지는 못했습니다.”

“적굴 놈들은 미련한 우리가 미처 눈치채지 못한 사이에 바로 우리 코앞까지 기어들어서 우리의 동정을 속속들이 염탐했다네. 양식과 전대를 어떤 물상객주에서 조달하고 어디에 숨겨두고 다니는지, 어떤 염전이나 거간 들과 거래를 트고 지내는지 샅샅이 염탐하고 다녔다네. 내성의 윤기호도 그들과 내통하고 있었네. 지난번 임자와 우리 동무들을 꼬드겨서 단골 숫막으로 가, 그 왈짜들에게 갖은 수모를 당하지 않았나. 그것은 허물이 많은 윤기호가 그들로부터 협박을 당해 우리 동무들의 행색을 보여달라는 요구에 시달렸던 나머지 저지른 일일세. 운수납자로 가장한 놈은 십이령길을 수시로 드나들면서 우리 숙소참이 어디고 나루에 닿으면 도강처(渡江處)는 어디며 밥자리는 어딘지, 내성 내왕 행보가 며칠이나 걸리고 어떤 동무들이 짝패가 되어 십이령을 넘나드는지 우리를 그림자처럼 뒤따라다니고 있었네. 그래서 해동머리께가 되면 필경 택일하여 우리를 한꺼번에 덮칠 계산만 하고 있었네. 이 첩첩산중도 보름만 넘기면 해토가 될 터, 생각하면 등골에 진땀이 흐르네. 이렇게 소상하게 우리 행로를 염탐하고 있다는 것은 첫번째, 그 적굴의 두령이란 놈이 아주 영특하고 치밀하단 뜻이겠는데, 이것은 아마도 글줄깨나 읽은 내력이 있는 놈이 분명하다는 얘기야. 이렇게 염탐을 치밀하게 한다는 것은, 저들의 수효가 많지 않아 무작정 우리 상대를 덮치기에는 어렵다고 생각하는 것이 아니겠나."

"윤기호로 말하면 우리 십이령 소금 상단과는 십 년 숙객으로 흉허물 없이 지내는 사이가 아닙니까. 내성에서는 괄시 못할 소금 도가를 경영해서 화식한 사람이 도둑의 접주 노릇을 하고 있다니…… 성님 말씀이 옳다면 우리 행중은 그동안 떼송장 날 줄 모르고 통방이[*] 속을 수시로 들락거린 셈입니다…… 관변의 앞잡이는 여러 번 보았습니다만, 도둑의 잡이는 난생처음입니다."

곽개천의 좁은 미간에 잔뜩 서린 적의를 눈치챈 정한조의 목소리가 더욱 작아졌다.

"차제에 우리가 먼저 일어나 적굴을 도륙내야 하네."

"성님 말씀대로 따른다 하여도 삼사십이 적은 수효입니까. 우리는

---

• 통방이: 쥐덫.

뭉쳐보았자 차 떼고 포 떼면 이삼십이 아닙니까. 추수가 끝나는 겨울 철이어야 행상 길을 나서는 도부꾼이나 하찮은 삯전이나 바라고 행상 길을 나서는 복꾼 들은 거개가 기술을 거느린 겁쟁이고, 흔치는 않으나 원상들 중에도 식솔을 거느린 동무가 있지 않습니까. 적굴 놈들과 정면으로 맞서 싸운다는 것은 깔딱낫으로 고목 찍기가 아니겠습니까."

"그것도 모르는 것은 아닐세. 다행히 반수 어른께서 울진 수령을 찾아가 병장기를 얻어 쓰도록 합의하였으니, 잘하면 우리에게 승기가 있네."

"그런 일이 있었군요."

"반수 어른께서 수령을 찾아가 병장기를 빌려 쓰게 조처한 것은 다른 비책이 있었기 때문이야. 소문으로 퍼뜨리지 않아도 적굴에서 풀어놓은 간자들이 냉큼 눈치채고 말았을 터, 그렇게 되면 저들은 필경 몸을 사리고 몇 군데의 은신처로 둔적하여 당분간 숨죽이고 지내겠지. 반수 어른께서 대낮에 여봐란듯이 소매에 바람을 일으키며 아문을 찾아간 것은 그런 숨은 뜻이 있었네. 질청의 썩어빠진 아전이나, 더그레 입은 수자리 들 중에는 필경 적당과 은밀히 내통하며 구린 돈을 챙겨온 자들이 있었을 것이야. 우리가 통문을 돌리고 병장기를 빌려 적당들을 섬멸하거나 등시 색출하고 나면 육방 아전이며 군교 들이 벌떼같이 일어나 병장기 빌려준 생색을 내며 너도나도 손을 벌릴 게 뻔하지 않은가. 구린내 등천하는 그들에게 수십 냥씩 속절없이 뜯기다보면 우리 접소에서 애면글면하며 모아둔 예송전(例送錢)*이며 예납전

---

* 예송전: 관례에 따라 보내는 돈.

(例納錢)은 물론이고 도중(都中)에 떼어놓은 자빡계[酒亭子]*까지 순식간에 거덜나고 말겠지. 거절하면 당장 죄안을 날조하여 우리를 잡아먹고 말 테지…… 그래서 지금 우리의 처지는 궤상육(机上肉)이나 다름없네. 상단의 전대를 노리는 것들이 어디 적굴 놈들뿐이겠나. 사방에 깔려 있다는 것을 명심하게."

"그 모두가 반수 어른과 성님의 계책이었다는 말씀입니까?"

"그렇다네……"

"그 계책이 무엇입니까."

"귀를 좀 빌리세."

정한조에게 귀를 빌려준 곽개천의 표정은 자못 심각하였다. 그는 때때로 정한조에게 되물어가면서 계책을 귀담아듣고 난 다음 손으로 구레나룻을 쓰다듬으며,

"그 계책이 그대로 들어맞기만 한다면 본때 있게 설분할 수 있겠습니다."

"설분한다는 생각이 앞선다면, 일을 그르칠 수도 있네. 십이령길을 넘나드는 길손과 원상 들이 복물을 털리거나 손명(損命)당하지 않고 고개를 넘나들고, 해안가 염호와 흥부와 내성의 원상 들이 어육지변을 당하지 않고 안녕을 지킬 수 있다는 명분을 생각하게."

"성님, 명심하겠습니다."

"우선 침착하게. 잠깐 딴전을 피운다든지, 굴레 벗은 당나귀처럼 괄괄하게 굴었다간 칼 물고 뜀뛰기로 언제 저승사자에게 끌려갈지 장담할 수 없네. 내가 짐작하기로는 적굴의 두령이란 자의 식견과 술

___

수가 남달라 나 같은 떠돌이 행상 하나쯤은 순식간에 잡아먹을 수 있
는 계략과 완력을 가졌을 것이야. 천하를 호령하였다던 진시황도 속
절없이 흙이 되는데, 나 같은 천출이야 흙 되는 게 두려울 것은 없지
만, 적굴 놈들 소탕에 실패하고 행중 식구 한둘이라도 저승사자에 끌
려가는 신세 될까 그게 걱정일세."

"성님께서는 그런 말씀하지 마십시오. 각성바지에 제 잘난 맛에
사는 위인들이지만 해로동혈하는 사이 아닙니까. 아무리 구차한들
성님에게 그런 수치가 돌아가지 않도록 계략을 짜겠습니다."

"계략대로 일을 진행하자면, 적굴 밖에서 삼삼오오 패거리를 지어
다니는 산적들을 찾아내어 하나하나 순식간에 제거해나가야 하겠는
데…… 그렇게 되면 어느 놈이 산적인지 어느 놈이 왈패인지, 흰죽
에 콧물 빠뜨린 격이 되어서 본색을 찾아내기 힘들 것이야."

"성님 염려 붙들어매시지요. 시생에게는 손쉬운 일입니다."

그날 밤 해가 지고 난 뒤, 얼마 지나지 않아 동산 마루가 날 샐 무
렵처럼 희뿜하게 밝아오더니, 스무 날을 지난 조각달이 빠끔하게 얼
굴을 내밀었다. 곽개천과 동행할 일곱 사람은 어느덧 몸이 물먹은 솜
처럼 나른해지면서 눈두덩이 천근같이 무거워오고 허리에 맥이 빠지
기 시작했다. 여느 때 같았으면 차렵이불을 덮지 않아도 부들자리 위
에 네 활개를 내던지고 쓰러지면 그대로 곯아떨어졌을 테지만, 그날
밤만은 접소의 넓은 봉노에서 말뚝잠으로 밤을 지새웠다. 졸음이 줄
기차게 밀려와 연신 턱방아를 찧으면서도 어느 누구도 눕는 법이 없
었다. 앞으로 다가올 열흘 동안의 말미를 놓치면 모든 게 허사로 돌
아갈 것이란 정한조의 말이 귓가를 맴돌아 도저히 잠들 수 없었다.

축시 말쯤 털고 일어난 일행은 마른세수로 면상의 검댕이만 털고

새벽동자도 거른 채 말래 도방에서 짐을 꾸려 발행을 서둘렀다. 그들의 차림새도 평소와는 달랐다. 원상의 차림새도 아닌 길손이나 농사꾼 차림이었고, 몸에는 이렇다 할 병장기도 지니지 않아 약초꾼이나 대갓집 행랑짜리 들로 보이기 십상이었다. 괴나리봇짐에 6전짜리 짚신 몇 켤레가 대롱대롱 매달려 걸음을 옮겨놓을 때마다 엉덩이 뒤에서 달랑거렸다. 지니고 있는 병장기는 없었으나 일행 모두 유심히 살펴보면 한결같이 말뚝을 뽑은 것처럼 허우대가 단단해 보이는 사람들이었다. 원상은 넷이었고, 셋은 십수 년 동안 행중들과 고락을 같이하였던 복꾼들 중에서 선발한 사람들이었다. 쪽지게도 없는 단출한 행색이었으니, 행보는 바람 부는 날에 띄운 울릉도 소금 배처럼 미끄러지듯 빠를 수밖에 없었다. 중화 전에 샛재 비석거리 어름에 당도하였다. 그러나 일행은 비석거리를 먼발치로 비켜갔다. 변복을 하였으나 만에 하나 그들의 정체가 눈총들이 번다한 샛재 술청거리에 퍼질까 염려했기 때문이다.

샛재에서 한나무재까지는 짐승들만 알고 지나다니는 또다른 조도˙가 있었는데, 소금 상단 중에서 그 길을 알고 있는 사람은 포수 출신인 곽개천 한 사람뿐이었다. 샛재에서 구억터를 거치고 너삼밭, 자치골을 지나 한나무재까지는 장정 걸음으로 하루 행보였다. 그러나 그들은 어쩐 셈인지 해가 아직 나절가웃이나 남아 있던 구억터에서 바위 그늘을 찾아 야숙하였다. 구억터에서 야숙할 아무런 이유도 없었는데, 곽개천을 따라 오들오들 떨며 또다시 밤을 지새운 것이었다. 게다가 비 오는 소리까지 들렸다. 토굴 밖으로 기어나갔다가 되돌아온 일행이 나직하

---

• 조도: 새나 다닐 수 있는 좁은 길.

게 속삭였다.

"비 오는 기세가 아무래도 지나가는 산돌림은 아닌 것 같군."

"아무려니 봄비일시 분명한데 한동안 지분거리다가 그치겠지……"

"아녀. 그런 말 있지. 상고대라구. 산 위에서부터 몰아치는 비바람이 억센 걸 보면 진작 그칠 비가 아닌 게야."

듣고만 있던 곽개천이 한마디 던졌다.

"가근방 산기슭에는 손바닥만한 천둥지기 다랑논들이 갯가의 바위에 붙은 조개처럼 다닥다닥하지 않은가. 그 모내기 앞둔 다랑논에 봄비가 푸짐하게 내려준다면 그런 분복이 어디 있겠나. 모주 먹은 돼지처럼 투덜거리지 말고 모두 눈들 붙이게."

말이야 옳았지만, 비가 내리는 바위틈에서 까닭 없는 야숙하는 판국에 잠이 올 리 만무했다. 잠이 오지 않았으니 가슴속은 써늘하게 식어왔다. 고달프게 살아온 풍진 세월이 뇌리 속으로 뭉클뭉클 짚여왔다. 아리고 쓰린 감회가 비바람 소리와 함께 가슴속을 훑고 지나갔다. 기진했던 삶의 편린들이 뼛속으로 고스란히 전달되면서 잠은 저만치로 달아나고 육신은 한속으로 사시나무 떨듯 하였다. 이튿날 새벽 그들은 연기가 나지 않는 때죽나무나 싸리나무를 꺾어 지은 수수밥을 손바닥으로 받아 구렁이 개구리 녹이듯 순식간에 삼키고 나서다시 길을 재촉하였다. 당도한 곳은 밤새웠던 토굴에서 엎어지면 코닿을 자리인 한나무재 계곡이었다. 울진 홍부에서 내성 쪽으로 가다보면 만나는 한나무재는 왼쪽으로 통고산 노루막이가 아스라이 바라보이고 오른쪽으로는 높다란 응봉산 능선이 버티고 있다. 그래서 한나무재는 십이령 중에서도 숨이 탁 막힐 정도로 깊은 산진수궁(山盡水窮)이었다.

그런데 한나무재 계곡에 당도한 그들은 어찌된 셈인지 잠행을 멈추고 일곱 사람 모두가 스스럼없이 모습을 드러냈다. 계곡의 너른 바위에 자리를 잡은 곽개천은 사위를 꼼꼼하게 살펴보았다. 그의 시선이 한곳에 머물렀다. 계곡 바로 곁 가풀막진 산비알 아래로 오종종하게 붙어 있는 다랑논이 바라보였기 때문이다. 하늘의 처분만을 기다리는 그들 다랑논은 밤새 내린 비로 축축하게 젖어 있었지만 오랫동안 경작하지 않은 묵정논이었다. 뿐만 아니었다. 다랑논 한 귀퉁이에 추녀가 땅에 질질 끌리도록 쓰러진 움막집 하나가 보였는데, 역시 버려진 움막이었다. 일행은 그 움막에서 이틀 밤을 보냈다. 그들이 그 움막을 엄폐물 삼아 은신했던 것은 그 산기슭이 십이령 중에서도 가장 인적이 없어 짐승들만 다니는 길목으로 소문나 있었고, 길손들이 봇짐을 털린 곳은 통고산과 응봉산 사이에 있는 계곡 길이었다는 것을 여러 번 들었기 때문이다.

과연 곽개천의 짐작은 제대로 맞아떨어졌다. 이틀 밤을 지새우고 사흘째 되던 날 아침 선반머리였다. 통고산 마루에 당보수(塘報手)로 내보냈던 동무가 움막으로 숨차게 뛰어들었다. 통고산 벼랑길로 여섯 명의 장정들이 계곡길을 겨냥하고 내려오는 낌새를 목격한 것이었다. 그 길로 내려온다면 필경 내왕이 빈번한 한나무재길을 거치지 않을 수 없었다. 길이 아닌 길을 선택한 것과 등짐이나 괴나리봇짐조차 걸치지 않은 것으로 보아 산적일시 분명했다. 버려진 다랑논을 경작하려는 농투성이는 더욱 아니었다. 그러나 한 가지 염려스러운 것이 있었다. 그들의 본색이 산적이 분명하다 할지라도 행중이 매복하고 있는 움막 앞은 지나간다는 보장이 없었기 때문이다. 곽개천이 당보수로 나갔던 동무에게 물었다.

"병장기를 지녔던가?"

"멀리서 지켜보았기 때문에 적실치는 않으나, 몸에 지닌 병장기는 보이지 않았습니다."

"품속에 감추었을 테지. 이곳까지 당도하자면 얼마나 걸릴까?"

"산속 치받이길인데도 상단에 버금갈 정도로 걸음이 매우 빨랐습니다."

"저들을 유인해야 하네. 솔가지로 불을 피워서 연기가 산기슭을 타고 오르도록 하게. 이 계곡 길에 사람이 있다는 것을 눈치채게 만들어야 저들이 다른 길목으로 빠지지 않고 곧장 이 계곡 길로 들어설 것이야."

곽개천의 분부가 떨어지기 바쁘게 쌓아두었던 삭정이에 불을 댕겼다. 마른 솔가지에서 연기가 피어올라 산기슭을 타고 올랐다. 불을 피운 지 얼마 지나지 않아서 정녕 계곡길 위쪽으로 단단한 면목을 가진 장정 여섯이 모습을 드러냈다. 그들이 보기에는 계곡 위에 있는 묵정논을 갈아엎기 위해 나타난 농투성이 두 사람이 곁불을 쬐기 위해 화톳불을 피운 것처럼 보였다. 화톳불 가까이 다가가자 비위를 자극하는 냄새에 여섯 사람은 심장이 뛰기 시작했다. 이런 첩첩산중에서는 전혀 예견할 수 없었던 육고기 굽는 냄새가 코를 자극했기 때문이다. 대처의 술청거리에서나 마주칠 수 있는 광경을 산양 같은 짐승들도 가까스로 발을 붙이고 다니는 이런 조도에서 만나게 될 줄은 꿈에도 그릴 수 없던 일이었다. 게다가 육고기를 굽고 있는 작자들의 행색이 겨우 삭숭이나 가린 남루한 농투성이들인지라, 자리를 비켜달라고 다투지 않아도 되었다.

여섯 장정은 벌써부터 게걸이 들려 목젖이 떨어질 지경이었다. 불을 피우던 세 사람은 익은 꽈리처럼 새빨간 얼굴로 느닷없이 모습을 드러낸 산적들을 아무런 적의가 없는 시선으로 빤히 쳐다보기만 하였다. 산적 여섯은 화톳불 앞에 당도하자마자 고기 굽던 세 사람의 옆구리를 흙 묻은 신발로 툭 차서 밀쳐내고 화톳불가로 둘러앉으며 비꼬았다.

"이놈들, 인적이라곤 눈 씻고 봐도 없는 이런 막다른 무인지경에 무슨 배짱으로 푸줏간을 열었겠다? 이곳에 호환이 잦다는 걸 모르느냐?"

다가온 떨거지들은 일견해서 입성들은 꾀죄죄했으나, 지난밤에 잠을 설쳤는지 부리부리한 두 눈초리들이 마뜩잖았다. 그들의 번들거리는 면목과 마주치는 순간, 가슴이 철렁 내려앉았으나 심지를 다잡아먹고 내색하지 않았다. 행중의 동무 한 사람이 우물쭈물하다가 반몸만 뒤틀고 볼멘소리로 말문을 열었다.

"옆에 내려놓은 구럭*을 보면 눈치챘겠지만……, 우리는 풀뿌리나 캐먹으며 연명하는 약초꾼들이오. 다행히 호환은 겪지 않았소만 댁들은 뉘신데……, 일삼아 구워놓은 남의 밥그릇부터 탐하시오. 찬물에도 순서가 있다 하지 않았소."

아니나 다를까, 그중 한 놈이 괴춤 속을 뒤져 날이 시퍼런 예도 하나를 냉큼 꺼내 뉘시냐고 물었던 행중의 턱밑에 바싹 들이대고 이죽거렸다.

"이놈 봐라. 좆도 모르는 놈이 탱자 보고 불알 타령한다더니……야, 이놈아. 찬물에 아래위가 있다는 것은 나도 알고 있다. 그런데 뜨

---

• 구럭: 망태기.

거운 물에도 순서가 있다는 얘기는 못 들었다. 네놈이 뭔데 방정맞게 나불거리느냐."

"댁들이 어디 있는지 몰라서 한시름 되더니 잘 만났소. 그렇다 하더라도 남의 좌석에 다짜고짜 비집고 들어앉아 이토록 반죽 좋게 굴면 되겠소?"

산적들은 행중의 말이 언중유골인 것은 눈치채지 못하고 대뜸 육두문자부터 들이댔다.

"이 육포를 뜰 놈이 주둥이가 온전하다고 말 탄 년의 씹처럼 너부적너부적 제법 악지를 부리고 있네. 이놈아, 우리가 산채 사람이란 걸 몰라서 아득바득 파고드느냐? 이놈 조짐머리 보아하니 옆구리에 칼침이 들어가야 헤픈 주둥이를 닥치겠군."

굶은 들개처럼 달려들어 방자고기를 물어뜯는 이빨이 뼛속까지 내리박힐 듯 지악스러웠다. 육고기 굽는 냄새가 오장육부를 뒤집어놓을 듯했지만, 고기를 굽던 당사자들은 꿀꺽꿀꺽 고기를 삼키는 산적들의 입만 바라볼 따름이었다. 그중에 한 놈이 난데없이 꺼억 하고 트림을 내쏟고 나서 물었다.

"네놈들 보아하니, 끽해야 행랑것이나 약초꾼 주제가 분명한데…… 잡지 못하도록 금령이 내려진 방자고기는 어디서 난 것이냐?"

"벼랑길로 몰리던 산양이 실족하여 일어나지 못하길래 고기나 먹자 하고 덮쳐 잡았소."

"산양이 실족을 해? 평생을 두고 된비알 타기로만 살아가는 산양이 실족을 해? 잔나비가 나무에서 떨어졌다는 얘기 같은 난생처음 듣는 소리인걸…… 설마 고기에 비상을 넣진 않았겠지?"

"비상을 넣고 싶어도 없어서 못 넣었다오."

"이놈 봐라, 쏠까스르는 품이 제법인걸…… 말대꾸가 기탄없는 것은 굽던 육고기를 가로채이고 나서 쏠개가 뒤틀렸단 얘기것다?"

"억울하다뿐이겠소. 댁들에게 칼부림이라도 하고 싶소."

"칼 가졌으면 어디 한번 휘둘러봐."

"칼이 없는 게 여한이오."

"이놈이 시방 얻다 대고 악증이냐."

대거리하던 놈이 갑자기 눈을 홉뜨고 행중을 노려보던 바로 그때였다. 화톳불 근처의 바위를 엄폐물 삼아 매복하고 있던 행중 넷이 불쑥 모습을 드러내는가 하였더니, 순식간에 화톳불가를 내리덮쳤다. 한 사람은 마주 일어서는 놈을 딴죽 걸어 넘어뜨리고 박이 터져라 몽둥이질하는가 하면, 다른 한편에서는 앞으로 엎어져서 신음하는 놈의 정수리를 절구질하듯 내리찍었다. 혹은 멱살을 날렵하게 뒤틀어잡고 앙가슴 내질러 자빠뜨리고 난 뒤 발로 뱃구레를 눌러 꼼짝 못하게 잡도리하였다. 화톳불가에 앉았던 일행은 북새통이 일어나는 것과 때를 같이하여 이글이글 타는 불당그래를 집어들어 놈들의 쇄골에 사정두지 않고 곤두박았다. 살점이 타들어가는 냄새가 육고기 타는 냄새와 어울려 계곡에 진동하였다. 그야말로 눈 깜짝할 사이에 여섯 놈을 제압하고 말았다. 혼비백산하여 불난 강변에 소 날뛰듯 하는 산적들을 한데 꿇리고 난 다음 모두 윗도리를 벗겨 뒷결박하였다.

기습해서 산적 여섯을 아갈잡이하거나 뒷결박까지 한 것은 순식간이었다. 산적들 역시 허리에 감춰둔 예도(銳刀)와 요도(腰刀) 따위들이 있었으나 전광석화 같았던 기습에 전혀 손을 쓰지 못하고 당한 것이었다. 육고기 굽는 냄새에 현혹되어 사주경계 따위에는 전혀 관심이 없었던 산적 여섯의 신색은 동지섣달 얼어붙은 달빛같이 파랗게 질려 있었다. 게다가 윗도리의 배자하며 저고리까지 벗겨 육단(肉袒)까지 시켰으니 아래윗니 서로 맞부딪히는 소리가 먼발치에서도 들릴 지경이었다. 산적들이 단 한 발짝도 나서지 못하고 곱다시 당하고 만 것은 바로 그들 앞에 피워둔 화톳불 때문이었다. 앞으로 나아가자니, 불땀 좋게 피워둔 화톳불이 이글거렸고, 뒤로 튀자니 몽둥이와 이글거리는 불당그래와 칼이 내리꽂혔다. 손 한번 써보지 못하고 순식간에 부수(浮囚)* 신세가 된 산적들의 행색을 찬찬히 살펴보았더니, 처음 마주쳤을 때와는 달리 처량하기 그지없었다.

어떤 자는 삭은코를 맞아 코피가 오지랖을 적셨고, 어떤 자는 얼굴이 외꽃처럼 노래져 염병 앓고 난 사람처럼 피골이 상접하였다. 또다른 자는 눈구멍이 푹 꺼져서 쭉정이처럼 누렇게 들떠 있기도 하였다. 입성은 그렇다 해도 섭생조차 여의치 못했다는 것을 그 남루한 행색이 증거해주는 셈이었다. 소금 상단 일행의 피해도 없었던 것은 아니었다. 일행이 산적들을 육단시키고 포박하여 가다듬고 계곡을 내려올 때였다. 곽개천을 뒤따라오던 동무 중 한 사람이 바로 앞을 걸어가는 곽개천의 걸음걸이가 온전치 못하다는 것을 깨달았다. 다리를 절고 있었을 뿐만 아니라, 옹구바지 왼쪽 가랑이 아래가 막 피에 젖어가는 것을 발견한 것이었다. 그는 냉큼 앞으로 다가가 곽개천에게 귀엣말로 속삭였다.

"공원 어른, 시생의 등뒤로 오시지요. 긴히 드릴 말이 있습니다."

곽개천이 힐끗 일별하는데, 벌써 안색이 질려 있었다.

---

* 부수: 포로.

"왜 그러나?"

동무가 그의 바짓가랑이를 손으로 가리켰다. 그러나 뜨끔할 줄 알았던 곽개천은 아무렇지도 않은 듯 한마디 뇌까렸다.

"내가 주책바가지였군. 창졸히 설치다가 칼 맞은 것을 미처 깨닫지 못했네. 당장 지혈하고 뒤따라갈 테니, 임자들은 입도 뻥긋하지 말고 저놈들을 잡도리해서 끌고 가게. 만에 하나 내가 칼 맞은 것을 눈치채면, 되려 우릴 어육지변시키려고 덮칠지도 모를 일이야. 모두 양식 전대들 풀어서 두벌 결박을 모양 있게 지우고. 잠시 쉴 적에도 경계를 엄중히 하게."

"염려 마시고 지혈이나 시키지요."

한나무재 계곡을 잠행하던 산적 여섯이 육고기가 꿀 바른 비상인 줄 모르고 덧들이다 신세가 고단하게 된 그 시각에, 정한조가 이끄는 소금 상단 아홉은 내성 쪽으로 가고 있었다. 그들 행중 뒤에는 이틀간의 터울을 두고 또다른 상단이 뒤따르기로 되어 있었다. 그들보다 먼저 발행한 정한조 일행은 넓재에서부터 계속 내리받이길을 걸어 아침 선반머리에 회룡천과 마주쳤다. 당나귀가 셋에 일행이 아홉이나 되었으니, 상단치고 규모가 적은 편은 아니었다. 상단의 행수는 정한조였다. 회룡천 가녘을 따라 한식경을 가면 코치비재를 지나 내성 땅인 곧은재 독자골 초입에 이르게 된다. 이 독자골 내리막길에서 다시 낙동강의 상류인 분천(汾川)과 만나는데, 이 분천이 울진에서 시작된 십이령길에서 유일하게 나룻배로 건너야 하는 길목이었다. 비가 많이 내려 수심이 깊지 않을 때는 여울목을 골라 건널 수도 있었다. 그러나 일행의 물화가 소금 섬이라 무작정 물길로 들어섰다간 큰 낭패를 볼 수 있었다. 때문에 도끼로 절벽을 까고 낸 벼룻길과 서

까래로 잇댄 잔도를 따라 곧은재 아래까지 걸어야 했다. 가파르지는 않지만 사람이 걸음을 옮겨놓을 길폭이 손바닥만한 크기를 넘지 못해 가슴으로 바위를 부둥켜안다시피 하면서 걸어야 하기에 제아무리 간담 드센 장정이라 하더라도 두 다리가 바들바들 떨리는 험로였다.

발아래로는 깊이를 알 수 없는 짙푸른 소(沼)가 기다리고 있어서 실족하면 그대로 강물 속으로 떨어져 소금은 잃어버리고 물먹은 섬거적만 남기 일쑤였다. 지난 몇 해 동안 그 벼룻길에서 굴러떨어져 열명길에 오른 차인꾼도 두 명이나 되었다. 지난겨울에는 강이 얼어 있었으므로 등빙해서 곧장 곧은재로 들어섰지만, 지금은 해토가 되어 나룻배로 건너야 했다. 분천을 건너면 바로 맷재를 넘어 내성 경내로 들어서는데, 그곳에서 곧장 검은돌 마을 주막거리와 만나게 된다. 운수가 좋다면, 검은돌 주막거리에서는 오동나무골 약수터 자리를 거쳐 기다리고 있는 강원도 태백이나 영월 행상들과 만나 소금 짐을 줄일 수도 있다.

검은돌 마을에는 세 갈래 길이 있었다. 하나는 보부상들이 발견한 오동나무골 약수터를 거쳐 태백으로 가는 길이고, 또 하나는 십 리 상거에 있는 내성장 가는 길, 그다음이 곧은재를 넘어 울진의 염전이나 부흥장으로 가는 길이었다.

깊은 계곡에도 잎이 나기 시작하는 4월 하순이라지만, 그동안 비가 푸짐하게 내린 적이 없어 강물은 그다지 깊지 않았다. 그러나 나귀를 몰고 대중없이 물길을 건너다가 꾀 많은 나귀들이 물에 풀썩 주저앉기라도 한다면 소금장수 볼장 다 본다는 낭패를 당하기 일쑤였다. 그래서 분천에 당도하면 일행은 등짐을 내려 나귀와 같이 거룻배를 탄다. 사공막에는 세 사람의 사공이 기거하고 있었는데, 한 사람은 쉰이 넘은 노인네였고, 나머지 두 사람 삼십대와 이십대의 장정이었다. 소금 상단과는 안면을 트고 지낸 지가 오래여서 지금은 서로 형님 아우로 허교하고 지내는 사이였다. 그들 사공에게서 앞서 강을 건너간 길세만의 소식을 들었다. 염탐꾼으로 발행시킨 날짜를 따져보니 이틀 정도 늦게 강을 건넌 것이었다. 그러나 정한조는 소임을 소홀히 한 길세만의 일탈을 사공에게 내색하지 않았다.

그는 반수 권재만이 들려준 이야기를 항상 가슴속에 간직하고 있었다. 그 말 중에는 장사 때문에 큰돈을 지니고 있을 때는 먼저 안전부터 생각하라. 될 수 있는 한 등짐의 부피를 줄이고 걸음을 재촉하여 신지에 빨리 도착하라. 장삿길을 나설 적에는 집안의 신실한 아내라 할지라도 행선지를 알려선 안 된다. 집에서 한 걸음만 나오면 귀신같이 신속히 이동하고, 거룻배를 탈 적에는 자신이 장사꾼이란 것을 사공이 알지 못하게 하라는 것이었다. 육로로 갈 경우에는 화려한 옷차림을 하지 말고 무거워 보이는 자루나 상자를 지니지 말라. 배를 타거나 말을 타고 갈 때, 뱃사공이나 마부에게 짐을 맡기지 말라. 아침에 일찍 발행하고, 아직 해가 훤할 때 숙박할 사처를 정하고, 어두워지면 마차나 배 타는 것을 경계하라. 만에 하나 길거리에서 호객하며 아양 떠는 계집 사람이 있더라도 거들떠보지 말 것이며, 우연히 길바닥에서 만난 동업자를 경계하라. 결코 우연히 만난 것이 아니기 때문이다. 항상 동업자의 안색과 언동을 주의깊게 관찰하여야 크고 작은 손실을 막을 수 있다. 숙소에서 잠을 청할 때 속옷 벗는 것을 경계하라. 예측하지 못한 사태에 대비해야 하기 때문이다. 옷을 갈아입을 때, 밥을 먹을 때도 사주경계를 게을리해선 안 된다. 그때 정한조가 물었다.

"어째서 집을 나설 적에 내자에게 행선지를 발설하지 말라는 것입니까?"

"두 가지 때문이겠지. 한 가지는 남편의 행선지를 알면 음탕한 내자가 내왕 행보의 짧고 긴 것을 가늠하여 외간 남자와 부정한 짓을 저지를 수 있을 것이고, 두번째는 아녀자들이란 입이 가벼워 외간의 행선지를 함부로 말하고 쏘다니면 필경 장삿길에 손실을 초래할 수 있기 때문이 아니겠나."

"시생처럼 아예 엄지머리로 지내는 것이 신수에 편한 것이겠습니다."

"딱히 그렇다고 할 수는 없지…… 지게를 지고 제사를 지내도 제멋이란 말도 있긴 하지만, 식솔을 두고 성가심을 받는 것도 겪어보면 사람 사는 낙이 아니겠나."

"행중 식구에게 부대끼는 것도 시생에게는 힘에 겨운데요."

"세상사란 보기에 따라서 다르게 보일 수 있네. 조그만 구멍 하나를 만들기 위해 수많은 바위를 높다랗게 쌓았다고 볼 수도 있고, 다르게 보면 높은 성벽을 단단하게 쌓기 위해서 둥그런 구멍을 터놓았다고 볼 수도 있지 않겠나."

"무슨 말씀을 하는 것인지 시생은 대중을 못하겠습니다."

그때 권재만은 말없이 웃고 말았다.

상단 식구는 오랜만에 종아리에 칭칭 감았던 통행전과 신들메를 풀어 거풍을 시키거나, 담배 잎이나 신갈나무 잎사귀로 밑창을 간 짚신들을 벗어 햇볕에 말리기도 하였다. 뼈에까지 사무쳤던 땀을 들인 축들이 나귀 등에서 복물짐을 내리는 광경을 멀리 비켜앉아 지켜보면서, 정한조는 그런 생각에 젖어 있었다. 문득, 콧등을 스치는 강바람이 크게 차갑지 않은 것을 깨달았다. 강가에는 부들솜을 뭉친 것 같은 버들개지가 흐드러지게 피었고, 멀리 바라보이는 몇 그루의 버드나무는 어느새 연둣빛을 띠며 봄바람을 타고 주렴처럼 흔들리고 있었다. 미처 깨닫지 못한 사이에 분천 강가 길턱에는 나른한 봄빛이 찾아든 것이었다. 시절이 4월 하순으로 들어서면, 질경이에 새순이 돋고, 노린내 나는 괴불주머니, 노란 꽃다지, 눈 속에 피는 복수초, 자주색의 제비꽃, 쇠뜨기, 진달래, 곤드레 잎들이 피면서 수리부엉이가 번식을 시작한다. 너무 바쁘게 설치며 살아온 터라 시절이 바뀌는 것조차 미처 깨닫지 못했다는 생각이 가슴속으로 가만히 스며들었다. 그는 자신도 모르는 사이 봄볕에 취해 앉은 채로 꼬박 졸고 말았다.

상단 일행이 등짐을 거룻배로 옮겨 싣느라 북새통을 벌이는 중에 정한조는 사공막 앞에 앉아 흐릿한 눈으로 강 건너를 바라보는 늙은 사공 곁으로 갔다. 그가 나이로 보아선 띠 동갑으로 십수 년 손위였지만 안면을 트고 흉허물 없이 지낸 지도 10년이 넘는 사이였다.

"요지간에 짐이나 괴나리봇짐 없이 거루를 타고 건너 다닌 패거리가 여럿이었소?"

강가에 기거하면서 늙어가는 사공이라면 지금 정한조가 건넨 언사가 언중유골임을 모를 리 없었다. 그러나 사공으로 연명하려면 알고 있는 것이 많다 할지라도 미주알고주알 주둥이를 헤프게 놀려서는 안 된다는 것도 익히 알고 있었다. 언사를 사양하지 않고 대중없이 나불거렸다간 사공막이 불살라지고 옆구리에 칼침을 맞는 변고를 겪게 될 것이었다. 그러나 울진 염전과 현동과 내성을 수시로 오가는 소금 상단 행수와는 자별한 사이로, 나중에야 조리돌림을 당하는 한이 있더라도 아닌 보살로 손사래만 칠 수 없는 처지였다. 금쪽 같은

뒷박 소금도 수시로 얻어먹은 전력이 없지 않았다. 그래서 입이 간질
간질하였으나 또다시 주저하지 않을 수 없었다. 자신의 처지는 그렇
다 할지라도 지금 거룻배에서 노질하고 있는 두 젊은이는 모두 늙은
이 슬하에 거두고 있는 소생들이었다. 낡은 거룻배 한 척에 늙은이를
비롯해서 주렁주렁 매달린 가솔의 생계가 붙잡혀 있는 게 아닌가. 생
각이 거기에 미치자 간질거리던 입술이 굳어지고 말았다.

"글쎄올시다…… 별반 본 게 없는데……"

"노인장의 처지는 십분 알고 있으나, 근자에 조금이라도 수상쩍은
낌새가 있었던 떨거지들이 분천을 지나다녔다면 슬쩍 귀띔을 해주시
지요."

"글쎄…… 내가 이젠 기력도 쇠약한데다 안질까지 앓고 있어서 거
루를 타고 건너다니는 사람들의 면목을 딱히 분별하지도 못한다오."

"그들이 강을 건너 내성 쪽으로 가는 것을 보았소, 아니면 울진 쪽
으로 오는 것을 보았소?"

"글쎄요. 짐 없이 건너다니는 장정들이 어디 한둘이랍디까."

"노인장에게 욕이 돌아가지 않도록 할 것이오. 혹여 왈패들에게
조리돌림이라도 당할까 두려운 게로군요."

정한조가 그렇게 말하자 늙은 사공은 드디어 말문을 트기 시작했다.

"그런 패거리들이 며칠 전에는 내성 쪽으로 가는 것을 보았습니다."

"안질을 앓고 있어 보이는 게 없다면서 붉은 고추만 골라 딴다더
니…… 잘도 봤구려."

"요사이는 좀 나아졌지요."

"노인장과 내가 트고 지내기는 이게 몇 년째요?"

"십오륙 년 가까이 된 것 같으오."

"노인장이나 나나 불상놈으로 손가락질받으며 곡경을 치르는 처지지만, 우리끼리 서로 두남두고 의리는 상하지 말고 지냅시다."

분천 강변에서 40년 넘게 거룻배를 저으면서 늙어가는 처지라면, 강을 건너다니는 인총들 중에서 어떤 자들이 수자리 살이 하는 자이며, 어떤 자가 무뢰배이며, 어떤 자가 행상인지 거울 속 들여다보듯이 훤하게 꿰뚫어보는 안목을 가지게 되는 것이었다. 그래서 길손들의 내왕이 빈번한 강가의 사공들은 산적들의 방조는 물론이고 결탁까지도 서슴없는 경우가 허다하였다.

강 건너 맞은편에는 요사이 들어 보기 드물었던 도포짜리 한 사람이 바라보였다. 그는 새앙머리 처자와 괴춤에 견술* 한 병을 차고 수행하는 행랑짜리 하나를 데리고 서서 거룻배가 닿기를 눈 빠지게 기다리고 있었다. 그들의 한가한 모습을 바라보노라면, 속내가 다급하고 갈 길이 먼 소금 상단에 비하면 딴세상에 살고 있는 사람들 같았다. 등짐과 쪽지게를 실은 거룻배는 그제야 사공막 앞을 떠나 강심을 향해 끄덕끄덕 노를 젓기 시작했다. 그때 누구의 입에선가 구성진 사설이 흘러나왔다.

소금 미역 어물 지고 내성장을 언제 가노
가노 가노 언제 가노 열두 고개 언제 가노
시그라기* 우는 고개 내 고개를 언제 가노
한평생을 넘는 고개 이 고개를 넘는구나

---

• 견술: 몸에 지니고 다니는 술병.
• 시그라기: '억새'를 가리키는, 울진 지방 사투리.

가노 가노 언제 가노 열두 고개 언제 가노
시그라기 우는 고개 내 고개를 언제 가노
한양 가는 선비들도 이 고개를 쉬어 넘고
가노 가노 언제 가노 열두 고개 언제 가노
시그라기 우는 고개 내 고개를 언제 가노
꼬불꼬불 열두 고개 조물주도 야속하다
가노 가노 언제 가노 열두 고개 언제 가노
시그라기 우는 고개 내 고개를 언제 가노……

분천 나루를 건너면 곧은재를 넘어야 하고 그 너머에 숫막이 기다리는 검은돌 마을 숫막거리가 나타난다. 일행은 방울나귀를 이끌고 시늘벅적하게 띠들며 숫막거리에 당도하였다. 정한조를 행수로 하는 그들 일행은 유난히 떠들어댔다. 쓸개에 뜨물이 든 사람들처럼 헤헤거리고 웃거나 서로 부아통을 지르며 역증난 소리로 언쟁을 벌이고 하찮은 일에도 천둥소리에 검둥개 날뛰듯 북새통을 벌였다. 그 모두가 주위의 시선을 끌기 위한 계책에서 나온 행동거지였다는 것을 주위에선 알 턱이 없었다. 나귀까지 이끄는 상단이 현동과 내성을 겨냥하고 간다는 소문이 여러 길손들 사이에 짜하게 퍼지기를 정한조는 바라고 있었다. 말래를 떠난 지 나흘째 되던 해질녘에 그들 상단은 때맞추어 내성에 당도하였다. 조마조마한 가운데 내성에 당도한 그날이 바로 소금과 미역 그리고 건어물을 실어오기로 윤기호와 약조했던 날이기도 했다. 소금 상단이 여러 패로 나누어 발행함으로써 셈속이 빠르고 용력이 드세다는 적당들의 세력을 여러 갈래로 분산시키는 양동(陽動)에는 성공한 셈이었다. 하지만, 소금 상단의 정한조나 곽개천 같은 행수들이 적소의 동정을 살피거나 도륙낼 작정으로 휘하의 상단을 동원했다는 소식이 그들 두령에게 입문되기 전에 적당들을 소탕하지 못하면 되레 어육지변으로 떼송장이 생길 가망이 있었다.

숙객 사이인 윤기호의 어물 도가에 행담을 풀고 서사로부터 임치표(任置票)를 받은 다음 당나귀들도 단골 마방에 맡겼다. 어떤 행중은 거래 사정에 따라, 수결한 어음이나 환간(換簡)을 받거나 삭채표(朔債票), 보음지(保音紙)를 받기도 하였다. 거래 문서를 발행한 윤기호가 경상도 내륙은 물론 멀리 강원도와 충청도에서 소금이나 건어물을 사러 온 원매자들과 흥정하여 가절(價折)을 놓게 되면, 구문을 떼고 피륙이나 잡곡 그리고 담배로 바꿔 소금 상단에 넘긴다. 그러면 척매(斥賣)든 도환(倒換)이든 소금 상단과의 거래는 일단 끝이 난다.

일행은 우선 내성까지 미복잠행중이었던 길세만의 거처부터 찾아야겠기에 수하 행중을 풀어 매복처를 수소문하도록 하였다. 먼저 약조한 대로라면 잠행시켰던 일행 모두가 내성의 숫막거리 근처에 은신해 있어야 했다. 그러나 밤이 이슥하도록 찾아다녔으나, 그들의 행방은 핫바지에 방귀 새듯 온데간데없었다. 자정이 가깝도록 뜬눈으로 기다리던 정한조는 척후로 띄운 동무들 거처 찾는 것을 단념하고 말았다. 그는 서둘러 수하 동무 둘을 데리고 도방에서 지척인 어물 도가를 찾아갔다. 지게문을 한참이나 흔들고 나서야 곤하게 잠이 들었던 윤기호 내외와 차인꾼이 깨어났다. 홀딱 벗고 누웠던 내외가 부산스럽게 잠자리를 수습하기를 기다렸다. 어섯눈조차 뜨지 못하고 허둥지둥하는 윤기호의 뒷덜미를 잡아채어 일행이 유숙하기로 하였던 도방 뒤쪽의 작둣간으로 데리고 갔다. 한바탕 조리질쳐서 혼쭐을

뺀 다음 작둣간 안으로 잡아엎치려는 일행을 뒤돌아보며 영문을 모르는 윤기호가 눈발을 날카롭게 흡뜨며 성깔을 부렸다.

"이 무슨 해괴한 거조요?"

정한조는 대답이 없었고, 일행 두 사람은 말도 없이 메줏덩이만한 주먹으로 윤기호를 태질해서 흙바닥에 주질러앉히었다. 다짜고짜 윤기호부터 잡아엎치는 일은 모험이었다. 그들이 가졌던 속내대로 자복을 받아내지 못한다면 십이령 소금 상단의 장래는 장담할 수 없었다. 단골 거래처를 잃으면 상단으로서는 치명적인 손실을 입게 될 것이었다. 척후로 풀었던 일행을 만나보기도 전에 일을 벌이게 된 것에는 그들이 처음 약조했던 날짜를 어기고 게으름을 피웠기 때문에 믿을 수 없고, 그와 함께 오늘밤 윤기호를 다스리지 못하면 실기해서 오히려 저들에게 상단을 덮칠 기회만 제공할 것이기 때문이다. 말래를 발행하여 내성까지 당도할 동안 많은 내왕길에 만난 길손들이 상단이 이동하는 경로를 목격했기 때문이다. 그들 길손들 중에는 필경 적굴과 내통하는 위인도 있었을 것이다.

정한조는 눈을 부릅뜨고 노려보는 윤기호를 거들떠보지도 않고 패랭이에 꽂아둔 곰방대를 뽑아 살담배를 힘주어 꾹꾹 다져넣고 부싯깃에 불을 댕겼다. 하늘은 구름이 잔뜩 끼어 밤빛은 음산하고 축축했다.

"비가 오려나……"

일행 중에 누군가가 그렇게 중얼거리는데, 색주가 술청거리에서 들려오는 웅성거림은 멀리 떨어진 이곳까지 명료하게 들려왔다. 정한조가 담배만 피울 뿐, 오랫동안 굽도 떼지 않을 뿐 아니라 말문조차 열지 않자, 조바심이 난 윤기호가 얼굴을 되들고 야무진 말소리로 물었다.

"아닌 밤중에 홍두깨라더니 내가 누군 줄 알고 야심한 터에 자는 사람을 끌고 와서 행태를 부리시오. 행수와 시생은 십년지기로 쌓아온 정리가 돈독하지 않았소. 시생이 그동안 행수를 상종함에 사리에 그름이라도 있었소?"

제법 뇌까리는 윤기호의 말은 들은 척도 않던 정한조가,

"죄는 청승개비가 짓고 벼락은 고목나무가 맞는다는 얘기군……제 분수에 넘치는 짓을 대중없이 저지르면 나중 가서 이런 앙화를 입게 마련이오."

밸이 뒤틀린 윤기호가 곡경 치르게 된 것은 예상 못하고 시종 깐깐하게 굴었다.

"앙화를 입어? 내가 얼뜨기인 줄 아시오? 그런 억탁으로 생사람 잡지 마시오."

"빼죽거리지 말고 직토하시지 그러시오."

"소도 언덕이 있어야 비빈다 하였소. 내게 무슨 허물이 있다고 가당찮은 엄포를 놓으시오."

"근자에 우리 행중 사람을 풀어 포주인의 동정을 소상하게 염탐시켜보았소. 그랬던 것은 포주인 명색이 우리 상단과 거래할 적에는 입에 넣은 것도 꺼내줄 것처럼 막역하게 상종하지 않았소. 그런가 하면 등뒤로는 적굴 놈들과 은밀히 내통하면서 그들의 비위를 맞추고 우리 상단의 동정을 낱낱이 밀고하여 저들이 상인해물(傷人害物)하는 데 구애가 없도록 도왔소. 비보라에 부대끼며 보잘것없는 이문이나 바라는 상단을 덮쳐 봇짐을 탈취하고 심지어 우리 상단 사람을 멸구까지 시키도록 거들지 않았소. 지금까지도 우리 행중이 광대나 풍각쟁이나 약초꾼으로 가장하고 화적의 소굴을 염탐하고 있다는 것은

알고 있었소?"

"수하 행중을 풀어서 시생의 동정을 염탐했다면…… 장시에 원진을 친 무뢰배들이 도가를 무상출입하면서 행하를 뜯어가거나 그것도 성에 차지 않으면 박을 깨뜨려 저승 구경을 시키겠다고 행패를 부린다는 것도 아시겠구려. 굳이 세작을 놓지 않더라도 행수께서 몸소 목도한 일까지 있지 않습니까. 그들의 행패가 어디 어제오늘의 일이었습니까. 콩죽은 내가 먹는데 배는 행수가 앓는 꼴이외다."

"내 말은 포주인이 그 비린내 나는 목숨을 부지하려고 우리 상단의 동정을 도둑의 소굴에 팔았다는 것이오. 어디 그뿐이겠소. 적굴 놈들의 장물아비가 되어 잠은도매(潛隱盜賣)하고 벌어들인 더러운 돈으로 화식을 노렸으니, 그 한 가지만으로도 포주인을 그냥 둘 수는 없었소. 포주인의 됨됨이가 당초부터 배리다는 것을 알고 있었으나 문득 헤아려보아도 십 년 숙객이라 거래를 끊지 않고 범절 차려서 상종해왔소. 그렇게 도둑의 외주 노릇으로 화식하여 장차 일향을 호령하고 호광을 누린다 한들 오래가진 못하오. 공명이나 분복이란 제 분수에 넘치면 필경 화를 입고 패가망신할 것이오. 지난겨울 우리 행중이 십이령길 눈보라와 매서운 한고에 시달리면서도 어물 도가의 신용이 어긋나지 않도록 물화를 여축없이 대어주지 않았소. 그때 포주인은 뜨끈뜨끈한 봉노에 엉덩이를 깔고 앉아 도둑의 장물을 팔아 화식을 노려왔소. 그 장물이 도대체 뉘 것이오? 손톱으로 여물 썰듯 죽을 고생으로 연명하는 우리 상단의 것이 아니겠소."

"적굴 놈들이나 장시에서 떠나지 않는 무뢰배들에게 혹간 소금 상단의 동정을 은밀히 귀띔 해달라는 위협을 받은 건 사실입니다. 그러나 그때마다 등 두드리고 배 문질러서 몇 푼 찔러주며 돌려보내곤

하였지요. 뱀의 꼬리를 따라가면 대가리에 이르더라고, 행수가 이끄는 상단이 적굴 놈들에게 전대를 털리거나 멸구를 당하는 봉변을 당하면 시생의 어물 도가 역시 망조가 든다는 것을 슬기구멍이 꽉 막힌 놈이라 한들 깨닫지 못하겠습니까. 그들과 내통하다니…… 어림 반푼어치도 없는 얘깁니다. 내가 감옥에 갇혀서 섬거적을 뜯어먹다 죽는 한이 있더라도 댁들에게 싸다듬이 당할 죄가 없소이다. 대중없는 풍설을 믿고 사람 잡지 마시오."

"아닌 보살 하는 것 보니…… 포주인이 미련하다는 생각밖에 들지 않는데? 미련하기가 몽둥이로 소를 몰겠소. 계집이 정절을 지켜야 계집의 구실하듯 상인은 신의를 지켜야 고깃값을 하는 게요. 그래도 산적들과 내통하여 장물아비 노릇한 적이 없다고 버틸 작정이오? 패가망신한다는 말을 흰소리로만 들었소?"

"그걸 모를 턱이 있겠습니까. 날 행수 일행과 안면을 싹 바꾸고 적굴 놈들을 상종하여 보비위나 일삼는 쓸개 빠진 놈으로 아시오? 내가 화적질을 방조했다면 이 자리에서 칼을 물고 엎어지겠소이다. 내처신이 그토록 데데하게 보였소? 곤장 메고 매 맞으러 가더라고, 시생이 쓸데없는 짓을 해서 화를 자초하겠소?"

들고 보니 그럴싸한 얘기였다. 윤기호의 됨됨이를 모르는 사람은 그 하소연을 곧이듣고 눈물이 쑥 빠질 지경이었다. 포주인의 발명을 침통한 표정으로 듣던 정한조가 일행에게 손을 들어보였다. 그들은 구석에 놓아두었던 작두를 포주인 앞에 대령하였다. 한 사람이 달려들어 그의 윗도리를 피나무 껍질 벗기듯 홀랑 벗겨버렸다. 그리고 그의 한 팔을 시퍼런 작두날 위에 올려놓았다. 물론 발버둥쳤으나 장골두 사람의 완력을 뿌리칠 수 없었다. 작두날 사이에 한 팔을 올려놓자마자, 이때까지는 그나마 반정신은 남아 있던 그의 안색이 희미한 밤빛 속에서도 파리하게 가시는 듯했다. 순식간에 사시나무 떨듯 하는 그를 뚫어지게 바라보던 정한조의 입에서 단호한 한마디가 흘러나왔다.

"열명길이 지척에 있소. 작두날에 팔 하나를 잃고 곰배팔이 되어 내성 장시에서 쫓겨나겠소. 아니면 적당과 내통한 사실을 직토하여 그 꼴같잖은 허우대라도 온전하게 보전하겠소?"

"아이구…… 행수님 정말 왜 이러십니까?"

그제야 윤기호는 그때까지 부리던 호기는 온데간데없이 우는소리를 터뜨렸다.

"간특한 놈, 정말 아니면? 희롱하자고 벌인 일인 줄 아는가?"

"아이구구…… 행수님 우선 작두부터 치워주시지요."

"도타할 구멍이 없다는 것은 알고 있나? 작둣간에서 한 발자국만 비켜나려 했다간 당장 태질을 시켜 평생 병신으로 살도록 만들어버릴 터. 어디 그뿐일까, 네놈의 재취 장가처도 적굴에 집어넣어 평생을 적굴 놈들 동자치로 연명하게 만들어주마. 알 만하냐?"

"그걸 모르겠습니까."

"작두를 치우기 전에 한마디만 해. 적굴 놈들과 내통하여 와주 노릇하면서 인령아인(引領牙人)*한 게 틀림없것다?"

윤기호가 드디어 턱을 땅바닥에 내려뜨리고 너부죽하니 엎드렸다.

"그…… 그렇습니다."

"상인이란 흥정을 트다보면, 이익이 실팍한 쪽으로 기울기 마련이

---

* 인령아인: 소금의 밀매를 중개하는 사람.

야. 그러나 우리 상단은 포주인과 신의를 지켜준답시고 고혈간을 막론하고 지금까지 거래를 트지 않았나. 차제에 두 번 다시 우릴 배신하면 어물 도가에 연못을 파고 네놈은 차후로 사내구실을 못하도록 불알마저 까버릴 테니 명심하라. 네놈이 상종한다는 무뢰배들도 적굴 놈이 분명하고 그들이 가진 신표나 상표 역시 위조한 것이 틀림없다는 것을 네놈도 알고 있을 터. 장차 그런 패악을 정습치 못하면 난장박살을 낼 테니 명심하라."

정한조는 새벽녘이 되어서야 윤기호를 놓아주었다. 그리고 그 이튿날 중화참 무렵에 염탐꾼으로 내보냈던 길세만의 소식을 들었다. 그는 내성 장시 색주가에 있는 투전판에서 타짜꾼이며 무뢰배 들의 행티에 짓눌려 꼼짝하지 못하고 있었다. 그가 홍등녹주(紅燈綠酒)에 빠지면 헤어나기 힘든 버릇이 있다는 것은 익히 알고 있었으나 막상 듣고 보니 당장 용수 달린 색주가를 뒤져 여러 동패가 바라보는 앞에서 장문을 내리고 싶었다. 소임을 소홀히 한 죄는 그렇다 하더라도, 장사 밑천을 걸고 다투는 투전판에는 얼씬도 말라는 엄중한 분부를 내린 것은 오래전 일이었기 때문이다. 그러나 지금은 동배간을 징치할 궁리부터 할 때는 아니었다. 적굴 놈들이 패거리를 만들어 내성 장시에 머물면서 소금 상단이 거래를 끝내고 돌아가는 길을 노린다는 윤기호의 자복이 있었기 때문이다. 그들이 거처하는 곳이 바로 지난번 일행이 적지 않은 수치를 겪었던 바로 그 숫막이었다.

윤기호의 단골인 색주가 술청거리에 있는 그 숫막에는 모두 기골이 든든한 일곱 명의 산적들이 사흘 전부터 들이닥쳐 진을 치고 포자(炮煮)를 낭자하게 벌이며 소금 상단이 나타나기를 기다리고 있었다. 그러나 곽개천 일행이 한나무재에서 만났던 산적 일행과는 그 규모가 사뭇 달랐다. 화승총 두 자루까지 갖추고 있었고, 환도를 가지고 있었다. 대중없이 덧들였다간 상단이 곱다시 흉변을 당할 것이었다. 그러나 그들이 거처하는 곳이 몇 번 가본 일이 있는 익숙한 숫막이라는 것에 기선을 잡을 수 있다는 희망이 있었다. 그 숫막의 구조를 잘 이용할 수만 있다면 한 놈도 놓치지 않고 포박할 수 있었다.

이미 숫막을 뻔질나게 드나드는 무뢰배들에게 입맛을 들여 장시의 행상과는 등지고 살게 된 주모에게 섣부른 수작 붙일 것 없이 그 숫막의 내막은 일행들도 이미 훤하게 꿰고 있었다. 그 숫막은 삽짝 바로 앞에 나귀 두 필 정도를 들여 맬 수 있는 작둣간이 있었지만, 지금은 허섭스레기나 버리는 허청으로 쓰고 있었다. 작둣간을 비켜가면 그 맞은편에 일잣집이 있는데 왼쪽 끝에 널쪽문이 달린 부엌이 있었다. 부엌에서 안방으로 통하는 외짝 지게문이 있고 안방 곁으로 봉노 둘이 나란하게 붙어 있었다. 봉노 앞으로 삐걱거리는 툇마루가 있고 역시 외짝 지게문이 하나씩 있었다. 안방이나 길손이 묵는 봉노나 모두 바람벽 위에 바라지 하나씩이 붙어 있는데, 협소하여 사람이 들락거릴 수는 없었다. 뒷간은 뒤꼍으로 물러나 있었고, 툇마루 끝에 오줌 버캐가 허옇게 낀 구유 하나가 이 집의 주인은 나란 듯이 허연 아가리를 벌린 채 놓여 있었다. 그래서 봉노에서 술추렴하던 주정꾼들이 굳이 뒤꼍의 뒷간까지 가지 않더라도 툇마루 끝으로 가면 소피를 속시원하게 내쏟을 수 있었다. 그런데 그 적굴 놈들이 어느 쪽이든 한 봉노만 차지하고 술추렴하고 있다면 덮치기가 수월할 것인데, 봉노 둘을 도차지해 일거에 덮치기가 손쉽지 않다는 것이었다. 그러나 지게문 둘만 지키고 있다면 제아무리 용력이 드센 놈들이라 할지라도 수월하게 빠져나갈 구멍은 없었다.

정한조는 척후를 놓아 숫막에 든 산적들의 동정을 놓치지 않고 살피게 하였다. 오늘 아니면 내일 중에 그들을 섬멸하지 못하면 곧장 흩어져 두 번 다시 기회가 없을 것 같았기 때문이다. 울바자 밖에서 들어도 봉노의 풍경이 손에 잡힐 듯 들려왔다. 저들끼리 나누는 대화로 짐작하건대, 둘러앉아 투전장을 뽑는 것이 적실했기 때문이다.

"눈깔은 거리 동냥을 보냈나, 똥창에 박고 지내나. 이 패가 보이지 않나?"

"이놈 봐라, 외삼촌이 물에 빠졌나 웃기는 왜 웃어?"

"주리를 안길 놈, 개평 서푼에 눈깔이 뒤집히고 말았군."

"이런 망할 놈 보게, 돼지 꼬리를 잡고 순대 달라 하네."

"장님 동네에선 애꾸눈 끗발이 제일이라 했어. 서시*면 됐지 내 패가 어때서?"

"어디 한번 홀딱 벗겨볼까."

"장가처를 파는 한이 있더라도 서시를 뽑아들고 죽을 수야 없지."

"노루잠에 개꿈이지. 어디 한번 버텨봐."

"흰소리 집어치워. 먹을 것이라면 쓴 댓진인들 마다할까."

걸쩍한 언사에 빠르게 오가는 손짓들이 눈에 잡힐 듯한데, 그 투전판이 언제 끝날지 기약이 없었다. 곁에 있는 봉노에서는 술추렴 또한 밤 깊도록 계속되어 단숨에 덮치고 들어갈 엄두가 나지 않았다. 그러나 날이 새고 나면 필경 숫막을 뜰 것이었다. 먼동이 틀 때까지 기다린다 해도 오늘밤 안으로 거행하지 않으면 안 되었다. 저들을 혼비백산하도록 하자면 우선 화승총을 방포하여 얼혼부터 빼놓는 게 상

---

* 서시: 가지고 있는 두 패 혹은 세 패의 합의 끗수가 여섯인 경우.

책이었다. 그런 생각을 하는데 미처 예상치 못했던 사태가 벌어졌다. 안방 지게문이 열리는가 하였더니 난데없는 주모가 불두덩을 실경실경 긁으면서 툇마루로 나섰다. 울바자 아래 몸을 숨기고 동정을 살피던 동무가 가만히 뇌까렸다.

"저 음탕한 갈보 좀 보게…… 씹 거웃을 실그정실그정 긁는 거조를 보아하니 홍문에 붙은 검정콩알이 근질근질한 게로군."

비틀거리며 쪽마루를 내려온 주모는 뒤축이 닳아 없어진 승혜를 질질 끌고 뒤꼍으로 다가갔다. 동무가 정한조에게 속삭였다.

"뒷간으로 들어가거든 지체 없이 박을 내질러 아갈잡이하게."

"그러다가 숨통 끊어지면 어떡하지요?"

"그게 걱정되면 임자가 대신 죽어주게나."

아니나 다를까, 주모는 뒷간의 거적문을 들치고 안으로 들어섰다. 나이가 이팔의 청춘도 아닌 터에 오줌 줄기 떨어지는 소리가 6월 장마에 한대중으로 내리는 소낙비 소리처럼 요란했다. 동무 하나가 그때를 놓치지 않고 뒷간으로 들이닥쳐 고쟁이도 수습하지 못한 주모를 덮쳐 순식간에 아갈잡이하고 말았다. 밖으로 끌고 나와서 뒷간 흙담 아래 주질러앉혔다. 동무가 재갈물린 주모를 보고 이죽거렸다.

"주모, 한 번 보면 초면이요 두 번 보면 구면인데, 우리는 여러 번 대면하였으니 십년지기나 다름없네. 봉노로 돌아가서 저놈들에게 만수받이하며 지내느니 밖에서 나와 같이 별이나 헤면서 밤을 새우도록 하세."

얼마 지나지 않아 봉노에서 술추렴하던 패거리 중 한 놈이 외짝 자게문의 돌쩌귀가 부러져라 세차게 열어젖히면서 목 터지게 술어미를 불렀다.

"주모…… 소피 보러 나간다더니, 정낭 귀신에게 뒤통수 맞고 똥통에 빠졌나, 모가지가 부러졌나? 이보게 주모……"

목청 돋워 부르는데도 이렇다 할 대꾸를 듣지 못하자, 궐자는 신발도 신지 않고 뒤꼍으로 장금장금 걸음을 옮겨놓았다. 내친김에 뒷간의 거적문을 들치고 살피는데 그때를 놓치지 않고 등뒤에서 기다리고 있던 몽둥이 하나가 궐자의 박을 터져라 하고 내려쳤다. 궐자는 단 한 발짝도 떼어놓지 못한 채 된 신음을 토하며, 붙잡고 있던 거적문을 그대로 움켜잡고 똥통 속으로 꼬꾸라지고 말았다. 그와 때를 같이하여 바깥 봉노에서는 화승 터지는 소리가 장작불에 불꽃 튀는 소리처럼 요란하였다. 적당들은 피가 뜨겁고 용력이 세차다 할지라도 때아닌 방포 소리에 어마지두 놀란 나머지 제풀에 부들자리 위로 나둥그러졌다. 어떤 놈은 닭 끌어안은 구렁이처럼 오그라져 버둥거리다가 코를 박고 쓰러졌다. 다른 한 놈은 죽을 고비에 한 가닥 살길을 찾겠다고 동저고리 바람으로 바람벽의 바라지문에 대룽대룽 기어올라 달아나려다가 등뒤에서 상투를 뒤틀어잡고 획 끌어당기자, 구들장이 꺼져라 하고 그대로 나동그라지는 소리가 들렸다.

담도 벽도 의지할 곳이 없게 된 놈들의 머리 위에 물미장과 박달나무 몽둥이가 범 춤을 추는데, 부엌 지게문 앞에서는 다시 한번 자지러지는 듯한 방포 소리가 들렸고, 몽둥이로 박을 내려찍는 소리에 살려달라는 외마디 소리가 삼이웃이 떠나갈 듯하였다. 워낙 순식간에 들이닥친 기습이라, 괴춤에 찔러둔 요도를 뽑아 휘두른다 하여도 사위가 칠흑같이 어두운 야밤에 눈에 보이는 것이 없으니, 버마재비가 수레 앞을 가로막는 꼴이었다. 날고 긴다는 비당(匪党)의 무리들은 그래서 화승총은 물론이고 칼 한번 제대로 써보지 못한 채 곱다시 멸구를 당하고 만 것이었다.

"이놈 봐라, 개구리 삼시랑이 붙었나. 폴짝폴짝 뛰기는……뛰어봤자 벼룩이다, 이놈아."

다행히 쪽마루 끝까지 기어나간 한 놈은 행중 동무에게 뒷덜미가 낚아채이자 분하고 억울하여 대성통곡이 저절로 튀어나오는데, 동무는 궐자의 엉덩이를 걷어차서 오줌통으로 쓰는 구유에 냅다 꼰질러박으면서 걸죽하게 엄포를 놓았다.

"이놈아, 쪽마루로 기어나와보았자, 쪽박 쓰고 벼락 피하기다. 곡지통을 내쏟는다고 될 성부르냐? 울음소리 냉큼 그치지 않으면 입살을 쪼개서 쌍언청이를 만들어줄까보다."

눈에 불똥이 튈 것 같은 상단의 동무들은 창졸간에 얼살을 먹은 놈들의 윗도리를 벗기고 뒷결박을 지웠다. 봉노에 있던 산적들은 단 한 놈도 가로새지 못하고 요절이 나고 말았다. 그런데도 서푼 결기는 남아 있어 눈꼬리가 팽팽하게 당기는 놈이 발견되면 등에서 누린내가 나도록 두들기고 밟아 아예 어육을 만들어버렸다.

그때가 벌써 동이 훤하게 밝아올 새벽녘이었다. 그러나 내성 색주가에서 원진을 치고 있던 적당들을 섬멸하였다 해서 모든 소동이 평정된 것은 아니었다. 무엇보다 다급하게 된 것은 그들의 소굴을 찾아내는 일이었다. 그 일을 한나무재에서 일당들을 결박하여 말래에 있는 접소에 넘긴 곽개천이 도맡아야 했다. 접소에서는 그때까지 천봉삼을 사칭하던 자를 붙잡아두고 있었다. 그를 지금까지 구완했던 만기와 행중 두 사람이 궐자의 곁을 떠나지 않고 수직하고 있었다.

마침 곽개천이 잡은 산적들을 이끌고 당도하여 수직과 기찰을 반복하던 동무들은 한시름 놓았으나, 곽개천에게는 숨 돌릴 말미도 없게 되었다. 오뉴월 억수장마에도 빨래 말미는 있다 하였으나 지름길을 많이 알고 있는 곽개천에게는 그조차 허락되지 않았다.

천봉삼을 사칭한 자는 자기가 원상을 사칭한 것이 들통나 인질로 잡히는 신세가 되어버렸다는 것을 진작부터 눈치채고 있었다. 그런데도 죽이든지 살리든지 양단간에 아퀴를 짓지 않고 밥 먹이고 잠재우는 데 소홀함이 없음에 더욱 불안하여 전전긍긍이었다. 그래서 아무것도 덮지 않은 채 등걸잠으로 헛코를 골며 달게 자는 척하지만, 실은 뜬눈으로 밤을 지새우는 형편이었다. 또다시 줄행랑을 놓아볼 생각도 굴뚝같았으나, 요즘은 만기뿐만 아닌 동배간 두 사람이 번갈아가며 수직을 서는 바람에 굽도 젖도 할 수가 없었다. 심지어 뒷간 가는 길까지 놓치지 않고 뒤쫓아다녔기 때문이다.

곽개천은 한나무재에서 칼을 맞았으나 갈약으로 쓰기도 하는 질경이를 씹어 붙여 지혈을 시키고 통행전을 찢어 수습한 덕분에 행보에는 구애를 겪지 않았다. 도방에 당도한 그는 궐자를 잡아 꿇리고 물었다.

"이제 네가 우릴 향도해서 찾아갈 곳이 있다. 어디로 가려는지 알고 있겠지?"

"……"

"네놈이 달포가 넘도록 아침저녁으로 더운밥에 절절 끓는 아랫목에서 구완을 받고 이제 쾌차하였다면 보은할 때가 되었지 않았느냐. 네가 무뢰배들이나 적굴 놈들에게 걸려들었다면, 너는 진작 그 산기슭에서 한 발짝도 떼지 못하고 지금쯤 네 살점은 개호주나 갈가마귀가 뜯어먹고 허연 해골로 떼굴떼굴 굴러다니고 있었을 터, 우리의 대접이 소홀하지 않았는데도 틈만 있으면 도타해서 둔적할 궁리만 하였더냐? 네가 세도하는 양반 처지도 아닌 터에 달포가 넘도록 아무 하는 일도 없이 매팔자로 지냈으면 족하지 무엇이 부족해 주둥이를 열지 않고 있느냐?"

"……"

"이놈아, 며칠 전까지도 되반들거리는 낯짝을 쳐들고 말대꾸가 얼음에 박 밀듯 거침이 없더니, 지금은 어째서 꿀 먹은 벙어리냐? 사람이란 궁달에 때가 있는 법, 네가 자칫 삐끗하여 이 기회를 놓치면 두 번 다시 살아남지 못할 것이야. 새우는 대대로 곱사등이라더니 아직도 적굴 생활에 미련 두고 있나? 지금 잡혀와서 포박되어 있는 네놈의 동배간들을 빤히 보았으면서도 정신을 못 차리겠느냐?"

"성님…… 이놈이 볼깃살이 근질근질한 모양입니다. 내친김에 난장박살을 시켜버립시다."

진작 직토하지 않은 위인에게 화증이 난 동무 하나가 추살(推殺)을 시키자고 아드득 이빨을 사려물자 얼굴이 원숭이 볼기짝이 되어 안절부절못하던 위인은 그제야 가까스로 입을 열었다.

"나으리, 쇤네가 무슨 염치가 있어 은휘할 것이 있겠습니까. 쇤네를 구급하여 목숨을 보전할 수 있도록 해주신 분들에게 은혜 갚을 일만 남았습니다."

"너희들의 산채가 여기서 멀지 않다는 것은 알고 있다. 그러나 오늘내일 중으로 산채를 찾아내서 비당을 모조리 섬멸하지 못하면, 저들의 앙갚음으로 우리 도방을 쑥밭으로 만들어버릴 터. 네가 우리에게 진 빚을 탕감하자면 우리 앞장에 서서 산채까지 인도해야 한다."

"여부가 있겠습니까. 섶 지고 불로 뛰어들라 해도 마다하지 않겠습니다."

숨 돌릴 틈도 없이 궐자가 지목해준 대로 십이령길로 들어섰다. 그 길은 곽개천이 속으로 겨냥하고 있었던 길목과 일치했다.

"성님 이 길목을 성님이 짐작하고 있었던 바로 그 길목이 아닙니까."

"우리가 잡은 산적들에게 구초(口招)를 받아보니까, 역시 이 길목을 가리켰다네. 내 짐작과 궐자들의 구초가 일치하는 것이야."

"저놈도 거짓말로 둘러대진 않네요."

하지만 곽개천이 행수로 있는 상대는 이렇다 할 병장기를 갖추지 못했다. 끽해야 요도와 환도 따위들이 전부였다. 그런 병장기를 가지고 산채의 중심을 친다는 것은 객기였다. 그런데도 위인을 앞세우고 그 이튿날 서둘러 십이령길로 들어선 것이었다. 한나무재 계곡에 당도해서야 그들의 무모함이 기우에 불과했다는 것을 깨닫게 되었다. 곽개천이 여섯 적당을 잡은 그 계곡에 당도해서 한나절을 보내고 난 뒤, 해가 질 무렵에 내성으로 떠났던 정한조 일행이 당도했기 때문이다.

정한조 일행이 당도함으로써 일행의 수효는 스물대여섯으로 불어났고 화승총도 다섯 자루로 불어났다. 산채를 발견해서 원진을 치고 포위망을 조이다가 기습을 감행한다면, 삽시간에 소굴을 쑥밭으로 만들 수 있었다. 산채에 남아 있는 적당들이 많아야 열두서넛을 넘지 못할 것으로 예상하기 때문이었다. 적당들의 세력을 서너 곳으로 분산시켜 도륙을 낸 결과였다. 정한조의 계략에 걸려든 것이었다.

그들은 그 계곡에서 야숙한 이튿날 선반머리에, 붙잡은 적당들을 추달(推達)하여 얻어낸 길을 따라 산채로 향했다. 일전을 앞둔 행중 모두는 신들메로 발을 바싹 묶고 바짓가랑이에는 통행전을 친 복색을 갖추었으니 깔축없는 장돌림 차림이었다. 조도를 소리 없이 걸어가는 행중 누구에게도 숨소리조차 들리지 않았다. 산채가 자리잡은 곳은 한나무재에 있는 웅봉산을 넘기 전인 삿갓봉이었다. 그러나 말이 쉬워 삿갓봉이지 거기까지 가는 데는 메뚜기 이마같이 깍아지른 듯한 치받이길로만 이어진데다가 그 길 끝자리에 난데없는 암자 하나가 조도를 가로막고 있었다. 수정암(修正庵)이란 암자인데, 규모가 번듯하진 않았으나 그곳에 암자가 있었다는 것은 길눈 밝기로는 따라올 사람이 없다던 곽개천도 미처 몰랐던 일이었다. 척후로 내세웠던 위인이 바로 그 암자를 가리켰고 덮치고 보니 놀랍게도 젊고 허우대가 건장한 스님이 혼자 기거하고 있었다.

그런 암자에는 허리가 굽어 콧등이 땅에 닿을 듯이 늙은 스님이 동자를 데리고 기거하기 마련이었다. 그러나 상단이 발견한 스님은 기골이 번듯한 중년의 사내였고, 머리를 깎아 독두*이긴 하였으나 도무지 스님의 외양과는 어울리지 않는다는 생각이 앞섰다. 중도 속도 아닌 그런 어중간한 위인으로 보였다. 그가 산적이란 것을 눈치챈 사람은 정한조였다. 샛재 주막을 찾아와 이것저것 수소문하고 다녔던 운수납자의 외양을 소상하게 기억하고 있었기 때문이다. 그의 본색을 알아챈 정한조는 스님으로 가장하고 암자를 지키던 그를 덮쳐 몽둥이질로 추달하였다.

그 암자에는 원래 목에 가래가 가릉가릉하는 노스님이 살고 있었다. 그런데 지난여름에 저승길을 코앞에 둔 노스님을 쫓아내고 자칭 운수납자란 놈이 암자를 차지해 도둑의 척후 노릇을 하고 있다고 실

---

* 독두: 대머리.

토했다. 그러고는 암자 뒤쪽을 가리켰다.

뒤쪽으로는 은사시나무들이 빽빽하게 들어서서 암자의 울타리 역할을 하고 있었는데, 사시나무 숲을 간신히 비켜나가면 계곡 쪽으로 뻗은 완만한 경사지가 나타났다. 경사지의 조도를 따라 행초 한 대 태울 동안만 걸어가면 산기슭 여기저기에 숨어 있는 움집과 뜸집들이 나타났다. 그것이 명색 산채인 셈이었다. 산채를 발견하는 순간, 행중은 흥분했다. 새들도 넘기 어려운 이런 첩첩산중에 산채가 교묘하게 숨겨져 있었다는 것도 놀라웠지만, 그들을 잔뜩 긴장시켰던 산적들의 수효가 잡고 보니 열댓을 넘지 않았기 때문이다. 살풍경한 꼴을 벌이지 않고 산채를 접수하리란 것은 상상조차 못했던 일이었다. 발행할 적에만 해도 상단 행중에 한두 사람은 목숨까지 내놓아야 한다는 각오를 했다. 잡힌 산적들은 거개가 계집들과 거동이 임의롭지 못한 늙은이들이었는데, 삼순구식도 어려웠는지 모두 피골이 상접했고 얼굴들은 누렇게 떠 있었다.

뜸 지붕에 돌막집이며 풀막 지붕에 귀틀집이며 움집들을 샅샅이 뒤져보았으나 방과 부엌의 경계가 분명하지 않아 살림집이란 명색이 무색할 지경이었다. 이렇다 할 가재도구조차 눈에 띄지 않았다. 각다분한 시골집이라 하더라도 바람벽에 먹서리, 둥구미, 삼태기, 바구니, 버들낫, 구럭 같은 너절한 가재도구들이 걸려 있음직한데, 그런 것들을 전혀 찾아볼 수 없었다. 사람이나 짐승이나 몸을 붙이고 살았다는 흔적을 발견할 수 없었다. 이름만 산채일 뿐 산적들 대다수는 도방 대처의 숫막이나 색주가에서 뒹굴며 살았다는 증거였다. 붙잡힌 산채 식구들은 눈이 번들거리는 상단들이 화승총에 작살이며 몽둥이를 들고 들이닥쳤으나 육탈이 된 형용에 얼혼까지 빠져버렸는지, 기절초풍해서 달아나기는커녕 비루먹은 나귀처럼 대판으로 벌어지고 있는 소동을 넉살좋게 바라보기만 하였다. 그중에서 한 사람이 움집 앞에 있는 손바닥만한 텃밭 고랑에서 괭이질하다가 잔당들을 색출한답시고 정신없이 설쳐대고 있는 상단 사람을 손짓하며 한마디 거들었다.

"노형들께서는 두령의 행방을 찾으시오?"

"그렇다 이놈아, 네놈이 그놈 행방을 알고 있느냐?"

"행방은 미처 지켜보지 못했으나 외양이 어떻다는 것은 또렷하게 꿰고 있지요."

"그렇다면 그놈 도타하기 전에 용모단자를 냉큼 일러라."

"도타하다니요?"

"아직 그놈을 찾아내지 못했으니 도타할지도 모르지 않나."

"암자를 뒤졌다면서 두령을 찾아 멸구를 시키지 못했단 말이요? 그 암자에서 참선하던 땡추란 놈이 바로 이 산채의 두령이오."

"그놈, 알아맞히기는 오뉴월 쇠파리일세."

"두령을 포박하지 못했다면, 지금 당장 암자로 가서 그놈부터 옭아야 합니다. 민첩하기가 쏜 화살과 같거든요."

"정말이냐?"

"뉘 앞이라고 거짓 발명하겠습니까."

"그놈 기특하네."

텃밭에서 괭이 든 놈과 대거리하던 행중이 그때서야 아뿔싸, 하였다. 억죽박죽 두서없이 몰려다니는 경황중에 암자의 땡추란 놈을 미처 포박하지 못한 것을 깨달았기 때문이다. 두 번 다시 위인과 대거리를 나누기도 전에 행중 동무들은 누가 먼저랄 것도 없이 우르르 앞다투어 암자 쪽으로 날뛰었다. 두령이란 놈을 잡아야 행세할 수 있었기 때문이다.

그런데 또다른 낭패가 그곳에 기다리고 있었다. 암자에는 누가 언제 포박하였는지 땡추란 놈이 암자 기둥에 단단히 결박되어 있던 것이었다. 일행은 다시 한번 아연하여 우두망찰하였다. 땡추가 실토정한 말은 텃밭에서 괭이질하던 바로 그자가 이 산채의 두령이란 것이었다. 어느 놈의 말을 곧이들어야 할지 맹랑한 지경에 빠지고 말았다. 일행은 다시 한번 아연하였다. 홧김에 묶여 있던 땡추란 놈만 애꿎은 몽둥이질을 당하고 말았다.

"하품에 딸꾹질이라더니…… 망신살이 뻗쳤군."

뒤통수를 얻어맞은 정한조는 낙심천만으로 얼굴이 파랗게 질리고 말았다. 두령이란 자가 심상하게 볼 위인이 아니라는 것은 짐작하고 있었으나, 똥 마려운 계집 비설거지하듯 갈팡질팡 몰려다니다가 그놈 농락에 놀아나게 될 줄은 몰랐기 때문이다. 산채로 되돌아가봤자 그놈은 이미 멀리 도망하고 말았을 것이다. 그러나 정한조는 두 사람을 암자에 남게 하고 산채로 돌아갔다. 예상했던 대로 전혀 조급한 기색도 없이 괭이질하던 놈은 진작 자취를 감추고 보이지 않았다. 박원산의 넋두리처럼 "똥 싼 놈은 달아나고 방귀 뀐 놈만 잡은" 꼴이어서 제 발등이라도 찍고 싶었으나 여럿 앞에서 내색할 수 없었다. 잡은 늙은이들과 계집들을 닦달해보았더니 이구동성으로 도망한 위인이 바로 두령 행세하던 놈이란 것이었다. 정한조가 그들을 꿇리고 물었다.

"달아난 놈이 천봉삼이란 자가 아니냐?"

고개를 떨어뜨리고 있던 늙은이가 놀란 눈으로 정한조를 바라보며 말했다.

"나으리, 그 달아난 사람은 천봉삼이 아니올시다. 스님으로 가장하고 암자에서 기거하던 사람이 바로 천봉삼이올시다."

"그 독두가?"

"그렇습니다. 그 내자 되는 계집은 바로 여기 있습니다."

"이봐 늙은이, 땡추라 하지만 명색이 스님인데 어찌 내자를 두고 있더란 말인가?"

"머리는 스님으로 행세하기 위해 배코를 친 것이지요."

"그놈과 무릎맞춤을 해도 틀림없겠다?"

"면질(面質)을 시킨다 해도 틀림없습니다."

그러고는 봉두난발에 얼굴에는 검댕이가 주렁주렁 매달리고 뒤축 없는 짚신을 질질 끌던 계집을 턱짓으로 가리켰다. 늙은이가 자기를 가리켜 땡추의 내자라고 일러바치는데도 궐녀는 미동도 않고 맨땅에 꿇어앉아 망연자실이었다. 갖은 경난 끝에 얻어낸 초연함으로 다만 먼산바라기로 일관하는 듯했다. 정한조는 그 계집을 대뜸 일으켜 세우지 않고 힐끗 일별했다. 문득 궐녀를 고자질한 늙은이의 언사에 계집에 대한 적의를 느낄 수 없다는 생각이 들었기 때문이다. 정한조는 다시 한번 계집을 눈여겨보았다. 오합잡놈들 사이에 끼어 앉은 계집의 남루한 행색은 가위 길거리에서 욕받이로 연명하는 비렁뱅이나 다름없었다. 그러나 눈여겨보노라면, 어딘가 함부로 범접할 수 없는 결기가 있어 보였다. 계집을 일으켜 세워 다짐을 받아내려다 말고 그때까지도 산적들이 취탈한 복물짐 숨겨둔 곳간을 찾겠다고 눈이 시뻘건 곽개천을 불렀다.

"북새통중에 우왕좌왕하다가 두령이란 놈을 등시색출 못한 것은 큰 실책이었네. 뿐만 아니라 곳간도 찾아봐야 소용없네.”

“땡추란 놈을 다시 한번 작신 두들겨서 추달을 해볼까요?”

“소용없는 일이야…… 곳간은 따로 있을 게야. 산채는 허울뿐이었네.”

“두령이란 놈이 순경 소임하던 자가 아닙니까?”

“척후로 십이령길을 수시로 들락거린 것은 틀림없으나, 궐자가 천봉삼이라면 죽지 못해 한 짓일 게야. 궐자의 내자와 피붙이가 산채에 인질로 잡혀 있었다네.”

먼산바라기하던 계집의 얼굴에서 흘러내린 눈물이 동저고리 자락을 적시고 있었다. 일행은 발짝 떼어놓기조차 임의롭지 못한 잔당들을 이끌고 한나무재 계곡길을 내려가기 시작했다. 벌써 해가 지고 있었다. 지난번 곽개천 일행이 포자를 벌였던 밥자리에서 다시 화톳불을 피우고 야숙할 채비를 하였다.

“두령 행세하던 두 놈 중에 한 놈만 잡았으니, 밤을 낮 삼아 억죽박죽 뛰어다니고도 반타작밖에 못한 꼴이군.”

두령 놓친 것이 못내 아쉬웠던 일행이 화톳불을 피우면서 그렇게 중얼거렸다.

“우리가 궐놈의 형용을 낱낱이 기억하고 있으니, 궐놈이 하늘로 솟거나 땅으로 꺼지지 않는 이상, 조만간 우리 손에 잡힐 테지. 너무 애간장 태우지 말게.”

정한조는 산채에서 데리고 온 계집사람을 화톳불가로 가만히 불러 앉히고 적간(摘奸)을 검사해서 지금까지 산채에서 살아오면서 겪은 이러저러한 사정들을 물었다.

“송파에서 떠나왔소?”

“예.”

“성씨는 뉘 댁이오?”

“저기 있는 외간의 남정네는 천봉삼이라 부르고 쉰네는 월이라 합니다.”

“그 산채에 인질로 잡혀간 것은 언제였소?”

“지난해입니다. 삼남으로 내려가면 살길을 찾겠거니 해서 무작정 발서슴하던 중에 무단히 십이령 고개로 접어들었습니다. 워낙 산중인데다가 밤낮없이 짐승들에 쫓기어 조도로 밀려나서 도무지 동서남북을 가릴 경황이 없었습니다. 그것이 시단이 되어 화적들과 마주쳤고, 그들은 우리 내외와 아이를 유리걸식하는 유민인 줄 알고 무작정 산채로 끌고 갔습니다. 산채의 세력을 불리자는 속셈이었겠지요. 우리 내외는 목숨 건진 것만 천만다행으로 생각하고 지금껏 연명해온 것이지요.”

“산채에 연고가 있었소?”

“연고라니요?”

“연고도 없는 적소에서 한 가솔이 고스란히 살아남았다는 것이 이상하지 않소?”

“쉰네의 남정네가 지니고 있던 신표를 발견하여 송파의 행상인이란 것을 알아냈을 뿐만 아니라, 또한 암자를 삭도간(索道間)* 삼아 염탐꾼으로 쓴다면 홍부장과 염전이며 십이령 소금 상단들의 사정을 소상하게 알아내어 적지 않은 이득을 얻을 것이란 생각을 가졌기에 부득불 살려둔 것이겠지요.”

---

* 삭도간: 산악 지방에서 운송 · 연락하는 길의 중간에 설치된 연결 장소.

"댁은 산채에서 양류밥*이나 먹었소?"

"동자치였습니다."

"송파에는 알음이 없소?"

"알음이 없지 않았으나, 하직하고 떠나오게 되었고, 척분도 두지 않았습니다."

"쇠살쭈 노릇으로 송파 장시를 호령했다는 얘길 들었는데?"

"행수는 따로 있었지요. 쉰네의 남정네가 우연히 임오년 난리에 연루되어 이리 쫓기고 저리 쫓기다가 겨우 목숨을 보전하여 송파를 하직하고 살 붙이고 살 만한 길지를 찾는답시고 남쪽으로 발서슴하고 다녔습니다."

"길지란 어떤 곳을 가리키는 것이오?"

"징세나 부역이 없고, 토호들의 발호나 관리들의 가렴주구가 없고, 양반도 없고 상것도 없는 세상 아니겠습니까. 씨를 뿌리고 거름을 주지 않아도 열매가 열리는 그런 땅이겠지요. 마당에 노루가 뛰어들고, 솥에는 꿩이 저절로 날아드는 그런 땅이겠지요."

"가관이군. 조선 땅에는 그런 별천지란 없소. 헛것을 보지 않는 이상 그런 희한한 세상은 없을 것이오."

"지성껏 찾다보면 있겠지요."

"말본새를 보아하니 비슷한 곳이라도 찾은 것 같은데?"

"야숙하더라도 편안하게 잠들 수 있는 계곡이나 들판이 있다면 그런 곳이 길지가 아니겠습니까."

"그 산채에서는 편안하게 잠들 수 있었소?"

---

• 양류밥: 놀고먹는 밥.

"그럴 리가 있겠습니까. 잠 못 이루고 전전반측하였답니다."

"슬하에 소생은 두지 않았소?"

그 말에 월이는 고개를 떨구더니, 한동안 뜸들인 다음에야 겨우 말문을 열었다.

"그동안 산채에서 도망할 말미도 없지는 않았습니다만, 태어나면서부터 병치레로 시난고난하던 피붙이를 잃고 말았습니다. 그 불쌍한 것을 산기슭 진흙 속에 묻어둔 채 우리 내외만 살겠다고 허둥지둥 도망한다는 게 하늘에서 날벼락이라도 떨어질까 차마 못 할 짓이었습니다. 도무지 발걸음을 떼어놓을 수가 없었지요. 그래서 기약 없이 산채에 잡혀 있는 신세가 되었습니다."

"돌림병으로 잃었소?"

"아닙니다."

"아니면?"

월이는 말문을 닫고 밤하늘로 시선을 둔 채 묵묵부답이었다.

"내가 아낙네에게 못 할말을 했소?"

"지난해 초여름쯤의 일이었습니다. 산채 된비알 남새밭의 김을 맨다 하고 아이의 허리에 끈을 매고 다른 한 끝은 나뭇등걸에 매어서 밭둑에서 혼자 놀도록 놓아둔 채, 김 매는 데만 정신이 팔려 있었지요. 멀리 두고 간혹 바라보면 혼자서 옹알이를 하며 잘 놀고 있었는데…… 그런데…… 언제부턴가 옹알이 소리도 들리지 않고 사위가 쥐죽은 듯이 조용해졌습니다. 놀라서 아이 있는 곳으로 달려가보았더니……"

"아뿔싸 허리에 맨 끄나풀이 아이의 목에 감겼구려……?"

"쇤네가 짚검불같이 여위디여윈 어린것을 죽인 셈입니다. 그런데 명색 어미란 계집은 구차한 명줄을 달고 있으니…… 이런 죄인이 도방 대처로 나간들 가위 담도 벽도 의지할 곳도 없거니와 이곳저곳을 헤집고 다니며 살아갈 방도를 찾는다 하여도 여럿 가운데서 수치만 될 뿐 어찌 고개를 들고 살 수 있겠습니까. 구차한 목숨 부지하게 된 것만 천만천행으로 생각하고 화적들의 소굴에서 사는 게 팔자려니 여겼을 뿐입니다."

정한조가 의도한 적은 없었지만, 어쩌다 비명에 간 갓난아이의 이야기를 꺼내게 된 것이 무안하여 한동안 말없이 불당그래로 화톳불을 거두다가 슬쩍 말문을 돌려버렸다.

"적당들이 십이령길 요해처 곳곳에 척후를 놓아 우리 원상들의 동정을 낱낱이 살펴서 매복하고 있다가 복물바리를 털고 살상까지 서슴지 않았소. 뿐만 아니오. 지방 수령들은 화적이 저지르는 여항간의 작폐를 대수롭지 않게 여기고 방치해서 저들의 간담만 키워 지금에 와서 거칠 것이 없게 되었소. 그것을 기화로 화적들이 도방 대처까지 내려와 무뢰배나 도부꾼으로 가장해 기한에 떨고 민들레를 뜯어먹으며 송기죽이나 가죽나무를 삶아 연명하는 농투성이들 괴나리봇짐까지 탈취하는 분탕질을 예사로 저지르게 되었소. 그랬다면 산채에 있던 화적들은 필경 배불리 호궤시켰을 법한데 어째서 행색들이 굶어 죽은 송장들 같소?"

"지금까지 눈 속을 헤치고 수리취나 참취 같은 산나물을 뜯어삶아 소금에 찍어먹고, 소나무 껍질을 벗겨 송기죽을 끓여먹거나, 질경이를 뜯고 칡뿌리를 캐어 속을 채워 산채 식구 모두가 미주알이 빠져 죽을 고생들 하고 있습니다. 겨울에는 된비알을 기어오르며 도토리를 주워 연명하였습니다. 어쩌다 조밥에 배추고갱이로 국이라도 끓이게 되면, 그걸 숭미탕(菘尾湯)이라 해서 잔칫상 받은 듯 즐겨 먹곤 하였습니다."

"그게 사실이오?"

"쇤네가 무슨 염치로 거짓 발고 하겠습니까."

"그렇다면 그 많은 장물들은 모두 어디다 갈무리했더란 말이오?"

"장물이 있었는지 없었는지 알 수 없으나, 때때로 저희들끼리 희희낙락하며 적지 않은 복물을 털었다고 야단들 하였습니다만, 복물을 산채로 가져오는 것은 보지 못했습니다."

"그럼 두령은 어땠소?"

"머지않아 이 산채를 하늘 아래 따로 없는 별천지로 만들겠다고 벼르곤 하였습니다."

"그 별천지가 순시간에 상전벽해가 되어버렸소. 석쇠 짚신에 구슬 달기지 그놈 또 어디 가서 감언이설로 별천지 타령하고 다닐까."

월이는 너덜너덜해진 저고리 끝동으로 눈가에 번진 눈물을 훔쳤다. 듣고 보니 말씨는 차분하고 공손하였다. 산기슭 어디선가 사람의 울음소리와 흡사한 승냥이 울음소리가 들려왔다. 정한조는 몇 걸음 비켜앉아 졸고 있는 곽개천을 가만히 불렀다.

"저놈들을 닦달해보았나?"

"임시처변으로 둘러대면 물고를 내서 육포를 뜨겠다고 강다짐을 했습니다만, 놈들이 인질로 잡아간 동무의 행방을 알고 있는 놈은 없었습니다. 여러 놈이 한 잎에서 난 듯 똑같은 말로 그런 사람을 본 적이 없답니다."

"그럼, 우리 상단의 목숨을 요절낸 놈은?"

"역시 없답니다."

"그렇다면, 내성 색주가에서 잡은 놈들이나 말래 도방에 잡아둔 놈들 중에 끼어 있을 테지. 도둑들의 두령을 잡지 못했으나 우리 동무를 살해한 궐놈만은 여축없이 찾아내어 필경 분풀이를 해주어야 하네. 그렇지 않고는 행중에서 개고생만 사서 했다는 원성이 자자할 것이야."

곽개천은 천봉삼을 턱짓으로 가리키며 나직하게 물었다.

"저놈은 어떻게 할까요?"

"결박을 했으면 내성 임소까지는 끌고 가야지. 인질로 잡혀 있었다지만, 그동안 궐자가 저지른 죄업도 없지 않았을 것이니, 계집의 말만 곧이듣고 덜컥 놓아주었다가 후환이 생기면 그때는 누가 감당하겠는가."

일행은 발행하여 곧은재 독자골 지나고 맷재 넘어 현동장에서 하룻밤을 하처 잡았다. 갈숲이 흔천으로 깔린 씨라리골을 지나 설피재와 검은돌 마을 지나 내성장에 당도한 것은 그날 해질 무렵이었다. 임소에는 저들의 산채를 접수했다는 소식을 들었던 권재만과 낯익은 공원들이 기다리고 있었다. 먼저 장문을 내린 것은 소굴에서 잡아온 산적들이 아니었다. 임소 앞마당에 장문을 세우고 결박한 윤기호를 잡아 꿇리었다. 보부상들이 임소에서 장문을 세우면 어느 누구도 장문 안으로 범접하지 못하는 것은 물론 담 너머에서 훔쳐보는 것조차 용납되지 못할 만큼 혼금(閽禁)이 엄중했다. 장문법이란 지난날 보부청에서 전래되어온 사형풍속이었으나 세월이 흐르면서 당연한 것처럼 굳어진 형벌이 되어버렸다. 그래서 설령 지방의 수령이나 호령하는 양반이라 할지라도 보부상들이 벌이는 장문 형벌에 감 놓아라 대추 놓아라 간섭하지 못했다. 장문 아래 멍석을 깔고 홀딱 벗긴 사람을 눕힌 다음 물 먹인 명석으로 둘둘 말아 그 위에다 몽둥이찜질을 내리는 이 형벌은, 속에 누워 있는 당사자가 누가 자기에게 몽둥이질 하는지 알 수 없었다. 그 때문에 무릿매를 내리는 사람은 나중에 보복당할 걱정이 없었다. 당장은 뼈가 부러지는 듯한 치명상을 입지는 않으나, 명석말이를 당하고 난 뒤부터 그 목숨이 다할 때까지 골병이 들어 평생 동안 굴신을 못하고 포병객으로 누워 지내야 한다.

지난번 작둣간에서 구초 받은 일로 얼추 무사타첩이 된 줄 알고 집에 있던 윤기호를 잡아 임소로 끌고 왔다. 임소의 차린 거조를 보고, 장문이 내려질 것을 대뜸 눈치챈 그가 비두발괄하며 악지를 부렸으나, 곁에서 기다리던 원상들이 달려들어 마주잡이로 윤기호를 명석 위에 뉘었다. 맛도 보이기 전에 그만 기함한 윤기호의 얼굴에 물을 끼얹어 반정신을 차리게 한 뒤 잡아 꿇리고 권재만이 구초를 받았다.

"포주인 윤기호는 오랫동안 패역의 무리와 결탁하여 도둑의 와주로 저잣거리의 풍속을 어지럽히고, 그들의 장물아비로서 서슴치 않고 아보(牙保)*를 저질렀을 뿐만 아니라, 우리 원상들을 불학무식하다고 깔보고 상인해물(傷人害物)한다고 천대하여 원상들에게 돌아가야 할 이문을 오랫동안 가로챈 악덕을 쌓았으므로 오늘 장문으로 다스려 그 화적들과 결탁한 악덕을 징습시키려 한다. 포주인은 어떻게 생각하느냐?"

벌써 명석말이를 당하게 된 것을 알아챈 윤기호가 대담하게도 바른말 한마디하였다.

"양반에 먹히지 않고 아전에 뜯기지 않는 벌이가 따로 무엇이 있

---

* 아보: 장물인 줄 알면서도 매매를 주선하여 수수료를 챙김.

겠소. 도적질을 하든지 그들과 결탁하는 길뿐이지 않겠습니까.”

“패악한 놈. 아직도 저지른 죄업을 깨닫지 못하고 고개를 되들고 있군…… 임소의 공원들은 오늘의 징치를 어떻게 생각하시오?”

둘러섰던 30여 명의 원상들이 일제히 동의하자, 지체없이 멍석에 물을 뿌리고 멍석말이를 시작하였다. 그런가 하면, 멍석말이가 시작된 지 얼마 지나지 않아 쪽진머리가 봉두난발이 된 윤기호의 젊은 아내가 두 다리가 허공에 뜬 것같이 허둥지둥 달려와서 사람 살려달라고 넉장거리하다가 원상들에 잡아끌려 문밖으로 내동댕이쳐졌다. 멍석 치는 소리가 떡 치는 소리처럼 들리고 한참 지난 뒤에 된 신음조차 밖으로 새어나오지 않자, 원상들은 초주검이 되어 축 늘어진 윤기호를 멍석 속에서 끌어냈다. 그뿐 아니었다. 굴뚝에서 빼놓은 족제비 꼴로 얼굴에 허옇게 회칠을 한 다음 북을 걸망에 걸어 어깨에 메었다. 그리고 내성의 저잣거리로 끌고 나가 회술레를 돌기 시작했다. 차라리 관아에 끌려가서 스물닷 근 칼을 차는 게 낫지, 사람의 몰골이 짐승보다 못했다. 많은 사람들이 고샅길로 몰려나와 북을 메고 갈팡질팡 꼬꾸라질 듯 걸어가는 윤기호의 모습을 바라보며, 혹은 잘코사니로 생각하고 혹은 동정하여 혀를 찼다. 그의 등뒤에는 원상들이 뒤따르며 간단없이 북을 쳐서 사람들의 시선을 끌었다. 색주가에서 빌어먹던 상노 아이와 악다구니들이 쏟아져나와 회술레의 뒤를 따랐다. 혹은 곤댓짓을 해가며 울바자에서 회초리를 꺾어와 북을 치는가 하면, 이웃 사람들을 불러모으기도 하였다. 철부지들이야 윤기호가 내성 장시를 호령하던 어물 도가 포주인인지, 적굴과 내통하던 장물아비였는지 알 턱이 없었다. 상투를 풀어헤쳐 봉두난발이 된 낯짝에 허옇게 회칠까지 하여 윤기호는 마치 원숭이와 진배없었다. 울바자 뒤에 숨어 그런 해괴한 광경을 훔쳐보던 색주가의 술어미나 들병이며 은근짜 들은 얼굴이 하얗게 질려 귀엣말로 수근거릴 뿐이었다. 우선 겉보기에 신체에 치명적인 손상을 입은 것 같지는 않았으나, 그런 오욕이 없었다.

저잣거리를 할 일 없이 서성이던 맥장꾼들은 물론이거니와 철이 지나 헐한 물건들을 파는 마병장수, 뱀을 잡아 파는 땅꾼, 고기꾸미를 이고 팔러 다니는 꾸미장수, 관의 허가를 받지 않고 법령으로 금지된 물건을 팔러 다니는 잠상꾼, 점쟁이 들이 희죽희죽 웃으며 뒤를 따랐다. 소를 몰고 뒤따르는 사람, 닭이나 오리를 껴안고 경중경중 따르는 사람, 북태를 한아름 안고 오는 사람, 미역 짐을 지고 오는 사람, 곶감을 안고 오는 사람, 짚신장수, 미투리장수, 항아리장수, 돗자리장수, 돼지고기장수, 떡장수, 광주리장수, 두부장수, 승포(僧袍)에 승립(僧笠)을 한 중, 방갓에 상복 입은 상주, 패랭이 쓴 사람, 봉두난발한 악다구니들, 가랑머리한 계집아이들 할 것 없이 저잣거리에서 배회하던 잡살뱅이들 모두가 뒤를 따라 큰 행렬을 이루었다.

어물 도가를 경영하여 적지 않은 식산을 한 윤기호 같은 인물의 얼굴에 도대체 어떤 사람들이 회칠까지 하여 훼가출송(毁家黜送)을 한다는 것일까. 그것을 당하면 패가망신은 물론이고, 내성의 저잣거리에서는 두 번 다시 발을 붙이지 못할 것이었다. 그렇게 시작된 회술레는 중화 무렵까지 온 저잣거리를 세 번이나 지나고, 그것도 모자라 숨어 있는 고샅길까지 찾아가며 수치를 안기었다. 해가 나절가웃이나 지났을 무렵 배고령이 곽개천에게 다가왔다.

"성님, 이제 그만하고 돌려 보내는 게 어떻겠소?"

"임소의 분부가 있었나?"

“아니오.”

“아니면 길을 가로막고 서서 작경하는 놈들이라도 있었나?”

“그럴 리가 있겠소.”

곽개천이 고개를 내저었다.

“아니야. 기왕 시작한 것 된변을 보여주어야 하네.”

“윤가의 걸음걸이를 보자 하니…… 쓰러지면 두 번 다시 기신을 차리고 일어나지 못할 것 같소. 게다가 윤가가 반정신을 차린다 한들 이제 무슨 반죽으로 어물 도가를 열 수 있겠소. 그 도가 자리에 연못을 파지 않는다 하더라도 어느 개아들 놈이 그와 거래를 트려 하겠소. 이제 윤가는 있으나 마나 한 위인이 아니겠소.”

“어디 윤가놈 하나 때문인가. 이 꼴을 멀리서 바라보고 있을 무뢰배들이 두 번 다시 장시의 풍속을 어지럽히려들지 못하도록 혼찌검을 내자는 것이 아닌가. 건드리다 말면 애당초 거들지를 말아야지. 부리만 헐어서는 저들이 올곧은 정신을 차리겠는가.”

“성님 말이 그르다는 것은 아닙니다만, 저놈 저러다가 저승 구경 시키겠소.”

곽개천이 퉁명스럽게 쏘아붙였다.

“죽어봐야 저승을 알지.”

“길바닥에서 죽기를 바라지는 않지 않습니까. 일이 커질 수도 있지요…… 게다가 항자불살(降者不殺)이라 하지 않았소.”

“임자는 겁도 많군. 사람 목숨이 임자 생각보다는 호락호락하지 않아. 뱃구레에 된불을 맞고도 백 리를 가는 게 사람 목숨이야. 나도 그렇게 생각해. 사람이 한번 죽고 나면 그만이지, 죽은 뒤의 일을 누가 알겠나. 먼 달구질을 하거나, 먼가래를 치거나, 까마귀밥이 되거나, 죽은 사람이 알 게 뭐야. 이놈도 마찬가지지. 다만 한 가지 아쉬운 것은 나나 이놈이나 달린 목숨이 하나뿐이란 것이지. 찬 서리는 가슴에 사무치고 매서운 겨울바람 뼈에 닿았던 지난겨울의 고초를 우린 꿋꿋하게 참아내었지 않나…… 왜 그 고초를 이겨내려 했을까. 단 몇 닢의 이문 때문이 아니었나? 재수가 좋아야 좁쌀 막걸리로 배를 채우고, 고개치 넘을 때 토악질해가며 우리 목숨을 호시탐탐 노리고 미행하는 짐승에 쫓기고 대처로 나서면 지악스럽게 짖어대는 동네 개들에 쫓기며 살아왔지 않나. 그런데 소문난 씹에 잔등이 부러지더라고 이런 도둑의 접주에게 우리의 하찮은 이문들이 오랫동안 유린되어왔지 않았나."

"그런데 성님, 우리 행중이 저지른 과실은 어떻게 하렵니까?"

"길세만이 저지른 일 말인가?"

배고령은 대꾸는 않고 곽개천을 바라보기만 했다. 그래선지 몰라도 곽개천은 얼마 지나지 않아 윤기호를 백방시키고 말았다. 소금 도가의 차인꾼과 그의 아내가 허겁지겁 달려와 송장이나 다름없는 윤기호를 업어갔다. 곽개천의 고집대로 놓아두었더라면 그나마 거둘 것도 없었을 게 틀림없었다. 그러나 소임을 소홀히 했을 뿐만 아니라, 색주가에 파묻혀 투전 노름에 빠졌을 길세만의 행방을 찾는 일에는 전혀 진전이 없었다. 정한조는 평소 그와 자별한 사이인 배고령으로 하여금 가뭇없이 숨어버린 그의 은신처를 수소문해보라는 분부를 내리고 아주 오금을 박았다.

"임자들…… 궐자를 찾아내어 대령시키지 못하면 우리 행중이 말래 접소로 돌아가지 못할 것이야."

배고령은 복꾼 한 사람과 동행하여 길세만을 찾아나섰다. 정한조의 말대로 그의 성품이나 버르장머리를 속속들이 꿰고 있는 사람은 행중에서 배고령 한 사람뿐이었다. 행중 사람들이 짐작했던 것처럼 투전판보다는 색주가 갈보들에게 혼이 빠져 헤어나지 못하고 있는 게 분명하다는 생각도 들었다. 그렇다면 갈보는 그의 전대가 완전히 거덜나서 먼지가 풀썩풀썩 날 때까지는 사타구니에 끼고 뱉어내지 않을 것이 분명했다. 평소 길세만은 장삿길보다는 간색에 정신이 팔려 실성한 사람처럼 비틀거리는 성품이었고, 장가도 들지 않은 형편이어서 고향에 공양할 사람도 없었다. 애틋하게 아끼는 계집사람도 없는 형편이어서 애써 번 푼돈이라도 아낄 줄 몰랐다.

필경 담버락에 용수를 내걸고 떡 벌어진 술청을 차린 소문난 색주가보다는 고샅길 안쪽에 숨어 있는 허름한 선술집 뒷방에 계집과 함께 홀딱 벗고 누워 있을 게 분명했다. 보부상들은 자나 깨나 한결같이 옷을 벗고 잠을 청한 적이 없기 때문에 물것들을 몸에 달고 살아 옷 한번 벗고 자는 것이 평생소원이기도 했다. 일행 중에서도 길세만이 걸핏하면 옷을 벗었다. 그러나 낮 동안 윤기호의 훼가출송으로 내성 저잣거리가 발칵 뒤집힐 정도로 야단법석을 떨었는데, 그것까지나 몰라라 하고 계집을 사타구니에 끼고 누워 있을 만치 그의 배짱이 두둑했을까, 그런 의심까지 들었으나, 배고령은 복꾼을 데리고 색주가를 샅샅이 뒤지기 시작했다. 어쩌면 이번 일로 길세만이 소금 상대에서 윤기호처럼 쫓겨날지도 모른다는 생각이 뒤통수를 짓눌렀다. 계집을 좋아하는 병통이 있어서 곧잘 빈축을 사긴 하지만, 사람의 심덕 한 가지는 무던해서 남을 해코지하는 일은 저지르지 않았기 때문이었다. 뿐만 아니라, 날씨를 알아맞히는 재간은 일행보다 하루이틀이 빨랐다. 보통 비가 내릴 조짐이 있으면 지렁이가 땅 위로 올라온다든지,

고추잠자리가 낮게 난다든지, 개구리가 지악스럽게 운다든지 하는 징조가 보이지만 길세만의 한마디보다 정확하지는 않았다.

"보게 배고령, 내 어깨가 결리는 것을 보니, 내일은 비가 오겠는걸."

한마디하면 반드시 비가 내렸다. 소금 섬이나 건어물과 미역 짐을 지고 다니는 소금 상단에서는 언제 비가 내리고 눈이 내리는지 하루나 이틀 전에 알아맞히는 사람이 행중에 있다면, 사세를 결단하고 점락(漸落)이나 안매(安賣)를 막는 데 크게 한몫을 하는 셈이었다. 그래서 정한조도 날씨가 수상해 보이거나 말래를 발행할 임시에는 반드시 길세만을 불러 어깨가 아프지 않느냐고 묻곤 했다. 이러저러한 연유로도 길세만의 은신처를 반드시 찾아내야 했다. 그러나 두 사람만 내성에 떨어뜨리고 소금을 피륙이나 곡물로 바꾼 상단은 다시 말래로 떠난 지가 이틀이 지났다. 이틀 동안 서캐 잡듯 내성과 현동 저자의 술청거리를 뒤졌으나 길세만의 행방은 오리무중이었다. 보통 울진의 흥부장 쪽에서 온 소금 상단이 떠나면 내성의 색주가는 비교적 한산한 편이었고, 일여드레 후에 소금 상단이 다시 회정하면 색주가는 다시 초파일의 절간처럼 야단법석이 되었다.

배고령은 이틀 동안이나 길세만을 찾아 동분서주하던 끝에 어떤 허름한 숫막 봉노에서 십여 명이나 되는 상대들과 마주쳤다. 면목을 찬찬히 살펴보았으나 안면이 익숙한 사람을 찾아내지는 못했다. 그들은 좁은 봉노를 차지하고 있으면서도 거동이 살얼음 밟듯 조용조용한 편이었는데, 입성들이 중구난방인 소금 상단들과 달리 매우 깨끗하고 언사도 차분했다. 그중 행수로 보이는 자가 문밖에서 궁싯거리며 숫막을 살피는 배고령을 보고 물었다.

"노형께서는 사람을 찾으시오?"

곡절을 묻는 거조가 길세만의 면목을 알고 있을 것 같아 냉큼 그렇다고 대답하고 얼른 봉당으로 다가서며 한훤수작 나눈 뒤 어디서 온 상단이냐고 물었다. 행수로 보이는 자가 듣고 있다가 봉당 모서리에 대고 곰방대의 담뱃재를 툭툭 털고 나서,

"봉당이나마 우선 좌정하시지요. 보아하니 종일 쏘다니느라, 고단하시겠소."

나이는 사십대 후반으로 보였고, 허우대는 부상들이 언제나 그러하듯 이목구비가 큼직큼직하였다. 역시 입성도 깔끔했다. 배고령이 다시 어디서 온 상단이냐고 물었다.

"차차 아시게 되리라 믿소만, 우리도 한때는 뜨내기 행상으로 저 잣거리에 당도하면 접소나 사처 잡는 숫막을 바로 고단한 몸을 누일 수 있는 집으로 여겼지 않습니까. 그러나 지난해부터 선달산 아래에 있는 오동나무골[梧田] 생달이라는 마을에 정처를 두고 살면서 옥돌봉 아래에 있는 박달령을 넘어 내성이나 현동 저자, 구룡산 아래 도래기재를 넘어 영월 태백의 물상객주로 드나들고 있지요. 여기서 백오십 리에 상거한 충청도 단양은 풀방구리에 생쥐 드나들듯 수월하게 내왕하고 있지요."

오동나무골 생달 마을이라면 곽개천이 지난날 포수 생활할 적에 발견한 약수터가 시오리 상거에 있는 곳이란 생각이 번쩍 들었다. 게다가 지난번 화적들에게 목숨을 잃었던 복꾼을 옥돌봉 기슭 노루막이에 묻어준 기억도 없지 않았다.

"그곳에 약수터가 있지요, 아마?"

"잘 알고 계십니다그려. 우리는 약수터와 시오리 정도 떨어진 골짜기에 임시 거처를 마련해서 살고 있습니다. 봉황은 오동나무에만 내

려앉는다는 말이 있지 않습니까. 가근방에서는 그만한 길지가 없겠다 싶어 골짜기에 띄엄띄엄 토담집을 짓고 접소로 쓰기도 하고 보행객주도 열어 그럴싸한 저잣거리를 찾아 헤매는 행상들이나 고단한 길손들이 쉬어가도록 주선하고 있습니다. 물도 귀하지 않고, 찬바람도 없을 뿐만 아니라, 사통팔달이어서 내왕 행보가 앉아서 떡 먹기보다 손쉽지요. 강원도의 영월과 태백, 울진의 흥부장, 충청도의 단양과 영주, 경상도의 내성과 안동의 경계를 멀어야 백오십여 리 내외 행보에서 드나들 수 있지요. 적어도 사방 이백여 리에 상거한 고장에서 나는 토산품이나 유기 같은 물화의 시세를 손금 들여다보듯 환하게 꿰뚫어볼 수 있어 길미를 챙기기에도 가근방에서는 오동나무골 생달만한 곳이 없지요. 그래서 시생들의 형세가 기운 적이 없답니다."

"그렇다면 모두 가솔을 거느리고 있겠군요?"

"정착한 원상들이 열 안짝으로, 가솔들을 거느린 동배간도 있지만 대부분 엄지머리로 지낸답니다."

"언사가 매우 순박하십니다."

"정착하고 난 뒤 안정을 찾은 덕분이겠지요."

"오동나무골 얘기는 소문을 들어 어렴풋이 알고 있습니다만, 이렇게 대면하기는 처음입니다. 거래하는 물목들은 무엇이오?"

"곡물과 약초와 피륙입니다."

"시생이 사람을 찾고 있다는 것은 어떻게 아셨지요?"

"이틀 전에 이곳 어물 도가 포주인을 회술레 돌리는 것을 보았고, 노형께서 동배간의 행방을 찾고 있다는 것도 알고 있지요."

"소금 도가 포주인을 훼가출송시킨 것은 적당의 소굴을 섬멸하면서 얻은 결과입니다. 궐자뿐만 아닙니다. 십이령길 곳곳에는 신표도

갖지 않은 무뢰배들이 원상 행세하며 창궐하여 장시의 풍속이 개차 반된 지 오래지요. 십이령길 내왕 행보에도 그런 왈짜들이 들끓고 있지요. 이들 모두를 소탕해야 장삿길 소통이 원만해지겠지요."

"우리 행중도 얼마 전 검은돌 마을에 소금을 거래하러 갔다가 그곳에 박힌 돌 행세하는 무뢰배들에게 둘러싸여 숫막의 술동이가 비도록 술을 사고 나중에는 전대까지 털려 거래는커녕 빈손으로 돌아온 적이 있습니다. 그처럼 크고 작은 폐해를 설혹 내성 아니라도 많이 겪고 있지요."

"용모단자는 없습니다만, 시생의 동배간은 본 적이 없으시군요."

"아직 보지 못했습니다…… 사람도 발 달린 짐승이긴 마찬가지인데…… 사정이 다급하다면 꼭 내성 저잣거리에서만 머물 까닭도 없겠지요."

찾고 있던 길세만의 소식은 듣지 못하고 하소연만 듣다 숫막을 떠날 수밖에 없었다. 배고령은 하루 말미를 더 두고 그의 은신처를 찾아보려 했지만 그만 단념하고 피륙 짐을 흥정하여 지고 말래로 떠나버렸다. 내성을 떠날 때는 안면 있는 행상들 대여섯을 만나 동행하였으니, 중로에서 도깨비나 짐승을 만나 경난을 겪을 걱정은 없었다. 그러나 길세만을 찾지 못해 찜찜하였다. 하지만 마음 한편으로는 말래까지 가는 십이령길 어디에서 그와 마주칠지도 모른다는 막연한 기대도 있었다. 말래 접소에서 도감 정한조에게 면박을 듣더라도 아무런 소득이 없는 내성에 두 사람만 머물고 있는 것은 내키지 않았다. 포주인 윤가의 집이 바로 코앞이기 때문이었다. 뿐만 아니라, 오동나무골 생달에서 왔다는 상단의 말을 곱씹어보면, 길세만이 이미 내성 저잣거리를 떠나고 없다는 언질을 준 것인지도 몰랐다. 겪은 사정도 그러하거니와 작반하는 일행이 차인꾼 한 사람뿐으로 단출할 때 샛재 비석거리에 당도해, 소금 상단이 눈치채기 전에 반드시 해야 할 일이 있었다. 그래서 내성을 떠나서 십이령 넘고 샛재까지 해가 나절가웃으로 기울 때와 아귀가 맞게 당도하도록 행보를 조절하였다. 동행한 차인꾼은 도중에 있는 숫막에 당도할 때마다 배가 맹꽁이가 되도록 술을 퍼먹었다. 길세만을 찾아내지 못하고 빈손으로 회정하는 것이 못내 아쉬웠던 까닭이었다. 배고령은 그를 잡고 꼬드겼다.

"급히 서둘러서 좋은 세 가지가 있네. 하나는 역병을 피하는 일이고, 또다른 하나는 곤경에 처한 장소에서 달아나는 것이고, 나머지 다른 하나는 빈대, 벼룩 잡는 일이네."

"다른 것은 무슨 말인지 모르겠소만, 벼룩 잡는 것은 빠를수록 좋겠지요."

두 사람은 예정했던 대로 내성 떠난 지 사흘째 되던 날 샛재 비석거리에 당도하였다. 중도인 밭재의 밥자리와 빛내골에서 내성길로 나선 행상들과 마주쳤으나 정한조가 행수로 있는 소금 상단은 아니었다. 샛재 숫막의 월천댁은 담꾼과 일행이 되어 회정하는 배고령을 알아보고 알은체하였으나, 마침 그 어름에 들이닥친 상단들을 수발하느라 엉덩이에 불이 붙어 있었다. 월천댁 숫막에 사처를 잡자, 동행한 차인꾼은 남의 속내도 모르고 해가 나절가웃이나 남았으니 내처 말래까지 가자고 짓조르고 들었으나 배고령은 그때마다 딴청을 피웠다. 월천댁과 노닥다리 중노미가 길손들 수발에 숭어뜀을 하며 정신없이 돌아가는 틈을 타서 배고령은 정주간을 가로질러 구월이가 거처하는 뒷방문 앞으로 다가가 속삭였다.

"구월이. 나 왔네."

방안에서 기다리고 있었다는 듯이 야무진 한마디가 새어나왔다.

"알고 있었어요."

"엄니는 길손들 수발에 분주한 터에 방안에서 무얼 하나?"

"깨어진 바가지 꿰매고 있어요."

"달이 뜰 임시에 묏자리로 나오게."

"누가 보기 전에 문 앞에서 얼른 비켜나세요."

봉노에서는 조금 전에 당도한 상단들이 모여 앉아 밥을 먼저 먹을까 술추렴을 먼저 할까를 두고 양단간에 담판들 한답시고 부질없이 다투고 있었다. 방바닥이 헐벗은 각설이 불알 같다고 강짜를 놓아 늙은 중노미는 군불 지피느라 바쁘고, 월천댁은 조껍질로 담근 술을 거르랴 초벌 안주 마련하랴 오지랖 챙길 겨를도 없었다. 정주간에서 나온 배고령이 시치미를 잡아떼고 봉노로 돌아와 다리쉼을 하였다. 차인꾼은 밥자리나 숙소참을 만날 때마다 술을 퍼마셨으니 저녁 먹을 일이 없었고, 그는 밥 먹을 경황이 없었다. 배고령은 밤이 이슥하기를 기다렸다가 구월이와 약조한 장소인 묏자리를 찾았다. 5월이지만, 산속의 야기는 아직도 차가웠다. 비석거리 왼편으로 소나무들이 울창한 산기슭을 타고 조금만 오르면 두 사람이 밀회 장소로 자주 이용하였던 무덤 하나가 나타났다. 십이령 벼랑길가에는 그 무덤 말고도 주인 없는 무덤은 여럿이었다. 모두 십이령길을 내왕하며 고초를 겪었던 보부상들의 무덤이었다. 후사를 두지 않았으니 명절이 되어도 무덤을 찾는 사람이 없었다. 그러나 두 사람이 만나기로 약조한 무덤은 바로 구월이를 낳아준 아비의 무덤이었다.

무덤 가까이 가보았더니, 구월이가 먼저 와서 오들오들 떨고 앉아 있었다. 목덜미가 선뜻하게 차가운 야기에 떨고 있는 구월이를 발견

하는 순간, 배고령은 얼른 입었던 배자를 벗어 귈녀의 어깨를 덮어주
었다. 구월이는 건네준 배자를 껴입자마자 배고령의 품속으로 덥석
상반신을 던지며 우는 목소리로 물었다.

"왜 이렇게 늦었어요?"

"구월이도 알지 않나. 상단 모두가 적굴 놈들 소탕한답시고 갖은
경난을 겪었네."

"억수장마에도 빨래 말미는 있다는 얘기를 들었습니다."

"남의 눈치도 있고 해서……"

"남의 눈치 안 볼 날이 언제쯤 올까요? 우리는 언제 따뜻한 봉노에
두동베개 나란히 베고 누워 늘어지게 한잠 잘 수 있을까요?"

배고령이 바로 코밑에서 얼굴을 되들고 쳐다보는 구월이를 가만히
내려다보며 대답을 주저하는 기색이더니,

"글쎄…… 나도 그런 날이 오기를 목을 빼고 기다리고 있다네."

구월이가 입을 빼죽하더니, 앙칼지게 쏘아붙였다.

"언제? 나중 늙어서 고추상투 되고 나서……? 이녁도 알고 보니
맹물이네요. 허우대가 걸출한 남정네가 그렇게도 수완이 모자란다
면, 장차 살아갈 궁리가 아득할 따름이지요. 따귀 한 대 맞을 요량하
고 엄니한테 얘길 하면 양단간에 결단이 날 것 아닙니까."

"나도 그런 생각이 없지는 않지만, 엄니가 애지중지 키운 외동딸
을 나이 많은 노닥다리 신랑에게 시집보낼 수 없다고 냉갈령을 쏘아
붙이면 그땐 어찌할지 몰라서 주저하고 있다네."

"늦깎이 장가든다고 누가 악담이라도 할까봐서 주저하고 있다는
것은 나도 알고 있습니다. 그렇다고 부지하세월로 나만 쳐다보고 있
을래요? 과단성 있는 남정네들은 마음먹었다 하면 혼인을 여축없이

성사시킵디다. 난 이러다가 성말라죽겠어요."

"강짜 그만 놓게…… 창졸히 결단낼 일이 아닐세……"

"예전에 나더러 곁을 달라고 너부죽하니 엎드려 삭삭 빌며 애걸할 때는 창졸히 될 일이 아니란 얘기 없었잖아요."

"내가 언제 그랬나?"

"고추박이*될까 걱정되어 딴청 피우고 주저하십니까?"

"그럴 리가 있나. 난 상놈 아닌가."

"상것들끼리 혼인하자는 일도 이렇게 어렵습니까?"

"그것 참…… 어지간히 파고드는군."

"어서어서…… 부지하세월하고 있을 겨를이 없어요."

"알고 있으니 기다려보게."

그렇게 도담도담 얘길 나누면서도 배고령은 구월이 어깨에 걸친 배자 속으로 가만히 손을 집어넣었다. 구월이가 처음엔 선뜻한 냉기 때문에 달팽이처럼 가슴을 움츠렸다가 나중에는 자기 손으로 배고령의 손등을 잡아 젖무덤에 닿도록 끌어당겨주었다. 자기 젖무덤으로 손을 끌어당기는 구월이 손도 파르르 떨고 있었다. 나이 이팔이라 하나 구월이 젖무덤은 예나 지금이나 주발을 엎어놓은 것처럼 푸짐하고 탱글탱글했다. 야합(野合)이란 오랫동안 금기시해왔다. 또한 비바람으로 날이 어둡거나 천둥 번개가 칠 때는 남녀가 관계를 가져선 불길하다고 했다. 그런가 하면, 들판의 무덤가에서도 관계하는 것을 삼가야 한다고 했다. 이런 경우 양기가 너무 심해 사람의 건강을 해치고 만약 임신을 하면 태어나는 아이에게 대단히 이롭지 못하기 때

─────────────

• 고추박이: 천한 여자의 남편.

문이었다. 그러나 두 사람은 그런 따위를 경계하고 자시고 할 처지가
아니었다.

"아잇…… 간지러워요. 그냥 손만 얹고 가만 계세요."

"내가 보고 싶었나?"

"그걸 말이라고 하세요. 새벽나절에 까치가 울며 날아가고, 세찬
바람에 나뭇가지만 흔들려도 이녁인가 해서 방문 열고 내다보곤 했
답니다. 머리맡으로 지나는 목쉰 바람 소리에도 가슴 두근거리는 일
은 이제 그만 겪었으면 좋겠습니다."

"구월이 심덕이 그토록 무던하다는 것은 알고 있었지만, 나 때문
에 애를 끓였네그려……  우리도 보란듯이 만날 날이 있겠지."

"얼마 전에는 길세만이라는 이가 와서 날 보자 하고 방문 앞에 와
서 얼마나 찍자를 부리던지…… 문을 모질게 닫고 호되게 쏘아붙여
서 내쫓긴 하였습니다만, 야밤에 지게문을 부수고 쳐들어와서 뜸베
질이라도 할까봐 엄니 곁에 꼭 붙어서 새우잠으로 밤을 지새웠습니
다. 남정네 명색이라곤 노닥다리 중노미 하나뿐인 산속에서 훼절이
라도 당한다면 나 같은 천덕꾸러기라 할지라도 어찌 목숨을 부지하
고 살겠습니까. 자문하고 말지요."

"금시초문이군. 그런 불상사가 있었나? 그 위인과는 흉허물 없이
지내는 사이라네."

"봉변당하고 물러나긴 하였으나, 언제 또다시 게거품을 빼물고 대
들지 누가 알겠습니까. 절개가 이지러져서 욕받이로 지내느니 자문
할 수밖에 없지요."

"농으로도 그런 소리 함부로 내뱉는 게 아닐세."

"초로 같은 목숨, 지킬 도리를 찾지 못한다면 버려야지요."

"소행머리하구선……"

"아이…… 배 아파요. 달거리한 지 오래되어서 오늘은 안 돼요. 그냥 만지기만 하세요."

"나도 피가 뜨거운 사내 명색일세. 어찌 만지는 것으로 흡족하겠나……"

"누가 볼까 겁나네. 야기가 찬데…… 고쟁이를 내리면 어떻게 합니까……"

"내치지 말고 좀 가만 있게. 달빛조차 희미한데 보긴 누가 본다고 까탈을 부리나. 오늘 만나면 또 언제 만나게 될지 초례청 차릴 때까지는 기약이 없는 것 아닌가."

"그럼 가만 계세요. 내가 벗을 때까지 서둘지 말고 기다리세요."

굳이 앙가슴 내질러 자빠뜨리지 않아도 자진하여 턱을 쳐들고 누워버린 구월이의 고쟁이 벗는 소리가 싸락눈 내려 쌓이는 소리처럼 사각사각하였다. 희미한 달빛이긴 하였으나 구월이 새하얀 속살이 달빛 아래 고스란히 드러나서, 때이른 5월 무덤가에 난데없는 박 한 덩이 구르는 형국이었다. 도화살을 타고난 구월이의 고쟁이 벗는 꼴을 눈여겨보고 있던 배고령의 입에서 침 넘어가는 소리가 꿀꺽, 하였다. 상반신의 저고리는 그대로 입은 채 하반신만 홀딱 벗은 구월이가 무덤을 등받이 삼아 하늘을 바라보고 반듯이 누웠다. 배고령이 다리미 자루같이 생긴 생고기를 곤추세우고 불두덩 주변을 몇 차례 빙빙 돌리며 구월이 애간장만 태우자, 하마나 할까 하고 기다리다 조급해진 구월이가 호미 자루 잡듯 생고기를 냉큼 감아쥐고 제 불두덩 아래의 질펀한 익혈(溺穴)을 정조준하여 냉큼 비틀어 꽂았다. 밤하늘이 두 사람이 벌이는 덧없는 정한을 가만히 내려다보고 있었다.

"너무 서둘지 마세요."

보란듯이 드러낸 속살을 목도하는 순간 눈이 시뻘게진 배고령이 과단성 있게 구월이 배 위로 몸을 던지자, 두 사람의 입에서 터져나오는 단내가 밤공기를 타고 무덤 아래 계곡으로 저만치 미끄러져내려갔다. 배고령의 피가 뜨거웠다면 정인을 기다리며 때로는 눈물까지 지었던 구월이 역시 소년의 몸으로 익힌 색사에 이골 나긴 마찬가지였다. 두 몸이 한몸되어 구르고, 엎어지고, 자빠지고, 턱방아를 찧으면서 내쏟는 희학질에 간드러진 감창소리가 무덤의 굴곡을 타고 십이령길 먼 계곡까지 울려퍼지며 마치 짐승처럼 으르렁거렸다. 벗은 고쟁이를 엉덩이 아래 깔기는 했지만, 새순이 돋아 까칠까칠한 잔디가 궁둥이 골이며 볼깃살을 지악스럽게 파고드는데도 구월이의 요란 시끌벅적한 요분질은 막무가내로 멈출 줄 몰랐다.

"이녁이 정말 보고 싶었어요……"

"난들 보고 싶지 않았겠나."

"더요…… 더 껴안아줘요."

"잔등이 부러지겠네……"

육허기가 명치끝까지 차올랐던 남정네와 천성이 색골로 태어난 편발 처자가 누운 채로 북합(北合)을 벌이며 엎어지고 자빠지는 가죽방아를 거침없이 찧어댔으니, 사내보다는 계집이 벌이는 행방의 도리가 제법이라 할 만하였다. 마침내 절정에 도달한 구월이가 한 손으로는 사내의 댕기 머리를 비틀어 잡아당기며 다른 한 손으로는 잔허리를 부러져라 껴안고 뒹굴었다. 그러면서도 아득하게 중얼거렸다.

"조용…… 조용하세요."

"알았으니 제발 그만 종알거리게……"

구월이는 뱃구레 저 아랫쪽으로부터 부글부글 끓어오르는 정욕의 덩어리가 목구멍 가득히 치밀어올라 밖으로 내닫는 것을 느꼈다. 그 순간, 자신도 모르게 토하듯 크게 한 번 소리를 질렀다. 몸부림치던 배고령도 어느덧 턱을 궐녀의 젖무덤에 박고 엎드렸다. 목젖까지 차올랐던 육허기를 채우고 나자, 만리행역이 싹 가시는 듯하면서도 뼛골이 녹아난 듯하고 몸뚱이가 나른하였다. 한동안 미동도 없이 누워 있던 구월이가 벗어두었던 고쟁이를 끌어당겨 몸을 덮으면서 말했다.

"얼마 전에 엄니가 도감 어른더러 중신아비가 되어달라고 조르는 말을 들었습니다."

"그것도 금시초문인걸."

"소금 상단 중에 한 총각을 눈여겨보았다가 초례청을 차릴 작심으로 도감 어른께 청을 넣은 것 같았지요."

"그게 누군데?"

"행중에 송만기라는 엄지머리가 있지 않습니까."

"엄니가 만기를 겨냥하여 데릴사위라도 들일 작정이었나?"

"나한테도 각오하고 있으라고 으름장을 놓았으니 틀림없지요. 그러니 이녁도 맘 단단히 먹고 계세요. 미천한 계집 일생을 그르칠 일이 없도록 잡도리하세요. 만약 그렇지 못하면 나는 자문하고 말 테요."

"계집편성이라더니…… 말이 씨가 된다는 소리 못 들었나? 걸핏하면 자문하겠다는 얘기는 왜 자꾸 하나. 구월이는 내게 과람한 사람일세. 시일을 두고 궁리를 터봐야 할 것이야."

그때 구월이는 배고령의 얼굴을 할끔하고 나서,

"지난해 봄에 날 밖으로 불러내어 곁을 달라고 성가시게 굴 때는 내일 당장 초례를 치르자고 큰소리치더니…… 일 년이 지난 지금까지 약조를 지키지 못하고 비위짱 좋게 견디고 있네요……"

"어허…… 아비 무덤 앞에서 염치없이 눈물 쏟는 게 아닐세. 진정하시게. 설마 내가 임자를 배신할까. 그런 일은 없을 게야."

"여의치 못하면 우리 먼 대처로 도망합시다. 살림이 옹색하게 되면 제가 달비 머리를 끊어 팔아서라도 가계를 이어갈 것입니다."

"어디서 많이 주워들은 얘기가 구월이 입에서도 나오네그려. 남녀가 정분나면 도망하자는 소리는 꼭 계집이 먼저 한다더군."

"남정네들이란 이녁처럼 칠칠하지 못해서 그렇지요."

"그나저나 구월이 엄니가 만기를 겨냥하여 데릴사위 삼자 하고 옹고집을 부린다면, 그런 낭패가 없겠는걸. 만기는 나이도 나보다 팔팔한 손아래일 뿐 아니라, 사내치고는 계집처럼 미색이어서 나같이 삼촌뻘 되는 사람과 혼인했다는 창피한 소리는 듣지 않을 것 아닌가."

"그러니까 차제에 눈 딱 감고 엄니한테 이실직고해서 죽든 살든 양단간 아퀴를 지으세요."

"양단간에 아퀴를 지으라고 엄포를 놓는 걸 보니, 구월이 엄니 속내가 만기 쪽으로 기울어 요지부동이면 구월이 그리로 혼인할 속셈도 있다는 얘기로 들리는데?"

"질정찮은 소리로 안채우지 마세요. 내가 길거리에 나와 앉은 허튼 계집인가요."

"우리끼리 거두어온 정리가 그토록 돈독한 터에 구월이가 까막과부되었다고 숙덕거릴 때까지 내버려둘까. 조급하게 굴지 말게나."

구월이는 그 말을 신둥머리지게 되받아치며 성깔을 부렸다.

"비위짱도 좋지. 썩은 달걀에서 꼬끼오 소리 나거든? 꽃 피자 해

지고 말았다는 얘기를 예사로 하네…… 그래도 이녁의 말을 믿어야
겠지."

배고령은 풀기 죽은 말로 쏘아붙이는 구월이를 달랬다.

"구월이가 내 말을 못 믿으면 이 세상 어디 가서 믿을 사람을 찾겠
나……"

"언죽번죽 말은 청산유수네……"

"야기가 매우 차군, 어서 옷 챙겨입게나."

혹 떼러 왔다가 혹 붙인 꼴이 되었다. 육허기는 채우게 되었으나
구월이와 초례청을 차리지 않으면 큰 소동 벌어질 것이 뻔한데 난데
없는 만기가 그 길을 가로막고 있었다. 만기가 멀쩡하게 살아 있는
한 월천댁에게 무릎을 꿇고 빈다 해도 혼인을 쉽사리 허락할 리 없었
다. 이튿날 새벽 말래로 발행하는 배고령의 발걸음은 그래서 천근같
이 무거웠다. 세상에는 예상에 없었던 변고와 재난이 끊임없이 이어
지고 사람의 일도 당장 내일조차 예측하기 어렵다는 생각이 사뭇 뒤
통수를 쳤다. 그처럼 울적한 감회로 말미암아 마음의 안정을 찾지 못
해 오랜만에 심란하기 그지없었다.

말래 접소에 당도했으나 벌써 상대는 다시 행장을 꾸리며 내성 발
행을 서둘렀다. 말래에서 해물 저자인 흥부장까지는 보통 걸음으로
는 한식경이지만, 소금 짐을 진다면 내왕 행보에 꼬박 하루가 걸렸
다. 뒤늦게 당도한 배고령이 상대의 걸음을 뒤따라잡기는 어려웠다.
할 수 없이 접소에서 사나흘은 양류밥을 먹으며 기다릴 수밖에 없었
다. 뿐만 아니었다. 접소에 남아 있기로 작정한 사람 중에는 정한조
도 있었다. 길세만을 찾지 못했다는 말에 정한조는 예상했던 것처럼
대수롭지 않게 받아넘겼다.

"붙잡히면 장문을 당할 게 뻔한데, 임자하고는 막역한 사이라 할 지라도 나 여기 있네 하고 쉽사리 낯짝을 내밀 것 같은가."

"허물없이 지낸 지 오래된 사이라 시생이 나서면, 필경 찾아낼 수 있으리라 믿었습니다."

"나도 사정은 알고 있었네. 하지만 이번의 일로 내성 저잣거리며 색주가의 속사정을 소상하게 기찰하지 않았나. 나중 가면 그것도 적지 않은 소득이 될 것이야."

"그럼 당분간 도감 어른을 수행해야 하겠군요."

"운수납자로 가장했다는 천봉삼 내외를 다른 숫막에 거처를 정해 주고 바라보는 참일세. 근본이 원상이었으니, 나로선 설분만 할 수 없는 형편일세. 게다가 저지른 일에 대해서 일호의 속임도 없이 실토정을 하고 처분만을 기다리는 처지라, 거칠게 대접할 수 없고 그 내자 되는 아낙네는 국량이 깊은 여인네라 언사가 순박하여 본데없이 굴지 않으니, 두고보았다가 도타할 징조만 보이지 않는다면 백방하려는데 임자 생각은 어떤가?"

"도감 어른 어취를 듣자 하니 진작에 놓아줄 생각을 가졌네요. 시생도 같은 염의를 갖고 있습니다만, 그냥 놓아주는 것보다, 우리가 놓쳐버린 그 두령이란 놈을 찾으라는 분부를 내려서 놓아주면 어떻겠습니까. 궐놈의 사정을 가장 잘 알고 있는 사람이 천봉삼 아니겠습니까."

"그럴싸한 생각일세. 천봉삼이란 자가 이태 동안이나 풍상을 겪었으나 적굴놈들을 비롯해서 무뢰배들과 동고동락으로 지냈다면 그 패거리의 속사정에도 밝을 테니 추쇄를 시켜보면 두령의 행방뿐만 아니라, 어쩌면 길세만의 거처까지 밝혀낼지도 모르겠군."

“설마…… 길세만이가 적굴 놈들과 결탁을 했을까요.”

“그야 모르지, 사람이 막다른 골목에 이르러 목숨을 부지하자면 무뢰배들과 어울려 지내는 게 상책이라고 생각을 고쳐먹을 수도 있지 않겠나.”

“내성에서 오동나무골 생달에 정처를 정하고 산다는 상단을 만나 몇 마디 나누었는데, 곧은재 아래에 있는 검은돌 마을에 그곳 붙박이 떨거지들이 진을 치고 있다가 태백이나 영월의 험구들을 넘어온 상단을 등쳐먹는다 합니다. 숫막에 앉아 술과 고기를 실컷 시켜 배를 불리고 수월찮은 식대를 상단에게 떠넘기는 것을 예사로 저지른다는 얘기를 들었습니다. 세가 불리한 상단은 울며 겨자 먹기로 그들을 접대하고 있답니다.”

“우리 소금 상단은 모르는 일이 아닌가?”

“우리 상단에게는 감히 덧들이지 못했겠지요.”

“횡행하는 무뢰배들과도 한통속이겠구만.”

한나무재에서 결박해온 적굴 사람들에게 혹독한 징벌을 내리는 대신, 접소 근처의 숫막에다 우선 사처 잡고 수용하였다. 그들 대부분이 아녀자와 늙은이들인데다 사고무친으로 올데갈데없는 처지였고, 적굴에 인질로 잡혀 있어도 죄를 저지른 흔적이 없기 때문이었다. 그들 대다수는 결옥이 되지 않고 접소 근처 숫막의 중노미 노릇으로 박히거나 여염에서 더부살이로 안접을 시켰다. 소금장수 상대로서는 혹 떼러 갔다가 혹 붙여서 돌아온 셈이었다.

해토머리가 되면서 관아의 감옥은 옥바라지하는 사람들로 문전성시를 이루었다. 그러자니 옥전거리는 행로가 번다한 비석거리 못지않게 구메밥을 파는 밥장수며 떡장수와 죽장수 들로 북적거렸다. 관아에서 결옥된 죄수들을 먹일 양곡을 내는 법이 없었으니 가족이 없는 죄수들은 옥리들이 먹다 남긴 턱찌꺼기를 주워먹고 연명하거나, 감옥 바닥에 깔아둔 섬거적을 뜯어 짚신을 삼아 팔아 연명하다가 종국에 가서는 굶어 죽는 수밖에 없었다. 천만다행으로 굶주림을 이겨낸다 할지라도 밤이 되면 또다른 질곡이 뒤따랐다. 허기지고 병추기가 되어도 맘대로 잘 수 없는 것이었다. 빈대, 각다귀, 바퀴, 모기, 당비루, 쉬파리, 사면발이 같은 지독한 물것들이 창궐하여 온전히 잠을 이룰 수 없는 것은 그렇다 치고, 만약 쪽잠이라도 자다가 옥졸들에게 발각되면 난장박살을 겪어야 했다. 대갈통이나 뱃구레며 팔다리를 가리지 않고 닥치는 대로 얻어터지다가 죽을 지경이 되면 시체방에 갇히게 되고 숨을 거두면 감옥 밖의 쓰레기 더미에 내던져 태워버렸다. 얼어 죽어도 태워서 버렸고, 굶어 죽어도 태워서 버렸다.

적굴에 잡혀 있으면 대궁밥을 얻어먹든 풀뿌리를 캐먹든 그럭저럭 죽지 않고 연명할 만했다. 그런데 정작 관아의 감옥에 갇히면 굶어 죽는 일이 허다하였으니, 차라리 적굴 생활로 되돌아가야겠다는 말이 헛소리 아니게 되었다. 정한조가 그들을 결옥하지 않았던 연유도 거기에 있었다. 그뿐만 아니었다. 결옥이 되면 옥졸이 다가와 죄수의 애꿎은 사정도 소상하게 알아보지 않고 무턱대고 곡식이나 무명을 낼 수 있느냐고 묻고, 죄수가 고개를 내저으면 다짜고짜 발길질이었다. 신참 행하도 못 낼 놈이 화적질은 왜 했느냐고 눈알이 쑥 빠지도록 뒤통수를 내리쳐서 기절시키는 일이 다반사였다. 늙은이들을 그런 감옥에 처넣는다는 것도 또한 내키지 않았다. 울진 관아에서도 그런 사정을 빤히 알고 있으면서 도방에 찾아와서 아무런 내사가 없었다.

배고령은 발설하면 쥐뚱 같은 소릴 한다고 면박을 들을까봐 주저하다가 손톱여물만 썰 수는 없어서 정한조에게 나직하게 일렀다.

"회정길에 샛재 월천댁을 들렀습니다."

"거기서 하룻밤 유숙하고 왔다면서 뭘 새삼스럽게 얘길 하나?"

"월천댁이 도감 어른께 만기와 구월이의 혼인이 성사되도록 중신애비 노릇을 해달라는 청탁을 넣었다는 얘길 했다고 들었습니다."

"그래? 월천댁이 그러던가?"

"아니올시다."

불쑥 말을 해놓고 나서야 아뿔싸 하였다. 그런 내밀한 얘기였다면 월천댁 아니면 구월이만 알고 있을 것이기 때문이었다. 그러나 이미 쏟아진 물그릇이었다. 주저주저하다가 엉뚱한 사람을 둘러대고 말았다.

"노닥다리 중노미가 그럽디다."

정한조는 어설프게 둘러대는 말을 곧이듣고 중노미를 나무랐다.

"그 늙은이는 주둥이가 나불나불 헤픈 사람이 아닌데, 임자하고는 자별한 사이인가보군. 월천댁이 그런 말을 한 것은 사실이지만, 말 같잖은 소리여서 한 귀로 듣고 한 귀로 흘려버렸네…… 그런데 남의 혼사에 임자가 어째 안달인가."

"안달이 아니라, 만기로 말하면 다소 굼뜬 게 병통이긴 하나 사내로서 의젓하고 말수도 적어서 그만한 신랑감을 찾기도 어려울 뿐 아니라, 구월이도 산중 처자치고는 외양도 반반하고 총기도 있어서 만기의 평생 반려로서 손색이 없지 않습니까."

"두 사람의 속내를 소상하게 꿰고 있다면 임자가 중신애비로 나서보면 어떨까? 그거 듣던 중 반가운 소릴세. 월천댁도 임자 때문에 한

시름 놓게 되었군."

짐짓 속내를 떠보려 했다가 짐만 떠안게 된 배고령이 봄 꿩 제 울음에 놀라듯 화들짝 놀라 손사래를 치는데, 켕기는 구석이 있다보니 허공을 헤집는 손사래가 대중이 없었다. 정한조는 아니래도 짐을 떠안길 작자가 나타나서 잘되었다 싶어 손사래를 치는 배고령의 손을 허공에서 잡아 앉히었다. 정한조는 발명할 틈도 주지 않고 억박지르고 들었다.

"아니 임자, 부리는 먼저 헐어놓고 발뺌은 왜 하나? 나로 말하면 오지랖 챙길 겨를도 없다는 것을 임자도 잘 알고 있지 않은가. 기왕 말이 나온 김에 구월이 중신애비는 자네가 맡아서 혼사를 성사시키도록 하게. 성사만 시킨다면 술값 용채는 내가 책임을 짐세. 등잔 밑이 어둡다더니 우리 행중에 임자같이 신실한 중신애비가 있을 줄은 미처 몰랐네."

"아닙니다요. 월천댁에게 허튼소리 몇 마디 했다가 쥐어박히고 나면 그 망신살을 어찌 감당하겠습니까."

호랑이를 그리려다 똥개를 그려 면목이 없게 된 배고령이 머쓱한 얼굴로 아닌 보살하고 간신히 접소를 빠져나오긴 하였는데, 등골에는 식은땀이 흐르고 있었다. 울타리 밑에 앉아 담배를 연거푸 두 대나 죽이고 나서 접소에서 엎어지면 코 닿을 자리에 있는 이웃 숫막을 찾았다.

천봉삼은 무릿매를 맞아 얻은 장독이 삭기를 기다리고 있었다. 휘진 몸뚱이에 간혹 가다가 뒤틀린 오장육부를 죄다 쏟아낼 듯 토하곤 했지만 치명적인 증상은 보이지 않았다. 간병이 알뜰하던 월이는 아직까지 몰골이 파리하고 초췌하였으나 다소 기운을 차리고 접소에서 시키는 대로 동자치 노릇을 하고 있었다. 뿐만 아니라, 적굴에서 붙잡혀와서 엄살을 부리는 늙은이들 수발에도 품앗이를 아끼지 않았다. 언사도 침착하고 두길보기하지 않는 처신이 처량하기도 하고 기특하기도 해서 정한조도 뒤를 싸주는 것 같았다.

배고령이 머쓱한 얼굴로 나간 뒤에 턱을 고이고 앉아 있던 정한조가 뒤뜰에서 궁싯거리는 만기를 불러앉히었다. 불러놓고 만기의 기색을 한동안 말없이 바라보던 정한조의 입에서 천만뜻밖의 한마디가 흘러나왔다.

"만기…… 자네 본래 이름이…… 연임이 아니던가?"

그 말이 떨어지자, 멀뚱한 얼굴로 앉아 있던 만기가 금방 파랗게 질려 얼른 고쳐앉으며 정한조를 똑바로 바라보았다.

"적당을 소탕한답시고 북새통을 벌이느라, 그 일을 까맣게 잊고 있었네만, 샛재 비석거리에 있는 월천댁 말일세. 얼마 전에 임자를 데릴사위 삼겠다고 나더러 정색하고 중신애비가 되어달라는 청을 넣었다네."

느닷없고 어처구니없어 말구멍이 막혀버린 만기가 대꾸를 못하고, 처연하게 정한조를 쳐다만 보는데,

"임자의 본색이 계집사람이란 것을 아는 사람은 지금 행중에서 나 하나뿐이지만, 언제까지 숨길 수 있을까? 소금 상단에 끼어들기 위해 대수롭지 않게 생각하고 소년 때부터 변복으로 사내 행세하고 있지만, 나 역시 이런 생뚱맞은 일이 생기리라고는 미처 예측을 못했네."

평소에는 정한조 앞에서 우물쭈물 얼버무리기 잘하던 만기가 그 대목에 이르자 분명한 어조로 말하였다.

"지금까지 잘 견뎌왔는데, 하찮은 일로 본색을 드러낼 까닭이 없

습니다."

"임자의 심사를 모르는 것은 아니지만, 차제에 본색을 밝혀 월천
댁이 일찌감치 단념토록 하는 것도 도리가 아닌가. 월천댁으로 말하
면 십이령길을 넘나드는 우리 행중과는 이십 년 가까운 인연을 맺고
있어 허물없이 지내는 사이가 아닌가. 식솔이나 다름없지. 그런 사람
에게 오래도록 딴청 피워 속내를 괴롭힌다는 것도 도리가 아닐세. 뿐
만 아니라, 지금 접소에서 동자치 노릇하는 월이란 아낙네 말일세.
그 여인네를 지켜보자니 매우 총기도 있고 심덕도 무던해서 같은 계
집사람으로서 서로 심금을 털어놓고 의지하고 살아도 무방할 것 같
으니 내가 차제에 본색을 밝혀버리면 임자도 후련하지 않겠나."

"지금 와서 그럴 수는 없습니다."

"그럴 수 없다니? 그럼 평생 동안 남장으로 행세하며 살겠다는 것
인가? 언젠가는 본색을 밝혀야 하지 않겠나. 본색을 밝혀야 한다면
지금이 바로 그때가 아닌가."

"월천댁 일은 시생이 해결하도록 하겠습니다. 본의 아니게 밖에서
서성이다가 엿듣게 되었습니다만, 배고령이 구월이에게 정분을 둔
것 같습니다. 배고령이 야밤에 월이의 손목을 낚아채서 집밖으로 나
가 정분 나누는 것을 우연히 엿본 일도 있습니다."

"낮말은 새가 듣고 밤말은 쥐가 듣는다더니 세상에 비밀이 없군그
려. 그 말이 적실한가?"

"뉘 앞이라고 거짓 발고하겠습니까."

"그것 참…… 그런 일이 있었군."

"월천댁 일은 시생에게 맡겨주십시오. 사내 행세하는 것이 몸에
배어 그지없이 편안할 뿐 아니라, 딱히 염두에 둔 남정네도 없습니

다. 또한 우리 행중과는 한 식솔이나 다름없는 나귀들에게도 정이 들어서 떨어져 살 수 없게 되었습니다. 시생에게 낙이 있다면 나귀들을 돌보는 일입니다. 나귀들도 시생이 눈에 보이지 않으면 아마도 뿔뿔이 흩어져 사방으로 튈 것 같습니다. 말이 없어 그렇지 눈치와 속내는 사람이나 마찬가지입니다. 지금은 시생과 같이 웃기도 하고 울기도 합니다. 이번 일은 더이상 거론하지 말아주십시오. 나귀들과 동행으로 도감 어른을 모시고 작반하는 것이 시생에겐 더없는 낙인데 어찌 하찮은 일로 시생을 내치려 하십니까."

그때, 정한조는 황급히 손사래를 치며 만기를 나무랐다.

"그만하게…… 임자의 고집도 어느새 나귀들 뺨치겠군그려. 그렇다면 만기가 배고령과 구월이 혼사가 무사히 맺어지도록 중신애비가 되어주면 좋겠군. 하낭다짐을 해도 좋겠지?"

"도감 어른께서 더이상 시생을 두고 거론하지 않으시면 주선하겠습니다."

"배고령이 구월이에게 정분 두고 있다는 것은 이제 막 눈치챈 것이지만, 그 위인이 행중에서 여색을 밝히는 사람이라면 손위 손아래를 막론하고 꾸짖고 면박주기를 일삼아 도덕군자로 알아왔는데, 구월이를 꼬드겨 꼭지를 따버릴 줄은 미처 눈치채지 못했네. 열 길 물속은 알아도 한 길 사람 속은 헤아리기 어렵다더니 딱 그 짝이군."

"두 사람이 정분을 둔 지가 벌써 한 해가 넘습니다. 내성 저자에서 넉 냥짜리 광동경(廣東鏡) 하나를 사서 선사하고 구월이를 구워삶았다는 소문이 있습니다."

"서른 냥짜리 은장도에 일흔 냥이 넘는 은가락지는 사주지 않았던가. 임자는 남의 일을 엿듣고 엿보는 일에 능숙한가?"

“겉으로는 사내로 행세하지만, 속내로는 계집편성을 가졌다보니, 자연 주위에 있는 남의 일에 눈길을 빼앗길 때가 많습니다.”

“내가 눈 딱 감고 있을 테니, 어디 두 사람 가시버시되도록 주선해 보게나.”

만기가 애매한 당나귀들을 들추어 발뺌하려들었으나 속내로는 행중에서 행수로 행세하는 정한조에게 정분을 두고 은근히 따르려 한다는 것을 짐작하고 있었다. 평소에 정한조를 수발하고 위하는 행동거지를 눈여겨보노라면 그 속내가 거울 속 들여다보듯 훤하게 바라보였다. 그러나 정한조는 만기를 그런 상대로 볼 수는 없었다.

간구한 집안 살림을 견디다못해 어린 나이에 집을 뛰쳐나와 객지를 떠돌며 유리걸식하던 계집아이가 우연히 해안가 염전으로 흘러들었다. 울릉도로 드나드는 소금 배의 선원들이나 염전에서 염간들의 떡찌끼를 얻어먹고 연명하던 계집아이가 바로 연임이었다. 그때 나이가 불과 열셋이었다. 그 측은하고 처량한 모습을 보다못해 만기란 이름을 주고 남장을 시켜 접소로 데려와 중노미 노릇을 시킨 것이었다. 섭생이래야 조석으로 강조밥에 소금국이었지만, 떠돌며 걸식하던 고단함에서 벗어났으니 연임으로선 그런 천행이 없었다. 중노미 노릇 주선한 지 삼사 년이 지난 뒤에 마침 나귀를 들이게 되어 견마잡이로 행중에 섞여 작반하게 된 것이었다. 그로부터 세월이 흐르기 시작하면서 남장은 이제 몸에 배어 편안해졌고, 정한조만 쳐다보며 살아가는 사람이 된 것이었다.

좌정하고 앉아 생각에 잠겨 있던 정한조가 말머리를 돌렸다.

“천봉삼이란 위인은 이제 기신을 차리고 일어나서 거동할 때도 되었는데?”

"장독이 눈에 띄게 나아지고 있습니다. 도감 어른께서 귀한 소합
환을 구해주서서 구완하고 나서부터 차도가 있게 되었습니다. 이제
행보할 만할 것입니다."

# 정착촌(定着村)


그날로부터 열흘 뒤였다. 먼산 뻐꾸기 울고 오동꽃이 조롱조롱 피기 시작하는 6월 초순, 곽개천은 천봉삼과 작반하여 말래 도방에서 20여 리에 상거한 매야장으로 발행하였다. 매야장에 인접한 오산 포구 근해에서는 빈한한 어부들이 조업하여 명태, 대구, 고등어, 문어, 양미리와 어물 들을 잡아올렸고 염장품도 심심찮게 거래되었다. 울진 일원의 포구와 비교해서 규모는 보잘것없었으나 염전도 있었다. 역시 보부상들은 매야장에서 어물이나 염장품을 거래하여 높을재<sup>•</sup>를 넘어 영양과 진보를 거쳐 안동 상주까지 내왕하기도 했는데, 그들 고장에서는 대개 콩과 같은 잡곡을 거래해서 돌아왔다. 해질 무렵에 매야에서 발행하면 시오리 상거에 있는 높을재 못미처인 동막에서 하룻밤을 잘 수 있었다. 그들은 다시 하루해를 걸어 높을재를 넘어 깊으내<sup>•</sup>에서 숙박하고 수비를 거쳐 진보에 당도하였다. 그러나 매야

---

• 높을재: 고초령.

에서 꼭두새벽에 일어나 검댕이만 털고 발행하면 높을재 노루막이에 있는 숫막에 당도하여 식주인을 정하고 깊으내까지 당도하여 숙소를 정할 수도 있었다. 가근방에 사는 부상들은 옥방에서 내성으로 가는 길을 택하여 새내*에서 하룻밤을 지새우기도 했다.

매야와 영양 사이 행보도 십이령길 못지않은 첩첩산중이어서 많은 보부상들이 후미진 자드락길을 돌아설 때마다 불쑥불쑥 나타나서 넋을 빼놓는 도깨비나 짐승들 때문에 고초를 겪었고, 십이령길처럼 협객을 흉내내며 신출귀몰하는 화적은 없었으나, 데데한 좀도둑들이 출몰한다는 얘기는 떠돌았다. 일테면 높을재의 후미진 길목에 상복을 입은 위인이 섬거적에 시신을 둘둘 말아 짊어지고 걸어가면, 그 뒤로 역시 상복을 차려입은 상제가 서럽게 곡을 하며 뒤따른다. 가난한 상제들이 시신을 묻으러 산으로 가는 길이었다. 그러나 알고 보면 그 섬거적 속에는 시신이 아니라, 산협 마을에서 훔친 가축이 들어 있는 것이었다. 그들이 좀도둑이라는 것을 알게 된 것은 섬거적 속에 들어 있던 돼지가 땅에 떨어져 고래고래 소리를 지르며 걸음아 날 살려라 하고 달아나는 것을 상제 두 사람이 잡으려고 허둥지둥 뒤따르는 것이 행인들에게 목격되었기 때문이었다. 몇 년 전까지만 해도 그런 좀도둑은 볼 수 없었으나 근자에 이르러 조정이 뒤숭숭하고, 여기저기서 난리가 터지고, 흉년이 거듭되면서 나타나기 시작한 좀도둑들이었다. 그래서 요즈음은 모이면 적당이 되고 헤치면 양민이란 웃지 못할 얘기까지 떠돌았다.

---

• 깊으내: 심천.
• 새내: 신천.

소금 상단이 평소 출입이 뜸했던 매야 장시와 높을재를 겨냥하고 발행한 것은 까닭이 없지 않았다. 내성의 윤기호를 장시에서 훼가출송시킨 뒤 마땅히 거래할 소금 도가를 찾지 못한 처지였고, 잠적해버린 산적들이 높을재 근처의 산속으로 숨어들었다는 적경을 매야장을 출입하는 상대들로부터 들었기 때문이다. 천봉삼과 함께 작반한 것도 그런 까닭이었다. 매야장에 당도한 곽개천 일행은 허술한 숫막에 식주인을 정하고 행장을 풀었다. 곽개천이나 박원산 같은 원상들은 몇 번 찾아온 경험이 있었으나 나머지는 매야가 초행이었다. 당도해보니 매야 장시도 대처의 장시처럼 괄시하지 못할 만치 행상인들의 출입이 번다하였다. 바다와 멀리 떨어진 내륙의 영양과 진보 안동의 행상꾼들이 높을재를 넘어 매야장까지 와서 건어물을 거래하면서 장시의 규모가 커진 것이었다. 인총이 드물고 살기가 팍팍한 곳인 줄 알았는데, 그렇지가 않았다.

행장을 풀어놓고 얼마 지나지 않아서 술청이 번듯한 다른 숫막에 식주인을 정한 안동의 부상 몇 사람이 소문을 듣고 곽개천 일행을 찾아왔다. 그들은 입귀가 돌아가도록 영색을 지으며 저간에 십이령길에 창궐하였던 화적을 일망타진한 소문을 들었다면서 곽개천 일행을 침이 마르도록 칭송하였다. 억죽박죽 숨바꿈으로 너도나도 나서서 칭송이 자자하여 마치 실성한 사람들 같았다. 그래서 견모가 될까 해서 적당의 수괴를 놓쳐버렸다는 얘기를 실토정할 수도 없게 되었다. 뿐만 아니었다. 그들이 유숙하고 있던 번듯한 숫막으로 일행을 데리고 가서 떡 벌어지는 주안상을 차리기 시작했다. 곽개천이 과람하다고 손사래 치며 극구 사양하였으나 그 말은 들은 척도 않았다.

"옴니암니 따질 것이 없습니다. 사내자식들이란 싸우면 적수요,

사귀면 친구가 아닙니까. 오늘밤 배가 맹꽁이가 되도록 마셔보십시다."

언제 구처하였는지, 널찍한 봉노에 돼지고기 저민 것이 쪽 목판에 그득하였고, 탁주를 동이째 들여다가 환접하였다. 어리둥절하여 어슥버슥 앉아 대충 면대하는데, 그중 행수로 보이는 늙은이가 꽁무니를 빼는 곽개천의 입에 탁주 사발을 쏟아부을 듯이 들이대며 이죽거렸다.

"시생들이 소문 들어서 알고 있습니다만, 울진 포구 홍부장 소금 상단이 모두 걸출한 사내들이어서 예전부터 장시에서 할 일 없이 궁싯거리는 협잡꾼들이나 무뢰배들을 그냥 보고 참지 못하는 성미를 가진 분들이라는 것을 익히 알고 있었습니다. 이번에 발기하여 패역의 무리를 소탕했다는 소식을 듣고 십 년 묵은 체증이 쑥 내려갔다는 사람들이 많습니다. 그로써 일같잖게 상로가 평정되었으니, 이런 천행이 어디 있겠습니까. 내친김에 흉포하고 탐학해서 권세만 믿고 온갖 추행을 일삼는 질청의 아전 몇 놈도 잡아다가 혼찌검을 내주었으면 속 시원하겠습니다. 아전이란 놈들은 질청에 숨어 앉아서 혓바닥 하나로 헐벗은 백성들을 수탈하는 도둑이고, 화적은 장시를 수시로 들락거리며 몽둥이로 봇짐 터는 도둑이 아니겠소."

자기들 짐에서 얼른 보아도 한 필에 30냥은 넘을 듯한 서총대 무명 두 필을 꺼내 선사하는가 하면, 쓸개에 뜨물 든 사람처럼 언죽번죽 찬사를 늘어놓고 저들은 먹지 않고 곽개천 일행에게만 말술을 안기는데, 거침이 없었다. 그런데 공치사가 너무나 분주하여 환대가 그다지 반갑지 않았다. 늙은이가 물었다.

"공원께서는 연세가 올해 몇이시오?"

"쉬지근해진 지가 한참 됐소."

"도당을 섬멸했다면 울진 관아에서 소연을 베풀어 댁들을 치하해 주었겠지요."

"그걸 바라고 적소를 소탕한 것은 아닙니다. 그동안 십이령 행상 길에 장애가 없지 않았으나 관아의 기찰로 진정되기를 바라고 있었지요. 그런데 얼마 전에 우리 행중의 두 사람이 적당들에게 속절없이 목숨을 잃었습니다. 그래서 적소를 섬멸하려고 일어난 것입니다."

"관아에서는 우리같이 헐벗은 행상들을 골칫거리로 생각할 때가 있었습니다. 언젠가 경기도에 큰 흉년이 들었답니다. 이 흉년을 이용하려는 행상들이 강원도 김화, 금성, 철원의 곡식을 사들이려 했답니다. 그러나 조정에서는 이것을 폐단이라 하여 행상들이 곡식 매매를 위해서 내왕하는 것을 엄금시켰습니다. 조정에서는 행상들이 가지고 매매하거나 물교(物交)하려는 잡화들이, 일반 백성들이 생계에 긴히 필요한 물건이 아닌데도 순박한 농투성이들을 부추겨 곡식과 바꾸게 하고 풍속까지 더럽힐 것을 걱정한 것이지요. 그런데 행상들이 곡식을 사들이지 못하게 막자, 오히려 도성 안의 백성들이 양식을 구처할 길이 없어 곤란을 겪게 되었습니다. 조정의 도포짜리들은 행상들이 이런 식으로 이익을 챙기는 것은 크게 힘들이지 않고 길미를 챙긴다고 생각한 것입니다. 행상들을 보는 눈들이 곱지 않았다는 뜻입니다. 원산에서만 생산되는 북포*가 삼남의 강경 저자에서 팔린다는 것은 행상들이 없었다면 감히 쳐다보기라도 할 수 없는 일이지요. 상인들이 장안에서 북쪽으로 발행하면 수유리점, 누원점, 서오측점, 송

---

• 북포: 명태.

우점, 파발막, 장거리, 만세교, 양문역, 풍전역, 가노개령, 장림천, 김
화, 금성, 창도역, 재오현, 송포강, 신안역, 회양, 청령, 고산역, 용지
원, 남산역, 안유, 원산까지 천리를 가서 북포를 지고 다시 장안으로
회정하거나 여러 켤레의 짚신이 피에 젖도록 걸어서 삼남의 저자로
가는 것이 아닙니까. 송파에서 잔뼈가 굵었다는 노형은 어떠시오?"

　"행세한다는 상단이 저지르는 폐단도 없지 않습니다. 송파장에서
는 난전 상인들은 물론이고 장안의 노복들이나 무뢰배들까지 모여
들어 영남과 호남은 말할 것도 없고 강원도에서 올라오는 행상들을
유인하여 각종 물화를 도집해 장안의 시전에 내다팔아 이익을 독식
하여 시전의 폐단이 되기도 했지요. 유명한 안성장도 마찬가지입니
다. 안성은 경기와 삼남 사이에 위치해 있어서 유통이 왕성하고 상인
의 왕래가 번다하여 한강 이남에서는 그만치 떠르르한 저자가 없었
지요. 안성은 동래와 대구, 충주, 용인, 장안으로 이어지는 영남로와
영암, 나주, 정읍, 공주, 수원에서 장안으로 이어지는 호남로를 이어
주는 길목에 있었기에 난전 상인들이 주인이 된 저자가 번성하였습
니다. 그것이 바로 시전 상인들에게는 눈엣가시였지요. 누원점도 마
찬가지였구요. 동북쪽에서 올라오는 어물들을 매점하여 그것을 시전
어물전에 넘기지 않고 직접 난전 행상들에게 판매해버리거나 도성
남대문 밖의 칠패와 흙고개 근처의 난전 상인들에게 보내 그들이 수
시로 값을 올려받도록 하여 시전의 어물전을 피폐시켰지요. 시전 상
인들과 난전 상인들의 세력 다툼이었지요. 시전에서는 자기네들 이
익이 난전 상인들로 말미암아 횡탈당한다고 여겼습니다. 그로써 도
성의 매매가 중간에서 단절되고 값은 치솟아 생업이 쇠잔하여 작간
(作奸)이 이루 말할 수 없이 횡행한다고 떠들어대곤 하였습니다."

"우리네처럼 경향의 저잣거리를 섭렵하며 살다보면 그네들은 겪지 않아도 될 봉변을 당할 때가 허다하답니다. 시전 상인들은 우리네 행상이 저잣거리에서 겪는 속 쓰린 고초는 겪지 않겠지요. 이생이란 아주 영민한 상인이 있었다고 합니다. 장안의 눈치 빠른 장사치라 한들 자기는 속이지 못하리란 것을 자부하고 있었습니다. 하루는 그 상인이 저잣거리 가게 앞을 지나갔더랍니다. 그 가게 앞에서 한 아이가 늙은이와 서로 입씨름하는 것을 목격하였습니다. 어린아이와 늙은이의 다툼이어서 수상하게 여기고 가만히 곁으로 가서 귀동냥으로 엿들어보니, 늙은이가 그 아이가 들고 있는 물건을 가리키며 열 냥을 줄 것이니 그 물건을 팔라고 하는 것입니다. 그런데 아이는 눈을 흰자투성이로 치뜨고, 이 물건이 겨우 열 냥밖에 안 된단 말이오, 하면서 물건을 내놓으려 하지 않더랍니다. 그러자 늙은이는 아이를 보고 이 물건은 필경 훔친 물건이 틀림없는데 어찌 여러 총중이 눈치채기 전에 냉큼 넘기지 않고 백주대로에서 감히 흥정하려 드느냐고 꾸짖었습니다. 그런데 아이도 호락호락하지는 않았어요. 자기가 훔치는 것을 목격하지 않았으면서 날강도같이 물건을 빼앗으려 한다고 입에 거품을 물고 대들었습니다. 흥분한 늙은이가 참지 못하고 한 대 쥐어박으려 하자, 아이는 순식간에 줄행랑을 놓으며 욕설이 입에서 떠나지를 않았습니다. 구경꾼이었던 상인은 눈썰미가 있는 사람이어서 아이가 가진 물건을 훔쳐보았더니 화대모가 틀림없었지요. 유리처럼 맑고, 순금처럼 빛나고, 박처럼 단단하고, 닭의 눈처럼 동그랗고, 고리 위에 오화(烏花)들이 제자리에 박혀 있었지요. 아차 했던 상인은 똥줄이 빠지게 아이를 뒤따라가서 체통이고 뭐고 생각하지 않고 아이를 등 두드리고 배 문질러서 서른 냥에 그 물건을 사게 되었지요.

물론 아이가 들을까 해서 대모라는 '대' 자 소리도 않았지요. 가까스로 물건을 사가지고 오는 길에 가게에 들러 주인에게 물어보았더니, 하찮은 염소 뿔이라고 하더랍니다. 상인이 그 아이의 뒤를 몰래 밟아 알아보았더니, 아이는 늙은이의 아들이었고, 늙은이는 저자에서 물건을 위조하는 것을 업으로 삼는 사기꾼이었다고 합니다. 경강상인, 개성상인, 의주상인(혹은 灣商), 동래상인같이 내로라하는 부상대고(富商大賈)들도 당초부터 뒷다리를 걸자고 작심하고 접근하는 그런 철부지들에게는 곱다시 당하고 말 테지요."

모두 그런 사기는 한두 번씩 당해본 경험들이 있는 터라, 서로 옆구리를 찔러가며 박장대소하였다.

"삼 년 전 초겨울인가요, 날씨는 그렇게 춥지 않았지요…… 우리 상단도 무명 짐을 꾸려서 내성에서부터 십이령길을 넘어 흥부장에 무사히 도착했습지요. 회정 길에 소금 짐은 언감생심 엄두조차 낼 수 없었고, 고포 미역과 건어물로 물교를 해서 다시 안동으로 돌아왔는데, 험구를 넘나들며 갖은 고초를 겪었던 만치 눈이 휘둥그레질 정도로 큰 길미를 챙겼지요. 길미가 짭짤하게 돌아간다는 것에 맛들인 상단이 또다시 되짚어 십이령길에 덤벼들었습니다. 역시 무명 짐과 유기 짐이었지요. 난리는 돌아오던 길에 겪었습니다. 발행 때는 멀쩡하던 날씨가 빛내골에서부터 난데없이 눈이 내리기 시작하더니 밤을 새워도 멈추지를 않네요. 그럴수록 마음은 바빠져 걸음아 날 살려라 하는데 눈앞이 아득할 지경으로 내리 퍼붓는 통에 도무지 길이 줄어야 말이지요. 종국에 가서는 넓재 아래 숫막에서 갇히고 말았습니다. 며칠인지 아십니까. 일행 아홉이 그 숫막에서 굽도 떼지 못하고 곱다시 보름을 갇혀 있었지요. 지난 파수 때 얻은 이문까지 죄다 털어먹고 빈털터리로 회정하고 나니까. 머리가 하얗게 세고 말았습디다. 그 이후로 십이령 고개로는 두 번 다시는 고개도 돌리기 싫습디다."

하소연하는데, 곁에서 턱살을 고이고 앉아 히죽이죽 웃고 있던 동무 하나가 거들었다.

"그 와중에 숫막 근처에서 빈둥거리던 들병이를 물색 모르고 집적거렸다가 패가망신한 축도 없지 않았지요. 그 육실할 년이 색을 얼마나 밝히는지 동사하던 동무가 보름 동안을 끌려다니며 시달리고 나니까, 육탈이 되어 살이 서 근이나 빠져버렸어요. 그뿐만 아닙니다. 독풍을 맞았는지 젊은놈이 입귀까지 비뚤어져서 가만 앉아 있어도 주둥이가 된비알 올라가는 당나귀 씹처럼 실룩거립디다. 김 안 나는 숭늉이 더 뜨겁더라고, 나이 사십을 훌쩍 넘긴 년의 색사가 그토록 지독할 줄 누가 알았겠소. 그 동무 그길로 돌아가서 군신을 못하고 꼬박 두 달포 동안 몸져누워 있었지요. 색에 미쳐 독을 마신 겝니다."

"돈 버리고 몸 버리고 신세까지 망치려면 일찌감치 계집 밝히는 것입니다."

그런데 조금 전부터 술은 마시지 않고 쇄골에 모가지를 삐딱하게 꼽고 유독 천봉삼을 유심히 바라보고 있던 늙은이가 한마디 툭 던졌다.

"그런데 동무는 어디서 한두 번 만난 듯 외양이 낯설지 않소이다?"

천봉삼이 그 말을 척 받아서 아무렇지도 않게 얼버무렸다.

"지난날 안동에도 발걸음을 한 적이 있습니다. 발 달린 짐승이 어딘들 못 가겠소."

"그런데 스님도 아닌 터에 배코는 왜 쳤소?"

"숱한 사람들이 드나드는 봉노에서 숙식하다보니, 상투에 가랑니와 서캐가 들끓어 배코를 쳐버렸더니, 그렇게 속시원합디다."

"성미 한번 급하시오. 그게 똬리로 불두덩 가리기지, 머리가 자라면 물것들이 또다시 창궐하겠지요."

"그땐 또다시 배코를 치리다."

"동무께선 말씀 한번 시원시원하십니다."

천봉삼은 홧김에 술 한 방구리를 단숨에 비워버렸다. 불과 달포 전까지는 적굴의 염탐꾼으로 행세하였다는 것을 그들이 눈치챈다면 아마도 기절초풍할 것이었다. 그걸 생각하면 가슴이 써늘했다. 지금은 인질이 되어 행중에 끌려다니는 고달픈 신세가 되었으나, 머지않은 장래에 이 수모에서 벗어나고 싶었다. 적굴 사람들과 동사한 것은 틀림없는 사실이었다. 그러나 피붙이를 순식간에 비명횡사시킨 뒤에 그 자리를 뜰 수 없어 버티는 월이를 두고 종적을 감출 수는 없었다. 두령이란 자가 그에게 간자 노릇하라고 십이령길로 내몰았으나 사실 따지고 보면, 건성으로 염탐하는 것처럼 잠행하였을 뿐 산적들에게 결정적인 첩보를 준 적은 한 번도 없었다. 그러나 그런 사실을 직토한들 지금 당장 믿어주지도 않을 것이었다. 그 혐의로부터 홀가분하게 벗어날 수 있다면 그것은 바로 적소의 두령을 잡는 것이었다. 높을재를 넘어 안동과 고령, 상주까지 상로를 개척한답시고 떠난 행중이었으나 내막은 도타해서 잠적해버린 두령의 뒤를 쫓는 일이 아닌가.

우연찮게 안동 상인들과 마주쳐서 코가 비뚤어지도록 술대접을 받았던 일행이 이튿날 아침에 눈을 떴을 때, 그들은 벌써 길을 떠난 뒤였다. 일찍 깨어난 새가 벌레를 잡는다는 말이 생각날 정도로 그들의 행동은 여느 상단들처럼 민첩하였다. 곽개천과 천봉삼 일행은 아침 선반머리에 일어나 매야 저잣거리를 이리저리 수탐하고 나서 중화 지나서 길 걷기에 크게 부담이 되지 않는 미역 짐을 지고 높을재로 향했다. 매야에서 일찍 발행하면 높을재에서 유숙하고 수비로 가거나 걸음이 빠른 축들은 깊으내까지 가서 사처 잡을 수도 있었다. 일행은 해질녘에 동막에 당도하였다. 일찌감치 안면이 있는 숫막에 들려 사처 잡고 또한 수소문하였으나 별반 소득이 없었다. 행상들이 많이 모이는 높을재 숫막에서도 역시 도타한 두령의 행방 따위는 냄새조차 없었다. 수비에 당도하여 내륙에서 매야로 가는 행상에게 미역 짐을 좋은 값으로 흥정해서 홀가분하게 되었으나 다른 소득은 없었다. 울진 소금 상단은 자주 들르지 않는, 매야 저자와 영양 수비에서 오가는 다른 상단과 안면을 트게 된 것이 소득이라면 소득이었다.

그런데도 곽개천의 얼굴에 초조한 기색은 없었다. 그것이 속으로는 손톱여물을 써는 천봉삼과 다른 점이었다. 수비에서 돌아오는 길에 다시 높을재 숫막에 당도한 천봉삼은 곽개천에 가만히 일렀다.

"우리 행중이 두령의 행방을 쫓으려 했다면 허행을 한 것 같습니다."

"허행이라니요?"

"시생도 그동안 많은 고초와 시련을 겪어 어진혼이 나간 주제입니다. 이제 겨우 기신을 차리고 보행하게 된 터라 사리분별이 옹색할 수도 있겠으나, 그놈이 매야 쪽으로는 잠적하지 않은 것 같기 때문입니다."

천봉삼의 말을 귀여겨듣기는 하였으나, 곽개천은 그다지 심각한 일은 아니라는 듯이,

"그럴 수도 있겠지요……"

"상단의 포망을 천행으로 빠져나가 잠행을 했다면, 은신하기 좋은 산협이나 안면이 있는 고향 근처에서 배회하기 마련일 텐데, 우리가 다녔던 내왕 상로는 산협이긴 합니다만, 내왕이 번다하여 이목이 두려운 곳이니, 쓸개 빠진 놈이 아니라면 떠돌이 비렁뱅이 노릇으로 연명할 각오를 했더라도 이쪽으로 발길을 놓기가 수월치 않았을 터이지요. 게다가 이곳은 수구(瘦軀)를 이끌고 찾아올 궐자의 고향도 아니지 않습니까. 설령 가근방이 고향이라 하더라도 눈총 받고 살아왔을 것이 뻔한데 스스럼없이 찾아올 리 만무겠지요. 어떻게 보면 궐자는 우리가 알 수 없는 엉뚱한 곳에 은신해서 또다시 우리 상단에게 설분할 궁리를 트고 있을지 모를 일입니다."

"그럴싸한 얘깁니다. 그러나 우리의 내왕 행보가 궐자의 행방을 수탐하지 못했다고 해서 허행한 것은 아닙니다. 내왕 행보에 여러 행상을 만나 통문을 놓았으니 궐자가 이쪽 상로에 발길을 놓았다는 낌새만 있어도 필경 급주를 놓아 우리 접소에 통기할 것이오. 그뿐이 아닙니다. 매야 저자에서 영양과 진보에 이르는 상로를 얼추 둘러보았으니 십이령길만 다니던 우리 상단이 또다른 상로를 개척하였다는 소득도 있지 않았습니까. 돌절구도 밑 빠질 날이 있더라고 끈질기게 찾다보면 언젠가는 우리 손에 잡힐 것입니다. 중요한 것은 우리 상단이 궐자를 단념하지 않고 뒤를 쫓고 있다는 것을 눈치채게 하는 것이오."

"궐자는 눈매가 무서워 눈치도 빠르고 행동거지도 민첩할 뿐 아니라, 곁에서 벼락이 떨어져도 좀처럼 놀라지도 않는 담력도 가졌습니다. 언문을 진작부터 통달했음은 물론이고, 진서에도 별로 막히지 않는 것을 목격하였습니다."

"궐자가 선비 행세한다는 것은 알고 있는 일입니다. 고향이 어딘지 적실하게 알지는 못하지만, 가근방 출신인 것만은 틀림없어요. 그러나 궐자는 쫓기는 처지이고 우리는 뒤를 쫓고 있는 입장이라는 것을 염두에 두시오. 궐자가 문자와 식견에 통달했는지는 알 수 없으나 나는 십이령과 고초령길쯤은 얼음 속 들여다보듯 하고 있습니다. 한편은 도망하고 한편은 뒤를 밟고 있다면 어느 쪽이 유리한 것입니까. 식견보다 지리에 밝은 쪽이 아니겠소. 궐자의 꿍심이 어디에 있든 우리 상단이 필경 궐자를 잡아 추살(椎殺)시킬 것이오. 궐놈이 우리 상단 복꾼 두 사람을 순식간에 척살하지 않았소. 그것을 생각하면 자다가도 벌떡 일어나 두 눈을 부릅뜨고 허공을 지켜보게 됩니다. 우리 상단이 해야 할 일 중의 또다른 한 가지는 지금 어느 구석에 처박혀 있는지 모를 길세만의 행방을 찾는 것입니다. 그 동무가 소임을 소홀히 한 죄는 도저히 비켜날 수 없겠지만, 그렇다고 해연(解緣)이야 할 수 없겠지요. 새사람으로 다시 태어나려면, 징치를 당하든 장문을 당하든 죄벌은 야무지게 치러야 탈면(頉免)이 될 것이고, 그러고서 다시 동무로 되돌아와야 할 것인데, 그 방정맞은 동무가 어디서 말뚝잠으로 지새우는지 코빼기조차 보이지 않으니 그것이 딱할 따름이지요."

가까스로 기신을 차리고 일어나긴 하였으나 주눅이 들어 시무룩하던 천봉삼의 얼굴이 일순 밝아졌다.

"그렇게만 된다면 시생도 홀가분하게 누명을 벗고 다시 생업에 종사하게 될 날이 있겠습니다. 제발 그렇게 되기를 바랍니다."

"궐자가 잡히면, 노형께선 매야에서 고초령을 넘는 상로에서 생업을 도모할 길을 찾게 될 것이오. 임소의 반수 어른과 도감 성님께서도 그렇게 약조가 된 듯합니다. 노형도 익히 알고 있겠지만, 우리 원상들은 동무 중에 밑천을 날린 동무가 있으면 십시일반으로 추렴하여 밑천을 만들어주는 풍속이 있지 않소. 열명길에 든 동무가 있으면 갹출하여 부의금을 전달하고, 행상길에 질병에 걸리면 반드시 구완하고, 폭리를 취하면 응징하지 않았소."

곽개천이 걱정했던 대로, 길세만은 울진 소금 상단이 윤기호를 회칠하여 회술레를 돌릴 때 내성 색주가에 처박혀 있었다. 저잣거리에서 빈둥거리던 잡살뱅이들과 아녀자들이 구경이 생겼다 하고 길거리로 몰려나가는 북새통을 벌였으나, 길세만은 투전판을 빠져나와 색주가의 측간으로 가서 북새통이 가라앉을 때까지 숨어 있었다. 지린내와 구린내가 코를 들쑤셨으나 그 와중에 가뭇없이 숨을 곳이 있다면 측간뿐이었다. 혹간 측간에 소피를 보러 오는 갈보들도 길거리로 떼거지로 몰려나가고 없었기 때문에 그만한 은신처가 없었다. 차제에 소금 상단 동무들에게 발각된다면 지금 윤기호가 치르는 것처럼 곱다시 장문을 당해서 굴신을 못하도록 얻어맞고 상단에서 쫓겨날 것이 분명했다. 저잣거리에서 풍속을 어지럽혔다가는 지체 없이 징치를 당하였다. 장감고(場監考)*가 두량을 조금이라도 농간하였다가는 임소에서 잡아들이게 되어 있었고, 술주정하는 자는 심하고 심하지 않고를 막론하고 비록 얼굴이 붉게 변하는 데 그치더라도 여축 없이 임소에서 잡아들였다. 서로 때리고 다투는 자는 먼저 성을 내어 구타하기 전에 비록 언쟁하는 데 그치더라도 적발되면 징치를 당했다. 더욱이 잡기나 투전판을 벌여 서로 언쟁하거나 손찌검이 시작되

---

* 장감고: 원래는 관에서 파견되어 부패 여부나 부정거래를 단속하는 자들이었으나 후에는 되나 말로 곡식 값을 살피고 수수료를 챙기게 되었다.

면 원상이고 아니고를 불문하고 잡아들였다. 지금에 이르러 그 엄격함이 해이하게 된 측면도 없지는 않으나, 길세만의 경우는 색주가의 갈보들과 은근짜들에 빠져 전대를 몽땅 털리고 밑천까지 탕진하고 말았으니, 그런 행적이 낱낱이 들통나면 즉시 장문으로 다스려질 것이었다. 천생 숨어살며 비렁뱅이로 연명하지 않으면 살아날 가망이 없게 되었다. 구린내가 등천하는 측간에 앉아 그런 생각을 하노라니, 그만 똥통에라도 빠져 죽고 싶었다. 그러나 그마저 결기가 없어 사추리 아래 똥통을 멀거니 내려다보기만 했을 뿐 몸을 던질 수는 없었다. 그는 길거리의 소동이 얼추 가라앉기를 기다렸다가 가만히 측간을 빠져나왔다. 그러나 지금 당장 갈 곳은 투전방뿐이었다. 불똥 디디는 걸음으로 봉노로 다가갈 동안 색주가의 좁은 마당에는 개미 새끼 한 마리 눈에 띄지 않았다. 문득 까닭 없는 서러움이 가슴으로 밀려와 울컥하고 울음이 터져나오려 하였으나 꿀떡 삼켰다. 울음을 삼켰으나 그 사품에 눈물이 팍 쏟아지고 말았다. 때문고 해진 옷소매로 삽시간에 인중까지 흘러내린 눈물을 닦았다. 외짝 지게문을 열고 봉노로 들어갔다. 언제 돌아왔는지 윤기호의 길거리 회술레 구경 갔던 은근짜가 돌아와 있었다. 봉노 안 윗목에는 계집이 뒷물하던 소래기와 호박씨 반 접시가 휑뎅그레하게 놓여 있었다. 계집을 발견하자 와중에도 문득 반가워 한마디 던졌다.

"임자…… 언제 왔나?"

"구경갔다가 금방 돌아왔어요."

아랫녘장수 계집으로 말하면 그와는 달포 가까이 살송곳을 박아주었던 사이였다. 미천한 계집이었지만, 요분질이 어찌나 지독하고 달콤했던지 한번 희학질을 치르고 나면 한동안은 뒤통수가 찡하고 머릿속이 어찔어찔하여 걸음을 떼어놓아도 휘청휘청 뒤뚱뒤뚱하였다. 홍합* 대접이 그처럼 아주 착실하고 자별하였는데, 투전판에서 전대를 깡그리 털리고 말았다는 것을 눈치채고 난 뒤부터는 그때마다 앙칼지게 냉갈령을 쏘아붙이며 곁을 주려 하지 않았다. 이러저러한 일로 길세만은 말구멍이 막히도록 기가 질려 있었다. 그러나 길세만이 봉노로 들어섰을 때 어찌된 셈인지 계집은 보란듯이 고쟁이만 걸친 채 씹거웃이 환하게 들여다보이도록 가랑이를 벌리고 앉아 있었다. 거북했던 길세만이 문득 고개를 돌리며 구경나갔던 저잣거리의 사정을 떨리는 목소리로 물었다.

"구경할 만하던가?"

계집이 힐끗 곁눈질하더니 시큰둥하게 대꾸하였다.

"내로라하던 어물 객주도 낯짝에 회칠을 하고 나니…… 찌그러진 모색이 금방 빠져나온 염소 새끼나 다름없어 보기에 민망합디다. 얇은 바지에 윗도리는 발가벗은 채로 작은북을 등에 지고 두 다리를 질질 끌고 걸으면서, 나는 도둑의 접주입니다, 나는 장물을 팔아 구린 돈을 챙긴 죄인입니다, 하고 중얼거리면서 아이들이 던지는 돌을 그대로 맞고 걸어가는데, 혹간 목소리가 속으로 기어들면 뒤에 따라가는 사람들이 회초리로 등을 쳐서, 다시 그가 고개를 들어 나는 도둑입니다, 하고 목청을 돋워 외치게 합디다. 차마 눈뜨고 못 볼 일입디다."

"눈뜨고 보고 왔으면서 못 보았다고 시치미를 떼는가. 상단 사람들도 많던가?"

"어디서 몰려왔는지…… 이녁 빼고는 모두 모였습디다. 오랜만에

---

• 홍합: 여자의 하문을 빗대어 이르는 말.

저잣거리에 나가보았더니…… 장꾼보다 풍각쟁이가 더 많습디다."

"그게 무슨 소린가 하면, 원상들보다 왈짜 무뢰배가 더 많다는 뜻일세."

"나야 풍각쟁이가 누군지 원상이 누군지 알 게 무어요. 전대 두둑한 사내면 그만이지……"

"그런데 나도 맥을 놓고 여기서 묵새기고만 있을 것이 아니라, 소동이 가라앉기를 기다려서 기동을 해봐야 하겠네."

"내키는 대로 하기요."

"그래서 하는 얘긴데…… 단돈 몇 푼이라도 노잣돈을 구처할 수 없겠는가?"

그때서야 모꺾어 앉아 있던 계집은 고개만 돌리고 두 눈을 앙칼지게 뜨고 길세만을 잡아먹을 듯이 노려보았다.

"그게 무슨 귀신 씨나락 까먹는 소리요? 시방 날보고 노잣돈 내놓으란 것이요?"

"몇 푼이나마 있으면 발굽이라도 뗄 수 있지 않겠나."

"진서 글도 잘하시고 대국 일도 잘 아시는 분이 좆같은 소리 그만하시오. 지금까지 공다지로 먹은 식대부터 내놓고 노잣돈 타령하시오. 갖은 갈롱을 떨어가며 잔허리가 부러져라 하고 삭숭이를 받쳐준 해우채는 언제 건네줄 텨?"

처음 만날 때부터, 계집의 얼굴이 동글납작하고 콧등 주위에 깨알 같은 점들이 오종종하게 박히고 입술도 얇아 심지가 깊지 못하고 수다스러울 것 같았으나, 며칠 데리고 놀 계집에게 별 주책이다 싶었다. 그런데 그 걱정이 이런 행티를 부리게 된 것이었다.

"허어…… 이 사람 보게. 돌림병에 까마귀 울음소리라더니 천생 그 짝일세. 임자 그 시답잖은 불두덩 아랫구멍으로 들어간 돈이 얼만데 지금 와서 염치없게 해우채 타령인가. 올곧은 정신 가진 계집이라면 내 앞에서 그런 악증 부리는 게 아닐세. 하긴 내가 자기 단속이 부족하고 대가 물러서 못쓰겠다는 평판을 듣는 사람일세. 그로써 갈보한테 노잣돈 구걸하는 하찮은 신세가 되었지만, 자네가 지금까지 끽소리 한마디 없이 밑엣품을 팔아온 날 업신여기고 되받들거리는 낯짝을 쳐들고 방색하는 꼴을 보자 하니 지금 당장 칼을 물고 엎어지고 싶구만. 달포 가까이 서로 격의 없이 나누었던 정분은 모두 어디로 갔는가?"

그때였다. 계집이 발딱 몸을 일으키더니, 부엌으로 내달았다. 그리고 금방 봉노로 돌아왔는데 손에는 어느새 식칼이 들려 있었다. 그것을 길세만의 턱밑에 바싹 들이대고 들까불면서 쏘아붙였다.

"어디 칼 물고 엎어지는 꼴을 구경 한번 해봅시다."

계집의 태도가 부글거리던 가슴속에 불을 당기고 말았다. 눈에 불꽃이 튀는 듯했던 길세만은 더이상 입씨름을 참지 못하고 계집의 귀쌈을 찢어져라 후려치고 말았고, 그 사품에 계집은 낫질을 당한 갈대처럼 풀썩 꺾이어 주저앉고 말았다. 따귀 한 대에 기절을 해버렸는지 한동안 깨어나지 못하고 부들자리 위에 엎드려 일어나지 못했다. 계집편성에 또 무슨 소동을 벌일까 싶어 조마조마한 마음으로 소슬히 바라보는데, 어느덧 계집의 어깨가 겨울 사시나무처럼 떨리며 흐느끼는 소리가 들렸다. 문득 서글픈 생각이 폐부를 파고들었다. 중놈의 바랑 속에 들어 있는 빗처럼 쓸모없는 목숨, 티끌 같은 목숨을 부지하자고 이토록 팍팍한 세상을 의지할 곳 없이 떠도는 신세는 계집이나 길세만이나 마찬가지가 아닌가. 새우는 대대로 곱사등이더라고, 알고 보면 세상으로부터 업신여김당하면서 살아가긴 매한가지가 아닌가. 못된 소행머리로 기광을 부렸다 하지만, 손찌검까지 가지 말았어야 했다는 후회가 가슴을 쳤다. 행렬 잃고 땅에 떨어진 기러기도 매한가지, 성깔이 어긋나서 식칼을 들고 들어와 턱밑에 들이댄 것도 모두가 이처럼 각박한 세상을 견디며 살아가려 했으니 얻어진 악증이 아니던가. 마음이 흔들비쭉하여 죽이라고 악지를 부리며 지다위하고 대들지 않았던 것이 오히려 다행이었다. 투전판에서 전대를 털린 것도 모두가 미련했던 자신의 탓이었지, 정분을 나누었던 계집이 사주해서 얻은 횡액은 아니었지 않은가. 잠깐 부린 소행머리가 괘씸하다 해서 손찌검을 한 것은 백번 돌이켜보아도 잘못된 일이었다. 길세만은 계집의 흔들리는 어깨를 가만히 안아주며 말했다.

"내가 잘못했네. 요사이 이르러 기운도 탈진하고 형세가 기울다보니, 하지 말아야 할 짓을 저지르고 말았네. 이제 진정하고 일어나 앉게. 두 번 다시는 데데하게 노잣돈 구처해달라는 얘기는 않겠네."

"기운이 남았거든 더 때리세요. 투전판에서 돈 잃고 뜨내기 계집에게 노잣돈 구걸하는 사내가 부끄럽지도 않소?"

"어허…… 겸연쩍게 왜 또 그러나. 내 그럴 의향이 없다니까 그러네."

"그동안 거웃이 쓰리고 아파도 군소리 한마디 없이 육공양을 암팡지게 대접해온 터에 이런 괄시가 없소. 그동안 건네준 해우채가 분수에 넘치도록 과람했다 하나 내가 생트집으로 주머니를 밝긴 적은 없지 않소."

"잘 알고 있네. 얼혼이 빠진 내가 형장 맞을 짓을 하였네."

"해우채로 건네준 돈은 벌써 똥된 지 오래전이라는 것을 알고 있었기에 뒷간에 오래도록 앉아 살펴보지 않았소. 뒷간에서 뭘 찾느라고 그토록 오래 앉아 있었소?"

"이제 그만하게. 뒷간에 똥밖에 더 있었겠나."

길세만이 몇 번이나 다짐을 두고 사죄한 덕분인지 계집은 더이상 모질게 파고들지 않았다. 뿐만 아니라, 그날 밤은 오줄없는 계집처럼 육공양을 해서 길세만을 아주 노골노골하게 만들었다. 침통하고 소슬하여 심신이 지친 터라, 평소와는 달리 일 합을 치른 후에는 녹아떨어져 코까지 골았다. 그가 다시 눈을 뜬 것은 가슴을 바위가 짓누르는 듯한 거북함을 참기 어려웠기 때문이었다. 섬뜩하여 눈을 떠보니 어섯눈에도 시꺼멓게 보이는 한 장정이 자신의 가슴 위에 올라타 있었다. 이게 어인 도깨비인가 싶어 벌떡 상반신을 일으키는데, 가슴을 타고 앉은 자가 반사적으로 목덜미를 누르고 있어 여의치가 않았다. 그러고 보니, 언제 잡도리하였는지 아갈잡이까지 되어 있었다. 적당을 모두 소탕하였다는데, 이건 또 어디서 나타난 산적이며 무뢰배인가 싶었다. 수시로 드나들었던 투전판의 타짜꾼들은 아닐 것이었다. 안면을 트고 지내는 사이는 냄새로도 알아차릴 수 있기 때문이었다. 그런데 뱃구레를 깔고 앉은 위인은 길세만이 잠에서 깨어났다는 것을 알아챘을 것인데도 일언반구 말이 없었다. 그때 문득 뒤통수를 치는 상념이 있었다.

길세만은 초저녁에 옹골진 육공양으로 삭신을 노골노골하게 만들었던 갈보와 같이 곯아떨어졌다. 그런데 그 계집은 온데간데없고, 난데없는 낯선 사내가 그의 뱃구레 위에 걸터앉아 있었다. 그는 힐끗 지게문을 바라보았다. 시각은 축시 초쯤으로 보였다. 창호에 아직 어둠이 짙게 묻어 있었기 때문이었다. 계집의 농간에 당한 것이 분명했다. 그때였다. 궐자가 뱃구레 위에서 몸을 비틀어빼더니 길세만의 팔을 뒤로 돌려 뒷결박을 지었다.

그사이에 궐자의 괴춤에 찔러둔 비수를 목격하였다. 그러나 이 순간 궐자에게 결박을 당하고 있다는 사실보다 계집에게 당한 것이 너무나 분했다. 이자는 필경 무슨 담판을 짓자고 할 것이었다. 그러나 그는 이미 무일푼이었기 때문에 이 무뢰배가 담판을 짓자고 대들어도 꺼내놓을 것은 목숨 하나뿐이었다. 그것을 익히 알고 있을 계집이 이 불한당에게 자신을 팔아넘긴 것은 악귀나 저지를 일이었다. 그러는 사이 많은 시간이 흘러간 것 같은데, 아갈잡이에 뒷결박까지 한 궐자는 도무지 말이 없었다. 그러니 온전한 눈만 부릅뜨고 궐자의 처분을 누운 채로 쳐다보고 있을 수밖에 없었다. 시간이 흘러가면서 방안으로 새어드는 희미한 밤빛으로나마 궐자의 형용이 어른어른 짚여오기 시작했다. 패랭이는 쓰지 않았으나 상투가 어엿한 것을 보면 저잣거리에 횡행하는 소악패거리는 아닌 것이 분명했다. 그러나 아갈잡이하고 뒷결박을 짓는 솜씨가 날렵한 것으로 보아 산골의 얼치기 무지렁이는 아니었다. 소금 상단처럼 엄장이 들썩 크지 않았으나, 눈매가 날카로운 위인이라는 것은 알아챌 만하였다. 군소리가 없는 것으로 보아 주둥이가 헤픈 위인도 아니었다. 눈치를 보아하니, 길세만을 밖으로 끌고 나갈 심산인데, 그 시각을 가늠하고 있는 것이 분명했다. 일단 길세만을 잡도리하고 난 뒤 게으름을 피우는 거조가 바로 적실한 시각을 재는 것이었다. 사경 축시가 되었다. 위인의 입에서 딱 한마디가 떨어졌다.

"일어나 밖으로 나서. 허튼 생각 말고."

목소리에 묵직하게 무게가 실려 있었다. 그러고는 군소리 한마디 없었다. 일어서는 길세만의 무릎에서 우두둑 하고 뼈 맞추는 소리가 들렸다. 이 위인은 도대체 누구이며 어째서 자신을 엮을 생각을 한 것일까. 밖으로 나서면 도대체 어디로 갈 작정인가. 오만 가지 상념들이 뇌리에 어지러웠으나, 지금은 아무 소용없었다. 밖으로 나서자 차가운 한뎃바람이 옷깃 속으로 스며들었다. 소피가 마려웠다. 고개를 들고 위인을 쳐다보았다. 위인이 알아채고 뒷결박을 풀어주며 색주가 마당가에 있는 울바자를 턱으로 가리켰다. 울바자 틈 사이로 소피를 보는 동안 사위는 쥐죽은 듯 적막하고 먼 데서 개 짖는 소리가 들리다 말았다. 하늘에는 별빛만 총총할 뿐 달은 떠 있지 않았다. 괴춤을 추스르고 돌아서는데, 다시 뒷결박을 지우고 아갈잡이한 것은 풀어주었다. 숨쉬고 고개 돌리기가 한결 손쉬워졌다. 위인이 저잣거리 반대쪽을 가리켰다. 임소가 있는 쪽이고, 더 나아가면 여울이 있고 여울을 건너면 으악새들이 길게 이어지는 길이었다. 길세만은 수백 번을 다녀 눈감고도 걸을 수 있는 그 길로 들어섰다. 개울을 건너고, 갈밭을 지나쳤다. 그제야 멀리 두고 온 저잣거리에서 개 짖는 소리가 자지러졌다. 모래재를 지나면 몇 행보 지나지 않아 10리 상거에 있는 검은 돌 마을이 나타날 것이었다. 그곳에 이르면 위인이 어디를 겨냥하는지 얼추 짐작할 수 있을 것이었다. 그 술청거리에는 사방으로 흩어지는 세 갈래 길이 있기 때문이었다. 등짐도 없는 단출한 몸이라 몇 행보하지 않아서 검은 돌 마을에 당도하였다. 그러나 위인은 조금도 주저하는 법이 없이 마을 뒤쪽 곧은재를 가리켰다. 그때까지도 한밤중이었다. 숫막 앞을 지나쳤으나 인기척이라곤 없었다. 흡사 두 사람이 무사히 지나치라고 길을 내주는 것 같았다. 좀처럼 벗지 않는 방갓에 두툼한 괴나리봇짐을 진 채 등뒤를 바싹 따라오고 있는 이 위인은 도대체 누구일까. 관원이나 보부상도, 전대를 털려는 무뢰배도 아닌 것은 적실했다. 그런데 홀딱 벗겨보아야 먼지밖에 없는 자신을 인질 삼고 십이령길로 들어서는 이 위인은 도대체 누구인가. 그게 궁금해서 가슴이 답답하고 아렸다.

여명이 희뿜하게 밝아올 무렵이 된 것은 내성에서 산길 40리 상거에 있는 씨라리골에서였다. 씨라리골에도 딱 두 집의 숫막이 있었다. 한 집은 울진 갯마을에서 고기를 잡다가 여의치 않아 내외가 이곳에 들어와 숫막을 내었고, 한 집은 십이령을 넘나드는 원상이었는데, 겨울에 고개를 넘다가 실족하여 다리를 절게 된 이후부터 씨라리골에 정착하여 숫막을 낸 것이었다. 두 숫막 모두가 울진 소금 상단과는 정리가 돈독하여 막역하게 지내는 사이였다.

처음부터 두 숫막 모두가 사시사철 물이 흐르는 개울 옆에 자리잡았고, 그 개울 옆 개활지를 따라 길길이 자라서 사람의 키를 훌쩍 넘기는 갈대숲이 끝없이 이어지고 있었다. 가을이 되면 연둣빛 갈꽃이 피기 시작하여 개활지는 온통 은구슬을 뿌려놓은 듯 시선이 어지럽도록 빛나고 그 갈숲 사이 오솔길 속으로 보였다가 사라지는 등짐장수들의 모습은 마치 한 폭의 그림과 같았다. 찬 서리가 내리는 초겨울로 접어들면 수만 갈래로 흩어진 갈꽃 송이들이 가파르기로 이름난 살피재 쪽으로 날아 멀리서 보면 마치 부들솜들로 뭉쳐진 하얀 구름송이들이 새떼처럼 산등성이를 넘는 듯 보였다. 한겨울이 되어 북풍이 몰아치기 시작하면, 꽃은 떠나가고 겨릅처럼 혼자 남은 갈대들이 서로 비벼대며 마치 배고픈 짐승처럼 밤새워 울어대어 숫막에서 등걸잠을 자며 객고를 겪는 길손들로 하여금 눈물을 짜내게 한다. 십이령 고개를 넘나드는 행상꾼들에게 회자되는 노래에 "시그라기 우

는 고개 내 고개를 언제 가노"라는 후렴이 있는 것은 바로 씨라리골
의 갈대들이 모질고 혹독한 겨울바람을 안고 쓰러졌다가 다시 일어
서는 것을 되풀이하면서 슬피 우는 것을 두고 이르는 말이었다.

  해가 뜰 조짐을 보이자 두 사람은 이윽고 발걸음을 멈추고 씨라리
골 깊숙한 갈대숲 속으로 숨어들었다. 위인은 가근방 지리를 손금 들
여다보듯 환하게 꿰고 있었고, 몇 리 상거에 무엇이 기다리고 있다
는 것도 여축없이 알아맞히는 눈치였다. 오밤중에 내성에서 발행하
면 여명이 밝아올 무렵에 씨라리골 갈대숲에 닿게 되고, 그곳에 숨
어 한나절을 보낸다면 내왕하는 길손들 눈에 발각되지 않고 숨어 있
을 수 있다는 것도 자로 잰 듯 계산하고 있었다. 녹록하게 볼 위인이
아니었다. 그러나 위인의 정체를 적실하게 밝혀내기에는 아직 이르
다는 생각이 들었다. 소굴을 뛰쳐나온 적당이 아닐까. 그러나 적당이
라고 믿기는 아직 일렀다. 포흠하다 쫓겨난 관변 부스러기일지도 모
른다는 생각이 들기도 했기 때문이었다. 관변 부스러기라면 왜 하필
상단에서 쫓겨난 하찮은 신세가 된 자신을 덮쳐 인질로 삼은 것인가.
갈숲 속이라지만 지척이나 진배없는 숫막에서 그때 새벽닭이 목청을
길게 빼고 울었다. 어찌된 일일까. 닭 울음소리가 그치기를 기다린
것일까. 그곳까지 길을 줄여올 동안 입에서 구린내가 나도록 말이 없
던 위인이 드디어 입을 열어 곡절을 물었다.

  "네놈이 끼고 잤던 내성 저잣거리 논다니는 행방술이 절륜하더
냐?"

  "그 음분한 계집이 감창소리가 어찌나 소란하던지…… 색사를 벌
일라치면 가죽방아 한 번에 삼이웃이 떠나갈 듯 소리를 질러서 창피
하기 그지없었습니다. 마치 가풀막진 된비알을 오르는 멧돼지처럼

씩씩거리며 소리를 질렀지요."

"이놈 봐라 비위짱 좋게 언사가 개차반이군…… 계집의 행요가 그 토록 절륜했다면, 해우채는 섭섭지 않게 대접을 했어야지 푼돈깨나 만진다는 네놈이 인색하게 푸대접을 하였더군. 의지 없이 떠돌며 풍 상을 겪는 신세는 살꽂 파는 논다니 계집이나 십이령 치받이길을 쇄 골이 부러지도록 용을 쓰고 오르내리며 연명하는 네놈이나 같은 처 지가 아닌가. 상부상조하라는 말을 잊었더냐?"

40리 길을 올 동안 내내 입을 닥치고 있다가 불쑥 지른다는 말이 너무나 하찮아서 못 들은 척하고 딴청을 피우는데, 위인이 눈발을 날 카롭게 곤두세우며 채근을 하였다.

"내 말이 말 같잖나?"

"가졌던 돈을 투전판에서 거덜내기는 하였습니다만, 계집에게도 틈틈이 적잖은 해우채를 안겼습지요. 계집에 주려서 눈알이 뒤집힌 사내들이라면 그깟 해우채 몇 푼 때문에 배리다는 핀잔을 듣겠습니 까. 동전만 헤아리다 백발 되면 뭣하겠습니까. 체면만 깎일 뿐이지 요…… 그년이 색사를 과도하게 벌여 육탈이 된 나를 끝까지 잡아먹 지 못해서 몇 푼 되지도 않는 해우채를 가지고 벌벌 떠는 자린고비로 날조를 한 것이오."

"이놈 봐라? 제법 통이 큰 척하네. 그게 거짓이 아니라면 그 논다 니도 고얀 년이군. 널 나한테 팔아넘길 적엔 네놈을 눕혀놓고 물먹 은 걸레 짜내듯 해도 눈물 한 방울 짜낼 것이 없는 아주 똑 떨어진 자 린고비여서 달포 가까이 같이 끌어안고 농탕질하고 배꼽을 맞춰주며 육허기를 채워주었는데도 떨군 것이라곤 쇳내 등천하는 동전 몇 푼 이었다고 아주 이를 갈면서 궁상을 떨더군."

"그년 소행머리를 보면 매타작을 내려 어육을 만들 년입니다. 그럴 리가 있습니까. 닳고 닳은 계집들이 바로 색주가를 떠도는 논다니들 아닙니까. 밑엣품 파는 계집치고 고쟁이도 벗기 전에 손부터 내미는 버릇이 있다는 것은 이미 고려 적부터 소문난 일이 아닙니까. 그년이라고 해서 계집편성 다를 리가 있겠습니까."

"하긴…… 청루주사(靑樓酒肆) 즐비한 저잣거리를 쏘다니다보면 농염한 미술 가진 계집을 찾지 않을 수 없겠지만, 떼 꿩에 매 놓기라고 해서 투전판에까지 물색 모르고 첨벙 뛰어들면 네놈처럼 몰골 숭한 꼴을 당하느니……"

투전이란 것은 두꺼운 종이를 작은 손가락 너비만하게 만들어 그 한편에 사람이나 짐승, 새나 벌레, 물고기 같은 그림을 그려넣어 끗수를 정하고 기름으로 절인 것이자 이 종잇조각 40장이나 60장을 가지고 끗수를 겨루는 노름이다. 그런데 이 심심풀이 오락으로 시작한 노름이 여염에 널리 퍼지면서 저자의 무뢰배와 행상꾼과 악소배와 타짜꾼 들이 꾀어들어 도박하여 하루이틀 사이에 그로 말미암은 부채가 수백 관에 이르렀다. 그로써 걸핏하면 칼부림이 오가고 심지어 살인까지 서슴지 않아 패가망신하는 경우가 허다하였다. 멋모르고 하찮은 밑천으로 노름판에 뛰어들었다가 전문(錢文)을 빚진 뒤에 노름 돈을 대지 못하면 전문을 가진 전주가 곁에서 지켜보고 있다가 냉큼 노름 밑천을 변통해주는데, 비록 잠시라 하더라도 필경 몇 배의 이자로 문권을 작성하였다. 그것도 모자라 하룻밤 사이에 누차 작성하여 원금과 이자가 수십 수백으로 늘어나 아주 홀딱 벗기고 말았다. 문서로 작성한 것을 관아에 내고 고발하게 되면 빚진 자의 부모처자가 대신 갚아주어야 풀려날 수 있었다. 장본인은 저지른 일이 있으니 당연히 망신을 당해도 싸지만, 나머지 식솔은 뜻하지 않게 찾아온 불상사에 또한 패가망신하는 것이었다.

"사내에게 여색이란 세상의 쇠락거리다. 그래서 서로 만나기만 하면, 기필 액운이 따르기 마련이다. 또한 음욕이 자못 방자해지면, 마치 소금물을 마시는 것과 같아서 많이 마시면 마실수록 갈증이 심해지고 오직 죽고 나서야 그치게 되니 어찌 만족이 있을 수 있겠나."

훈계인지 핀잔인지 아리송한 말을 귓가로 흘려듣는 길세만의 시선은 갈밭 너머로 아득하게 바라보이는 숫막 쪽을 향해 있었다. 단칸집의 구새먹은 통나무로 세운 굴뚝에선 아침 연기가 솟아오르고 있었다. 길세만은 문득 용기를 내어 물었다.

"나를 그년으로부터 넘겨받은 까닭이 무엇입니까."

"네놈이 십이령길 소금 상단이 내린 소임을 다하지 못하고 엉뚱하게 주색에 빠져 지금은 오도 가도 못하는 처지라는 것을 염탐하여 알아냈다. 네놈이 상단으로 복귀하려든다면 필경 엄중한 견책을 당해 장문으로 다스리려들 것 아닌가. 어디 그뿐인가. 신줏단지처럼 모시는 첩지조차 빼앗기고 훼가출송당할 것은 빤하지 않은가. 네놈도 장차 당할 치욕이 훤히 바라보였기에 이때까지 상단을 따돌리고 색주가로 뛰어들어 몸을 숨긴 것이 아닌가. 그렇게 되면 슬하에 딱 부러진 혈육도 없이 사고무친한 네놈이 마땅히 갈 곳도 없지 않은가. 지금처럼 비알진 산비탈에 발을 붙이고 살기는커녕 필경 유리걸식하며 비렁뱅이 노릇으로 연명하다가 역병에 걸려 길송장으로 숨을 거두겠지. 아니면 산 설고 물 선 먼 타관으로 흘러가 저자의 풍속을 어지럽히는 무뢰배들과 어울리며 하루하루 죽지 못해 연명하다가 그 논다니 계집이 나에게 팔아먹었던 것처럼 무고로 악명 뒤집어쓰고 쫓

기는 신세 되기 십상이 아니겠나. 종국에 가서는 기찰하던 고을 군교
들에게 걸려들어 결옥이 되어 짐승처럼 섬거적이나 뜯어먹고 살다가
목이 메어 뒈지고 말겠지. 고을의 군교들이 죄수가 죽으면 늑대나 개
호주가 뜯어먹으라고 개천가에 내다버린다는 것을 아둔한 네놈도 익
숙하게 보아온 터로 모를 턱이 있겠나. 내 말에 그름이 있느냐?”

　채근해서 들었으나 듣고 보니 가슴속으로 찬바람이 불어갔다. 어
렴풋이 가슴에 담아두긴 하였으나 이젠 말래 접소로 돌아갈 수 없는
신세가 되어버렸다는 말이 위인의 입에서 떨어지는 순간, 호비칼로
폐부를 후벼내듯이 아렸다. 잠시였지만 십이령길을 함께하였던 상단
의 동무들과 샛재 숫막의 구월이 얼굴이 뇌리에 스쳐 저절로 눈물이
고였다.

　“나를 끌고 시방 어디로 갈 것입니까. 그 말대로라면 나는 댁에게
도 아무 쓸모없는 무지렁이가 아닙니까.”

　“이놈 봐라. 속내가 해망쩍은 놈인 줄 알았더니 그게 아닐세. 내가
네놈을 그 논다니에게 적지 않은 용채를 건네고 넘겨받은 까닭을 적
실하게 꿰고 있구만. 바로 그것이다. 네놈이 이제 소금 상단과 평생
등지고 살아야 할 뿐만 아니라, 도방 대처에 내려앉아도 아무 쓸모
없는 놈이 되어버렸다는 것이 네게는 오히려 크게 소용하게 되었다
는 것이다. 오도 가도 못하는 네놈을 거두어줄 사람은 이제 이승에서
는 나뿐이라는 것을 명심해라. 네놈이 엄장이 장대하여 힘에 겨운 부
담롱을 지운다 하여도 오금을 쭉쭉 뻗으며 걸을 것이고, 가근방 지리
에도 나처럼 익숙하여 영리한 나귀보다 말을 잘 듣지 않겠느냐. 이번
행보만 무사히 치르고 내 수하에서 고분고분하면 네놈의 입이 딱 벌
어질 정도로 한몫을 톡톡히 안길 것이니 내 말을 명심하거라.”

"그럼 어디로 갈 작정입니까."

"아직 신지까지 알려줄 만치 네놈과 친숙하지는 않다. 그러나 종국에 가서는 알게 될 것이니, 입을 다물고 있거라."

그때서야 위인의 정체가 산적의 두령이 틀림없다는 생각이 번쩍 뒤통수를 쳤다. 상단이 적소를 소탕하였으나, 간계에 속아 놓치고 말았다던 그 두령이었다. 그가 내성 저자에 매복하고 은신처를 찾아 헤맸던 바로 그놈이었다. 그것을 깨닫는 순간 금방 모골이 송연해지면서 등골에는 금세 식은땀이 배어나왔다. 그러나 호랑이 등에 업혀가도 정신만 차리면 살길 도모가 있더라고, 이럴수록 내색해선 안 된다고 속으로 다짐하였다. 그런데 그의 속내를 꿰뚫고 있기라도 하듯 위인이 한마디 툭 던졌다.

"왜? 말미 봐서 줄행랑이라도 놓고 싶으냐?"

"도망가도 갈 곳이 없다고 말씀하시지 않았습니까."

"물색 모르고 냅뜨지 마라, 내 눈앞에서 몇 발짝 못 가서 네놈의 잔등에 비수가 박힐 것이야. 도망도 못 가고 괜한 목숨만 공중 날리게 되겠지. 그렇지 않고 내게 붙임성 있게 군다면, 네놈은 살길이 트일 것이야."

위인이 괴나리봇짐을 풀었다. 그 속에서 꽁꽁 묶어두었던 도포 두 벌이 나왔다. 변복을 하자는 것이었다. 오가는 길목에서 길세만의 면목을 알아보는 길손들이나 원상들과 마주칠 것을 염려한 까닭이었다. 위인은 처음 계획했던 것을 단념한 눈치였다. 처음엔 낮에는 산속에 숨었다가 인적 없는 밤에만 걷기로 하였는데, 무슨 꿍심이 있는지 알 수 없으나 처음 작정을 바꾸어 낮에도 걷기로 한 모양이었다. 다급하게 처분해야 할 일이 생긴 것 같았다. 위인은 그제야 길세만의 결박을 풀고, 도포까지 입혀주었다. 난생처음 입어보는 도포였기에 거북하기 짝이 없었으나, 안면이 발각되지 않으려면 변복이 대순가 싶었다. 정한조가 이끄는 상단에 끌려다니며 놀림가마리가 되고 갖은 고초 겪어가며 빈대 벼룩에 물어뜯기며 보잘것없는 이문을 좇아 동분서주하기보다는 위인을 주인으로 모신다면 뼈가 부러지는 듯한 등짐을 지지 않고 편안하게 살길 도모가 생길지도 몰랐다.

위인이 봇짐 속에서 무거리떡 한 주먹을 꺼내어 내밀었다. 그리고 갈밭에서 나와 길바닥으로 내려섰다. 어엿한 행색의 두 도포짜리가 아침나절의 시원한 바람을 소매로 떨쳐가며 현동 저잣거리가 바로 코앞인 맷재를 넘어 곧은재로 들어섰다. 천만다행으로 그때까지 길손들이나 행상꾼들과는 한 번도 마주치지 않았다. 일테면 적막강산이었다. 그 적막강산을 지금까지와는 전혀 다른 일행과 더불어 곧은재를 넘고 있다는 자각이 들 때마다 길세만은 깜짝깜짝 놀라곤 하였다. 독자골이라고 부르기도 하는 분천에 당도하였을 때는 해거름녘이었으니, 두 사람의 행보는 축지를 했다고 해도 과언이 아닐 정도로 빨랐다. 나루터가 빤히 바라보이는 산기슭에 두 사람은 나란히 앉아 한숨 돌리고 있었다.

"저 나루에 사공이 몇이냐?"

"늙은이가 슬하의 자식 둘을 데리고 나루질을 하고 있습니다."

"사공이 네놈의 외양을 꿰고 있겠지?"

"안면이 없지 않습니다."

"예로부터 거룻배에는 비렁뱅이나 문둥이, 백정이며 상여는 태우지 않는 게 풍속이었다. 때문에 네놈이나 나나 비렁뱅이나 백정은 아니겠으니, 저 거룻배를 타지 못할 형편은 아니다. 그러나 사공이 네놈의 면목을 단박에 눈치채고 등짐도 없이 빈 몸으로 회정하는 까닭을 꼬치꼬치 묻게 되면 네놈의 대답이 궁할 것이고, 대답이 궁해서 머뭇거리면 더욱 의심하여 파고들 것이야. 눈치로 하나로 연명하는 사공이 내 본색까지 수상히 여기고 고을 군교나 오가는 행상들에게 귀띔을 한다면, 나와 네놈은 독 안에 든 시궁쥐 꼴 아닌가."

"거룻배로 건너가기 불편하다면 사공막 아래쪽으로 바위 벼랑을 도끼로 찍어 발붙일 곳을 만든 벼룻길이 있습니다."

"그래? 천도가 있다는 말은 금시초문이군."

"한겨울에는 등빙으로 건너지만, 장마철에 물이 과도하게 불어나 물살이 세고 거룻배 다루기가 여의치 않을 때는 벼룻길을 따라 곧은 재 앞까지 갑니다. 그러나 자칫 발을 헛디뎌 소에 소금 짐을 엎지르게 되면 본전을 놓치는 것은 예사고 사람 목숨까지 거덜나고 말지요."

"네놈은 십여 년 넘게 천도를 건너 다녀서 눈감고도 건널 수 있겠다?"

"발새 익은 길이라 할지라도 눈뜨고도 겨우 건너는 길인데 무슨 배짱으로 눈감고 건널 수 있겠습니까."

"이놈 봐라, 비루먹은 강아지 범 복장거리시킨다더니 주제 사납게 된 것은 모르고 농지거리가 도통 기탄이 없군…… 여기서 해 지기를 기다렸다가 사공막에 불이 꺼지면 벼룻길을 따라 건너기로 한다."

"그게 눈감고 건너는 것이나 매한가지가 아니겠습니까."

"이놈아. 버르장머리 없이 말대꾸가 낭자하냐. 네놈을 그 색주가에서 건져낸 장본인이 바로 나라는 것을 벌써 잊었느냐."

"도대체 무슨 위급한 일이 기다리고 있기에 밤낮을 가리지 않고 급주로 길을 줄이는 것입니까요?"

"이놈…… 머릿속이 뒤숭숭한 게로군. 처음엔 말구멍이 막히도록 기가 질려 있더니 결박을 풀어주니까 넉살좋게 제법 뇌까리고 있군. 수다스럽게 굴면, 비수로 혓바닥을 자르든지 멱을 찔러 선지를 뽑아버릴 것이야. 내가 못할 것 같으냐? 어리석은 놈아, 네놈의 목숨이 내 손안에 있다는 것을 아직 깨닫지 못하고 있더란 말이냐?"

길세만이 힐끗 위인을 일별했다. 부릅뜨고 노려보는 눈매가 등골이 오싹할 정도로 매서웠다. 언성은 높지 않았으나 가슴속에 도사린 결의는 녹록하지 않다는 신호였다. 길세만은 해가 지고 어둑발이 내릴 때까지 구린 입도 떼지 않고 기다렸다. 먼 데 사람의 형용도 분별이 어려울 정도로 어두워지자, 두 사람은 일어나 아슬아슬한 벼룻길로 들어섰다. 절벽을 가슴으로 끌어안고 한 걸음 한 걸음 떼어놓지 않는다면 그대로 열길 물속으로 굴러떨어질 만큼 위태로운 길이었다. 지난번 파수 때는 고래등같이 쌓아올린 소금 짐을 지고도 무사히 건너다녔던 길이건만 지금은 단출한 몸으로 건너는데도 두 다리가 후들후들 떨려서 도무지 발짝 떼어놓기가 여의치 않았다. 뒤를 따르는 위인의 재촉 때문인지 아니면 가슴속이 뒤숭숭한 탓인지 알 수 없었다. 코치비재를 지나면 다시 회룡천이 나타나는데, 회룡천 물길을 따라 몇 걸음만 내려가면 나룻배를 타지 않고도 건널 수 있는 여울이 있었다. 두 사람은 회룡천 근처에 있는 숲속에서 야숙을 하였다. 6월이라 하지만 야기는 매우 차가워 모닥불을 피우지 않으면 눈을 붙일 만한 온기를 유지할 수 없었다. 한밤중에 모닥불을 피우면 또다른 불상사를 불러올 수도 있었다. 그래서 후미진 숲속에 숨어 연기나지 않는 때죽나무나 싸리나무 가지를 꺾어다 불을 피웠다.

길손들의 이목을 따돌리며 잠행하는 두 사람이 치받이길인 산수터를 지나고 넓재 어름에서 멈칫거리고 있을 때, 말래 접소에는 때아닌 울진 질청에서 행세한다는 호장(戶長)이 찾아왔다. 호장이란 관아에서 관기들을 감독하는 서리였다. 관기가 아프거나 대처에 볼일이 있을 때, 호장에게 말미를 청하고 허락을 받아야만 출타를 할 수 있었다. 관기들은 정해진 날짜마다 관아에 나가 점고를 받아야 했는데, 모두 호장이 맡아 처리하였다. 대개 한 달에 두 차례씩 삭망에 치러지는 점고는 구실살이하는 자가 도망하지 않고 있음을 보여주는 소집 점검이었다. 그중에 행수 기생이 있어 교방에서 어린 관기들을 통제하기도 하였다. 그런 호장이 접소로 찾아와 현령이 베푸는 소연에 참석을 해달라는 통기를 넣은 것이었다. 얼른 생각해도 넓재에서 창궐하던 산적들을 소탕한 것에 인사치레하려는 것이었다. 내키든 내키지 않든 고을의 현령이 소연을 베풀겠다면, 응당 참석을 해야 했다. 접소에서는 반수 권재만에게 급주를 놓았다. 급주를 놓은 지 닷새째 되는 날 반수 권재만이 말래 접소에 당도하였다. 부랴부랴 채비를 차리고 정한조, 곽개천, 천봉삼, 최상주, 배고령, 지난번 적환을 입어 아직 기동이 임의롭지 못한 조기출까지 관아로 달려갔다.

상단 일행을 호궤시키기 위해 내아에 주안상이 차려졌다. 먼저 행중이 술고래들이란 것을 알고 술을 동이째 들여놓았고, 살찐 걸구*를 잡아 대접과 접시에 안다미로 수북수북 담아내었다. 현령은 상단이 적소를 섬멸한 것을 입에 침이 마르도록 칭송하고 나서 반수 권재만과 곁에 앉은 사람만 겨우 들리도록 귓속말로 담소하였다. 들밥이나

---

* 걸구: 새끼를 낳은 뒤의 암퇘지.

못밥 따위로 주린 배를 채우던 행중에게는 문자 그대로 진수성찬이었다. 그러나 귀엣말을 나누는 두 사람의 담소 내용이 궁금했던 정한조는 줄곧 귀를 기울이며 음식에는 손을 대지 않았다. 곁에는 향임이라 부르는 기녀가 구부려 세운 무릎 위에 두 손을 다소곳이 포개 얹고 그린 듯이 앉아 그를 그윽한 눈으로 바라보고 있었다. 게걸스러운 다른 행중과 달리 음식을 달갑잖아하는 정한조의 모습을 진작부터 눈여겨보다가 기녀가 가만히 말을 건넸다.

"처음부터 곁에서 지켜보았으나, 도감 어른께서는 주찬에는 전혀 손을 대지 않으십니다. 무슨 까닭이라도 있으신지요?"

"우리 행중이야 조밥에 소금국으로 배를 채우는 처지인데, 차려진 음식이 못마땅해서가 아니오. 지금 당장 이 산해진미가 구미에 당기지 않을 뿐이오."

"두 분 안전께서 나누는 담소에 사뭇 귀기울이고 있으니, 산해진미인들 구미에 당기겠습니까. 필경 연유가 있겠지요."

정한조는 비로소 곁에 앉은 기녀의 얼굴을 똑바로 바라보았다. 좌석에 흩어져 수발하는 새파랗게 젊은 기녀들에 비하면 대여섯이나 손위로 보이는 삼십대 후반의 나이였다. 그에 걸맞게 차림새도 수수하고 얼굴도 얌전하였으나, 야무지고 다부진 성품을 말하듯 콧날이 오뚝하고 정수리의 가르마도 아주 선명하였다. 사리분별이 분명한 계집사람으로 보였다. 나이로 보아서도 얼추 행수 기생이 분명했다.

"연유가 있다면…… 저 두 분의 담소가 궁금한데 엿듣지 못하는 것이오."

"좌석을 너무 멀리 두셨군요. 쉰네가 멀리서 눈치를 보자 하니 두 분께선 무슨 담판을 짓고 있는 것 같습니다."

"좌석이 멀기는 임자나 시생이나 매한가지인데, 어찌 담소하는 내막을 구슬 꿰듯 거침없이 알아챈단 말이오?"

"쇤네는 기적에 이름을 올린 지 벌써 이십 년이 훌쩍 넘었습니다. 소년의 나이에 기적에 이름을 올렸지요. 그동안 쌓은 견문이라 해보았자, 문틈으로 엿본 마당가의 동정일 뿐이지요. 그러나 서당개 삼 년이면 등 너머로 훔쳐본 글귀로 풍월을 짓는다 하였습니다. 쇤네도 멀찌감치 비켜앉아 딴청을 피우는 선다님들의 고갯짓만 훔쳐보아도 그 속내를 얼추 짐작할 수 있게 되었답니다."

"행수라면 필경 안전 곁에서 수발해야 마땅할 터인데 어찌 이렇게 멀리 떨어져 앉아 있소?"

"안전께서 그리 하라시니 쇤네는 따를 뿐입니다."

"장담할 수 있소?"

"아녀자의 좁은 소견이니 장담은 아직 이르다 하겠으나 나중 보면 틀림이 없겠지요."

"다른 한 가지가 궁금한 게 있소. 예방(禮房)을 겸하는 호장은 그대로이나, 저기 앉아 있는 이방(吏房)은 낯설어 보이는데, 옛날 이방은 어디 갔소?"

"옛날 이방은 균세빗[均稅色]으로 물러앉았습니다. 얼마 전에 예방 자리를 채운 분은 시탄빗[柴炭色]이었는데, 지금은 또다시 염세빗[鹽稅色]을 물려받았습니다."

"저희들끼리 직임을 거래했다는 것이오?"

"쇤네가 목도한 적이 없으니, 잘 모르는 일입니다."

이방이나 염세빗이나 시탄빗 역시 염전이 있는 울진 작사청에 있는 이서배들 사이에선 누구나 앉고 싶은 선망의 대상이 되는 자리였다. 앞다투어 그 자리를 꿰차려 했기에 사오천 냥의 돈을 받고 양도하는 일은 이제 와선 그다지 낯선 일이 아니었고, 이서배들에게 끌려다녀야 하는 수령들도 자리를 돈으로 사고판다는 것을 빤히 알고 있으면서도 모른 척하였다. 이방은 이서배들의 대표였고 수령은 모든 업무를 이방을 통해서 집행했다. 이방은 다른 이서들의 차임을 결정하는 최고의 직임이었다. 이방은 도서원이었고 도서원은 토지와 염전의 세금 부과를 결정하는 서원들의 우두머리였다.

그 자리를 시탄빗이었던 이서가 돈을 주고 예방 자리와 염세빗 자리를 꿰차고 말았다. 물론 건네준 돈의 출처는 시탄빗 행세하면서 지장가(紙杖價), 초혜료(草鞋料), 양렴미(養廉米)같이 갖가지 이름을 붙여 거둬들인 구린 돈일 것이고, 수천 냥에 이르는 돈을 건네주었기에 장차 이방과 염세빗을 겸하면서 울진 해안가에 있는 60여 호의 염호들은 식산을 꾀하려는 이방의 가렴주구에 적지 않게 시달리게 될 것이었다. 게다가 지금 반수 권세만이 현령과 담판을 짓자고 하는 내막은 근자에 간벌(間伐)을 가장하고 송금(松禁)을 어겨서 결옥된 염간(鹽干) 두 사람을 방면하게 해달라는 청원이었다. 토염을 굽는 데 없어서는 안 될 것이 바로 땔나무였는데, 염전에 곁꾼으로 들어온 지 며칠 안 되는 염간들이 물색 모르고 금양표(禁養標)를 어기고 금강송에 도끼날을 먹였다가 발각된 것이었다.

정한조가 음식에는 손도 대지 않고 현령과 반수 사이의 귓속말에 신경을 곤두세우던 연유가 거기에 있었다. 말래 접소에서 만났을 때, 반수와 도감 두 사람은 현령에게 그 청원을 넣기로 합의한 터였다. 그러나 근자에 염세빗을 꿰찬 이방이 수령의 분부를 속시원하게 들어줄지 그것이 의심스럽게 된 것이었다. 정한조가 잠시 뜸을 들인 뒤에 기생 향임을 보고 넌지시 물었다.

"새로 이방이 된 사람의 성품은 어떻소?"

"여색을 밝힌다는 것 이외에 아는 것이 없습니다."

"서당 개 삼 년이면 풍월에 능숙하다는 말을 들은 것이 잠시 전인 것 같은데?"

향임의 얼굴이 불그스레 달아올랐다. 소년 시절부터 기적에 올라 닳고 닳은 계집이라 하지만, 속내는 순진한 구석이 남아 있다는 증거였다. 궐녀가 정한조를 할끔하고 나서 에둘러 말했다.

"작청에 있는 구실살이들이나 기녀들이나 돈 좋아하긴 매한가지 아니겠습니까. 고래로부터 있어온 일인데, 다를 데가 있겠습니까. 쇤네들도 정인에게 사랑받고 싶은 마음을 세 가지 패물로 가리는데…… 사향이 든 향낭이 첫째이고, 둘째로 은장도가 있고, 셋째가 암여우의 음문입니다. 사향은 최음제이고 암여우의 음문은 정인으로부터 버림받는 액운을 막아주는 주물(呪物)이기 때문이지요. 그러나 질청의 구실살이들이 바라는 것은 한 잎에서 난 것처럼 오직 뇌물이지요."

수세와 관련하여 이서배들이 재량을 발휘할 수 있는 권리가 법적으로 보장된 것은 아니었으나 많은 것들이 그들의 농간에 따라 결정되곤 하였다. 그래서 간악하지 않으면 이서배들로 생각할 수 없었고, 이서배라면 간악하지 않을 수 없었다. 다만 이들을 복종하게 만드는 것은 수령이 엄중하게 책임을 묻고 꾸짖는 것밖에 도리가 없었다. 그러나 애석하게도 그들을 꾸짖고 엄중하게 다루어야 할 수령의 목은 이서배들이 당겼다가 놓아주기를 일삼는 목줄에 매달려 있었다. 그래서 울진 소금 상단에게도 질청의 이서배들이란 멀리할 수도 없고 그렇다고 가까이할 수도 없는, 불가근불가원의 애물단지였다. 내친 김에 정한조가 물었다.

"양반의 직첩도 사고파는 일에 거침이 없는 세상인데…… 하물며 고을의 이방 자리를 사고파는 것이 놀랄 일도 아니오. 그런데 요사이 이방 자리 두고 얼마에 거래들 한답디까?"

아주 툭 털어놓고 파고드는 눈치이자, 적지 않게 놀란 향임은 매우 불안한 눈으로 정한조를 똑 바라보다가 말했다.

"쇤네가 수령의 수청이나 드는 비천한 몸이라지만, 도감 어른께서는 쇤네와는 초면이 아니겠습니까. 그런데 이토록 아금받게 파고드시면 어찌 도감 어른 심지를 거스르지 않고, 속시원하게 말씀드릴 수 있겠습니까. 들리는 말로는…… 요로의 금싸라기 자리를 얻는 데는 얼추 오천이나 육천 냥을 호가한다는 소문이 있긴 합니다. 그러나 외간에 소문만 파다할 뿐 누가 목도한 적은 없었겠지요."

"오천 냥이라면 내로라하는 소금 상단 원상들도 감히 만져본 적이 없는 거관이오."

"쇤네들은 더욱 그렇지요."

"고을살이하는 수령들도 그만한 돈을 한 손에 만져보기는 어려울 것이오."

"그런데 작사청의 구실살이들은 그런 거관을 예사롭게 주고받는 모양입니다. 이방이나 호장을 하면 길거리에 나가도 행세가 깎이지 않을 뿐 아니라, 가문의 발흥을 꾀할 수 있으니까 너도나도 앞다투어 투식(偸食)을 하고 그것도 모자라면 전답을 팔고 가재도구를 팔아 몽전하여 이방 자리를 차지하려고 동분서주하고 있어서 자릿값이 천정부지로 솟곤 하겠지요. 수령들도 그것을 익히 눈치채고 있으나, 모르는 척할 뿐이랍니다."

"여부가 있겠소."

"오늘은 무슨 연유인지 쇤네가 대중없이 나불거렸습니다."

"나불거렸다면 모두가 내 탓이오. 그런데 초면인 나에게 이토록 흉금을 털어놓고 대접하는 까닭이 무어요?"

"동병상련 탓입니다. 도감 어른이나 쇤네나 이런 소연이 없었다면 제대로 먹지도 못하고 긴긴 겨울밤을 혼자서 자는 외로움을 겪는 것은 마찬가지가 아니겠습니까. 해마다 맞이하는 추석이나 설 명절에도 집에 돌아갈 엄두조차 못하고 부모처자를 생각하며 몰래 울면서 베갯머리를 적시지 않겠습니까. 그러나 이토록 애끓는 사연을 내놓고 발설하지 못하고 애간장을 태우는 것도 도감 어른이나 쇤네나 마찬가지가 아니겠습니까. 이런 고초는 돈으로도 탕감받을 수 없는 신세이고 보면 그 또한 도감 어른과 동병상련이 아닙니까. 그런데 구실살이들은 그런 고초조차 겪지 않고도 애옥살이하는 고을의 백성들을 위협하여 갈취한 돈으로 자신의 영달을 꾀하지 않습니까."

"녹록하게 볼 사람이 아니구려. 내게 그런 속내를 털어놓았다가 애매하게 뒤집어쓰면 어쩌려고 그러시오?"

"서당 개 삼 년이면 풍월을 짓는다 하지 않았습니까."

"말은 그럴싸하나, 상고배(商賈輩)들이란 지체를 자랑하는 위인이든 시생처럼 비천하고 미욱한 밥쇠든 골자를 알고 보면, 이서배들의 간사한 속내와 크게 다르지 않소이다. 행상인으로서 화식을 해서 팔자를 고치게 되었든 실패해서 신세가 고단하게 되었든, 이서배들처럼 간사한 심사와 성실한 속내는 언제나 함께 가지고 있기 마련이오. 수단 방법을 가리지 않고 화식을 해보겠다고 간계한 속임수를 쓰는 것은 양심 가진 행상인이라 하더라도 한두 번쯤은 경험한 적이 없지 않을 것이오. 그래서 정정당당한 돈벌이로 이문을 남겼다고 허풍을 떨었다면 그것은 필시 운명을 거스르는 거짓말일 것이오. 행상인들이란 시생과 마찬가지로 사고무친한 외톨이거나 아니면, 부모처자를 버리고 고향을 떠나 비바람을 무릅쓰고 괴로움을 감내하며, 이문을 좇아 떼지어 달려가는 들개들과 같습니다. 이것은 의심의 여지가 없는 일입니다."

냉소적이고 노골적인 정한조의 탄식을 귀기울이고 듣던 향임의 입가에 배시시 웃음이 지나갔다. 그리고 무릎 위에 올려놓았던 손을 들어 술을 따랐다.

"쉰네 난생처음 가슴에 사무치는 말씀을 듣게 됩니다. 어찌 이런 소중한 말씀을 하찮은 소연에서 듣게 되었습니다."

"하찮은 소연이라니 그럴 리가 있소. 시생은 황감할 따름이오. 우리가 가진 첩지에는 망언하지 말 것이며, 패악한 행위를 하지 말고, 음행하지 말고, 도적질하지 말라는 계명이 있지요, 이 네 가지를 삼엄하게 경계하지 않는다면, 감히 상인을 사칭하고 다니는 무뢰배나 다를 것이 없지요."

"쉰네와 같은 처지에 놓인 아녀자들은 아침에 바람 불고 저녁에 비가 내리는 속에 외로운 등불과 차디찬 벽을 마주하는 것은 참으로 견디기 어렵습니다. 도감 어른께서도 평생을 두고 감당해야 할 등허리의 무거운 짐을 벗어날 길이 없겠으니, 그 또한 동병상련이 아니겠습니까."

"그것이 아닙니다. 시생의 등을 짓누르는 무거운 등짐 때문에 세상살이가 홀홀치 않다는 것을 깨닫게 되었고 남의 고통도 알게 되었답니다. 시생의 등에 짐이 없었다면, 몸을 낮추고 사는 법을 몰랐을 것이오. 수레가 치받이길을 오를 때, 짐의 무게 때문에 헛바퀴가 돌지 않듯이 고개치 하나를 넘을 때마다 시생을 꼿꼿하게 일으켜세워준 것은 등에 진 무거운 짐이었지요."

그제야 정한조는 크게 웃고 나서 향임이 건네는 술을 받아마셨다. 자리가 길어지면서 좌석을 같이한 질청의 구실살이들은 거나하게 취해서 수다스러워졌다. 멀리 상석에 현령과 반수가 자리를 잡았고 분단장 곱게 한 기녀들까지 끼어앉아 거북했던 상단은 주는 대로 받아마셨지만, 정신들이 말똥말똥하였다. 반수는 그 자리에서 결옥된 두 염간들을 방면하겠다는 현령의 약조를 받아냈다. 소금 상단이 적소를 섬멸한 공로가 있었기에 반수의 청탁을 거절할 수 없었다. 일행이 구실살이들의 배웅을 받으며 관아를 나섰을 때는 벌써 해가 지고 있었다.

반수는 객사로 들고 나머지는 관아에서 그다지 멀지 않은 염막을 찾았다. 말래까지 가자면 자정을 넘겨야 하기 때문이다. 그날 밤은 송석호의 염막에서 기숙하기로 하였다. 그 역시 현령이 원상들을 위해 베푸는 소연이 있다는 것을 알았기에 그때까지 잠자리에 들지 않고 있었다. 송석호는 결옥된 염간들을 방면하겠다는 현령의 약조가 떨어졌다는 소식을 듣고 뛸 듯이 기뻐하였다. 종범인 염간들이 결옥되어 구초를 받게 되면 음흉하고 간사한 구실살이들이 송금을 어긴 것을 사주한 장본인을 밝혀내려 할 것이었다. 그렇게 되면 송석호 역시 무사하지 못할 것이었다. 반수가 아니었다면 감히 현령과 좌석을 같이할 수 있는 처지가 아니었기 때문에 먼저 반수와 도감에게 청탁을 넣은 것이었다. 자린고비로 소문난 송석호도 그때만은 염막에다 술동이를 들여놓고 두루거리 밥상 위에는 방자고기를 수북하게 쌓아두고 일행을 기다리고 있었다. 행중은 비로소 퍼질러 앉아 처음부터 연배순이고 뭐고 파탈(擺脫)하고 잔을 돌리기 시작하여 밤을 지새웠다.

소식이 돈절되었던 길세만의 이름을 듣게 된 것은 행중이 이튿날 접소에 당도한 뒤였다. 마방에 갔던 만기가 헐레벌떡 뛰어들며 지금은 큰 우환거리가 된 길세만이가 샛재 숫막에 당도하였다고 억죽박죽 소리를 질러댔다. 행중이 한결같이 작취미성으로 게슴츠레하여 맑은 정신 가진 사람이 몇 되지 않았는데, 처음에는 만기가 무슨 흰소리를 저렇게 하나 해서 반신반의하였다. 그러나 샛재 숫막에서 행중이 마중하기를 기다린다는 말을 수상하게 여긴 배고령이 만기의 소매를 잡고 강다짐을 받았다.

"그게 무슨 귀신 씨나락 까먹는 소린가. 어진혼 빠진 사람처럼 갈팡질팡하지 말고 차근차근 얘길 하게."

"미역 짐 지고 현동 저자로 갔던 행중이 회정길에 우연히 숫막에 들렀다가 길 동무와 마주쳤다고 합니다."

"적실한가?"

"그 행중이 대낮에 허깨비를 보았겠습니까."

"길가놈이 어디로 가더란 말인가?"

"접소로 오더랍니다."

"작반하는 일행은 없던가?"

"그건 잘 모르겠습니다만, 무슨 꿍심인지 일행이 있느냐고 물어보아도 속시원하게 대답은 않고 접소에 당도하면 상단 사람들에게 통기만 해달라고 몸 닳게 사정하더랍니다."

"길가 놈 두고두고 끝탕이로군…… 채비할 겨를이 없네. 어서 가세."

　배고령이 급히 정한조와 천봉삼에게 알렸다. 세 사람이 서둘러 샛재로 달려갔다. 소문은 듣던 대로였다. 길세만은 허위단심 샛재 숫막에 당도한 일행을 발견하는 순간 정한조를 부둥켜안고 대성통곡을 터뜨렸다. 그동안 손톱여물 써는 마음고생이 많았던 탓이었다. 길세만에게 붙잡힌 정한조가 그를 냉큼 뿌리치지 못하고 엉거주춤하는 사이 다른 일행은 구월이가 거처하던 뒷방문을 열어제쳤다. 봉두난발이 된 한 사내가 아갈잡이에 뒷결박이 된 채 모잽이로 엎드려 있었다. 뒤늦게 뛰어든 정한조가 위인의 상투를 뒤틀어쥐고 면상을 천봉삼에게 들이댔다. 천봉삼이 고개를 끄덕였고, 그와 때를 같이하여 위인을 마당으로 끌어내어 육단을 시키고 무릿매를 내려 어육을 만든 다음, 그날로 말래 접소로 회정하였다.

　적당의 두령이란 위인이 길세만을 곁꾼으로 수행시켜 당도한 곳은 그들의 소굴이 있던 산채였다. 쑥밭이 된 채로 버려진 산채를 한 바퀴 돌아본 다음 위인은 그곳에서 머뭇거리며 더이상 움직일 낌새가 아니었다. 두 사람의 정체를 눈여겨보며 뒤를 밟고 있는 사람이라도 있을까 사뭇 조마조마하였던 길세만이 채근하였다.

　"해 지기 전에 여길 뜹시다."

　위인이 좋지 않은 안색으로 그를 힐끗 돌아다보며, 면박을 주었다.

　"뜨고 안 뜨고는 내가 작정한다. 네놈이 뭘 안다고 주책이냐?"

　"나는 뒤통수가 매식매식합니다."

　"우리 일행을 수상하게 여길 사람은 없다."

　"그럼 오늘은 여기서 야숙할 참이오?"

　"해가 져서 어둑어둑해지면, 수정암에 들어가 얼추 노루잠을 자고 떠나야 하겠다."

　바로 그때였다. 길세만의 뒤통수를 치는 생각이 있었다. 위인이 그를 수행시켜 그토록 먼 산채로 되짚어온 까닭이 무엇인지 어렴풋이 짚이는 것이 있었기 때문이다. 산채 어딘가에는 적당이 숨겨둔 장물이 있다는 것이었다. 처음 적당을 소탕할 적에 사람 잡는 데만 골똘했던 나머지 적당이 그동안 행상인들로부터 탈취한 장물들 숨긴 것에는 관심을 두지 않았던 게 사실이었다. 두령이란 놈은 소금 상단이 놓쳐버린 것이 뭔지 꿰뚫어보고 있었고, 이제 숨겨둔 장물들을 회수하여 도타할 궁리를 하는 것이었다. 필경 길세만으로 하여금 그 장물을 운반하게 하려는 속셈인 것이었다. 내성에서 발행하여 산채까지 회정할 동안 눈여겨본 경험으로는 단 한 발짝이라도 헛걸음을 내디딜 위인이 아니었기 때문이었다. 모든 행동거지가 자로 잰 듯 여축이 없었다.

　해가 진 뒤에 두 사람은 암자로 기어들어 잠을 청하였다. 그러나 짐작이 거기에 이르렀던 길세만은 시간이 흘러갈수록 잠이 저만치 달아나고 말았다. 위인은 도포를 덮고 누운 지 얼마 지나지 않아서 코를 골았다. 길세만도 덩달아 헛코를 골았으나 잠들지는 않았다. 자정이 지난 뒤까지도 두 사람이 코고는 소리는 숨바꿈으로 그칠 줄 몰랐다. 그때였다. 위인의 코고는 소리가 뚝 멈추었다. 길세만은 침을 삼켰고, 위인은 가만히 상반신을 일으켜 바로 곁에서 자고 있는 길세만의 숨소리에 귀를 기울였다. 그리고 나비처럼 소리 없이 일어나 법당으로 나갔다. 법당 한 모퉁이에 이르러 몸을 숙이더니 마룻장 아래에 귀를 붙이고 동정을 살폈다. 드디어 마룻장의 널빤지를 일같잖게 들어올렸다. 한 사람이 몸을 비집고 아래로 내려갈 만한 구멍이 생기자 위인이 지체없이 법당 마룻장 아래로 내려갔다. 그가 마룻장 아래로 내려가서 더듬을 무렵부터 길세만은 벌써 구멍 곁에 몸을 숨기고 위인이 마룻장 위로 고개를 디밀어올릴 때를 기다리고 있었다.

이윽고 아래에서 헤매던 위인이 마댓자루 하나를 어깨에 메고 마루 위로 고개를 디밀어올렸다. 길세만은 그때를 놓치지 않고 뜯어냈던 판자로 위인의 면상을 후려쳤다. 아쿠, 하는 외마디 소리와 함께 위인의 몸둥이가 마룻장 아래로 나가떨어졌다. 사이를 두지 않고 같이 뛰어내린 길세만이 혼절한 위인을 아갈잡이하고 뒷결박을 진 다음 법당으로 끌어올렸다. 그는 지체없이 뜯어낸 판자를 본래대로 복구시켜 흔적을 없앤 다음 자정을 넘긴 시각을 불문하고 나귀 몰듯 재촉하여 샛재 주막에 당도한 것이었다. 아직은 자신이 저지른 일의 옳고 그름에 대한 판단이 올지갈지했던 길세만은 정한조에게 묻지도 않은 말을 길게 늘어놓았다.

"처음에는 한몫을 뚝 떼어준다는 말에 솔깃하여 내성에서 한나무재까지 따라올 동안 입안에 혀같이 고분고분했습지요. 아니래도 곤경에 빠진 시생의 팔자를 고쳐주겠다는데, 화들짝 반기지 않을 사람이 어디 있겠습니까. 그런데 암자에서 헛코를 골다가 저 혼자 숨겨둔 장물을 찾으려고 몰래 법당 아래로 내려간 것은 위인이 나를 믿지 않고 있다는 증거겠으니, 그때서야 아차 해서 모골이 송연하고 식은땀이 흘렀습니다. 장물을 맞춤한 장소에 옮겨놓은 뒤에는 필경 나를 척살할 심보라는 것을 깨달은 것이지요."

"법당 아래로는 두 사람 근력으로는 못다 옮길 장물이 쌓여 있기도 했겠지. 임자 몰래 장물 숨겨둔 곳으로 기어든 것은 나름대로는 영악하다는 궐자가 저지르지 말았어야 할 실책이었네. 사람의 행동거지가 자로 잰 듯 정확하다 해서 잠깐 실수가 없으란 법은 없지. 임자가 위인을 믿었듯이 궐자도 임자를 믿었어야 했네. 그러나 그렇게 되었더라면, 임자와 우리는 두 번 다시 대면할 일도 없었을 터이지.”

“도감 어른, 시생이 죽을죄를 지었습니다. 시생이 발붙이고 살아갈 곳이 도대체 도감 어른 휘하 말고 또 어디 있겠습니까. 위인에게 귀가 솔깃해서 고분고분 뒤따라다녔습니다만, 마음속으로는 자나깨나 찜찜하고 거북해서 도무지 대궁밥인들 목구멍에 넘어가지를 않고 노숙하든 숙소참에 들든 도무지 잠들 수가 없었습니다.”

“임자의 처분은 반수 어른의 분부에 달렸거늘 나한테 매달려보았자, 지금은 아무 소용이 없다네. 그 암자에 숨겨둔 장물에는 손을 댄 사람이 없겠지?”

“그럼요. 고스란히 있을 것입니다.”

“그곳에 있는 장물은 모두 십이령을 넘나들었던 우리 상단이 목숨까지 바치면서 탈취당한 패물과 전대 들이 아닌가. 이제야 그 전대들이 임자를 찾아가게 되었네. 설마 임자가 장물에 손을 대지는 않았겠다?”

“아이구…… 도감 어른, 시생이 지은 죄가 없지 않은 터에 언감생심 그런 간특한 짓을 저질렀겠습니까. 대명천지에 날벼락 같은 말씀입니다.”

정한조는 비밀리에 천봉삼을 비롯한 행중 식구 셋을 불러 또다시 수정암으로 급주를 띄웠다. 그곳에 있는 산적들이 숨겨둔 장물들을 회수하기 위함이었다. 일변 그런 사실이 있다는 것을 안동부중에 있는 반수 권재만에게도 통지하였다. 그러나 그 장물의 처분을 두고 접소에서는 도회가 열릴 정도로 의견들이 분분하였다.

　수정암 마룻장을 뜯고 찾아낸 장물의 물목단자에는 그동안 십이령을 넘나들던 어물 상단과 길손들이 적당에게 탈취당했던 엄청난 전대와 패물의 알천들이 일목요연하게 적바림되어 있었다. 계미년(癸未年)에 발행되었던 당오전(當五錢)*은 말할 것도 없었고, 은장도(銀粧刀)와 석장도(錫粧刀), 은항장도(銀項粧刀), 칼자루, 피도갑(皮刀匣), 밀화(密花), 산호(珊瑚), 호박(湖珀), 진옥(眞玉)과 같이 어물 상단으로는 눈요기도 어려웠던 진귀한 보석들이었다. 값어치로 따지면 기만 냥을 헤아릴 만하여 과연 십이령의 험로를 넘나들던 상단의 복물짐이나 길손들의 봇짐을 가차없이 탈취한 적당이라 할 만했다. 그러나 그들 상단으로선 출처를 알 수 없는 물자들도 있었다. 그런 물목단자를 앞에 두고 속내가 달라진 접소 동무들의 의견이 분분했다.

　"장물들 대부분이 우리 상단을 은사죽음시키고 탈취한 물화들이니 임소의 하회를 기다릴 것도 없이 응당 우리들의 차지가 되어야 합니다."

　"장물은 그동안 적변으로 억울하게 목숨을 버린 동무들의 친인척을 찾아내어 돌려주어야 후환이 없습니다."

　"그 말도 온당하나 그동안 죽임을 당한 동무들 거개가 고향이 어느 고을 어느 골짜기인지 알고 있는 사람이 드물지 않나. 여기 모여 앉아 있는 우리들 역시 마찬가지지만, 십중팔구 사고무친한 미장가 엄지머리에 오쟁이 진 홀애비 처지들이라, 그동안 장례며 면례(緬禮)조차

---

* 당오전: 1883년에 발행한 조선시대 화폐로, 명목가치는 상평통보의 다섯 배에 해당되나 실제로는 두 배에 그쳤다.

우리 임소 동무들이 십시일반해서 치러주지 않았나. 혹여 망자의 안태고향을 찾아낸다 할지라도 십중팔구 가숙이라 할 만한 계집사람이나 내지른 소생도 없어서 생시 때 초인사는 물론이고, 안면조차 트지 않았던 사돈의 팔촌들만 움 안에서 떡 받기 십상이 아닌가.”

“그렇다면 이 물화들을 관아에 고스란히 갖다바쳐야 하나?”

“그건 게걸들린 길청의 이서배 놈들에게 이것 갖다가 한입에 꿀꺽 삼키시오 하고 턱밑에 들이대는 것과 다르지 않을 것이야.”

“설마하니, 몽땅 털어 삼킬까.”

“그놈들 목구멍은 호랑이 목구멍보다 더 크다는 것을 임자가 몰라서 그러나? 구실살이들이 월름(月廩)*이 없는 까닭이 나변에 있나? 그렇게 임자 없이 굴러온 물화를 거두어 치부하라고 월름을 두지 않았던 것이야. 여북했으면 호랑이 아가리란 별호가 붙었겠나. 우리 목숨을 초개같이 여기고 적굴을 소탕하고 건진 거관(巨款)을 입맛 다시는 데 이골 난 길청의 이서배 놈들 썩은 뱃속을 채워줄 까닭은 없지.”

“그거 듣던 중 반가운 말씀일세.“

“아무리 생각해보아도 우리 접소에서 거둬들여야 할 장물일세.”

행중 식구들이 중구난방으로 떠들어대는 가운데, 곰방대를 빼물고 천장만 쳐다보고 앉았던 정한조가 시끌시끌하던 좌중이 가라앉기를 기다렸다가 가만히 일렀다.

“그 장물의 물목단자는 이미 임소에 녹지(錄紙)*와 통문을 띄웠으

---

* 월름: 월급으로 주는 곡식.
* 녹지: 대강의 사실을 추려 적은 쪽지.

니, 우리가 접소에 앉아서 가지자 말자 하고 떠들어낼 처지가 아닐세, 견물생심이라 해서 그만한 거관에 이르는 장물을 취득하였다면 나랏님이라도 거두어서 내탕금으로 쓰고 싶은 심정일 것이야. 나 또한 욕심이 생기지 않은 것은 아니네. 그러나 장물로 말미암아 해로동혈하자는 접소의 동무들끼리 의견이 분분하고 종국에 가서는 좋은 의초들이 상해 서로 얼굴을 붉히고 삿대질이 오갈까 해서 부랴부랴 임소에 통문을 띄우지 않았겠나. 그로써 그 장물은 좋든 싫든 이미 우리 손에서 떠나 속공(屬公)이 된 셈일세. 임소에서 작정하신 대로 우리 접소로 위임한다는 패지(牌旨)를 내려준다면, 그때 우리 임의대로 처분할 것이고 아니면 임소나 관아에서 처분하도록 지켜보는 것이 도리일세. 우리가 처음 적당을 소탕하고자 결의하고 나섰을 때, 저들의 장물을 거두고자 발기한 것은 아니지 않나. 다만 십이령 고갯길에 적당이 창궐하여 그 폐해가 막심해 그것을 정습시켜 우리들 상로의 안녕을 지키자는 것이 아니었나. 그러기에 장물을 가지고 말들이 많은 것은 우리의 체면을 스스로 손상시키는 일이며, 누워서 침 뱉기일세. 회통(回通)이 올 때까지 모두 자숙들 하게나.”

본심은 한결같이 충직한 사람들이라, 정한조의 한마디에 좌중이 잠잠해졌다. 정한조는 일행의 심사가 그동안 치러진 일들로 몹시 들떠 있고, 장물에 대한 미련도 말끔히 씻어낼 수 없다는 것을 알고 있었기에 들떠 있는 심지들을 쓰다듬고 달래주어야 한다는 것 역시 알고 있었다. 그러나 당장 이렇다 할 묘책이 나서지 않아 전전긍긍이었다. 사로잡은 적당의 수괴는 임방의 처분에 따라 안동부중으로 압송하여 짐을 덜었으나, 그와 더불어 길세만을 징치하라는 하회가 떨어질까 해서 조마조마했다. 그래서 모처럼 조기출, 천봉삼과 정담을 벌여보았다. 긴 논의 끝에 천봉삼이 내놓은 의견을 따르기로 하였다. 우선 송만기를 샛재의 월천댁에게 보냈다. 송만기로 하여금 자신의 본색을 토로하여 월천댁의 마음을 달래주기 위함이었다.

그로부터 자초지종을 듣게 된 월천댁의 가슴은 찢어지는 것 같았고, 억장이 무너지는 것 같았다. 평소에는 곁에 벼락이 떨어진다 해도 침착했던 월천댁은 송만기가 부풀어오른 젖무덤을 숨기려고 가슴을 감싸고 있던 무명 자투리를 풀어 보이자, 그만 새파랗게 질리고 말았다. 설마하니 송만기가 남장한 계집사람일까 해서 사뭇 곧이듣지 않다가 오목 주발을 엎어놓은 듯한 만기의 푸짐한 젖가슴이 눈에 들어오는 순간, 뒤통수를 얻어맞은 듯한 배신감에 치를 떨었다. 만기의 실체를 차마 보고 싶지 않아 일변 손사래를 치면서도 그 가슴에서 시선을 뗄 수 없었다. 보고 또 보다가 그만 염치 불구하고 곡지통을 내쏟고 말았다. 간혹 젊고 모색도 반반하게 생긴 보상들이 통행에 구애를 받거나 험상궂은 부상들이 뒤따라다니며 지분거릴까 해서 남장을 하고 다니는 경우는 있었으나, 소금이나 어물 짐을 지고 험로를 넘나드는 부상이 남장을 했으리라곤 꿈에도 생각지 못했던 일이었다.

숨이 막힐 정도로 치를 떨던 월천댁은 울다 말고 벌떡 몸을 일으키더니 정주간 뒤쪽에 있는 부엌 봉노로 내달았다. 애매한 구월이를 아주 요절낼 작심하고 지겟문을 돌쩌귀가 나가떨어져라 벌컥 열어젖혔다. 그러나 죽여주십사 하고 엎디어 있어야 할 구월이는 봉노에 없었다. 사태가 심상치 않게 돌아간다는 것을 눈치챈 구월이는 진작부터 어디론가 피신하고 말았기 때문이다. 뒷덜미를 잡아채서 패대기를 쳐야 직성이 풀릴 것 같았던 월천댁은 구월이가 보이지 않자 그만 어진혼이 빠져 불당그래와 삭정이들이 널려 있는 정주 바닥에 넉장거리하고 드러누워버렸다.

"주모, 여기서 이러시면 안 됩니다."

"안 되기는 뭐가 안 돼?"

"정주 바닥에서 복장거리하고 있으면 안 됩니다."

풀어헤쳤던 젖무덤을 서둘러 수습한 만기가 허둥지둥 달려와서 손사래치며 앙탈하는 월천댁을 겯부축해서 가까스로 일으켜세웠다. 그러나 억장이 무너져 눈앞에서 헛것만 오락가락하는 궐녀는 곧장 만기를 뿌리치고 엎어지고 자빠지며 울타리 밖으로 내달았다. 손바닥 같은 숫막거리라 할지라도 가뭇없이 숨으려는 구월이의 처지와 그를 찾아 헤매는 월천댁의 처지는 사뭇 다른 법. 눈을 화등잔같이 뜨고 화냥년 보리방아 찧듯 두서없이 허둥지둥 소생의 거처를 찾아 헤맸으나 허사였다. 북새봉을 피우며 빌시슴히고 다니던 중에 어느덧 부글부글 끓어오르던 심사도 얼추 가라앉기 시작했다. 알고 보면 이렇게 흥분하고 있는 까닭이 모두 제 못난 탓이었다는 생각을 진작 알아차리지 못한 것이었다. 만기가 남장 계집인 줄 모르고 김칫국을 떠먹은 불찰은 따지고 보면, 누워서 침 뱉기요, 똬리로 살 가리기였다. 이렇게 날뛰는 단초가 모두 월천댁인 자기 실수였지, 구월이의 탓은 아니었기 때문이다. 그런데 그처럼 황당하고 뒤틀린 심사를 하소연할 수 있는 사람은 하늘 아래에서 자신의 혈육인 구월이뿐이었기에 이런 소동을 벌인 것이 아닌가.

굽도 젖도 못하고 월천댁 숫막 툇마루에 앉아 있던 만기는 나무 비녀에 쪽진머리가 봉두난발이 되어 집으로 들어서는 월천댁을 우두망찰하고 있었다. 구월이를 찾아내지 못한 앙갚음으로 만기에게 달려들어 멱살을 뒤틀어잡고 앙탈을 부리지 않는 걸 보면 그나마 넋이 모두 빠져나간 것 같지는 않았다. 툇마루에 앉아 있는 만기에게 힐끗 일별을 보내면서 월천댁은 혼잣소리로 중얼거렸다.

"그런데 이 육실할 년이 어디 숨어서 코빼기도 보이지 않나."

일테면 뒤틀린 심사가 원망 반 걱정 반으로 바뀐 셈이었다. 궐녀는 툇마루 끝자리에 풀썩 엉덩이를 걸치면서 뇌까렸다.

"이년 내 눈앞에 보이기만 해봐라…… 등에서 누린내가 나도록 패주고 다리몽생이를 싹둑 분질러서 문밖출입도 못하게 만들어버릴 테니……"

만기는 속으로 생각했다. 저토록 모진 악담을 퍼붓는 월천댁이 구월이가 나이로 치면 삼촌뻘인 배고령과 정분을 터왔고 그로 말미암아 배태까지 했다고 직토를 해버린다면 어떤 몰골이 될까. 평소에 내 것이 아니면 남의 밭의 개똥도 줍지 않을 만치 소슬하게 살아왔다는 월천댁이 그 말을 듣게 되면 또다시 기절초풍을 하고 말 것이었다. 그러나 엎친 데 덮치는 격이 될지라도 부리를 헌 김에 차마 하지 못했던 그 말까지 직토를 해버려야 죽든 살든 양단간에 결말이 날 것이었다. 속으로 주저주저하는데, 난데없이 날아든 까치 두 마리가 맞은편 소나무 가지에 올라앉아 숫막을 향해 지악스럽게 짖어댔다. 이상하게 까치들은 항상 짝을 지어 날아다니며 성가시게 굴었다. 짖는 소리가 애간장을 긁어대듯이 거슬렸던 월천댁이 마당가의 돌멩이를 집어들고 까치들을 향해 팔매질을 하면서 걸쭉하게 악담을 퍼부었다.

"이놈의 새끼들…… 여동밥을 처먹지 못해 환장을 했나, 남의 복장 지르려고 몸 닳게 짖어대나."

얼혼이 나가서 전전긍긍하는 월천댁을 가까스로 달래서 툇마루에 주질러앉힌 다음, 덩달아서 물에 빠진 사람처럼 엄벙덤벙하고 있는 늙은 중노미를 불러 물 한 사발을 떠오게 하였다. 그리고 소뿔은 단김에 빼더란 말이 있듯이 나중엔 벼락이 떨어지더라도 내친김에 속내에 있던 말을 들이대고 말았다.

"구월이를 얼른 혼례 치러주는 게 순서입니다. 이제 서둘러 혼례를 치를 때가 되었지요."

"혼례를 치를 때가 되었다니? 그게 무슨 소리여? 비 오는 날 똥장군을 지고 밭두렁 비탈길을 걸으라면 걸을까 그건 못해."

그때 기다렸다는 듯이 만기가 쐐기를 박았다.

"무하고 여자는 바람 들면 못쓴다는 말 듣지도 못했소? 이팔의 나이를 훌쩍 넘긴 처자가 배태를 하였다면, 삼이웃에 소문이 낭자하기 전에 냉큼 초례청을 차려주어야 하지 않겠소."

"아니, 구월이가 배태하였다고? 누가 그런 날벼락 맞을 말을 해?"

"누가 그러는 게 아니라, 그거야 구월이 불러 물어보면 알 테지요. 등잔 밑이 어둡더라고 우리 상단 동무들은 모두가 눈치챈 일을 정작 어미가 모르고 있었구려."

"아이고 내 팔자야…… 개살구 지레 터진다더니 이 산중에 처박혀 사는 년이 바로 그 짝 났네. 내가 살아도 못 살아…… 나이 쉰이 다 되도록 딸자식 하나만 바라보며 애면글면 모든 고초를 참아왔는데, 종국에는 까막까치도 찾아와서 못난 어미 보고 짖게 되었구려. 내가 자문이라도 해야 분풀이가 되지 않겠소. 세상에 이런 봉변이 어디 있소."

"그러니까 동네방네 요상한 소문 퍼지기 전에 혼례를 치러주자고 도감 어른께서 말씀을 하시어 시생이 허둥지둥 찾아온 것입니다."

"도감 어른께서? 도대체 어느 놈이 금지옥엽인 내 딸에게 배태를 시켜 남의 애간장을 끓인단 말이오?"

"소리 잘하는 배고령입니다."

"배고령? 바른말 잘한다는 그 배고령?"

"어허, 세상일 알고도 모르겠네. 이 육실할 년이 하필이면 낼모레가 환갑인 배고령에게 가랑이를 벌려주다니…… 아이고 내 팔자야…… 십 년 과수로 독수공방하다가 고자 대감을 만난다더니…… 이년이 숱한 남정네 놔두고 하필이면 몇 해 못 가서 환갑이 될 노닥다리 등짐장수와 배꼽을 맞추었네그래. 배고령이 언변만 번지르르한 줄 알았더니, 똥구멍으로 호박씨 까는 재간까지 있는 줄 어느 누가 알았겠나. 돌림병에 까마귀 울음이라더니 이런 봉패가 있나……"

"봉패라니요? 구월이가 본데없는 산중 처자라고 모두 손가락질하는지 몰라도 사람 보는 눈이 있습디다. 배고령이 구월이와 견주어 연세가 약간 지긋하다 하나 아직 허리도 튼튼해서 소금 짐을 지고 치받이길을 치고 오르는 데 아무런 구애가 없고, 양도가 절륜하답니다. 뿐만 아니라, 심성도 진국이어서 내자를 위하는 마음 한 가지는 세월이 흘러도 변함이 없을 것이오. 언변도 얼음에 박 밀듯 매끄럽고 언문에도 통달하여 장거리에 나가서 흥정을 해도 막힘이 없는 사람이오. 경위 밝고 보비위도 잘하여 장모님도 범절 차려서 깍듯이 모실 것입니다. 통도 크고 능갈치는 재간도 출중하여 조선팔도 어느 장거리에 내놓아도 남의 견모가 된 적이 없습니다."

"보비위 잘하는 놈치고 쓸개 안 빠진 놈이 없지……?"

"배고령이 그처럼 데데한 사람이 아니랍디다."

"누가 그런 말을 하였소?"

"이번에 접장이 된 정한조 도감이 그럽디다."

"도감 어른이 접장이 되었소?"

"되다마다요. 사실은 혼례 치를 겸사해서, 접장이 된 축연도 해야 하오."

월천댁은 다시 한번 까무라칠 뻔했지만, 정한조가 접장이 되었다는 소식에 순간적으로나마 시름을 잊게 되었다. 사실 정한조가 접장이 된다는 소문은 파다했으나 아직 임소에서 통기는 받지 못한 상황이었다. 하지만 평소 마음속으로부터 정한조에게 한없는 신뢰를 보내는 월천댁의 심사를 달래주는 데는 효험이 있는 말이었다. 월천댁으로 하여금 마음을 돌려 혼례를 치를 수 있도록 주선하고 숨어버린 구월이까지 찾아내어 모녀 사이에 손찌검이 오가지 않도록 달래주느라 사흘간 동분서주하는 동안, 말래 접소에는 그동안 빈자리로 있던 내성 임소의 접장에 정한조가 발탁이 되었다는 소식이 당도하였다. 정한조가 감당했던 도감 자리에는 도공원이었던 곽개천이 천거되었다. 도감이 접장으로 발탁이 되었다는 소식이 전해져 떠들썩했던 그날, 해가 나절가웃이 될 무렵 말래 접소에는 생긴 것도 반반하고 입성도 단정한 한 상노아이가 찾아와 정한조에게 언문으로 씌어진 짧은 편지 한 장을 은밀히 전달하고 돌아갔다.

사위가 칠흑같이 어두워 두 발짝 앞에 있는 사람의 형용도 분별하기 어려운 한 저녁, 베잠방이 차림의 정한조는 동배간들이 눈치채지 못한 틈을 타서 몰래 접소를 나섰다.

"분복이 거기에 미치지 못하여 형단영척(形單影隻) 의지할 곳이 없어 공규를 지키며 외롭기 그지없기는 접장 어른과 쉰네 역시 다를 바 없어 전전불매(輾轉不寐)입니다. 오늘밤 소찬을 마련하여 접장 어른 모시려 하니 허물하여 내치지 마시고 쉰네의 와실(蝸室)을 찾아주십시오."

　작은 쪽지였지만 여인으로부터 난생처음 받아본 언문 편지였다. 그러나 썩 내키지 않았다. 연서라는 것이 애당초 그에겐 낯선 것이기도 했지만, 접소의 동배간들 몰래 울진 관내에선 명자(名子)가 따르르하다는 기녀의 집을 찾아간다는 것도 분복에 겨운 일로 생각되었기 때문이다. 행담(行擔) 짜는 놈은 죽을 때도 버들잎 입에 물고 죽는다 하지 않았던가. 분수에 넘치는 일을 대중없이 넘보다 보면 필경 화근이 되어 환난을 겪기 마련 아닌가. 그러나 나절가웃에 걸려 있던 해가 먼산주름 뒤편으로 껄떡 넘어가고 산허리에 저녁 이내가 어렴풋이 걸릴 제, 매미 소리 또한 숲속에서 지악스럽게 울어대면서 마음이 어느새 동하여 정한조는 자신도 모르게 벌떡 일어나 접소를 나서고 말았다.

　향임의 집은 접소에서 홍부장으로 향하는 한길로 가다가 왼편으로 꺾어든 언덕 아래 마을에 자리잡고 있었다. 발새 익은 길은 아니었지만, 간절한 마음 때문인지 집은 손쉽게 찾을 수 있었다. 단간 초옥에는 희미한 불빛이 새어나오는데, 울바자 밖으로 정한조가 모습을 드러내자, 문틈으로 내다보고 있었던 것처럼 향임이가 몸소 뛰어나와 맞이하였다. 다가오는 궐녀에게서 지분 냄새가 설핏하였다. 외짝 지게문이 달린 횅뎅그렁한 방안에는 조선팔도 어느 고을 기방 풍속이 그러하듯 차려둔 가재도구는 전혀 보이지 않고 다만 빗자루 하나가 벽에 걸려 있을 뿐이었다. 멍석 위에 등메가 덧깔린 방 가운데는 개다리소반에 주안상이 차려져 있었다. 그러나 산해진미가 차려진 것은 아니었다. 울진 홍부장 저잣거리에서 흔히 찾아볼 수 있는 주찬들이었다. 그처럼 조촐한 주안상이 정한조의 마음을 가볍게 해주었다.

딱 벌어진 다담상에 주과가 즐비하였다면 아마도 좌정하기가 거북했을 것이었다. 향임의 도량이 그만치 깊다는 것을 차려진 주안상에서 익히 엿볼 수 있었다. 향임이가 한쪽 무릎을 세우고 앉아 그 무릎 위에 두 손을 포개 얹고 다소곳이 인사를 건네었다.

"오늘밤 오시지 않으셨다면, 짧은 여름밤이었다 하나 이렇게 앉아 뜬눈으로 새웠겠지요."

그 말에 정한조도 생각지도 않았던 말이 튀어나왔다.

"나 역시 편히 잠들지 못하고 조리를 치거나 등걸잠으로 밤을 새웠겠지요."

향임이가 임기응변으로 둘러대는 정한조의 속내를 알아차리고 거들었다.

"성가시게 여기지 않으시고 편역을 들어주시니 고맙습니다."

"시생이 임소의 도회에서 접장에 천거되었다는 소식은 어찌 들으셨소?"

"질청의 구실살이들과 상종이 잦다는 것을 알고 계시지 않으십니까. 오늘밤 주과를 차려 모신 것도 경하할 일을 그냥 넘기기 어려웠기 때문입니다."

"발 없는 말이 천리를 간다더니……"

"도둑의 수괴와 동행이었다는 분은 사유(赦宥)를 받았습니까?"

"모르는 게 없구려…… 반죽 좋은 그 사람도 치도곤이 무서워 손톱여물을 썰고 있소. 시생 역시 그 동무 꼭뒤잡이되어 접소에서 배송*될까 조마조마해서 그동안 덩달아 달게 자고 일어난 적이 없소. 밤마

---

* 배송: '해로움을 끼치는 사람을 쫓아내는 일'을 빗대어 하는 말.

다 쪽잠에 조리를 치고 나니, 고뿔이 오려 하오. 그 동무나 시생이나 주제가 사납게 되었지요. 그 동무가 징치를 받게 되고 시생이 접장이 되면 무슨 비위짱으로 행세를 하겠소."

"모처럼 쇤네의 집에 침석을 마련하였으니, 하룻밤이나마 편히 쉬고 가십시오."

향임의 말에 적지 않게 놀랐으나, 태연하게 말을 받았다.

"접소에서는 한 저녁에 몰래 빠져나왔으니 동무들은 야경벌이*나 간 줄 알겠소."

"기방에서 몰래 침석을 하신다면, 야경벌이나 다름없겠지요."

정한조는 입귀가 돌아가도록 웃고 나서, 향임이 쳐주는 술잔을 받았다. 술잔이 두어 순배 돌아간 뒤 궐녀는 주안상 가까이 두었던 등잔을 등뒤로 두어 발짝 멀리 옮겨놓았다. 주안상 근처는 어두워진 가운데 지분 냄새는 더욱 코끝에 사무치고, 등뒤로부터 비치는 불빛으로 말미암아 풀먹여 다려입은 모시 적삼 속으로 궐녀의 부드럽고 흰 이목구비가 아련하게 드러났다. 주전자를 들어올릴 때마다 궐녀의 젖가슴이 선명하게 드러나기도 하였다. 몸가축을 알뜰히 가꾸었다는 증거였다. 익은 술냄새와 가슴까지 적시고 드는 지분 냄새가 서로 어울려 방안의 분위기는 술잔에 미약(媚藥)을 푼 것처럼 금세 농밀하게 익어갔다. 밤은 저절로 두어도 깊어가는 법, 향임이 말대로 두 사람 모두 의지할 곳 마땅치 못하고 또한 서발막대를 휘둘러도 거칠 것이 없는 외로운 처지들이었다. 어느덧 술 따르는 소리가 밤새 우는 소리처럼 살갑게 들릴 무렵, 정한조는 자신도 모르게 등메 위로 코를

---

• 야경벌이: 도둑질.

박고 비스듬히 누워버렸다. 향임이가 다가와 베개를 받쳐주는 것을 알아챈 정한조가 두 팔을 크게 벌려 향임이를 와락 끌어안고 말았다.

"옷이 구겨지십니다."

"그깐 소금장수 베잠방이 구겨져서 걸레가 된들 대수겠소."

"입성이 사나우시면, 체통도 구겨진다는 것을 모르십니까."

향임이가 다가와 정한조의 옹구바지와 홑저고리를 벗겨 횃대에 걸어주었다. 그는 그런대로 몸을 맡겨두고 있었다. 취기가 도도하여 부끄러움은 저만치 달아나고 건장한 한 사내의 땀투성이가 된 허우대가 등메 위로 선명하게 드러났다. 향임이는 함지박에 물을 떠와 사내의 몸에 밴 땀을 알뜰하게 씻겨주고 주안상을 수습한 다음, 그 옆에 나란히 누웠다. 그때 문득 궐녀의 뇌리를 스쳐가는 상념이 있었다. 소년의 나이에 기적에 올라 관기로 처신하는 동안 관원이나 하나같이 어투가 도저한 양반의 수청 기생 노릇으로 면박이나 당하면서 그들에게 하기 싫은 화수(和酬)* 먹이를 주고받거나 아니면 육허기나 풀어주는 노리개가 되어왔었다. 그러나 소금장수와 알몸으로 나란히 누워 있는 이 순간만은 오랫동안 겪어온 그런 수치심에서 완전하게 일탈이 되었다는 것을 깨달았다. 지금이야말로 한 계집사람으로서 온전하게 다시 태어난 자신을 발견한 것이었다. 궐녀는 사내의 큰 가슴에 손을 얹고 오랫동안 쓰다듬어주었다. 손바닥으로 사내의 풋풋한 기운이 뜨겁게 전달되었다. 그 손을 사내가 잡아 이끌어 배꼽으로 가져갔다.

모잽이로 누운 계집의 다른 한 손은 어느새 사내의 불두덩 위를 쓰

---

* 화수: 남이 보낸 시나 노래에 화답하여 갚음.

다듬고 있었다. 이윽고 두 몸이 한 덩어리가 되어 부둥켜안고 등메 위를 한 바퀴 휘그르르 돌아감에 계집은 아래에 있고 사내는 위로 올랐다. 숨가쁜 소리가 오가고 난 뒤 계집에 주렸던 사내의 살송곳이 계집의 익혈을 향하여 맨땅에 송곳 박히듯 옹골지고 힘차게 내리박혔다. 사내의 하초에서 참기름 병마개 떨어지는 소리가 들리는 것과 때를 같이하여 메기 잔등으로 가물치 넘어가듯 미끌하는 느낌이 들면서 계집의 감창소리가 입술 밖으로 터져나왔다. 연거푸 이 합을 치르고 나자, 색에 주려왔다고는 하나, 어진혼이 나간 듯 생게망게하여 깜깜한 밤인데도 한동안은 눈앞에서 북두칠성이 왔다갔다하였다. 계집은 사내의 겨드랑이 아래에서 물고를 뽑은 듯한 살송곳을 잡고 누워 좀처럼 비켜나지 않았다. 그리고 가풀막진 사내의 거웃을 오랫동안 어루만지며 채근하고 있었다.

"오얏꽃* 주제인 쉰네가 언감생심 초례청을 차리자는 말은 어불성설이지만, 간혹 쉰네의 누추한 와실을 찾아주신다면, 더 바랄 것이 없습니다."

"명색이 접장이 되었다 하나, 하찮은 소금장수에 무지한 밥쇠일 뿐이오."

"취하신 줄 알았더니, 멀쩡하시네요."

"잠자리를 같이하고 나서 정신이 번쩍 들었소."

"말래 접소에 머무실 동안 말미를 내어 간혹 쉰네를 찾아주시겠습니까? 은행나무 열매는 새가 먹지 않는답니다. 독이 들어 있기 때문이겠지요. 길가에 잠시 피었다가 지고 있는 오얏꽃이라 하나 은행나

---

* 오얏꽃: '기생'을 빗대어 하는 말.

무 열매처럼 독은 없으니 자주 찾아주십시오."

"장담할 수는 없지만…… 다음에 오거든 고개 돌리고 외대나 마시오."

"남정네가 냉담하시면 계집은 매우 무색하여 몸 둘 바를 몰라 처신이 매양 두서없고 거동이 주책없기 마련입니다만, 그럴 리가 있겠습니까. 내일 접소로 돌아가시면 동배간들이 야심한 터에 처소를 나간 곡절을 묻고 놀림가마리가 될 터인데, 어찌 감당하시겠습니까."

"몰래 나왔는데 눈치나 챘겠소."

"어림없습니다. 내일 동트기 전에 벌써 접소는 물론이고 왕피천 염막에까지 소문이 파다할 터인데요. 밤말은 쥐가 듣고 낮말을 새가 듣는다지 않습니까. 그러나 기방 점고하는 질청의 호방은 눈치채지 못할 것입니다."

"먼저 손을 써놓았구려."

"진작에 인정전을 찔러주었으니, 귀동냥으로 눈치를 챘어도 한동안 못 들은 척하겠지요. 걸핏하면 면박을 잘하는 위인이긴 하지만, 그동안 관령 거역한 적도 없었으니 비위가 거슬려도 잠잠하겠지요."

"참으로 빈틈이 없구려."

"접장과의 일이라면 불을 들고 화덕으로 뛰어들라 해도 서슴지 않겠습니다."

"이런 낭패가 없구려."

두 사람은 나란히 누워 오랫동안 말이 없었다. 정한조는 잠깐 눈을 붙였다 닭울녘이 되어 서둘러 지어준 새벽동자를 먹고 향임의 집을 나섰다. 뻐근했던 하초가 문득 가벼워진 것을 깨달았다. 손에는 향임이가 쥐여준 조그만 항아리 하나가 있었다. 마시라고 주는 견술인 줄 알았는데 그게 아니었다.

"길가에 흔히 있는 쇠비름을 뜯어 곤 것입니다. 오행초(五行草)라 하기도 하고 장명채(長命菜)라 부르기도 해서 장수의 명약이지요. 피를 잘 돌게 하고 악창을 다스리는 데 특효라 합니다. 하루에 한 숟 갈씩 드시면 오래 사신답니다."

항아리를 쥐여주며 향임이가 한 말이었다. 접소에 당도하였을 때 는 아침 선반머리가 되었는데, 공교롭게도 비가 내리기 시작하였다. 접소의 헐숙청에 있어야 할 동배간들은 어디로 갔는지 코빼기도 보 이지 않고 10여 년째 접소에서 동자치 노릇하는 노파와 적굴에서 풀 려난 후 그때까지 접소에서 양류밥을 먹고 있는 몇몇 늙은이들과 아 녀자들이 비설거지를 하느라고 부산하게 움직이고 있었다. 그런데 모두 한 잎에서 난 듯 지난밤에 자취를 감춘 연유에 대해선 입도 뺑 긋하지 않았다. 동배간들은 아침동자 먹는 대로 내왕 행보로 한식경 에 상거한 흥부장 어물 도가나 염막으로 흩어진 뒤였다. 그들이 입도 뺑긋하지 않는 것에 주눅이 들어 살평상에 떨어지는 빗방울을 진력 나도록 우두망찰하는데, 마침 샛재로 갔던 만기가 비를 흠뻑 맞으며 종종걸음으로 접소에 당도하였다.

"초례청을 차려 혼례를 치르기로 담판을 하고 돌아왔습니다."

만기의 속내를 누구보다 잘 꿰고 있기에 지난밤의 일을 눈치챌까, 공연히 고개를 들 수 없었다. 만기가 초연한 척하겠지만, 눈치채게 된다면 필경 강새암이 있을 것이었다. 그러나 차제에 곡경을 치른다 할지라도 만기와의 사이를 이렇게 처분하는 것이 속 편한 일이라는 생각을 하였다. 그래서 하지 않아도 될 한마디를 거들었다.

"월천댁이 많이 놀라서 기함하고 말았겠지?"

"한 지붕 밑에 한 이불을 덮고 잠들던 모녀지간에도 딴 꿍심을 먹고 있었다는 것을 눈치채지 못한 불찰이 자기에게 있다고 한탄하였습니다. 자기 속에서 내질린 피붙이라면 필경 자기 손바닥 속에 있다고 철석같이 믿고 숱한 풍진을 감내해왔는데, 종국에 가서는 믿었던 도끼에 발등 찍히는 꼴이 되었다고 눈물을 질금거립디다. 시생을 신랑감으로 겨냥하고 있었던 것도 믿던 도끼에 발등 찍힌 꼴이 되었지요. 구월이가 진작 소동 커질 것을 알아채고 이웃에 몸을 숨겼기 망정이지 아니었으면, 일찌감치 조리돌림으로 분풀이를 당했을 터지요. 두 눈을 흡뜨고 샛재 비석거리가 들썩하도록 들쑤시고 다녀도 구월이의 행방을 찾아내지 못한 월천댁은 애매한 까치 소리에 돌팔매질로 부글부글 끓어오르는 부아를 달래는 고초를 겪었지요."

"임자도 같이 곡경을 치렀겠구만."

"불구녕을 질러대는 것을 가까스로 참았습니다…… 가시나무 비녀와 삼베 치마로 몸가축을 한들 얼마 가지 않아 콧등이 땅에 닿을 늙은이에게 소생을 맡길 수 없다고 버티는 심지를 돌려놓는 데 애를 먹었습니다. 아침에 바람 불고 저녁에 비가 내리는 속에, 외로운 등불과 차디찬 벽을 마주하는 것은 참으로 견디기 어렵다는 것을 월천댁도 잘 알지 않소, 이미 배태까지 한 소생을 어미처럼 만들지 말고 심지를 다잡으라고 으름장까지 놓았더니 한바탕 서럽게 울고 나서 한다는 말이 괴이하더이다."

"그건 무슨 소린가?"

"돈만 있으면 개도 멍첨지 대접받는 세상인데…… 배고령이 가진 것이라고는 댕댕 소리 나는 불알 두 쪽밖에 없는 혈혈단신 가난뱅이라는 것입니다. 계집이 시집갔을 때, 시댁이 미주알이 찢어질 듯 가난하면 필경 매파를 원망할 것이고, 지각없이 혼인을 주선한 어미를 미워할 것이고, 그 불평이 하늘에 닿을 것이다. 급기야 남편을 원수로 알 것이고, 바라보는 얼굴에 차디찬 원망이 사라질 날이 없을 것이다. 음식 수발은 시늉일 뿐일 것이니, 그 음식이 입에 달기는커녕 비상처럼 쓰디쓰겠지. 집안일은 물론이고 비가 내려도 비설거지 같은 것은 거들떠보지도 않을 것이다. 걸핏하면 울고불고 화내고 욕하고 집안을 발칵 뒤집어놓을 뿐만 아니라, 매사에 트집 잡고 늘어지겠지. 행패를 보다 못한 시부모가 꾸중을 한다 해도 귀담아듣지도 않을 뿐만 아니라, 오히려 낯빼기를 비틀어꼽고 대들어서 시부모의 복장만 태울 것이다. 부모님께 아침에 문안드리고 저녁에 자리까지 보아드리는 것은 며느리로서 당연한 일인데, 시부모가 핀잔이라도 주면, 흰자위를 굴리면서 동네방네 쏘다니며 게거품을 물고 비방을 일삼겠지. 그렇게 되면 누가 시부모이고 누가 며느리인지 도무지 경계가 흐트러져 온 집구석이 억울함과 원망으로 바람 잘 날이 없을 것이다. 설사 제가 가진 재능이 남편의 열 배 스무 배가 된다 하여도 그 재능을 다른 남자를 찾아 헤매는 데 쓸 테지. 집안은 부창부수인데 매일 저녁마다 암탉의 울음소리가 담장을 넘어 마을에 울려 퍼지게 된다면, 그 집안에는 필경 재난이 닥치지 않겠느냐고…… 숫막을 열고 난 뒤 오가는 길손들로부터 들은 풍월은 많아서 구구절절이 주워섬기는데, 시생의 등에 진땀이 흘렀습지요.”

만기의 말에 정한조는 허허 웃고 나서,

“오죽했을까…… 천지개벽이 된다 하여도 사태를 되돌릴 수 없게 되었다는 것을 알고 넋두리에 하소연을 늘어놓았겠지…… 월천댁도 숫막을 열고 있다지만, 옹색하기는 배고령과 다름없겠지. 아랫돌 빼서 윗돌 괴는 옹색한 살림에 찌들다보니까 푸념인들 오죽했겠나. 그 아낙네가 심덕이 무던해서 걸핏하면 사 전짜리 술 한 주발에도 서슴없이 덧거리를 많이 주어서 이렇다 할 이문을 바랄 수 없었지. 서둘러 혼수 장만하고 주과를 마련하기는 어려울 것이니, 우리 접소에서 십시일반으로 갹출하여 혼수 장만해서 혼례를 치러야 하겠지. 배고령은 아직 모르고 있을 터, 흥부장에서 돌아오면 데리고 나가서 혼례를 치르게 되었다고 조용히 일러주게."

아침부터 내리던 비가 그치지 않아 흥부장 어물 도가로 갔던 일행이 흥정을 하다 말고 허행하고 돌아오고 말았다. 배고령이 장가들게 되었다는 소문은 누가 발설한 적도 없었으나 어느새 퍼져 만기가 조용히 불러내어 여러 사연을 통기할 것도 없게 되었다. 말래 접소에서 그런 소동을 벌이는 동안 천봉삼과 곽개천은 길세만을 데리고 내성장 임소에 머물러 있었다. 안동부중으로 떠난 반수 권재만이 임소로 회정하기를 기다리고 있었다. 그러나 반수는 진작 모습을 드러내지 않았다. 안동 임소 도회에서 하회가 어떻게 떨어질지 궁금하여 목이 빠질 지경이었다. 내성 임소에서 양류밥이나 축내며 하회 기다리기를 사흘째가 되는 날 보발꾼으로부터 통기가 왔는데, 장차 열흘 정도는 기다려야 도회가 열릴 것 같으니 말래로 돌아가라는 전갈이었다. 닭 쫓던 개 지붕 쳐다보는 꼴이 되었으나, 나선 김에 들러볼 곳이 없지는 않았다.

바로 내성에서 서벽(西碧)을 지나 옥돌봉* 아래의 박달령을 넘어 오래전 보부상들이 발견하였다는 오동나무골 약수터가 지척인 생달에 이르는 상로를 찾아가는 일이었다. 생달을 오동나무골로 잘못 부

---

* 옥돌봉: 일명 옥석산.

르기도 하는 것은 서로의 상거가 오리정밖에 되지 않는 까닭도 있었는데, 서벽은 물야(物野)를 거쳐 주실내나 예비재를 거쳤고, 영주(榮州)는 삽재를 거치거나 입석(立石)에서 시냇물을 건너야 했다. 그러나 그 상로는 사기점 사람들이 간혹 이용하는 장삿길일 뿐 내왕이 빈번한 곳은 아니었다. 생달 마을이나 그곳에서 오리정인 오동나무골 약수터에서는 성황당이 있는 박달령만 넘으면 곧바로 영월 땅이란 얘기만 들었지, 천봉삼에겐 발새 익은 길이 아니었다. 아니래도 반수 권재만으로부터 말래에서 눈 빠지게 바라고 있는 하회가 떨어지면, 곧장 생달 마을을 얼추나마 둘러보고 말래 접소로 돌아갈 참이었다. 곽개천과 작반한 것은 그와 같은 까닭이 있었기 때문이다. 박달령 오른쪽으로는 옥돌봉과 구룡산 높은 뫼가 버티고 있고, 왼쪽 멀리로는 늦은목이를 껴안은 선달산이 버티고 있어 영월과 태백으로 오가는 등짐장수들은 필경 박달령을 넘는 지름길로 내왕해야만 일정을 줄일 수 있었다.

천봉삼이 그런 청을 하였을 때, 행중에서 지름길 찾는 일에 달통한 곽개천이 흔쾌히 승낙하였다. 길세만은 내성에 두고 가려 하였으나, 일행과 떨어져 있다가 큰 봉변을 당했던 일이 바로 엊그제 같았던 길세만이 거의 우는 얼굴로 두 사람의 소매를 잡고 놓지 않았다. 내성에서 생달까지는 불과 40리 노정이라, 발바닥에 날개를 달았다는 장정들 걸음으로는 반나절도 걸리지 않았다. 새벽에 발행하여 저녁 먹기 전에 당도한 생달 마을에는 예견했던 것과는 달리, 유숙할 길손을 받아주는 숫막이라곤 허리는 매화나무 등걸처럼 휘고 얼굴에 저승꽃이 핀 노파가 경영하는 한 집밖에 없었다. 생달이 그처럼 피폐하게 된 연유는 강원도 영월 태백으로 드나들던 부상들이 박달재를 넘다가 고개치에서 출몰하는 도적떼에게 크게 봉변을 당한 뒤로, 내성에서 옥돌봉 기슭을 지나 구룡산 아래의 도래기재를 넘어 영월로 가는 길목을 선택했기 때문이었다.

유숙할 객주 치기를 내키지 않아 하는 늙은 주모를 다독거려 어렵사리 봉노로 찾아들었다. 혹여 적굴 사람이거나 무전취식을 일삼는 무뢰배들일지도 모른다는 의구심 때문에 봉노 내주기가 썩 반갑지 않았던 것이다. 그러나 깔아둔 멍석 틈새와 목침 속에 창궐하던 물것들에 뜯기다 못한 세 사람은 마당에 있는 살평상 위로 잠자리를 옮기고 모깃불을 피웠다. 천생 말뚝잠으로 밤을 지새울 수밖에 없었다. 잔뜩 흐려서 바람 한 점 없는 밤하늘을 바라보며 천봉삼이 말했다.

"생달 사기점을 드나든다는 동무들에게 들었던 말과는 생판 다르오."

"그들도 지레 겁먹고 도래기재로 내왕하고 있을 테지요."

"적당들도 당장 눈치채고 도래기재로 소굴을 차린다는 생각은 못 했을까…… 협기만 있다면 궐놈들과 대치하여 소탕할 수도 있을 텐데……"

"그 동무들…… 입성은 말쑥하고 언변도 점잖았으나 결기나 배짱은 없어 보입디다. 부상들 가운데 용맹도 절륜하고 기개도 놀라워 협객의 기풍이 있다는 동무들을 흔하게 볼 수야 없겠지요."

"협객이 있다 할지라도 선달산과 옥돌봉 능선이 동서로 가로막고, 북쪽으로만 골짜기가 트여 있어서 적굴 놈들 너댓이 북쪽 골짜기에 있는 잔도만 가로막으면 생달은 독 안에 든 쥐요."

"그러나 북쪽에 구애가 없다면 내성이나 울진에서 영월 태백으로 가는 길은 도래기재를 넘는 노정보다 하루 반 노정 줄이기는 수월하지요. 그로써 경상도 내륙과 강원도 내륙 사이의 상로를 온전하게 유지한다면 큰 이문을 바랄 수 있습니다."

그렇게 장담한 것은 천봉삼이었다. 곽개천이 거들었다.

"서쪽으로는 충청도 영춘장까지는 고개가 많긴 하지만, 백이십여 리, 영월 땅까지는 줄잡아 백 리 상거겠으니 장정 걸음으로 이틀 노정이면 더 갈 곳이 없고, 내성까지는 옥돌봉 넘어 서벽을 지나 사십 리 상거에 불과하오."

"접장께서 소굴에서 데리고 나온 노인네들과 아녀자들을 멀리 내쫓지 않고, 왜 이제까지 양류밥을 먹이고 있는지 그 속내가 이제야 어렴풋이나마 짐작이 갑니다."

곽개천이 그 말을 받아서,

"시생은 처음부터 알고 있었지요."

천봉삼은 덩달아 잠을 청하지 못하고 불당그래로 살평상 옆에 피워둔 모깃불을 뒤지는 주모를 살평상 모서리에 불러앉히고 물었다.

"생달에 원래 길손들을 바라고 숫막을 연 집이 몇이었소?"

"너댓 집 되었지요. 그땐 생달이 유숙하는 길손들과 등짐장수들로 제법 붐볐더랍니다."

"지금은 몇 가호나 살고 있소?"

"십여 호 됩니다. 하늘의 처분만 기다리는 천봉답에 피 농사나 짓고 근근이 연명하고 있지요."

"사기점은 여기서 초간하오*?"

"오동나무골 약수터 못미처에 있습니다만, 요즘은 등짐장수들의

---

* 초간하다: 한참 걸어가야 할 정도로 멀다.

출입이 뜸해지고 숫막도 덩달아 한 시절 가고 말았지요."

달게 자기는커녕 눈을 붙이는 둥 마는 둥 등걸잠으로 조리를 친 일
행은 하루종일 옥돌봉과 문수산과 박달재를 비롯하여 생달의 사기점
까지 둘러보았다. 그리고 하룻밤을 더 묵고 내성으로 회정하였다. 물
론 그때까지도 임소에는 반수 권재만의 소식이 당도하지 않고 있었
다. 소식 늦은 것이 장차 좋은 징조인지 나쁜 징조인지 알 수 없었으
나, 서둘러 십이령을 넘어 말래 접소로 회정하였다. 일행이 내성 발
행하여 가풀막진 모래재 초입으로 들어설 즈음, 배고령에게서 배웠
다는 길세만의 타령이 들려왔다.


소금 미역 어물 지고 내성장을 언제 가노
가노 가노 언제 가노 열두 고개 언제 가노
시그라기 우는 고개 이 고개를 언제 가노
대마 담배 콩을 지고 흥부장을 언제 가노
가노 가노 언제 가노 열두 고개 언제 가노
시그라기 우는 고개 이 고개를 언제 가노
반평생을 넘던 고개 이 고개를 넘는구나
가노 가노 언제 가노 열두 고개 언제 가노
시그라기 우는 고개 이 고개를 언제 가노
한양 가는 선비들도 이 고개를 쉬어 넘고
가노 가노 언제 가노 열두 고개 언제 가노
시그라기 우는 고개 이 고개를 언제 가노
오고가는 원님들도 이 고개를 자고 넘네
가노 가노 언제 가노 열두 고개 언제 가노

시그라기 우는 고개 이 고개를 언제 가노
꼬불꼬불 열두 고개 조물주도 야속하다
가노 가노 언제 가노 열두 고개 언제 가노
시그라기 우는 고개 이 고개를 언제 가노……


길세만의 노래는 어찌된 셈인지 듣는 이로 하여금 가슴을 서늘하게 쓸어내리며 눈물이 쑥 빠지게 하였다. 아마도 이러저러한 곡경을 겪으면서 굽도 젖도 못하는 그의 딱한 신세 때문에 목소리에 청승이 실린 까닭이었다. 그는 임소에서 답교(答敎)*가 내려오는 대로 접소에 남게 되든지 아니면 접소에서 배송되든지 둘 사이에 놓인 신세였기 때문이다. 그의 딱한 신세가 내성 떠난 지 사흘 뒤인 샛재 비석거리에서 다시 한번 외대를 당하게 되었다. 온 집안이 초례청을 차린답시고 분주를 떨고 있었기 때문이었다. 월천댁은 그 바쁜 중에도 마당가에 몰래 옹솥을 걸고 익모초를 달이고 있었다. 구월이에게 먹일 상약인 듯한데, 자궁이 빈약하여 유산할 걱정이 있는 산모는 감꼭지나 벼 뿌리를 삶거나, 아니면 호박 넝쿨의 곧은 순을 고아 먹이면 자궁을 튼튼하게 보전할 수 있었다. 그중에서 익모초가 가장 효험이 있다 해서 달이는 눈치였다. 소금 짐을 짊어지고 십이령길에 올라야 할 복꾼 두 사람이 삼남이*를 비딱하게 쓰고 분주하게 설치고 있었고, 말래 접소에서 동자치 노릇하던 월이도 와 있었다. 이웃 아낙네들 역시 품앗이를 한답시고 숫막을 들락거리며 매통을 갈거나 짚방석을 깔고

---

* 답교: 아랫사람이 여쭌 말에 대한 답변.
* 삼남이: 대로 결어 만든 모자.

앉아 전병을 굽고 술을 담근다며 난리 법석을 피우고 있었다. 그런 북새통 피우는 광경을 바라보는 길세만은 예상과는 달리 초연한 낯빛이었다. 구월이가 배고령과 맺어질 줄 진작부터 알고 있던 눈치였다. 바쁜 중에 마침 천봉삼을 발견한 월이가 박우물로 달려가서 옹가지에 시원한 물을 떠다 일행들에게 대접하였다. 냉수 한 바가지를 벌컥벌컥 들이켠 천봉삼이 월이에게 물었다.

"임자…… 월천댁이 울바자 밑에서 무얼 달이나?"

"감꼭지와 익모초인 듯하오."

"그렇다면 자궁을 도울 상약임이 분명한데…… 구월이가 배태하였다는 소문은 들었지만, 이팔의 나이에 자궁이 그토록 약하다는 것인가?"

"글쎄요. 잘 모르겠습니다."

그런데 평소에 대꾸하는 말버슴새가 야무지던 월이의 대답이 듣기에 따라서는 무언가 은휘하는 듯한 느낌이 없지 않아서 천봉삼이 돌아서다 말고 다잡아 물었다.

"내가 남의 일에 공연히 잘난 체하고 헤집고 들었나?"

"아니요."

"아니라니?"

"사실 약탕기에 끓고 있는 상약이 자궁을 받쳐주는 상약인 것은 분명한데, 구월이가 먹을 약은 아니오."

"그래, 그럼 누가 먹을 약이오?"

"너무 헤집고 들지 마세요. 실은 제가 먹을 약을 달이고 있소."

"아니……? 임자가 배태를 했더란 말이오?"

천봉삼의 떨리는 목소리에 월이가 대답은 않고 돌아서며 얼굴만

붉혔다.

"임자, 접소에 겹경사가 났소. 그런데 임자가 몸이 그토록 쇠약해질 때까지 내가 보살피지 못했구려. 더욱이나 이 바쁜 와중에 혼주되는 월천댁이 임자에게 먹인답시고 약탕기를 달이고 있다는 게 믿을 수가 없소."

"그래서 저도 놀랐습니다. 은인을 만난 게지요."

그로부터 이틀 뒤에 월천댁 숯막의 협소한 마당에는 조출한 초례청이 마련되었다. 혼례식에는 정한조와 곽개천과 천봉삼 내외와 공원 몇 사람이 참례하였다. 신혼부부를 위하여 접소의 공원들이 갹출한 70냥 가까운 축의금이 마련되었으나 그 돈을 부부에게 건네지 않고 월천댁에게 건네주었다. 혼례에 쓰일 물자는 모두 이웃의 품앗이로 마련되었다. 사추리 밑까지 샅샅이 뒤져봐야 불알 두 쪽만 달그락거리는 가난뱅이라고 야무진 말투로 험담을 늘어놓았던 월천댁은 목돈을 건네받자, 고맙고 무안했던 나머지 또다시 울음을 터뜨리고 말았다.

그날 밤 신혼의 부부는 안방에 버젓하게 자리를 펴고 나란히 누웠다. 때죽나무 열매를 빻아 짜낸 기름을 접시에 붓고 심지를 넣어 붙인 접싯불이 두 사람의 자태를 희미하게 비추었다. 때죽나무 기름은 연기가 나지 않아 신방을 밤새워 밝혀두어도 그을음 냄새가 나지 않았다. 십이령에 때죽나무가 흔치는 않지만, 월천댁은 혼사 때 쓰려고 때죽나무 기름까지 짜두었던 것이었다. 배고령은 그날로 아내가 된 구월이의 목덜미를 가만히 끌어안으면서 귓속말을 하였다.

"우리가 지붕이 엄연하고 삿갓반자가 쳐다보이는 안방에서 두동베개를 베고 눕게 될 줄 누가 알았겠나. 꿈만 같구만."

"누가 아니래요…… 사실 그동안 아비 묘 앞에서 이녁과 관계를 가질 때, 가시가 등줄기를 파고들어 죽는 줄 알았어요."

"왜 아프다는 말을 하지 않았나?"

"이녁이 날 소박놓을까 그때마다 이 악물고 참았소."

"사추리에 파고드는 가시 때문에 아파서 내지르는 소리를 난 감창 소리로 알고, 처자의 몸으로 일찌감치 살송곳 맛을 들였구나 했지. 잔뜩 끌어안고 흔들고 뿌리치는 것을 모두 요분질로만 알고 나는 속 으로 혀를 내두르곤 하였지……"

"이녁이 그 맛을 들이게 주선해주기도 했지만, 아프기도 했지요. 이녁이 정분을 거두고 날 상종하지 않을까 등줄기가 멍들고 허벅지 가 가시에 찔려도 참았지요."

"오늘밤은 등메 위에 누웠으니 그런 걱정은 하지 않아도 되겠군."

"모두가 엄니 덕분이오."

배고령이 구월의 하초를 긴 팔로 덥석 잡아 끌어안으면서 입을 쩍 맞추고 한 손을 구월이 사추리 속으로 밀어넣었다. 그때, 구월이가 배고령의 귀를 가만히 잡아당기면서 속삭였다.

"오늘은 참으셔요."

"왜?"

"달거리가 있습니다."

"달거리가 있다고? 아니…… 개짐까지 차고 있네. 배태를 하였다 는데 무슨 달거리가 있다고 둘러대나?"

구월이가 해쭉 웃더니 배고령의 턱을 어루만지며 말했다.

"모두 술책이었지요. 이녁이 주선하는 대로 두었다간 혼례는커녕 부지하세월이 될 것 같아서 배태했다고 헛소문을 퍼뜨린 것입니다.

그리하지 아니하면 엄니도 꿈쩍하지 않을 것 같았지요."

"아니 자궁을 튼튼히 한답시고 장모가 감꼭지와 익모초를 구해다가 달이지 않았나?"

"그 약탕기는 월이 아지마시가 배태하여 마실 상약이랍니다."

"어허…… 우리 내자 참도 기특하이, 내 혼자서는 감히 엄두도 못 낼 일을 혼자 주선하지 않았나. 나는 못난이고 임자는 잘난이일세."

"그런 말씀 마십시오. 아녀자가 제아무리 다부지다 한들 설한풍 쐬고 다니며 풍진을 겪는 남정네의 소견을 따를 수 있겠습니까."

"어허…… 촌닭이 관청 개 눈 빼먹는다더니, 젊지도 않은 나이에 얻은 내 안해 구월이 다부진 말투 한번 보게나……"

"불을 끄시지요."

"그냥 둬. 내일 해가 뜰 때까지 어두운 밤을 밝히도록 그냥 두는 게 좋겠네. 때죽나무 열매로 얻은 이 밝은 빛이 찬물내기를 지나고 장평 고개를 넘어 말래 접소까지 닿아 훤히 밝히도록 축수하세나."

그로부터 달포가 지난 뒤였다. 멀리 바라보이는 산허리에는 붉은 단풍이 걸리기 시작했다. 낙엽이 쌓여가는 십이령 깊은 골짜기에는 흐르는 물소리 어느덧 청아하고, 신새벽이면 쌓여가는 낙엽 위로 하얀 무서리가 내렸다. 옷소매로 스치는 바람이 차갑게 느껴지는 그 무렵, 말래 접소의 동무들은 비지땀을 흘려가며 옆도 돌아볼 겨를도 두지 않고 몸을 바쳐 내성으로 소금과 어물 짐을 날랐다. 흥부장 어물 도가는 이곳 출신 조기출을 포주인으로 앉히고 그로 하여금 흥부장 시세를 무리없이 관장하도록 주선하였다. 그동안 양류밥을 먹으면서 빈둥거렸으나, 옛날처럼 글 읽는 선비로 돌아갈 엄두는 조금도 없던 조기출을 포주인으로 앉히었더니, 발걸음이 날아갈 듯하고 얼굴에 노골적으로 좋은 기색을 보이며 어물 도가를 잠시도 떠나지 않고 지켰다. 모두가 말래 도방 동배간들이 십시일반으로 거들지 않았다면 기대할 수 없던 일이었다.

내성에서 안동부중 부상들에 통문을 놓아 60여 명이 모여 도회를 열게 되었던 것도 그처럼 가을이 깊어가던 10월 초순의 일이었다. 통문 발행에 필요한 경비는 모두 내성 임소에서 감당하였다. 예로부터 통문을 놓는 경우는 몇 가지 일로 제한했다. 국역(國役)이나 전쟁과 같은 나라에 큰일이 있을 때 사역을 하기 위하여, 큰 산송(山訟)이 일어나 시비가 되었을 때, 보부상이 아내를 잃어버렸을 때, 저자에서 부상과 보상 간에 시비가 일어났을 때, 보부상과 관청 간에 시비가 일어났을 때만 사발통문을 돌려 도회를 가졌다. 만약 부상 중에 누군가 모욕을 당하면 그들은 동맹하여 만족할 만한 결과를 얻어낼 때까지 그 고장에 모든 상품 공급과 거래를 끊었다. 사사로이 도회를 여는 것은 국금(國禁)으로 규정하고 있었다. 그러나 크게 경하할 일이나 보부상이 억울한 일을 당하면 융통성을 발휘하기도 하였다. 공문제가 열리던 그날 내성장 임소에는 부상들을 제외한 2백여 명의 구경꾼들이 모여들었다. 부상들의 합창 소리가 내성장 병문에 울려 퍼졌다.


성수 만세 성수 만세 오늘 장에 천 냥이오. 아랫장에도 천 냥이오. 한 달 육장 매장해도, 수천 냥씩 재수 봐요. 가는 길에 만 냥이오, 오는 길에 만 냥이오. 소금장수 등짐장수, 가는 곳마다 짭짤하네. 만세 만세 성수 만세, 좌사우사 여러분들, 오고가는 험로에, 몸수 안녕하옵시고, 재수 대통하옵소서……

그 도회에서 훼가출송되기만을 기다렸던 길세만이 무사타첩되었고, 천봉삼은 곽개천과 같이 도감 자리를 꿰차게 되었다. 최상주, 박원산, 권영동, 장안동, 송만기 같은 동무들이 모두 어엿한 공원으로 발탁이 되었다. 그 도회에서 배고령을 필두로 하여 몇몇 동무가 한동안 윤기호가 꿰차고 성세를 떨쳤던 어물 도가 포주인에 지명되었다. 문제는 그만한 자리를 꿰찰 수 있는 자본이었다. 그것은 전혀 바라지 않았던 곳에서 해결되었다. 적당을 소탕하고 얻었던 장물을 단 한 푼의 축냄도 없이 되돌려받았기 때문이다. 반수 권재만이 두 달포 가까이 안동부중에 탄원을 넣어 얻어낸 결과였다.

내성 임소에서 말래 접소로 돌아온 정한조는 다시 도회를 열었다. 접소의 동무들이 어렴풋이 짐작하고 있었기 때문에 발의한 단초에 대해서 소상하게 의견을 나눌 필요는 없었다. 그러나 접장으로서 부리를 헐어 논의의 축을 잡아줄 필요는 있었다.

"안동부중의 주선으로 장물이긴 하나 거관을 한 푼도 축냄이 없이 고스란히 넘겨받은 것은 하늘이 돕지 않았다면 언감생심 넘보지 못할 일이었네. 그러나 이 돈과 패물은 오늘 여기에 앉아 있는 어느 누구의 소유도 아니란 것을 명심해야만 이 거관을 의롭게 쓸 수 있는 길을 찾아낼 수 있을 것이야. 혹은 이 장물을 공평하게 나눠갖자는 의견들이 있을 수 있고, 흥부장과 내성장에 더 큰 어물 도가를 열거나 염전이나 고포의 곽전을 사들여 이문을 노리자는 말이 있을 수 있겠지. 혹은 좀더 두고 생각해보자고 할 수도 있겠지. 그러나 이 돈과 패물을 오래 간직하다보면 얼마 가지 못해서 이로 말미암은 갈등과 환난을 겪게 될 것이야. 욕심이 생겨난다는 뜻일 테지. 곽전과 염전을 사들인다 하여도 종국에 가서는 네 것과 내 것을 따지게 될 것이야. 그러한즉슨 이 돈이 하루라도 빨리 우리 안중에서 사라지게 만드는 것이 우리 접소와 임소가 그동안 숱한 곡경을 치르고 풍진을 겪으면서도 거두어온 정리를 상하지 않고 의롭게 살아갈 수 있는 길일 것이야."

정한조의 말이 끝나자, 평소에는 말이 없던 최상주가 말했다.

"염전을 사든 고포의 곽전을 사든 우리 동무들 공동의 이름으로 사들여 관리한다면 큰 말썽은 없지 않겠습니까."

"우리의 이름을 걸고 재산을 사들여 화식하게 되면 필경 네 것과 내 것의 경계를 따지게 될 것이고 그러다보면 필경 반목이 일어나 서로 의심하게 되고, 밸이 틀리는 일이 자주 일어나서 힐뜯고 두 눈을 부릅뗘 드잡이하며 능멸이 낭자할 것이오. 재물을 사더라도 본명은 효주(爻周)* 치고 최상주, 장안동과 같이 별호를 적바림하여 사들인다면 우리가 곡기를 놓고 저승으로 가더라도 뒤탈이 없을 것입니다. 우리 대부분이 엄지머리로 장가를 들지 못해서 후손이 없지만, 일가친척은 있지 않겠습니까. 본명으로 재물을 얻고 화식한다면 우리가 저승살이를 간 이후에도 일가친척이 나서서 네 것이다 내 것이다 하는 반목과 곡경을 겪지 않을 터이지요."

그렇게 말한 것은 도감으로 발탁된 천봉삼이었다. 그 말에 모두 솔깃해서인지 좌석은 한동안 말이 없었다. 박원산이 추임새를 주었다.

"도감께서 한 말이 그중 귀에 솔깃합니다."

결국 어떤 재산을 사들이든 우선 별호를 적바림하여 나중에 어느 누구라도 소유권을 주장할 수 없도록 장치를 하자는 데 우선 결의를

---

* 효주: 문서나 장부에서 효(爻) 자 모양의 부호를 그려서 지워버리는 일.

보았다.

 "그런데 이 돈과 패물이 지금 우리 접소에서 같이 기거하는 이십여 명 아녀자들의 소유도 된다는 것입니다. 이 돈이 장물이란 이름으로 둔갑하기 전까지 한때는 이들의 공동 소유라 했어도 큰 무리는 없을 것입니다. 그 재물을 우리가 거두기 전까지는 이들도 이 장물에 눈독을 들이고 있지 않았소."

 "아니…… 도감 어른, 이 차판에 긁어 부스럼이 아닙니까?"

 "그 말도 일리가 있네. 그들이 내 것이라고 복장 지르고 나온다면 달래기가 수월찮을걸."

 권영동이 되받았다.

 "궤변이지요. 접장 어른이 슬하에 거두기 전까지는 저들은 소굴에 있던 적당이 아니었습니까."

 "그것도 일리가 있네."

 "일리가 있다니요?"

 "골자를 알고 보면, 그들도 적당이기 전에 자기 농토도 없어 유리걸식하던 농투성이들이었고, 우리처럼 사고무친한 노닥다리 세궁민이었고, 겨울이면 겻불 쬐고, 여름이면 남의 집 처마 밑에 떨고 서서 소나기를 피하던 적당의 곁꾼이 아니었나. 곡기를 끊고 죽어도 먼가래* 쳐줄 사람조차 없는 딱하고 부질없는 처지들이 아닌가. 세상으로부터 외대를 당하며 장가처도 없이 부평초처럼 떠도는 우리 신세와 별반 틀리지 않은데, 역성들지 못할망정 우리가 방안에 앉아 그들을 허물 잡으면 날벼락 맞을 것이야."

---

 • 먼가래: 객지에서 죽은 사람의 송장을 임시로 그곳에 묻는 일.

"설마하니 장물을 그들에게 넘기자는 말씀은 아니겠지요."

"저들에게도 살길을 터주고 사람됨의 명분을 안기자는 얘기일세."

한동안 고개를 숙이고 앉아 곰방대만 태우던 천봉삼이 가로막고 나섰다.

"감히 시생이 한말씀 올리겠습니다. 모두 행낭 쌈지에 꿍쳐놓은 밑천들 내놓으시지요. 백 냥도 좋고 십 냥도 좋고 천 냥도 좋습니다. 그 모은 돈을 되돌려받은 장물까지 섞어 중두리 속에 넣고 서너 번만 굴리면, 돈의 출처도, 장물이나 장물 아닌 것도, 네 돈 내 돈의 구분도 없어집니다. 그 돈을 챙겨 지금까지 둘러보고 점지해둔 생달과 쑥밭골[艾田]의 토지를 우리의 본명 아닌 별호나 익명으로 양안(量案)에 올립시다. 그처럼 여축없이 결박을 해두면 투식(偸食)*을 일삼는 이서배들도 트집 잡아서 화속(火贖)*도 할 수 없을 것입니다. 그리고 우리 수하에 거느린 식솔들로 하여금 농사를 짓고 살 수 있도록 주선하는 게 적선하는 일일뿐더러 명분도 주는 일이 아니겠습니까. 우리가 처자식이 있습니까, 안부를 주고받는 일가친척이 있습니까, 재산을 물려줄 후손이 있습니까. 행담 짜던 늙은이는 죽을 때도 입에 댓잎을 물고 숨을 거둔다는 말이 있듯이 우리 역시 열명길에 오를 때까지 십이령 고개를 소금 짐을 지며 오르내려야 할 것입니다. 그래야 살맛이 나니까요. 사고무친한 우리가 열명길에 오르게 되면, 도조로 농사지어 먹고살게 된 저들이 우리 장례를 떡 벌어지게 치러줄 것이고, 기일이 되면 여축없이 제사를 지내줄 것입니다. 아니면 우리의

---

• 투식: 공금이나 공곡(公穀)을 도둑질하여 먹음.
• 화속: 대장에 오르지 않은 토지에 세금을 물리는 일.

영혼이 도솔천을 건너지 못하고 십수 년을 두고 구천에 떠도는 서러운 신세될 것 아니겠습니까."

천장을 쳐다보고 상반신을 흔들어가며 봉노 안에서 뒤숭숭하게 오가던 논의를 귀담아듣던 최상주가 말을 받았다.

"기천 냥에 가까운 거관을 반수님이 노심초사한 공덕으로 우리 도가에서 고스란히 되돌려받기는 하였으나, 그것은 순전히 적당을 소탕한 공로로 얻은 돈이지, 예채(例債)● 이거나 계의금(契誼金)● 따위는 아닌 게 분명합니다. 이 돈은 임자는 있으되 어느 누구도 범접할수 없도록 조처하는 게 좋습니다. 여항에서는 우리를 장돌뱅이로 하자 해서 부르지 않습니까. 짚신에 감발치고 꽁무니에 짚신 매달고 십이령 고개를 수없이 넘나들었으나 단 한 번이라도 앉아서 쉬어본 적이 있습니까? 봉노에서 생면부지 사람들과 콧등을 마주대고 잠드는 처량한 신세에, 장가처가 있다 해도 오래 집을 비우기에 십중팔구 오쟁이지는 신세들 아닙니까. 그러하나 우리 평생 길바닥에서 뒹구는 처량한 신세를 모면할 길은 없습니다. 차제에 적선하여 저들이나마 살맛나는 세상으로 만들어드립시다. 두 번 다시 저들로 하여금 소루쟁이 뿌리로 죽을 끓이고, 새삼이나 나리 뿌리를 삶아먹고 연명하며 부황나서 흰자투성이인 눈으로 사람을 멀거니 쳐다보는 반편으로 만들어선 안 됩니다. 그리고 말래 도방 근처 맞춤한 곳에 반수 어른 송덕비 하나 세웠으면 합니다. 그것이 우리가 지켜야 할 도리가 아니겠습니까. 그동안 모아둔 부의전이나 벌전만 가지고도 송덕비는 세울

---

● 예채: 수고비 조로 주는 돈.
● 계의금: 사귀는 정분으로 주는 돈.

수 있겠지요."

어느새 봉노 안에는 곰방대에서 내뿜은 매캐한 살담배 연기가 희뿌옇게 들어찼다. 본래 성품은 괄괄한 편이지만, 사소한 일에는 보아도 못 본 척 관여하지도 않고 과묵하기 그지없어 입에서 구린내가 난다는 핀잔도 듣던 박원산도 앞에 놓인 목침을 꽉 움켜쥐면서 두 눈을 부릅뜨고 작심한 듯 한마디 거들었다.

"사람이 도적이 되는 것은 오직 굶주리고 추운 데서 기인하는 것이 아니겠소. 차라리 구걸하여 목숨은 보전할지언정 길손의 물건을 훔치거나 취탈하지 말라는 말이 백번 곱씹어도 옳은 말이긴 하지요. 도적질을 정습하지 못하고 일삼는다면, 필경 자리에 누워 제대로 일생을 마치지 못할 것이오. 재물을 탈취하고 인명을 손상시켜 한동안 배불리 먹고 따뜻하게 지내더라도 얼마 못 가 들통나고 감옥에 갇혀 지내다가 절명한다는 것을 저들인들 모르겠소? 구걸이라도 해서 연명하는 게 좋다는 말이 있으나, 그럼 입성 남루하고 언변도 없고 글을 읽고 쓸 줄도 모르는 헐벗은 상놈 주제에 어디 가서 구걸하기는 수월할까요? 굶다못해 거리송장되어 거적때기 하나 뒤집어쓰지 못하고 산송장으로 뒹구는 것을 장시 병문 담벼락 밑이나 수챗구멍에서 자주 보아온 터입니다. 저들의 딱한 처지를 역성들지는 못할망정 층하를 두거나 폄척해서는 안 되겠지요. 접장 어른께서 왜 저들을 진작 내치지 않고 지금까지 음식 공궤를 하고 잠자리를 제공해주었겠습니까. 그 까닭을 우리 동무들은 알고 있지 않습니까."

"박원산이 오랜만에 속시원한 말을 하는군."

순간 좌중이 물을 끼얹은 듯 조용해졌다. 한동안 깊은 침묵이 흘러간 뒤, 윗목에 앉았던 동무 하나가 부시럭거리며 일어나서 옹구바지

속에 감춰두었던 행낭 쌈지를 꺼내 헤아리지도 않고 쌈지째 방 한가운데로 던졌다. 또다른 동무가 허리춤에 차고 있던 전대를 풀어 내던졌고, 다른 동무는 행전 속에서 수결된 환표(換標) 두 장을 꺼내놓았는데 합이 천 냥이었다. 그것을 필두로 모두 꽁쳐놓았던 염낭을 열어 헤아리지도 않고 한데 모았다. 방 한가운데 던져진 쌈지들로 보아선 누구의 것인지 분간할 수 없었지만, 2만 냥 이상의 금어치가 되는 거관이었다. 만기가 나가서 중두리 하나를 안고 들어왔다. 쌈지를 풀고 되돌려받은 장물 부대들도 함께 풀어서 넣고 몇 번이고 반복하여 굴릴 동안 방안에 있던 행중 동무들은 말없이 구르는 중두리를 바라보고 있었다.

이튿날 천봉삼과 곽개천 그리고 박원산 세 사람은 중두리를 지고 곧장 생달과 애전으로 발행하였다. 나머지 행중은 흥부장으로 발행하여 포주인 조기출이 지키고 있는 어물 도가에서 소금과 미역을 떼어 다시 십이령길에 올랐다. 그리고 보름 뒤에 말래 접소 근처에 흩어져 기거하던 농투성이들과 아녀자들도 생달 마을로 떠났다.

밤이면 비루먹은 개 짖는 소리만 공허하였던 생달 마을에 다시 인총이 붐비기 시작하여 생기가 돌고, 구룡산 도래기재를 넘던 영월 태백 부상들도 박달령 상로길로 돌아왔다. 경상도 내성과 안동의 경계는 멀어야 50여 리 내외였고, 충청도 단양과의 경계는 60여 리 상거였다. 박달령만 넘으면 영월과 태백이 코앞이었고, 울진으로 곧장 가자면 십이령 넘어 150리, 그야말로 사통팔달의 길지에 상단들은 춘수전과 추수전 때마다 여축없이 각출하여 토지를 사들였다. 피폐하였던 마을에 인총이 늘어나면서 각성바지 유민이 모여들어 마을은 금세 30여 가호로 늘어났다. 밭에는 옥수수가 길길이 자라 지붕을 덮

을 지경이었고, 풀뭇간이 들어서고 마방 딸린 숫막이 다섯이나 들어
섰다. 마당에는 대낮에도 노루가 뛰어들고, 솥에는 꿩이 저절로 날아
들었다. 천봉삼 내외는 생달 마을 한가운데서 객주를 열었고, 달덩이
같은 아들을 얻었다. 천봉삼은 생달 마을의 촌장이면서 울진 흥부장,
내성장과 영월 태백의 장시의 거래를 주름잡는 객주가 되었다. 적굴
에 살던 농투성이들이 각자 집을 가지고 애전과 생달 일대의 드넓은
묵정밭을 꿀이 흐르는 문전옥답으로 바꾸는 데는 불과 2년여밖에 걸
리지 않았다.

문학동네 장편소설
객주 10
ⓒ 김주영 2013

1판 1쇄  2013년 9월 25일
1판 12쇄  2024년 6월  5일

지은이  김주영
책임편집  김필균 | 편집  김민정 강윤정 김형균 유성원
디자인  이효진 유현아 | 저작권  박지영 형소진 최은진 서연주 오서영
마케팅  정민호 서지화 한민아 이민경 안남영 왕지경 정경주 김수인 김혜원 김하연 김예진
브랜딩  함유지 함근아 고보미 박민재 김희숙 박다솔 조다현 정승민 배진성
제작  강신은 김동욱 이순호 | 제작처  영신사

펴낸곳  (주)문학동네 | 펴낸이  김소영
출판등록  1993년 10월 22일 제2003-000045호
주소  10881  경기도 파주시 회동길 210
전자우편  editor@munhak.com | 대표전화  031) 955-8888 | 팩스  031) 955-8855
문의전화  031) 955-2696(마케팅)  031) 955-2678(편집)
문학동네카페  http://cafe.naver.com/mhdn
인스타그램  @munhakdongne | 트위터  @munhakdongne
북클럽문학동네  http://bookclubmunhak.com

ISBN  978-89-546-2244-8 04810
       978-89-546-2107-6 (세트)
* 이 책의 판권은 지은이와 문학동네에 있습니다.
   이 책 내용의 전부 또는 일부를 재사용하려면 반드시 양측의 서면 동의를 받아야 합니다.

잘못된 책은 구입하신 서점에서 교환해드립니다.
기타 교환 문의 031) 955-2661, 3580

www.munhak.com